公元787年，唐封疆大吏马总集诸子精华，编著成《意林》一书6卷，流传至今
意林：始于公元787年，距今1200余年

一则故事　改变一生

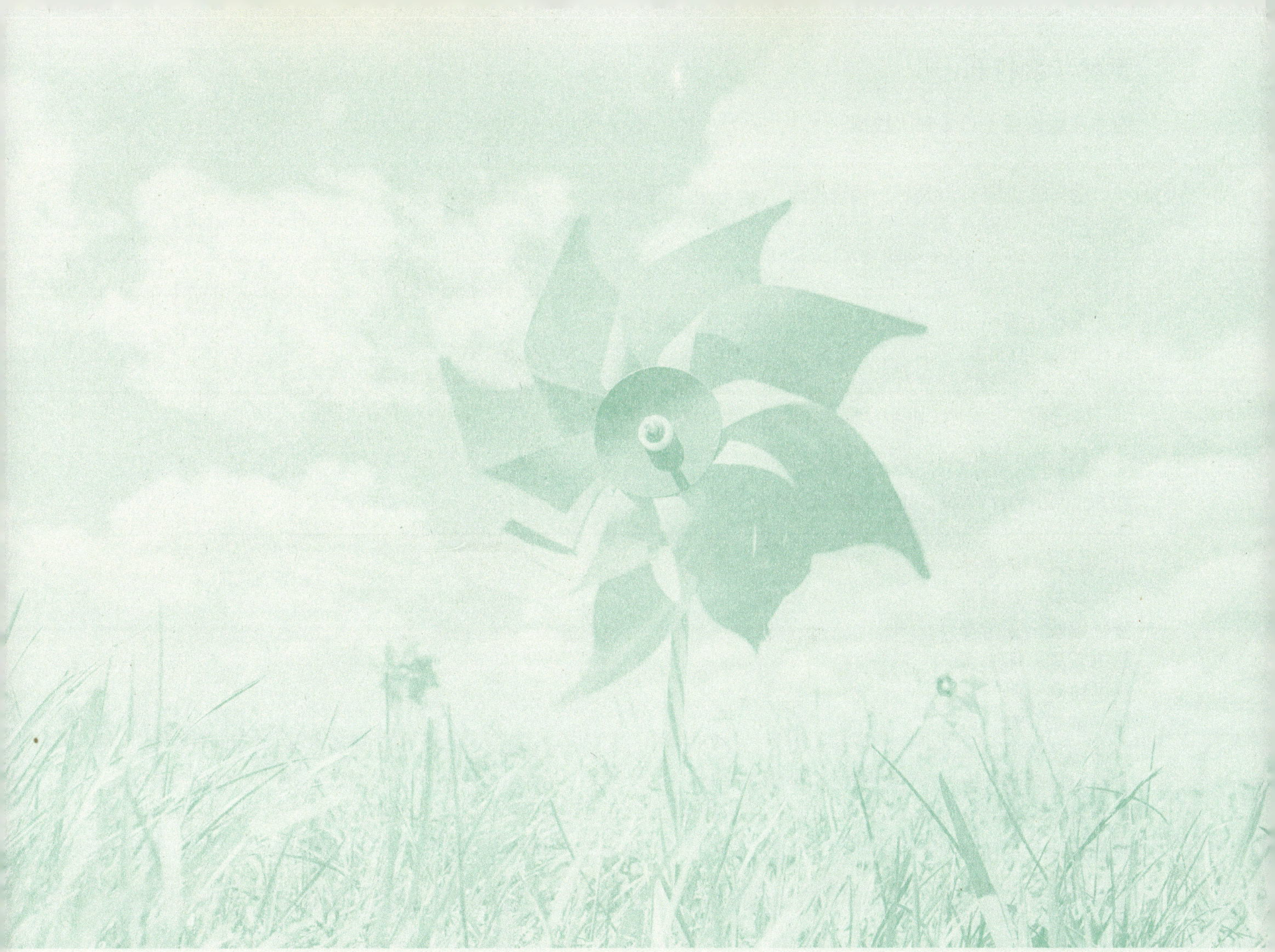

意林感动卷

《意林》编辑部 编

吉林摄影出版社
·长春·

意林年度特刊

图书在版编目（CIP）数据

意林感动卷 /《意林》编辑部编． -- 长春：吉林摄影出版社，2021.1
ISBN 978-7-5498-4869-0

Ⅰ．①意… Ⅱ．①意… Ⅲ．①故事－作品集－世界－现代 Ⅳ．①I14

中国版本图书馆CIP数据核字（2020）第268009号

意林感动卷 YILIN GANDONG JUAN

出 版 人	孙洪军
主　　编	杜普洲
责任编辑	王维夏
丛书策划	王立莉
丛书统筹	蒋　燕
执行编辑	蒋　燕
封面图片	Veer图库
封面设计	马骁尧
美术编辑	坛爱萍
发行总监	王俊杰
开　　本	889mm×1194mm 1/16
字　　数	400千字
印　　张	14
版　　次	2021年1月第1版
印　　次	2021年1月第1次印刷

出　　版	吉林摄影出版社
发　　行	吉林摄影出版社
地　　址	长春市净月高新技术产业开发区福祉大路5788号
	邮编：130118
电　　话	总编办：0431-81629821
	发行科：0431-81629829
网　　址	www.jlsycbs.net
经　　销	全国各地新华书店
印　　刷	天津泰宇印务有限公司

书　　号	ISBN 978-7-5498-4869-0	定　价：	39.90元

启　事

　　本书编选时参阅了部分报刊和著作，我们未能与部分作品的文字作者、漫画作者以及插画作者取得联系，在此深表歉意。请各位作者见到本书后及时与我们联系，以便按国家相关规定支付稿酬及赠送样书。
　　地址：北京市朝阳区南磨房路37号华腾北搪商务大厦1501室《意林》编辑部（100022）
　　电话：010-51908602

版权所有　翻印必究

（如发现印装质量问题，请与承印厂联系退换）

目录 CONTENTS

世间感动

- 001 爱总是赢家 | [澳大利亚]达伦·波克 译／陈荣生
- 002 乌鸦抚养被弃小黑猫，直至它生命的最后一刻 | 学　哥
- 003 决意出发 | 蔡　澜
- 004 生存面前，没有温情 | 公开课白小哲
- 006 多尔林和他的细狗 | 冒　顿
- 007 成吉思汗的八匹骏马 | 克　明
- 008 带上她的眼睛 | 刘慈欣
- 010 礼　物 | 严歌苓
- 011 你是暗夜里的光 | 陶　勇
- 012 怀念黑潭中的黑鱼 | 张　炜
- 014 猫 | [美]玛丽·E.威金斯·弗里曼 译／吴　兰
- 016 蟋蟀五德 | 于　谦
- 017 爱情的本质 | [瑞典]弗雷德里克·巴克曼 译／宁　蒙
- 018 天下白头 | 彭瑞高
- 020 那些年我养过的龟儿 | 胡　扬
- 022 河马的故事 | 尤　今
- 023 曹婆婆的面 | 明前茶
- 024 月亮在叫 | 刘亮程
- 025 论书与读书 | [清]张　潮
- 026 荒漠里有一条鱼 | 赵本夫
- 028 乌鸦老大 | 唐辛子
- 029 女裁缝 | 苏　童
- 030 木　奴 | 车前子
- 031 生命摆渡人 | 黄淑芬
- 032 活着的美人鱼 | 张昕宇
- 034 放蜂人之歌 | 项丽敏
- 036 中国烈士陵园的守墓老人 | 张昕宇

亲情颂

037　有人情味的家庭关系｜汪曾祺
038　那一束光｜李朝德
039　如果自由那么美好｜[日]北野武　译／姜向明
040　人与狗，俱不在｜余秀华
041　孤而不独｜梅　莉
042　但愿"很久很久以后"是个永远不会到来的时间｜赵　挺
044　父母这么懂事，你不愧疚吗｜周　冲
045　攻破游戏成瘾的心理咨询师｜张一民
046　为什么我离开东北再没吃过小鸡炖蘑菇｜姜　姜
047　无所不包，却一无所有｜[挪]阿澜·卢　译／宁　蒙
048　儿女家的"外省人"｜郭韶明
049　团结｜王鼎钧
049　就在那里｜[美]雷·布拉德伯里　译／于而彦
050　告别进行时｜苏　南
051　女　儿｜[美]路易莎·梅·奥尔科特　译／刘春英　陈玉立
052　父母在我面前变得小心翼翼了……｜闫　晗
053　远离塌缩的生活｜明前茶
054　尖叫豆片与过往的囚徒｜小熊洛拉
055　是谁爱着你的背影｜邓迎雪
056　等我为你摘朵花｜淡蓝蓝蓝
057　外公是我的患者｜佚　名
058　能给你的，只有这些漂泊的浪漫｜宋小君
060　妈妈，你要记得输给我｜夏川山
061　韩国妈妈与7岁去世女儿再相见，我们该如何告别｜白女士
062　萌宠人生｜康　辉
064　猫的悲喜剧｜叶广芩

065　黄油烙饼｜汪曾祺
066　小叔出小镇记｜路　明
068　姥　爷｜Ateh

锦年情事

069　往事的冰山｜陶立夏
070　当干瘪的香菇遇到水｜烟　二
072　对最喜欢的人，说最好听的话｜陶瓷兔子
073　一切都是套路｜赵若虹
074　我不想做可爱的女孩了，想做你女朋友｜鹅　打
076　在他心里，球鞋和我谁更重要｜钟意你
078　饭饭之交｜杏仁一勺
079　想要长相守，炒菜多放肉｜陶瓷兔子
080　鱼丸归你，你归我｜邢襄小七
082　差点错过你｜昕　木
084　谁追我啊，好像只有时间在追我｜温　难
086　鹅　恋｜文　龙
087　和187赴汤蹈火的爱情｜佳　音
088　少年，我先爱为敬｜宋小君
090　发烫的爱情｜邓　刚
091　一颗杨梅和夏天谈了场恋爱｜暮　易
092　喜欢的话｜小　狮

093　情　书 | 沈从文
094　越过山丘，遇见十六岁的你 | 钟意你
096　我一点都不在意你呀 | 赵不易
098　喜欢你，真是件令人快乐的事情 | 鹅　打

生命颂

099　大　象 | [意]达·芬奇　译/李　洋
100　一只喵星人的南极冒险 | 郦冰熹
101　一头有功的牛 | 王　族
102　我住的城市发现狼 | 邓　刚
103　鹰　志 | 王　族
104　一只鹅的尊严 | 包利民
105　守　护 | 孙道荣
106　鹿角的"血腥"重生 | 卫红霞
107　斗　虎 | 莫　言

108 一匹马的忧伤 | 李 娟

109 大象女王 | 刘伟馨

110 在非洲,越来越多的大象不长牙 | 胡文利

111 世界上最孤独的树 | 施崇伟

112 鹰之死 | 赵丽宏

114 皮 皮 | 陈子善

116 一只吃螃蟹的鹦鹉,告诉你怎么当个真正的吃货 | 王小柔

117 落单的企鹅 | 张海霞

118 狼和乌鸦的友谊 | [德]埃莉·H.拉丁格 译/张 静 赵莉妍

120 额吉和她的羊 | 王樵夫

122 鸟 谜 | 赵丽宏

123 涉 江 | 李 娟

124 马 语 | 金宇澄

125 大雪飘飘 | 王 族

126 动物如何看待死亡 | [日]阿部弘士 译/烨 伊

127 令人敬畏的生命 | 刘喜权

128 象 钩 | 尤 今

129 野 鸟 | 冯骥才

129 狼 | 李 鲆

130 狗 | 李 娟

131 "有趣的灵魂"属于人类?这些哺乳动物可不同意 | [英]约翰·亚瑟·汤姆森 译/张毅瑄

132 鸟 语 | 梁 晴

133 受伤的树 | 青 弋

134 它们不会"圈地自萌" | 杨 杰

135 企鹅派克 | 方 园

136 轮椅上的雄鹰 | 张昕宇

幸福讲义

137　养一只宠物｜蔡　澜

138　每个河南人心中，都有一碗胡辣汤｜周丝离

139　对于苦难的另一种看法｜[英]威廉·萨默塞特·毛姆　译/陈德志　陈　星

140　舌尖上的美味｜史新会

141　只有吃，才能让我冷静｜王小柔

142　真想不到当初我们也讨厌吃苦瓜｜惠　子

143　独自前行｜[美]加布瑞埃拉·泽文　译/孙仲旭　李玉瑶

144　那年夏天｜虽　然

145　有时，美味无法复制｜淡淡淡蓝

146　滑板是一个自由的梦｜GA

147　烦恼源自比较｜[日]樋野兴夫　译/程　亮

148　"小菜"｜张苏华

149　我的动物"邻居"｜音乐水果

150　这里的街边摊，才是真正的米其林传奇｜嘉　伟

152　73岁日本老人独居中国，却过出了满分人生｜是郡主也是匠匠

153　没有什么烦恼，是养一只猫解决不了的｜L

154　一只会说话的狗｜张筱筱

155　李纨的鱼与娄氏的渔｜曹春梅

156　在澳大利亚，有种幸福，叫BBQ｜喜　喜

157　命运与人力｜[日]幸田露伴　译/商　倩

158　这世界上还有不喜欢干炸丸子的人吗｜VJ

160　白天吃是为了身体，半夜吃是为了灵魂｜张佳玮

161　阅读——生命的突围｜[意大利]伊塔洛·卡尔维诺　译/萧天佑

162　每天都要吸收猫能量｜蔡　澜

164　人间最好吃的，都在地摊上｜张佳玮

166　非要吃上那一口｜吕迎旭

成长真理

167　幸福生活｜[法]多米尼克·洛罗　译/张之简
168　寒夜雁阵｜王吴军
169　匠　心｜张亚凌
170　少年和牛｜李汉荣
171　王维：成熟，始于享受孤独｜与你相约
172　谁更痛苦｜武志红
173　吴　叔｜陆庆屹
174　"00后"活得很明白｜库　珀
176　这么丑地活了一辈子｜阎连科
177　羡慕另一只鸟｜查一路
178　终于，我又可以勇敢地面对死亡｜纪慈恩
179　贫"厌"和富"恋"｜陆春祥
180　从小做家务的孩子长大以后怎么样了｜常爸-黄任
181　自　我｜[英]弗吉尼亚·伍尔夫　译/瞿世镜
182　珍惜那个跟你去啃羊蝎子的人吧｜饱　弟
184　人类永远是客人｜张昕宇
185　恐　惧｜[加拿大]扬·马特尔　译/姚　媛
186　我和小宝的二三事｜冯　仑
188　齐老太太｜冯骥才
190　叫阿青的男孩｜遐　依
191　生而为人｜[意]卡洛·罗韦利　译/杨　光
192　流浪猫领养记｜周　冉

恋爱秘籍

193　与他约在凉爽的地点｜[日]内藤谊人　译/金　美
194　饭　友｜龄　二
195　爱　情｜[美]约翰·威廉斯　译/杨向荣
196　当年她为爱而丑，我要为爱而美｜六神磊磊
197　你不是谁的另一半，你是完整的自己｜三　毛
198　便是千般细烹又如何｜老　猫
199　爱情的时光隧道｜张小娴
200　爱可以付出，但不能牺牲｜辉姑娘
202　钟南山的笑，李兰娟的伞：这些老爱情，你根本不懂｜刘　娜
204　太迷恋东京的人往往感情不顺｜西　岛
205　幽默感在爱情中的重要性｜李银河
206　二美和祖母｜凸　凹
207　根据第一次约会的食量看透她的心思｜[日]匠英一　译/郭　勇
208　告白狂｜刘华剑
210　想和你夏天吃冰，冬天滑雪｜林栀蓝
212　比谈恋爱更重要的，是吃饭｜F小姐
213　渔家女｜王　苹

世间感动

爱总是赢家

□ [澳大利亚] 达伦·波克 译 / 陈荣生

当你对你的孩子赞美多于批评时,爱就赢了。

当你用爱去面对你的敌人时,爱就赢了。

当你鼓励一个一直对你最严厉的批评者时,爱就赢了。

当你以温和和包容的态度对待一个有着不同观点的人、一个有着不同生活方式的人、一个在不同的圈子里行走的人时,爱就赢了。

当你伸出手去帮助他人时,爱就赢了。

当你静静地坐着倾听朋友述说痛苦时,爱就赢了。

当你原谅那些伤害和冒犯过你的人时,爱就赢了。

当你对待别人比别人对待你好时,爱就赢了。

当你对一个粗鲁的人微笑而不是反击其糟糕的态度时,爱就赢了。

当你为某人做事是因为你想做而不是仅仅因为你不得不做时,爱就赢了。

当你回家和家人团聚而不是在办公室待到很晚时,爱就赢了。

(大浪淘沙摘自新浪博客)

乌鸦抚养被弃小黑猫，直至它生命的最后一刻

□学 哥

1999年，住在马萨诸塞州的Collito（科利托）夫妻在院子里发现了一个小东西。那是一个平静的日子，老夫妻Collito坐在门廊，像平时一样看着自己精心打理的院子。

院子的一个角落，有个黑黑的小东西正在动，Collito夫人吓了一跳，还以为是只大老鼠，准备叫上丈夫一起赶出去。

当走近，他们却发现这是只还没有睁开眼睛的小猫咪。是流浪猫把小崽留在了这里？

Collito夫妻犹豫了一下，决定暂时不去动这只小黑猫，防止它沾染了人类的气息被母猫弃养，悄悄退了回去。

然而，一天，两天，三天……好多天过去后，还是没有母猫把小猫咪叼走，Collito夫妻也有点担心了。

他们准备了一些幼猫猫粮，几天来第一次靠近小猫所在的角落。然而，还没等他们过去，一只乌鸦突然俯冲而下，冲向了小猫！Collito夫妻心里一惊，乌鸦一直是很聪明的动物，和流浪猫更是死对头，这只乌鸦如果要伤害小猫的话……

不过，倒是他们想多了。小猫看到乌鸦过来，立刻开心地站起身，嗷嗷叫着张开嘴……

而乌鸦竟然把自己收集到的虫子，喂给了小猫。

这只小猫显然不像是饿了三天的小幼崽，显然，它还很有活力。

Collito夫妻停下前去喂食的脚步，好奇地停在门廊后，看着一鸦一猫。那乌鸦在院子里走来走去，收集虫子叼过来喂给小猫，而猫咪就像是它的崽崽一样，乖乖地等待投喂。

一鸦一猫完全不像天敌，而像是母子一样。

Collito夫妻给猫咪起名叫Cassie（卡西），给乌鸦也起了名，叫Moses（摩西）。就这样，小猫咪Cassie在Collito夫妻的院子里，被Moses一天天抚养大。

人、乌鸦和猫，也渐渐拥有了默契。Collito夫妻每天定时把准备好的猫粮放到Cassie身边，而Moses也会过来一起品尝美食。

每到晚上，Collito夫妻就会招呼Cassie回到房间，享受"宠物猫"的奢侈生活。清晨六点，Moses会来"敲门"，督促Collito夫妻把Cassie放出来和它一起玩耍。晚上，Collito夫妻负责Cassie的安全，白天，Moses就成为它负责的监护人。

每当Cassie跑出院子走到车道上，Moses都会尖叫并用翅膀把这只不知天高地厚的小猫咪赶回安全的院子。这样的相处方式，让动物行为学专家都啧啧称奇。他们说，Moses应该是一名女性，在它第一次看到饥饿的小猫咪时可能刚刚喂走一窝小鸟，于是它觉得有必要照顾小猫。

不过，幸好Collito在后面也加入进来改善了Cassie的饮食，才没有让这只天天吃虫子的小猫

决意出发

□ 蔡澜

在从大阪返回的飞机上我看了一部电影,片名已错过,只看到是戴维·凌治导演的。

影片讲述一个七十多岁的乡下老头决意穿州去看他的弟弟。电影平平凡凡,扎扎实实,和导演其他作品的风格完全不同。

影片一开始就展现老头双脚不灵,眼睛有毛病,跌在地上不能动弹。老头觉得时日无多,决心上路,但他的驾驶执照因眼疾早就被吊销,只能开着电动割草机,拖着一辆拖车出发。全镇的人都认为他疯了。

路上,他遇到一个离家出走的少女,劝说她回家。车子坏了,好心人为他换取一辆二手的车子。后来这个车子也坏了,找人修理时,那人要敲老头竹杠,他一一杀价。这个老头一点也不蠢。

有人问他:"你一个人出门,不怕坏人吗?"老头回答:"第二次世界大战时我在战壕中度过,有什么比这更危险的呢?"

他又遇到一个老头,互相道出战争的可怕。他安慰另一个老头,说自己当年是狙击手,把敌军一个个选出来杀死,最后错杀了一名美军的哨兵。

几经风雨,数日后他终于抵达弟弟所在的乡镇。同乡人说好久不见他的弟弟,不知死了没有。老头心急,驾车前往弟弟家的那条小路是最漫长的路。

他终于见到弟弟。他们年轻时因口角而分开,老头向别人说道:"再不去道歉已来不及。"

见面后,他和弟弟坐在门外,两个人一语不发。弟弟的目光慢慢移动到那辆割草机和拖车上,盯住,心中的激动表现无遗。弟弟大哭,观众也都哭了。

影片中我印象最深的对白是老头遇到一支脚踏车队,和选手们夜里共宿,他们不礼貌地问:"人老了,最坏的是什么事?"

老头回答:"是想起年轻时做过的事。"

(林冬冬摘自《今天过得比昨日快乐》长江文艺出版社 图/木木)

咪营养不良。动物行为学家甚至怀疑,在Moses发现Cassie怎么都不会飞的时候,大概也是很苦恼的……

这样美好的生活,持续了整整五年,乌鸦的寿命只有七年,Collito夫妻知道它们总有一天将会道别。而那一天,似乎Moses已经预见到了。

它一整天都和Cassie在一起,帮它捋毛,陪它玩耍,像是要给予它来自长辈最后的教诲。最后,它高高地飞走,再也没有回来……

又过了两年,Collito夫人也去世了,留下了Collito先生和Cassie守着这个家。这样的美好故事,被一传十、十传百地传开。一位儿童画家,专门把Cassie、Moses和Collito夫妻的故事画成了一本48页儿童绘本 Cat & Crow(《猫与乌鸦》)。乌鸦遇到被弃养的小猫,成为它的养母,将其抚养长大。一段超越物种的友谊,一个充满爱的故事,Cassie与Moses将永远定格在书中。

即使过去十年、二十年,也依然感动着无数人。

(梁衍军摘自微信公众号"英国时报" 图/小粒团)

生存面前，没有温情

□公开课白小哲

养猫养狗热的当下，动物似乎总是治愈、温暖的。它们不需要担心太多，只要扮可爱，就能让人付出全部的爱。但在人类看不见的真实动物世界里，生死一瞬随时上演。森林、天空、海洋、沙漠，无数动物面露狰狞，只为争夺一个活下去的机会。BBC（英国广播公司）摄影师们持着最先进的摄像头，记录下了动物们生命中不为人知的伟大和残酷。诞生了这部一集就评分高达9.9的良心纪录片——《七个世界，一个星球》。活着的真相，赤裸、残酷却极尽真实。

1 生存面前，没有温情

不自私，就是死。

在几乎没有任何生命迹象的南极，生存没有童话可言。一只韦德尔氏小海豹正在经历一生中最大的温差变化：从母亲温暖的子宫，瞬间掉进冰天雪地的极寒之中。刚结束生产的母海豹身体虚弱，幼崽毛发未干，只能躲在母亲身后瑟瑟发抖。母子俩"相依为命"，然而苦难才刚刚开始。上天马上给小海豹安排了第一道考验：它要在刺骨之寒中，活过不会游泳的最初十天。零下40摄氏度的恶劣天气下，前方就是相对温暖的海水。可为了不让孩子溺死，母亲只能陪它一起被困冰上，忍受刀割般的南极风雪。孩子紧紧依偎着母亲，这是它活下去的唯一依靠。暴风雪更劲，母海豹滚动庞大的身躯，努力为幼崽遮挡风雪。

三天三夜，暴风没有任何停下的迹象。母海豹身体机能早已下降，再熬下去，只有死路一条。它面临一个生死抉择。抛弃幼崽游进大海，尚能扛住极寒，但孩子必定九死一生；留下保护孩子，母子可能都会葬身风雪。

生存的欲望，最终战胜了母性的无私。母海豹选择抛下孩子，独自游进海里。

小海豹亲眼目送母亲离开，短小的身子孤独地留在雪原之

上。一线希望成了绝望。失去母亲庇护的它早已冰雪满身。撑不住，幼小的身躯将永远留在陆地；活下来，就可以进入温暖的海洋。

一切答案，都要等到暴风雪后揭晓。一些幼崽没那么走运，大风卷走了它们的生命。

而活下来的那些，幸运地再次听到了母亲的召唤。没有一丝犹豫，小海豹钻进水里和母亲团聚。

母子如此亲密，似乎被母亲抛弃的那一幕从未发生。活下来的海豹幼崽成为这一代最强壮的孩子，未来再少有冰寒可以危及它们的生命。它们学会独立的过程很残忍，却无法抱怨。因为在这里，生存就是唯一的胜利。

◀▶ 2
合作，是活下去的唯一办法

人对猴子常常有种天然的亲切感，不仅因为我们外形相像，更因为在社会结构和情感机制上的共通之处。

神农架，川金丝猴迎来了一年中最难熬的季节。冬天的寒冷，不给生存留一丝情面。

哪怕披着厚重的"金丝"毛发，它们也不得不紧紧抱在一起相互取暖。只有这样才不会被冻死。

冬天不仅带来了寒冷，也带走了高山上的食物。断粮的川金丝猴只能到处啃食少得可怜的树皮、苔藓、地衣。

一只猴子都吃不饱的食物，它们也要掰成八瓣儿，和整个家族共同分享。

家族成员们彼此温暖，这是群体生存的基础。但家族之外，为生存而进行的斗争从来不会有半点心软。另一群正在寻找食物的金丝猴踏入了它们的领地。生存面前，同类的交锋也在所难免。两个身强力壮的雄性代表各自的家族展开厮杀。

一只年幼的小猴子吓坏了，这或许是它第一次围观打架。但它必须面对这堂生存课，并尽快掌握。战事很快扩大，雌性也加入了混战。

为了捍卫领地里那一丁点儿食物，成年猴子一致对外，拼死杀出一条血路。敌人最终败退了。但作为胜利者的它们已经没有力气庆祝。一场鏖战过后，一家老小东分西散，在各处缓着神儿，喘着粗气，任冷风刺痛带血的伤口。这里没有江湖大夫为它们包扎止血，只能等待时间去治愈，或者溃烂。

事实上，它们此刻根本无暇关心伤口，单单是活下来已经值得庆幸。它们遥遥相望，一心想念的只是家人，它们必须尽快重新聚在一起，否则就会被冻死。

家，是它们永远的避风港。

◀▶ 3
最大的挑战并非自然

自然千变万化，机智的生存专家总能应付；人类的进犯，却让它们面临前所未有的威胁。澳大利亚南部的塔斯马尼亚岛，夜行动物袋獾的生存环境日益艰难。每个夜晚，它们都指望从海岸捡到点什么，哪怕只是一具动物残骸。而在巢穴中，两只幼崽正焦急地等着外出捕食的妈妈。此刻，饥肠辘辘的它们必须自己先寻找一点食物。才6个月大的幼崽还在喝母乳，对于什么能吃、什么不能吃，它们显然还不甚了解。

一只小朋友勇敢地外出，对着一块大石头垂涎三尺。它左闻右闻，似乎觉得有点奇怪，但饥肠辘辘的时刻，什么都值得一试。它用鼻子拱了拱，石头咣当一声滚落，吓得它"嗷"地跑开。

但不能气馁，再找找别的。闻到袋貂的气味，小朋友才意识到什么叫猎物，但它显然打不过。

自己找吃的太难了，然而再有3个月，它们就必须离开妈妈独立生活。人们很难想象，这种动物曾经遍及澳大利亚各处，如今，已经成为濒危物种，只在少数几个人迹罕至的地方艰难求存。

灾难降临时，就连澳大利亚最大的捕食者袋狼也未能幸免。有时，再凶猛的野兽也不敌人心，1936年，最后一只袋狼在动物园中走到了自己生命的尽头，也结束了整个物种在地球上的历史。

是的，你再也见不到一只活的袋狼了，前途未卜的野生动物比以往任何时候都更清楚：人类，才是它们要面临的最大挑战。

热带雨林消失的速度，极地冰盖融化的速度，濒危物种灭绝的速度，都让人类的罪证无处遁形。

《七个世界，一个星球》的摄影师记录这些瞬间的同时，在镜头前流下眼泪："我只希望能留住并保护好这些生命。"2014年，科学家在供人食用的双壳类动物中发现了微塑料。2017年，发表在美国《科学》杂志的报告指出，在除南极以外的六大洲总计198个地点采集的蜂蜜样本，约75%含有杀虫剂……千万不要以为，我们不是环境保护的专业人士，就什么都不能做。英国生物学家珍·古道尔（Jane Goodall）说过："消除这种绝望想法的最好方法就是，每天尽我所能去做一些改变，即使只是最微小的改变。"生存本就不易，何必再雪上加霜！千万别让我们的手，再沾上其他生命的泪水。

（大浪淘沙摘自微信公众号"新周刊" 图/麦小片）

村中的狗个儿高，体细，被称之为细狗。

黄昏，我在村中散步，忽听得身后"汪"的一声叫，疑心有狗要咬我，刚一转身，眼前有一条黑影闪过，见一只狗已蹿下路基。是一条村中的细狗。不一会儿，它的头便从路基下冒了出来，嘴里叼着一只兔子。细狗嗅觉灵敏，速度快，有很强的猎捕能力，野兔只要一露面，细狗就如同闪电般蹿出去，双爪一扑一抓，便用嘴叼了回来。

细狗从小开始，便与别的狗不同，一岁时，主人就用布蒙住它们的头，把食物扔到不同的角落，让它嗅味去寻。由于它的头上被蒙了布，所以它便只能凭嗅觉去寻找。这样，它们慢慢地就有了很强的嗅觉能力。村里人对细狗寄予的希望很大，从小精心教它们跟踪、追捕和撕咬的技能。上山打猎的日子，他们在打到狼、哈熊和山羊后，立刻让细狗去舔它们的血，以便让细狗熟悉这些动物的气味，在以后碰到了可以迅速出击。

多尔林和他的细狗

□ 冒 顿

多尔林的细狗在林子里最为出名。别人一般都是牵狗外出猎捕，他则只需把狗放出去，下午，它必叼回猎物。一般的细狗叼回的都是兔子、山鸡等小猎物，而他的细狗专猎较大的动物，像狐狸、刺猬等。有一年，它还咬死了一只黄羊。它咬死大动物后无力拖回，便将它们的耳朵咬下一只叼回家里，多尔林一看便知它猎到了什么，随它出门将猎物扛回。

一次，一只黄鼠狼被多尔林的细狗盯上了，黄鼠狼见逃跑不成，便爬上一棵树躲了起来，细狗追过去往树下一蹲便不动了。黄鼠狼以为它拿自己没办法，便在树上挨时间，两个小时过去了，细狗仍蹲在树下一动不动。突然，那棵树发出"咔嚓"一声响倒了下去，原来，细狗一直用牙在咬树。树倒了，黄鼠狼从树上跌下，细狗迅速扑过去，一口咬住了它的脖子。多尔林很为自己的细狗而自豪。他说，我的狗简直就是一个精明的猎人嘛！硬猎软猎样样都行。他说的硬猎，就是直接猎取，而软猎则是用智能猎取。他对狗爱惜至极，有人曾看见他给它喂羊肉吃。这事传开，他坦诚地说，人吃羊肉身体壮，细狗吃些羊肉肯定也会更加强壮的。他还骄傲地告诉别人，他每宰一只羊必先要给细狗吃。实际上，宰羊不是为了人，而是为了狗。

如今，多尔林和细狗都老了。一人一狗，成天在村中形影不离。多尔林不再打发它出去猎捕，别的细狗从村中走过时，他的细狗总是出神地凝望。多尔林用手摸摸它的头，它便依偎在他身边不再动了。远处，年轻人领着他们的细狗在捕猎，人的欢呼声和狗的叫声响成一片。林子里总有动物不停地出生，村子里总有一代又一代人长大，细狗也是一代又一代在繁衍。所以，这古老的传统之中包含的生命乐趣，永远都不会消失。

多尔林和他的狗仍在栅栏前坐着。初秋的阿尔泰已一片枯色，白桦树的叶子却变得金黄，村子里到处弥漫着金黄色的光芒，人在其中，也变得肃穆和庄重了许多。

黄昏，多尔林和他的狗仍坐在那里。

慢慢地，一人一狗便被那股金黄色裹住，变得像两座雕塑。

(林冬冬摘自《新疆密码：天山高原上的生存传奇》
当代中国出版社 图/点点)

成吉思汗的八匹骏马

□克明

我认识一位普通的牧马人，名字叫巴图，他给我讲了一个找马的故事。那年，放牧一生的巴图，决定收起马鞍子了。可就在那天夜里，他做了一个梦，梦见了可汗。可汗问他，我那八匹白色的骏马呢？老人一下惊醒了。从第二天早上，他就开始寻找成吉思汗的八匹骏马。

从呼伦贝尔开始，老人一站一站地走着，一个马群一个马群地询问着。二十年前的草原，手机还没有普及，但马倌们有自己的联络方式，那就是奔腾的马蹄。功夫不负有心人，一年过去了，巴图找到了七匹白色的骏马，每匹都和传说中的一样，黑口、黑眼、黑色的圆蹄，蹄后是一绺黄白色的毛。毛色不是雪白，而是泛着青白色，那种被称为"温都根查干"的颜色。从兴安岭到巴尔虎草原，又到了锡林郭勒，穿过乌兰察布，走遍了巴彦淖尔，踏进了苍天般辽阔的阿拉善，再也找不到最后的那匹白色骏马了。老人似乎有点绝望了。

一位放骆驼的牧人对他讲，你去甘肃、陕北找找吧，或许正在那边吃草呢！一句话点醒了巴图，他跨上了马，向南边走去。

路很远，巴图一路走下去。在一个路边的小饭馆，巴图询问着村民。老板仔细地看着白马的图片，大声吆喝来一个后生，大家异口同声地说，他们鹰嘴崖村就有一匹这样的马。巴图把坐骑留给了店家，随着后生进山了……

听说有人买马，村民们都聚拢过来，把他引到一处马厩前。白马见有人来，很紧张，耳朵向后背去，发出阵阵嘶鸣。巴图仔细一看，正是自己朝思暮想的马。他走近白马，和它交流着，白马的神态渐渐平静下来。巴图退后，深深地跪下，向白马致意。村民们惊呆了，这世界上竟然还有人给马下跪……巴图起身走近它，轻轻地唱起了蒙古民歌《成吉思汗的两匹骏马》，长调飘了起来，飘过山岭，像是来自母亲草原的问候。白马发出一声长长的嘶鸣，巴图看见几滴大大的泪水从白马眼睛里滚落下来，他一把将马头搂进自己怀里。

马的主人是个青年，后悔买了这匹马，它既不会耕田，也不会犁地，只爱奔跑，主人恨不得马上把这马卖掉。但村民们不这样看，他们阻止着，喊着高价。巴图陷入了两难的境地。这时，来了一位长者，问巴图到底能出多少钱。巴图告诉大家，他只有两万块钱。村民们悄悄商议了一下，同意卖马，但要他签下生死合同，因为鹰嘴崖太险，白马过不去，只能用木杆将白马捆好，像担架一样抬过去，稍有闪失，人和马都可能跌下悬崖。生死合同签了，巴图按上了红红的手印。

马很听话，倒在地上，村民们将它捆牢，一步一步抬向鹰嘴崖，在最难走的拐弯处，几乎是一寸一寸地挪过去……马的半个身体悬在空中。终于，挨过了崖口，大家轻轻地松开绳索，白马站了起来，抖抖身。

告别的时刻到了，巴图将捆好的两万元掏出来，递给了马主人。马主人抽出一万元收好，另一万元退还给巴图，巴图怔在那里。马主人说，我们看出来了，它想家哩，我们陕北人厚道，不敢多要钱哩！

巴图跨上马上路了。白马轻盈地跟在后面，突然，身后响起了一声《信天游》的吼声："一对对白马哟天边边跑，一串串泪蛋蛋往下掉……"白马忽然长嘶一声，转身向主人跑去，像是回应，又像是告别；它在山脚前打了个转，又反身跟上了巴图，头也不回地向前疾驰。巴图没敢回头，不知是雨水还是泪水，模糊了双眼……

故事讲完了，我和巴图站在他的草场上，我问巴图："为什么是你呢？"巴图看着自己的白马群，缓缓地说："我是个马倌啊！万一可汗真的有灵魂，回到鄂尔多斯，见不到他的八匹骏马怎么办？我们该说什么呢？"

（月亮狗摘自《文艺报》2019年12月4日 图/兜子）

连续工作了两个多月,我实在累了,便请求主任给我两天假,让我出去短暂旅游一下,散散心。主任答应了,条件是我再带一双眼睛去,我也答应了,于是他带我去拿眼睛。

主任递给我一双眼睛,指指前面的大屏幕,把眼睛的主人介绍给我,是一个好像刚毕业的小姑娘,呆呆地看着我。她身上的太空服让我觉得奇怪:这套服装的隔热和冷却系统异常发达。在肥大的太空服中,她更显得娇小,一副楚楚可怜的样子。

我带着她的眼睛出发了。

这是一处人迹罕至的高山与平原、森林与草原的交接处,距我工作的航天中心有2000多千米,我们乘电离层飞机只用了15分钟就到了这儿。大草原从我面前一直延伸到天边,背后的高山上覆盖着暗绿色的森林。我掏出她的眼睛戴上。

所谓眼睛就是一副传感眼镜,当你戴上它时,你所看到的一切图像由超高频信息波发射出去,可以被远方的另一个戴同样传感眼镜的人接收到,于是他就能看到你所看到的一切,就像你带着他的眼睛一样。

现在,常年在月球和小行星带工作的人已有上百万,他们回地球度假的费用是惊人的,于是宇航局就设计了这玩意,于是每个生活在外太空的宇航员在地球上都有了另一双眼睛,由这里真正能去度假的幸运儿带上这双眼睛,让身处外太空的那个思乡者分享他的快乐。这个小玩意开始被当作笑柄,但后来由于带上它去度假的人能得到可观的补助,竟流行开来。最尖端的技术被采用,这人造眼睛越做越精致,现在,它竟能通过采集戴着它的人的脑电波,把他的触觉和味觉一同发射出去。多带一双眼睛去度假成了宇航系统地面工作人员从事的一项公益活动,由于度假中的隐私等,并不是每个人都乐意再带一双眼睛,但我这次无所谓。

我对眼前的景色大发感叹,但从她的眼睛中,我听到了一阵

带上 她的眼睛
□ 刘慈欣

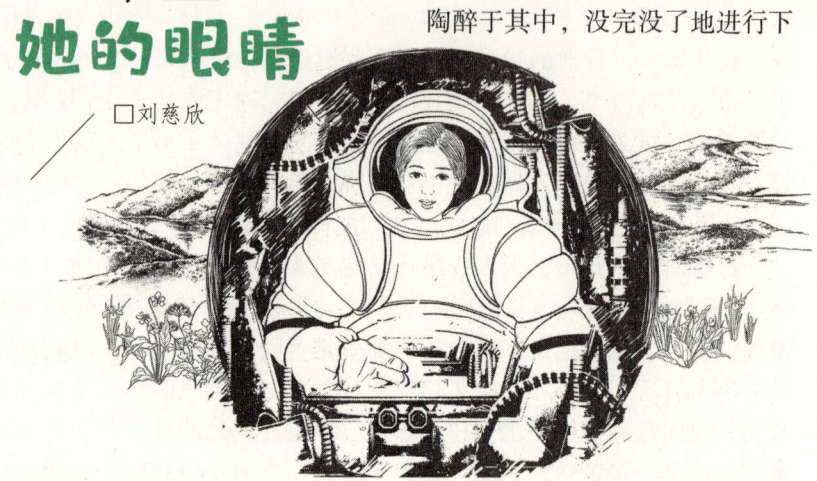

轻轻的抽泣声。

"上次离开后,我就常梦到这里,现在我又回到梦里来了!"她细细的声音从她的眼睛中传出来,"我现在就像从很深很深的水底冲出来呼吸到空气,我太怕封闭了。"

她突然惊叫起来:"呀,花儿,有花啊!上次我来时没有的!"

是的,广阔的草原上到处点缀着星星点点的各色小花儿。

"能近些看看那朵花吗?"我蹲下来看。"呀,真美!能闻闻它吗?"我半趴到地上闻,有一缕淡淡的清香。"啊,我也闻到了,真像一首隐隐传来的小夜曲呢!"

我笑着摇摇头。这是一个变化太快的时代,大家都浮躁极了,像这样见花落泪的林妹妹真是太少了。

"我们给这朵小花起个名字好吗?嗯,叫它梦梦吧。我们再看看那一朵,好吗?它该叫什么呢?嗯,叫小雨吧。再到那一朵那儿去。啊,看淡蓝色的它,它的名字应该是月光……"

我们就这样一朵朵地看花、闻花,然后再给它们起名字。她陶醉于其中,没完没了地进行下去,忘记了一切。我对这套小女孩的游戏实在厌烦了,到我坚持停止时,我们已经给上百朵花起了名字。

一抬头,我发现已经走了好远,便回去拿丢在后面的背包。当拾起草地上的背包时,我又听到了她的惊叫:"天哪,你把小雪踩住了!"

我扶起那朵白色的野花,觉得很可笑,就用两只手各捂住一朵小花,问她:"它们都叫什么名字?长什么样?"

"左边那朵叫水晶,也是白色的,它的茎上有分开的三片叶儿;右边那朵叫火苗,粉红色,茎上有四片叶子,上面两片是单

的，下面两片连在一起。"

她说得都对，我有些感动了。

"你看，我和它们都互相认识了，以后漫长的日子里，我会一遍遍地想它们每一个的模样，像背一本美丽的童话书。你那儿的世界真好。"

我在草原上无目的地漫步，很快来到一条小溪旁。我迈过去，继续向前走，她叫住了我，说："我真想把手伸进小溪里。"我蹲下来，把手伸进溪水里，一股清凉流遍全身。她的眼睛用超高频信息波把这感觉传给她，我又听到了她的感叹。

"你那儿很热吧？"我想起了她那隔热系统异常发达的太空服。

"热，热得像……地狱。呀，天哪，这是什么？草原的风！"这时，我刚把手从水中拿出来，微风吹在湿手上凉丝丝的。"这真是天国的风呀！"她惊叹道。我把双手举在草原的微风中，直到手被吹干。然后应她的要求，我又把手放在溪水中打湿再吹干。我们就这样又消磨了很长时间。

再次上路后，沉默地走了一段，她又轻轻地说："你那儿的世界真好。"我说："我不知道，灰色的生活把我这方面的感觉都磨钝了。"

"怎么会呢？这世界能给人多少感觉啊！谁要能说清这些感觉，就如同能说清大雷雨有多少雨点一样。看天边那大团的白云，雪白雪白的，我觉得它们好像是固态的，像发光玉石构成的高山。下面的草原，倒像是气态的，好像所有的绿草都飞离了大地，成了一片绿色的云海。看！当那片云遮住太阳又飘走时，草原上光和影的变幻是多么气势磅礴啊！看看这些，你真的感受不到什么吗？"

我带着她的眼睛在草原上转了一天，她渴望地看草原上的每一朵野花、每一棵小草，看草丛中跃动的每一缕阳光，渴望地听草原上的每一种声音。一条突然出现的小溪，小溪中的一条小鱼，都会令她激动不已；一阵不期而至的微风，风中一缕绿草的清香，都会让她落泪……

我感到，她对这个世界的情感已经丰富到病态的程度了。

日落前，我走进了草原上一间孤零零的小旅店。我又累又饿，可晚饭只吃到一半，她又提议我们立刻去看日落。

"看着晚霞渐渐消失，夜幕慢慢降临森林，就像在听一首宇宙间最美的交响曲。"她陶醉地说。

我暗暗叫苦，但还是拖着沉重的双腿去了。

夜里，她把我从睡梦中叫醒，让我带她去看月亮。一个小时后我回去躺倒在床上。不知过了多久，她又叫醒了我，她要出去看月亮在云彩中穿行。我十分恼火，出门后把她的眼睛摘下，挂到旁边一棵红柳的枝丫上。

"你自己看月亮吧，我真的得睡觉去了，明天还要赶回航天中心，继续我那毫无诗意的生活呢！"

我醒来时天已大亮，阴云已布满了天空，草原笼罩在蒙蒙细雨中。她的眼睛仍挂在红柳枝上，镜片上蒙了一层水雾。我小心地擦干镜片，戴上它。原以为她看了一夜月亮，现在还在睡觉，我却从眼睛中听到了她低低的抽泣声。我的心一下子软下来。

"真对不起，我昨天晚上实在太累了。"

"不，不是因为你。呜呜，天从三点半就阴了，五点多又下起雨……"

"你一夜没睡？"

"呜呜，下起雨，我……我看不到日出了。我好想看草原的日出，呜呜，好想看的……"

我的心像被什么东西融化了，眼睛竟有些湿润。

"草原上总还会有日出的，以后我一定会再带你的眼睛来，或者带你本人来看，好吗？"

我又回到了忙碌的工作中。

一段时间以后，我从主任那儿知道她是潜入地球深处探险的"落日六号"地航飞船的领航员。"落日六号"在航行到地幔探险时却不幸闯入地核，被封闭在地心里。按照目前我们掌握的科学技术，"落日六号"获救的希望是丝毫不存在的。

她是"落日六号"上唯一的幸存者。她在地心的世界是那个活动范围不到10平方米的闷热的控制舱。飞船上有一副中微子传感眼镜，这个装置使她同地面世界多少保持着一些感性的联系。但飞船里中微子通信设备的能量很快就要耗尽，剩余的能量已不能维持传感眼镜的超高速数据传输。这种联系在三个月前就中断了，具体时间是在我从草原返回航天中心的飞机上，当时我已把她的眼睛摘下来放到旅行包中。

那个没有日出的细雨蒙蒙的草原早晨，竟是她最后看到的地面世界。🌿

（夕梦摘自《带上她的眼睛》人民教育出版社 图/吴敏）

日常生活中也有这样的重复规律，星期、四季、节日、年份。一种幸福的生活应该懂得如何在这些重复的模子中度过而不感觉到闭塞。——米歇尔·图尼埃《爱情半夜餐》

礼物

□严歌苓

猫咪是外婆送给祖母的礼物。

祖母头一眼见到猫咪时吓了一跳：她是那种见了动物绕道走的人，出于惧怕也出于嫌弃。然后她看着父亲，意思是"亏你想得出来"！父亲说猫咪是外婆的礼物，祖母不语了，她的斯文让她永远不说亲家母的坏话。

她是真发了愁，说这以后多麻烦呀，又要吃又要撒，多出多少事体来呀！不久祖母承认，猫咪不仅仅是麻烦，它还是能派些用场的，一夜消灭好几只蟑螂，家里的蟑螂明显地少下去。

猫咪捕蟑螂的时候非常好看。它先把身体趴得低低的，尾巴亢奋地直颤，下巴几乎搁在地面上，眼睛如通了电，成了两盏小型探照灯，藏在胸脯下的前爪还微微地快速搓动，像在摩拳擦掌，蟑螂越近它身体便压得越低，眼睛也瞪得越大……然后，一个闪电，出击，在冲刺尽头突然跃起，前爪由上方落下，准准拍在蟑螂身上，再抬起爪子，歪着头看地上那肥大的蟑螂扁平了，满腹膏脂都被它拍出来了。然后它也嫌恶心，掉头走开。我看明白了，它的突然跃起是为了增加最后那一拍的力度，等于把它整个分量都砸下去。那蟑螂的尸体还能看吗？

猫咪和祖母最开始是桥归桥，路归路，谁也不惹谁。猫咪实在无聊，发现祖母织毛线的线团在筐箩里一动一动，似乎可做玩物。它试探着上去，前爪挠挠，线团动静大了一点，于是它就像捕猎蟑螂那样，退后若干步，猫下腰，摩拳擦掌一番，突然蹿出，对着线团又蹦又跳，不亦乐乎时还把线团抱在四爪之间盘弄，像杂技团蹬坛子节目。

祖母就这点好，温和得跟猫也不发脾气，只是轻声对猫咪说：侬当我在跟侬白相啊？或说，白相可以的，咬就不可以了，哦？猫咪好像听懂了，从来不下嘴咬毛线团。从此猫咪单方面把祖母认作玩伴。

真正在意猫咪的是顾妈。猫咪来了不到一年，家里一只老鼠、一只蟑螂都没了，这一点顾妈顶看重。有猫咪和没有猫咪，在顾妈眼里一个史前，一个史后，文明程度是有区别的。米缸里再也没有老鼠粪便，猫咪这是什么贡献？顾妈心里有着一杆秤。所以顾妈很舍得给它吃。

菜市场有个卖毛毛鱼的小贩，顾妈三分钱买三四十条鱼苗，放在一张荷叶上拿回来，放在一个罐头盒子里炖，炖出一罐白白的汤，顾妈连鱼带汤给猫咪拌上半钵子米饭，猫咪吃起来，美得耳朵尖直哆嗦。猫在顾妈炖鱼的时候，娇滴滴地喵喵着，身体酥软半边似的，在顾妈裤腿上蹭来蹭去，顾妈便骂骂咧咧地说：骨头轻吧？轻得来——没骨头了是吧？……等钵子往地上一放，猫咪饿虎一般上去，顾妈又是骂骂咧咧：噎死你！烫死你！慢一点！啥人跟你抢啊？

猫咪原谅顾妈，光要她的宠爱不行，必须连同她的骂骂咧咧一块儿要。

猫咪跟祖母一样，一年四季宅在家里，最多在阳台上坐坐，扑一两只蝴蝶。一次来了几只傻鸟，在阳台的水泥栏杆上叽喳蹦跳，猫咪觉得这太讽刺了，不扑上去白为一世猫咪，于是它一个漂亮的鱼跃，从窗内直接跃上栏杆，傻鸟不一会儿就剩下一小堆毛和几滴血，刽子手猫咪嘴上爪子上半点血迹也没有，眯着眼睛舔舌头：味道还行。

到我当兵的时候，猫咪的神态和动态都跟祖母很相像了。它像祖母一样恬淡自如，没什么事能惊动它，没谁能让它受宠若惊，你叫它：猫咪，过来！它白你一眼，叫谁呢？才不过来。只有祖母能支得动它：猫咪，去，隔壁张家请你帮忙捉老鼠。猫咪是整个楼人家的猫咪，常常被借到邻居家去除害。

大米越来越金贵，十斤大米要配搭两斤山芋干或者玉米面，运气最好的是配搭高粱米，高粱米和大米相掺，煮出的饭很香。邻居们的孩子常常捧一大碗掺高粱的米饭，拌上酱油和猪油，黑乎乎的，往嘴里狂扒。米的金贵越发体现出耗子的可恶，也越发体现猫咪的重要。

后来，父亲到了淮北农村，工作是修水坝。

这就意味着他收入进一步缩水，顾妈连三分钱的毛毛鱼都不舍得买了，跟鱼贩子求来他剖鱼扔出的鱼肚杂。猫咪开始吃不惯，但饿了两餐就认命了。原来人和畜认命的速度都差不多，日子降级升级都是很快过得惯的。馋急了的猫咪犯过一次浑，跳到餐桌上叼走一条红烧鲫鱼，让顾妈抄起筷子抽了一下，并骂道：活回去了？小时候都不偷嘴！打死你！它自尊心受不了，躲到父母的大床下面赌气，谁都叫不出来，用手电筒照照，发现它卧在长毛的灰尘里，耷拉着脑袋，眯着眼睛，嘴里呼噜呼噜的，念经或者诅咒。最后大家惊动了祖母，祖母困难地下蹲，扶着床沿轻声叫了一句：猫咪，出来吧。猫咪出来了，样子像是头都抬不起来，那阵害臊远远没过去，但它不想让祖母着急。

我第一次探亲假是离家的四年之后。四年家里变得我都不认识了，奶奶在遗像上，顾妈留下的痕迹是一双破雨靴，没了猫咪，也没了奶奶那张从上海搬来的西式床，家里似乎大了许多。第二天，一个我不认识的爸爸回来了，又黑又瘦又老的他从老也修不好的水坝上请了几天假，肩上扛着蒲草篓子，里面是给我买的大闸蟹。哥哥顺利地成为独子留在城里，他的愿望却是跟同学们一块去插队。虽然一家人都混得不怎么样，但还是开心的，因为活到那时，一家人对生活的要求都已很低。

我问起猫咪，妈妈说给了那个鱼贩子。顾妈回老家后，妈妈在厂里上班，日夜三班倒，没人管猫咪，妈妈就把它送给了那个天天给它供应伙食的人。妈妈想，猫咪这辈子，口福是有了，什么都没得吃，鱼可以管够。送走猫咪的第二个月，妈妈到菜场买菜，鱼贩子告诉她，猫咪死了，到了他家之后，给它再好的鱼它也不吃，绝食一周，死了。

猫咪是伤心死的。祖母去了医院，没有再回来，猫咪感到它被祖母遗弃了。妈妈又把它从家里带走，带给一个陌生人，连祖母那一丝丝气味都根绝了，猫咪不知自己干了什么，让人那么绝情。

也许，猫咪比我们想象的都重情，它是决意要给祖母陪葬的。

（林冬冬摘自《穗子的动物园》人民文学出版社 图/麦小片）

你是暗夜里的光

□陶勇

17年前，"非典"的阴影笼罩北京时，我在北大人民医院接受长达两周的隔离。和我一起隔离的有一位刚考上研究生的女孩，她因Ⅰ型糖尿病发生了严重的眼底病变，视力只有0.1，读书看字非常吃力。

我问她："你这种情况，为什么还要坚持上学？"她说："因为读书的时候，我会忘了我的眼睛不好。"

10年前，我们眼科病房来了个农村小男孩，名叫天赐。他爸爸说，这个孩子是上天赐给他们全家最好的礼物。可是，小男孩双眼长了恶性肿瘤，晚期，而家里一贫如洗。

妈妈离开了他，但爸爸没有。于是，白天他在我们医院接受化疗，晚上，父子俩在北京西站卖报纸。

有一天，我听到同病房的小孩问他："你家在哪儿？"他晃着头发掉光了的大脑袋，说："我没有家，我爸在哪儿，哪儿就是我的家。"

作为医生，我除了每天见证病痛的苦难，同时不断见证着各种战胜苦难的勇气和坚强。

我们的世界充满形形色色的苦难，病痛是其中一种，它构成了我们生活中重要的一部分。

我尊重那些虽然家境贫寒，甚至一贫如洗，还仍然坚持劳动，不放弃治疗的人；我尊重那些即使明知自己身患绝症，但仍然怀揣梦想、不断进取奋斗的人。

我尊重那些被孤立、被误解、被伤害，遍体鳞伤但仍心无恨意，笑对人生的人；我也尊重那些用幽默填充身体的残缺，用热情点燃生命之火的人。

（惜茹摘自微信公众号"为你读诗" 图/木木）

怀念 黑潭中的黑鱼

□ 张炜

很久以前,在沙岭下住了一对年老的夫妇。他们以种田为生。由于土质不好,只能广种薄收。当时的水潭不是黑色,就像平平常常的水潭一样。他们从水潭里汲水浇地。整个水潭四周都种上了花生和菊芋等,略好一点的地就种上了玉米和小麦。两个老者省吃俭用,穿粗布衣服。他们没有儿女,是从很远的地方漂泊到这里的。他们的来路或许有点像我们家——我们也是漂流到此,也有一座孤寂的小屋……

两个老人过着淡泊的生活。有一天夜里,老头子做了一个奇怪的梦。他梦见有一个高高瘦瘦、眼睛鼓鼓的男人向他哀求一件事情。他流着泪水叙说他们一大家子由于一个特别的缘故,被人从祖居地赶走了。眼下实在没个去处,就请求这块土地的主人,让他们全家在这儿安身。

老人梦中问:"我们这儿怎么让你安身呢?"

哭泣的男人指指那个水潭:"这地方就很好,这就足以让我们一大家子凑合着住了。您老如果答应,我们不会忘记您的。"

"这有什么,你们住就是了。"

那个男人感动得竟然跪下来,再三道谢。

他走的时候,不小心洒下了一串水珠。早上,老头子醒来,第一眼就发现炕下的水珠还没干。他指着水迹,跟老伴叙说那个奇怪的梦。老伴惊讶地拍了一下膝盖,说她也做了一个相似的梦。老头子急急扳住老伴肩膀:"你在梦中答应他了吗?"

"答应了。"

老头子舒了一口气。

他们穿过沙地,直奔水潭。他们一眼就看到水潭的颜色变了:里面有很多黑色的鱼,它们正愉快地戏水。老人想起那个水淋淋的老男人,一拍脑瓜:这是一个水族!他刚要转身,老伴指了指水潭边——

那里有一桌酒菜,旁边还摆了一沓钱币。

他们明白,这是新来的这个家族对他们的酬谢。于是他们就坐下来,在野椿树下吃过了饭,然后又取走钱币。

从此以后,他们就过着非常安逸的生活。每逢节日,梦中那个老者总是再次出现,向他们千恩万谢;第二天,水潭边又会有一桌丰盛的酒筵。这样一晃就是一年。

有一天,一个出海的渔夫路过了水潭,一眼就发现了潭里的黑鱼。他对老人大喊大叫:"这么多的鱼,你们怎么不捉?"

老人摇头。

"我把这些鱼捉了,卖了,一半的钱交给你,怎么样?"

老头子还是拒绝了。

后来那个渔夫领了另外三个人来看,他们一块儿对老人提出请求。老人还是没有同意。

就在这天夜里,那个浑身是水的男人又在梦中出现了,他哀求老人:"我们全家都感激你的好意,你没有答应他们。可是他们明天一早要进水潭。到时候还求你能帮我……"

老人答应了。

第二天,那个渔夫真的带来一帮人。他们带着水桶和捞斗,跳下潭去就要捉鱼。水流只达到他们胸部。可是那些鱼怎么也捉不住。它们灵活得很。捞斗伸下去,它们就很快闪开。

两个老人过来阻止,渔夫就

劝导说:"这些鱼捉上来,一多半收入是你们的。到时候你们就可以把泥屋掀掉,盖一座又高又大的青砖瓦房。再说我们也不是一下把鱼捕光,还要留下一些哩,让它们再长,到时候还是你的。你有取不完的财源了!"

两个老人互相看看,都有些心动。渔夫又加紧劝说。他们终于点头同意了。

他们站在岸边,看一伙人捕鱼,夜间的许诺早抛到九霄云外了。

渔夫和手下人使尽全身力气往外泼水。他们想把水潭掏干,可是尽管累得满头大汗,潭里的水一点也没减少;只见那泼出来的水像墨一样黑。这些水泼到渠岸上,立刻染透一大片泥土。岸上的老人看着,这时候捋着胡须一笑。

"我这个水潭,你们才不摸底细。这样就是搞上一年,怕也搞不干的。"

渔夫问缘故,他就指了水潭一角:"那地方斜着下去有一个水洞。那水洞通着地下水脉。不把那洞子堵上,就休想弄干它。"

渔夫立刻让所有人都脱下衣服,团成一团衣服球,再裹些草,潜水下去。果真有个水洞。他把它严严地堵实。

他们拼劲儿泼水。眼见着水潭里的水一分分减少。半个钟头过去,潭中黑鱼像米饭一样浓稠,不断碰撞他们的腿,发出吱吱的叫声。这些鱼又黑又亮,肥硕得很。渔夫提出一尾,看它在眼前挣扎,又抛给岸上的老人。

就在他们伸出捞斗往外捞鱼时,突然听到一阵隆隆的声音,像闷雷一样在地下抖动。渔夫呆住了。这样响了一会儿,突然"嗡隆"一声,从那个堵住的水洞喷射出一股水柱,把潭里的人全部击倒了。

他们哇哇叫着,面无血色,慌慌地从潭里爬出。

所有的人都呆看着潭里的水慢慢涨起,恢复到原来的样子。几个人就这样怔了一会儿,又恐惧又绝望地离开了……

就在当天晚上,老人在梦中又一次见到了那个水淋淋的男人。他的衣服还像过去那样明亮和滑腻,站在那儿,鼓鼓的眼睛里再也没有一点儿温和。他定定地注视老人:"你劝阻不了他们也就是了。你不该给他们出这么恶毒的主意。你是个没良心的人,你为了一点点好处,就要卖了我们整个家族,你不得好报。"

他说完就消失在夜色里。

老人出了一头冷汗,坐起来,见老伴已经在那儿发呆了。老伴说,她也梦见了那个水淋淋的老者。

第二天早晨,他们起来的第一件事,就是去看黑水潭。到了岸边,他们发现水潭异常平静。潭里波澜不惊,没有几条鱼。再看看,岸上有一些水珠,还有一条小鱼干死在地上……他们就沿着这水迹走去,一直翻过了沙岭……这个水族在绝望和慌乱中连夜迁徙了。两个人向着它们迁徙的方向追了老远,什么也没看见,只有一地的水珠儿,偶尔还有遗落的几尾小鱼……

半年之后,两个老人衰弱下来,不久就病倒了。后来他们一块儿死在了小屋里。有人发现了他们,就把他们葬在了水潭旁的沙岭上。

黑水潭里还有几尾小鱼,大概是那个家族遗留下来的。它们在这儿繁衍着,总算没有断根。

这个传说让我感到惊讶和惧怕。我再回头看这水潭时,就有点战战兢兢了。潭里那些黑色的小鱼变得无比神圣,我甚至不敢长久地凝视。它们如果有记忆的话,就会互相叙说以前的那场劫难。而它们到底由于什么缘故遗落在此,又会是一个不解的谜。

我蹲在这片黑土上,细细地捻着土末。我渴望从土中分离出一点什么……

这片黑水潭中最后的一些小鱼归于何处,就不得而知了。但我对现代人的仁慈是从不抱奢望的。记得一次路过山区水库,那儿的人竟然使用黄色炸药捕鱼。轰一声闷响之后,无数的鱼翻起白色的鱼肚,浮在水面上。他们只需用一个浅浅的罩网,就把它们收到船舱里去了。

不过由于那个传说的缘故,由于两个坟尖在那儿耸立着,当年还没人敢染指黑水潭。今天,只要我们活着,那个故事就应该传下去,让那一点点恐惧存留心中。这样对谁都好。

这片失去了水潭的黑土能断绝一个故事吗?不,它只是暂时地掩埋了。

我在这儿徘徊,不忍离去。

(林冬冬摘自《听来的故事》
中华书局 图/小粒团)

猫

[美]玛丽·E.威金斯·弗里曼　译/吴兰

猫直挺挺的毛尖上沾满了雪花。雪还在下，却没让他分心。他已经蜷了几个小时，随时都准备跳起来给出那致命的一击。他已经孤单了一整个冬天。猫饿极了，事实上，倾空的胃囊已经快要掳去他的性命。天气一连坏了好多天，弱小些的野物几乎都躲回了巢穴。猫却仍然静候着。

猫绷紧全身每条精锐的神经和肌肉，静待不动。兔子出洞了。一场逃生与恐惧的追逐大戏随之上演，猫终于捉住了它。

猫拖着猎物，在雪地里踏上了回家的路。

猫住在主人盖的房子里。即使拖着一大只兔子，他仍旧快速地蹿上屋后一棵松树，跳进屋檐下的一扇小窗，穿过活板门，一溜落进了屋子里。猫一跃跳到主人床上，为自己胜利的着陆、捉到的兔子和一路上所有的辛苦大大喵了一声。

可主人不在这里。初秋时他便离开了，现在已是二月。春天之前他都不会回来。他是位老人，他得到村子里过冬。猫早就知晓主人的离去，但在他的头脑中，事物总会按顺序循环往复地发生，所以他认定过去的事情总会在将来重现——这似乎更是他在等待时那神奇耐力的源泉。所以每次回到家，他仍然期待能见到主人。

猫依旧不见主人的踪影，便拽着兔子从粗布沙发上——也就是床上——跳下地来。他用一只小小的爪子摁住兔子的身体，将脑袋偏向一边，使出了牙齿最凶猛的力道，开始啃咬他的晚餐。

强风裹挟着雪花，如冰雹般击打得窗户嘎嘎作响，屋子也在微微晃动。猫忽然听到了一阵声响。他停住嘴，安静地聆听，光闪闪的绿眼睛直直定在一扇窗户上。然后他听到一声沙哑的呼喊，一声带着绝望与乞求的问询。但他知道这不是归家的主人。

猛的一声，门被撞了一下，接着两下、三下。猫于是拖着兔子藏到床下。门锁终究没有抵挡得住，将陌生人放了进来。躲在床下的猫偷偷向外看，陌生人擦亮一根火柴，四下打量屋内。猫看见一张毛发蓬乱、冻饿发青的面孔，一个比他那贫穷年老的主人还要穷、还要老的男人。

陌生人关上他撞开的门，从屋角的柴堆上拾起几根木头，以最快的速度用半僵的双手点燃了那只老旧的火炉。他的模样太过凄惨，全身都在发抖，以至猫在床下都跟着一颤。这矮小虚弱的男人在其

你若爱，生活哪里都可爱。你若恨，生活哪里都可恨。你若感恩，处处可感恩。你若成长，事事可成长。不是世界选择了你，是你选择了这个世界。
——丰子恺《豁然开朗》

中一把旧椅子上坐下，蜷在了火苗旁。这时，猫从床下钻出来，带着兔子一跃跳上了男人膝头。男人大叫一声，巨大的惊惧使他从椅子上弹了起来。猫从他身上滑到地下，用爪子抠住地面，兔子则直挺挺地摔到了地上。惊恐的男人喘着粗气，面色苍白地背靠住墙壁。猫迅速上前衔住兔子脖颈上松弛的皮毛，把猎物拖到男人脚下，然后尖厉急切地叫起来。他摇动毛茸茸的漂亮尾巴，高拱着脊背磨蹭男人的脚。

男人僵硬地弯下腰轻抚猫高拱如弓的背脊。然后他拾起兔子，急切地借着火光瞅了瞅。他的下巴颤抖了，他简直能生吞下这一整只兔子。他从几个简陋的架子和一张桌上搜摸了一阵，找出一只盛着油的灯，满心欢喜地咕哝了一声。猫就在他脚边。他把灯点亮，借着灯光找到了一只煎锅和一把刀。他剥掉兔皮，打理好兔肉准备下锅。猫一直在他脚边守候着。

当熟肉的香气溢满整个小屋，男人和猫都已面如饿狼。男人一手将兔肉翻面，然后弯下腰，用另一只手拍拍猫。即便他们刚刚相逢，猫也认定他是个好人；即便这男人有一张既可怜又与这世上最美好的事物截然相违的面孔，他也全心地爱着这男人。

当兔子煮到半熟时，男人和猫都等不及了。男人把兔肉从火上取下，非常平均地分成两半，一半递给猫，一半留给自己。他们终于吃上了晚餐。

一切结束后，男人吹熄了油灯。他将猫唤到身旁，盖上破烂的被子。男人把猫揽入怀中，他们一道睡着了。

男人在余下的冬天里，成了猫的房客。山中的冬季是漫长的，小屋真正的主人要到五月才会回来。猫的这段日子十分辛苦。他瘦了，因为除了老鼠以外，所有猎物他都得和客人分着吃。有时，他遇上的猎物很是警惕，就算耐心地连续守上几天，成果也难以填饱他俩的肚子。男人生着病，又非常虚弱，他无力自己出门觅食，但所幸身体的羸弱也使他没有多大饭量。他整天都躺在床上，不然就蜷坐在炉火旁。屋里有足够的木柴，他伸手就能够着，这倒是件好事，毕竟烧火还得他亲自来做。

猫不知疲倦地搜寻食物，有时一去就是好几天。一开始男人感到恐慌，他怕猫不会再回来了。后来，他听到了门口熟悉的叫唤，便摇摇晃晃地起来为猫开门。而后他们会平分猎物，一同吃晚餐。再然后，猫就要休息了，他会轻柔地发出满足的呼噜声，终于在男人的怀中睡去。

猫在临近春天的时候迎来了好收成。一天猫交了好运，捉住了一只兔子、一只山鹑和一只老鼠。他没法同时把它们扛在身上，但最终他还是把所有的猎物都集合在家门前。他在门口呼唤，屋内却无人应答。男人已经离开了。

猫又叫了一声。这小兽物寻求人类陪伴的呼喊是世间最悲伤的音节之一。他查看了屋内所有角落，又跳到窗边的椅子上向外张望。他守候着，却没有人回来。男人走了，再也不会回来了。

猫再次奔赴了他的猎场。夜晚时分，他带着一只肥鸟回到家。他用那从不倦息的执拗期盼男人会在木屋出现。屋里确实亮起了灯光，但叫门之后，开门的是他年老的主人。他放猫进了屋。

主人与猫之间的同伴关系非常牢靠，但这并不是喜欢。那借宿的流浪者更富温情，主人就从没像他那样抚摸过猫。

猫独自吃完了他的鸟，因为主人已经在炉上做起了自己的晚餐。晚餐过后，主人拿起烟斗，在小屋中寻找他冬季存下的一点烟草。

他惊讶地发觉许多东西都改变了模样：炉盖又坏掉了一个，一块旧地毯被钉到了窗户上抵挡风寒，他的柴火全都不见了。他看到了自己空空如也的油罐，又望向床上的被子。他掀起被子，喉咙里再一次发出了那怪异的咒骂声。接着他又找起了自己的烟草。

最后他放弃了。他在炉火边坐下，因为山里的五月依旧寒冷袭人。他皱起粗糙的前额，把空空的烟斗含进嘴里。他望向猫，猫也看着他，他们的目光穿越那片由沉默搭建的藩篱交汇了。这藩篱在世界的肇始便横在人类与兽物之间，永远不可逾越。🍃

(若子摘自《屋顶上的猫大人·译言古登堡计划》中信出版社 图/兜子)

明确地爱，直接地厌恶，真诚地喜欢，站在太阳下的坦荡，大声无愧地称赞自己。——黄永玉

蟋蟀五德

□于 谦

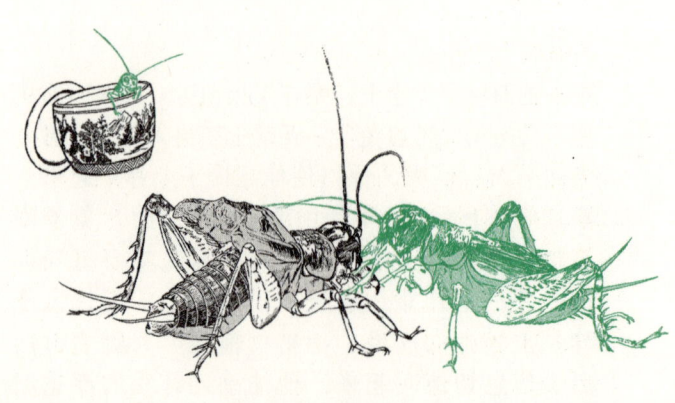

今天早晨啊,心里有件挺别扭的事儿。什么事儿呀?其实也不是什么大事,就我养的一只蛐蛐儿,死了。

每天早晨,只要没什么事儿,我在家就把好玩儿的东西先鼓捣一遍,该擦擦,该涮涮,该拾掇拾掇。今儿早上也是,好容易在家闲一天,拾掇东西。到蛐蛐儿罐这儿,我一打开,得,两只蛐蛐儿,死了一只。哎呀!还挺心疼,养好长时间了,一直带在身上,搁在那精心喂养,后来呢,这……唉!

话说回来,这个东西,咱们老百姓也叫百日虫,据说它自打生下来,一直到死,就是一百天的工夫,仨月。养得好的,喂得好的,给的食水也足,温度也适合,什么都不缺,营养均衡的那个,也能活四个月五个月。养不好的,就像我这只……

我真喜欢这个,咱玩儿的这个叫鸣虫。怎么叫鸣虫呢?它能听叫,能叫唤,叫唤的声音还好听,又不吵,而且声音不小。就这种叫声,特别好,让您听着心旷神怡。所以,从古至今,很多人都喜欢养蛐蛐儿。

怎么叫蛐蛐儿?嗨,老百姓给起的名字,能起什么上档次、有琢磨头、有含义的?没有。他就听这个叫声起的。蛐蛐儿怎么叫啊?曲曲曲曲曲曲曲,就这么叫,哈哈,所以听这叫声起的名儿。怎么叫?那就叫蛐蛐儿吧。有好些这种东西,都是按照它的叫声起的。蛐蛐儿是典型的一个,蝈蝈儿也一样啊,蝈蝈儿怎么叫?蝈蝈蝈蝈蝈蝈,一听这叫,叫蝈蝈儿吧。

还有老北京,咱北方,那蝉。蝉是大名,小名叫什么?叫伏天。老百姓到夏天了,到六月三伏了,大太阳晒着,那大树下一站,您听听,伏天又叫了,伏天怎么叫?伏天伏天伏天,就这么叫。那起名儿就叫伏天得了,也正应时当令,大夏天的,这蝉一鸣,心烦气躁的,这外边本身也是三伏天,就叫伏天吧。所以好些民间起的名字都是通过它的叫声起的。

实际上,蛐蛐儿小名叫蛐蛐儿,大名叫什么?一说您都知道,叫蟋蟀。一提起蟋蟀,可能真正玩的朋友就都知道了。蟋蟀可是咱们所养的宠物里边,可能算是比较高贵的一种了。它可受过皇家的礼遇。历代的帝王有很多爱玩蟋蟀的。您说这蟋蟀怎么个玩儿法啊?我觉得,就两个玩儿法。

首先就是斗,斗蟋蟀。都说蟋蟀是斗虫嘛,您说养蟋蟀,没有说一个罐里养俩、养仨,都一个罐里养一个。野外也是都在小墙洞里啊、砖头瓦块底下的小洞里边那么躲着,见着就斗,只要俩公的见一块儿就得掐,掐死为止,就那么厉害,所以都管它叫斗虫。养它也是为了斗、赌,掐蛐蛐儿,斗蟋蟀。

养蟋蟀的历史啊,从现在看来,可以追溯到唐朝,唐朝就有记载了,唐太宗就养蛐蛐儿。他养蛐蛐儿可能不是为了斗,也不是为了听叫,您说唐太宗养蛐蛐儿干吗啊?他养蛐蛐儿,为了治失眠。蛐蛐儿还能治失眠?您瞧,人家就是为了治失眠嘛!据记载,唐太宗李世民哪,有严重的失眠症,睡不着觉,怎么做都不成,就是睡不着,大半夜俩眼瞪在那儿,熬鹰。

当时呢,有一个大画家叫阎立本,给皇上出了这么一个主意,他给皇上找来两只蛐蛐儿,说您把这搁床底下,您听着它的声儿,就睡着了。

皇上说行吗,这没声儿我都睡不着,你甭说有俩蛐蛐儿这么叫唤着?阎立本说您试试。一试果不其然,睡得特别好,失眠症治愈了。

就听蛐蛐儿叫唤治失眠症,咱现在想起来也有道理。蛐蛐儿叫唤平缓,对吧?这个叫声是有规律的,又不吵人,现在叫白噪声嘛。现在咱们出来那种白噪声睡眠仪,就是拿这种声音来促进大家睡眠嘛。那时候利用自然条件,昆虫发出的这种自然的声音,照样就把这失眠症给治了。所以从那儿以后,就落下这么一个记载,就是说唐太宗那时候就养蛐蛐儿。再往后说，养蛐蛐儿的多了。

历朝历代，都有那些个好总结的人，您像什么猫谱啊、狗谱啊、鸽子谱啊，那蟋蟀，有蟋蟀谱。那厉害，谱里边讲蛐蛐儿什么品相是好的，头应该长什么样，翅应该长什么样，身子应该什么样，上等子应该多沉，须子应该什么样，颜色什么样，那都是有讲究的。什么是上品的，什么是中品的，什么是下品的，讲得细致极了。

一直到咱们当代的大玩家，王世襄王先生，生前专门把历朝历代的蟋蟀谱，给它总结了一个叫作《中国历代蟋蟀谱集成》，出了这么一本书。现在凡是喜欢养蛐蛐儿的，都看这本书。所谓集成，就是把所有讲到蛐蛐儿的这些东西，有用的，都给集到这一本书里边了，所以大家都看这个。

不单成谱，那些文人雅士，还好个总结的。北宋的文学家黄庭坚就专门为蟋蟀，为这蛐蛐儿总结了五德，说叫蟋蟀五德。它能有什么大的德行呢？人总结出来了。

"鸣不失时，信也。"怎么叫鸣不失时啊？它叫的时候，这叫声绝对不错过这时间。什么时间？就是刚才咱们说的立秋啊，到秋天才叫嘛，不到秋天不叫，到了秋天，这个肯定叫，叫鸣不失时。信也，这是守信用。

"遇敌必斗，勇也。"怎么叫遇敌必斗？刚才咱说了，蟋蟀是斗虫嘛，见着就掐，叫遇敌必斗。勇也，这是勇敢。

"伤重不降，忠也。"伤重不降，有的时候掐伤了，看着牙也掰了，腿也掉了，须子也折了，那也不投降，战死为止。这是忠，忠心耿耿。

"败则不鸣，知耻也。"玩蛐蛐儿的人都知道，掐蛐蛐儿的时候，这胜了，站在罐里头，得得得得，这么叫。那败的，不会叫，永远不叫。掐败了，没有叫的。叫"败则不鸣，知耻也"。我知道着耻，我都掐败了，我瞎嚷嚷什么呢，对吧？

"寒则归宁，识时务也。"天凉了，天凉怎么办呢？归到洞穴里不叫了，忍起来了。天时到了，我自己知道，不是我该叫的时候了，这就叫识时务。

这么五德，您想，这还了得吗？这都是那些有学问的人给总结的。一直到现在，养蛐蛐儿，还是玩家们特别爱好的一件事。

这东西多上瘾？就我，我那就是纯外行玩蛐蛐儿，我也不会斗，我也不会掐，我也不会赌，我就为听叫。而且我在这类里不算专家，每年我就是养那么几只蛐蛐儿，养几只蝈蝈儿，养几只油葫芦。一到每年秋天我都养这么几只，听听叫，然后这个过程一直能到冬天，我觉得这挺好。

怎么好呢？到了冬天，是吧，家里支上桌子，弄个涮羊肉，火锅一支，尤其是外边再飘着雪花，这吃着涮肉，喝着小酒，旁边这个秋天的虫子一叫唤，哎呀！心旷神怡。就这种感觉，那是很多很多专门养这鸣虫的，这么一种自得其乐的方式，那种感觉太美了。

（林冬冬摘自《于谦动物园》
浙江文艺出版社 图/兜子）

爱情的本质

□ [瑞典] 弗雷德里克·巴克曼 译/宁 蒙

爱上一个人就像搬进一座房子，一开始你会爱上新的一切，陶醉于拥有它的每一个清晨，就好像害怕会有人突然冲进房门指出这是个错误，你根本不该住得这么好。但经年累月，房子的外墙开始陈旧，木板七翘八裂，你会因为它本该完美的不完美而渐渐不再那么爱它。然后你渐渐谙熟所有的破绽和瑕疵。天冷的时候，如何避免钥匙卡在锁孔里；哪块地板踩上去的时候容易弯曲；怎么打开一扇橱门又恰好可以不让它嘎吱作响。这些都是会赋予你归属感的小秘密。

（摘自《一个叫欧维的男人决定去死》四川文艺出版社 图/小粒团）

与其在你不喜欢或不喜欢你的人那里苦苦挣扎，不如在这几朵祥云下面快乐散步。——莫言

天下白头

□ 彭瑞高

那天,万阿姨推着轮椅,载着她的白头老母来理发。小马见了,赶紧出门把老人扶进店,让她坐舒服,轻轻围上围布。

"剃个头难啊!"万阿姨擦着汗说,"老娘亲八十多岁,手脚不便,我硬是要把她从床上弄起来,再从楼上一步步背下来,轮椅推到此地,我自己也瘫倒了。"

小马看万阿姨气喘吁吁,估计她也过六十岁了,心里就一动。小店虽是新开,小马却是个老师傅。在老家,他17岁就拿剃刀,剃过的白头多去了,父母亲的白头也是他剃的。他手艺好,外村老人也指名要他剃,还特地让小辈用独轮车推着,走十里路来找他……

小马撩起一把白发剪下,手上第一感觉就是油腻腻的。万阿姨老母的头发,不知有多久没理了,气味也有些刺鼻。小马看着这头白发,不知怎的,就想起自己的母亲。在老家那些年,他给母亲头发剪得特别勤。母亲喜欢小马给她弄头发,还把儿子剪发当成享受。现在打工出了远门,那么长时间没给母亲理发,老人的头发该长得像草一样了吧?也该有这种难闻气味了吧?这样想着,小马心里就酸酸的,眼前有些模糊。

老太太这一头白发,小马理了很长时间。理完了,他给老人照镜子。见老人头脸一清爽,他自己心里也一清爽,就像当年见母亲一头清爽一样。娘俩出门时,小马拿出一张名片,对万阿姨说:"这上面有我的手机号,下回老妈妈要理发,就打这手机,我上你们家来理。"

天下没这个规矩,是小马给自己定的这规矩:上门给老人理发,一律免费。当年他在老家这样,到了上海,也这样。

他给万阿姨的白发老母,前后理了十多年发,一直到她百岁为止。

办完老太太后事,她女儿万阿姨专门到小店来,郑重其事地把一只精美的小瓷碗递到小马手里。

小马不敢收,说:"万阿姨,我不能收客人东西……"

万阿姨说:"这是寿碗,你懂吗?人家要也要不到呢,快收下!"

小马后来才知道,鲁汇人很是看重这寿碗。尤其像老太太这样高寿过世的,在她百岁后能得到寿碗的,没有几个人。老镇方圆数里,有谁能想到,一个不起眼的剃头师傅,不开口却能得到这宝贵的寿碗。

推着老母上门来的万阿姨,现在也成了老太太。她被列入小马又一茬服务对象。不过,小马不是去她家,而是在居委会为她剪头。

于是每月10日，老人们就聚到居委会来，等着小马。来剃头的老人数目不一定，少则二三十，多则四五十。有时来多了，小马就会把妻子小王请来帮忙。小王也是优秀理发师，跟小马在南京美发学校相识，两人相濡以沫已多年。若夫妻俩人手还不够，小马会把店里其他师傅一道叫来。只有这时，"马老板"才会拿出老板"架势"。他说，这天就是关了店门，也要保证每位老人都剃到头；对长者说的话，一定要算数。

这天小马是忙，但忙得很开心。因为他能在每位老人嘴里听到两个字——"适意"。这美滋滋的感觉，令他十分痴迷。

也有一些长者，人快不行了，才来请小马去剃头。这是最紧张的时刻。小马往往立马丢下手里活，推上车就奔出去。这时他把自己当成一个抢救者。在他看来，能不能抢在老人还有一口气时给他净面理发，光景是不一样的。这是他的"头等大事"。

有位老人得了肝癌，自知行将不起，让孩子上镇来请理发师。可走了多家理发店，师傅都请不动，嫌晦气。

到小马店里，小马却一口答应。见孩子手里拿着手套口罩，小马问："你这是干什么？"孩子说："老爸怕脏了师傅手，给您备着的。"小马说："我自己有。"言罢就出发。到了病人家，肝癌老爹躺在床上，早已面无人色，见小马进来，老爹第一件事不是干别的，却是主动把口罩戴上。小马看了，工具还没拿出来，泪先下来了……

类似的事年年发生。

别的师傅不去，小马去，还不收钱。

有一位姓金的阿姨，小马给她剪了9年头。病好时，小马与全家老少一道替她高兴；病情恶化时，小马跟着一道心急如焚。无论病怎么反复，小马有请必到。他剪着她的白发，眼看她一点点油尽灯枯，目含不舍地离开老伴，离开这个美好的世界。

鲁汇敬老院有位宋奶奶，家属推她出来剪头，几家理发店都回说不剪。到小马店门口，家属怯生生地问："老人的头剪不剪？"小马说："剪啊，请进！"宋奶奶坐下开始剪，家属就在一边絮絮叨叨发牢骚。这头剪完后，小马才知道，老人剃头难、剃头苦，连家属都遭人白眼。他心里很痛。

打烊后，他专程去敬老院找院长，说："我是街上理发店的小马。我想到你们这里来，为老人免费剃头。"院长说："我们老人有近百位呢，你剃得了吗？"小马说："有多少老人，我全包下。您定个日子，我每月来。"

于是，每月20日就成了小马的"敬老日"。这是全店的"大日子"。因为老人集中排队，往往要全店出动才能完成任务。院长看不过去，说："你关了店门来为我们服务，我们多少应该付你一点钱。"小马说："您给老人加餐吧，我们一分钱也不要。"

现在，小马的店，加上其他理发店，把敬老院老人的理发包了。每月20日的下午，如果您去鲁汇敬老院，您就会看到：在一个"干垃圾箱"里，装满了一大桶花白的头发；而全院上上下下、男男女女，每一位白头，都是清清爽爽、整整齐齐的。鲁汇老镇上的这一白头景观，您走遍全世界养老院，都是看不到的。

一眨眼，小马为敬老院老人剃头，已经16年了。老人走了不少。而那年出生的孩子，现在也已读高中，正准备考大学。

小马好事做了一路，同行、同乡、同街，都很羡慕，有人就对小马说："我也来跟你一道做好吗？"

小马说："好啊，一个人做，就觉得没劲呢。"

有人担心他的生活，问："小马你常常关了门去为老人服务，这生意怎么弄？这日子怎么过？"小马说："我为老镇老人做好事，老镇的子孙都来照顾我生意，这些年，我的业务真的还不错，要不，我店里最多时怎么会有11位师傅？开店开到这份儿上，我知足了。"

只有一点，小马心里有点忧虑——

几十年白头剃下来，他自己也年过半百，也有白头发了。有时他就会想：等到自己也成了白头，那时的年轻人，会来给他剃头吗？

(月亮狗摘自微信公众号"夜光杯"

图/罗再武)

那些年我养过的龟儿

□ 胡 扬

已记不清幼时的自己曾多少次哭闹着向父母提出要养猫狗,却在屡遭拒绝后终究不了了之。大概看我实在爱宠心切,六岁那年,父亲送了我一对巴西彩龟——一只稍大些,颜色也更为鲜艳;另一只要小一圈,颜色黯淡。我的养龟之路,就此开始了。

我嫌乌龟不似猫狗,唤它们也不会摇着尾巴屁颠屁颠地跑过来或是到你脚边蹭你几下,便也无意为它们取名,直接称它们为"大乌龟""小乌龟"。乌龟初来乍到,胆子总是极小的。我将两只龟儿放在地上,大的那只迟迟不肯伸出头,手脚死死地抠着壳的边缘。若把手指伸到它面前晃一晃,它本已露出不多的脑袋还会猛地往里一缩,四肢再抽搐一下,甚至可以听到它惊恐的喘息。多么无趣的生物!我将它弃之一旁,开始逗弄那只小的。小乌龟似乎胆子要大些,过了一会儿开始伸出手脚爬了起来。我将它抓起来捧在手中,它便扒着我的手指想要下来,却在伸长脖子向下张望一番之后退缩了——乌龟原来是恐高的动物。

大乌龟胆小木讷,小乌龟活泼灵敏,两只乌龟在我心中的地位便显而易见了。我总将小乌龟拿出脸盆,偷喂它更多龟粮,甚至将它带去小区的花坛里放风;大乌龟却无此待遇,更多时候是被单独囚禁在盆子里,依旧是那副缩头缩尾的样子。

后来,我对乌龟的热情逐日递减,喂食换水便成了家中大人的活计。那时龟儿们的口粮已从龟粮变成了菜场送的死去的白米虾,母亲去买菜时总会捎回来一包。两只龟儿一顿可以吃七八只,一次吃不了,便放冰箱里冻着。可能是长时间疏于照料,它们后来得了白眼病。

小乌龟的眼睛最先有了异常。它开始频繁用爪子扒眼睛,眨眼睛的次数也变多了。后来我发现,它的眼皮下长起了一层薄膜,远看像闭着眼似的。喂它东西它也不吃了,只有主动把虾送到它嘴边,它才会微微张嘴。我到网上找来一些药方,比如将抗生素泡在水里,却都无济于事。我带着哭腔说送它去宠物医院看看吧,父母沉默了一会儿,说,放生吧。

家里就只剩下大乌龟了。我方才发现,这几年它似乎又大了一圈,指甲长得老长,抓人会疼,像只野乌龟。它的胆子也全然不似从前,甚至敢在人面前明目张胆地表演脸盆版"越狱"。为了防止它眼睛感染,我们不再将它养在有水的盆里了,而是任其在房间里爬。大乌龟比我想象的还要聪明——饿了渴了它就爬出来,故意在人脚边爬得咔嗒咔嗒响,如果只是渴了,便会垂着脖子用鼻尖触一下地面,做出喝水状;若站在远处冲它挥手跺脚招呼它,它会真的冲人跑过来——以一只乌龟所能及的最快速度。更神奇的是,它一向只在吃完食后的水盆里排泄,而不会随地解决。冬天的时候是见不到它的,它会自己找一处隐蔽的角落冬眠,第二年春天再自己爬出来，鼻尖上还挂着灰。我一度以为，这乌龟怕不是成精了。

遗憾的是大乌龟最后也没能逃过眼疾，但这次发现得早，它刚刚开始表现出白眼病的前兆——频繁揉眼。我们毅然决定把它放生，期望大自然能将它治愈。恰好当时正值吃蟹的时节，我们便将它一同带去阳澄湖。然而吃完中饭，又赏了湖景，大乌龟仍待在桶里呢。湖面上已开始泛起金光，天边的残云被晕染上一丝绯红。最终还是父亲撸起袖子，将大乌龟从桶里拿了出来，轻轻地放入水中。

我第一次看到它在那样深的水里游。我早已习惯了它在家里的木地板上咔嗒咔嗒地爬，只在没过爪子的水里进食，在某个初春的下午从我的书橱底下钻出来，满身是灰。此刻的它，却仿佛生来就在这湖里，四肢开始灵巧地划动起来。原始的本能被这冰凉透彻的湖水猛地唤醒，驱使着它向前游动。然而，在离我们两米左右的地方，它忽然停了下来，掉转了方向，望向岸边。

父亲像往常一样挥了挥手。

没想到，它居然真的冲我们游了过来，以一只乌龟所能及的最快速度，它离我们越来越近，近到我可以一伸手便将它捞上来。但我最终没有那么做。它仰着头看了我们一会儿，直到父亲冲它摆摆手，意思是，走吧。它便懂了似的，再不回头，径直向前游开去了。

龟亦有情，更何况人。

很长一段时间，我都无法将它忘却。那一年我正读六年级，在作文簿上记下了此事，同学们看了却都说不相信。想来也确实如此，我只听说过忠犬被送走后长途跋涉回到主人身边之类的故事，却不曾知道乌龟也是认人的。看到菜场里有卖乌龟的，我总要凑过去仔细观察一番，却总觉得那满满一水缸的陌生乌龟里，没有一只比得上我的大乌龟。

七年级的一天晚上，我和父母驱车来到一个剧院看演出，将车停在了剧院后的一块草坪旁。空中飘着蒙蒙细雨，湿漉漉的石板路在橘黄色路灯的照耀下泛着微光。忽然母亲说，有一只乌龟。

我以为她在开玩笑，但顺着她手指的方向看去，确实有一团看起来黑乎乎滑溜溜的东西正沿着草坪边缘缓缓挪动。父亲走上前将那东西捡起——竟真的是一只乌龟，巴掌大小，身上沾满了草棒子和泥土。

与大乌龟不同的是，这是一只中华龟，浑身上下几乎全是黑的，尾巴细长。出于好奇，我们将这只乌龟带了回去。我给它洗了个澡，冲掉了草棒子和污泥，又喂它吃虾，并从它的排泄物中找到了草根、蜗牛壳和蚂蚁尸体。莫非这是一只野生龟？要知道，发现它的剧院位于市中心，那块草坪也是定期修剪的，因而它可能只是被人放生在那儿的。

但它又表现出一些家龟少有的特质，例如食量极大；若把手指放在它面前，它还会做出一副咬人状。

初来乍到，它便一副熟门熟路的样子，开始在客厅里四处闲逛起来，毫不惧生，俨然已经是我们家的乌龟了。同样，它没有正式的名字，我们仍是以"乌龟"称呼它，偶尔才会叫它"龟龟"。养了近一年，这只乌龟也表现出同大乌龟一样的习性，甚至变本加厉——只消把脚趾在它面前动一动，它便会咔嗒咔嗒地朝你爬过来，还会凑近了闻闻你的脚趾并晃晃脑袋。

后来，由于母亲的工作，我们举家迁去欧洲，将乌龟交给一位养龟的友人照看。这位友人院中有一水池专门用来养龟，颇有经验。他时常给我们发来乌龟的照片，照片中，我们的乌龟叠在另一只大一些的乌龟身上晒太阳，看起来十分惬意，以至于回国后我们也没有去将乌龟要回——它在那样的环境中一定更快乐吧。

那以后的很长一段时间，我都没有再养过乌龟，直到现在。对于先前那一大一小两只乌龟，我始终怀有歉意——不知它们如今是否还在水里自由自在地游着呢？养龟诚然要比养猫狗轻松些，却也需要花费心思。龟亦有情，事实上，每一个小生灵都值得我们去悉心照料。

（池塘柳摘自微信公众号"三联生活周刊"　图/兜子）

河马的故事

□ 尤今

看卡通片时，觉得河马极具喜感，横看竖看皆可爱！然而，现实生活中的河马，是万万惹不得的。

曾经看过一段视频，河马发怒时凶狠残暴，令人不寒而栗。一条鳄鱼懒洋洋地趴在沙滩上歇息，一头母河马突然发疯一样冲上前，张开血盆大口，在电光石火间，就把整条鳄鱼打横咬在大大的嘴巴里了。原来是一头小河马站在离鳄鱼不远的地方，河马妈妈觉得鳄鱼的存在威胁了它孩子的安全，因此，先下手为强。

力大无穷而牙齿锐利的河马，具有一定的攻击性，因而被视为危险的杀手。

伊丽莎白国家公园，是乌干达著名的野生动物园，里面住着的河马多如恒河沙数，早已成了享誉全球的"河马乐园"。

傍晚，我们刚在公园的营地住下，导游埃尔博便再三警告："夜晚，河马会在野生动物园里四处走动，你们如果要外出如厕，一定要通知警卫陪同。白天，如果你们单独出去而不幸碰到河马，千万千万不要趋近，以免触怒它们。万一它们发动攻击，你们应以'Z'字形奔逃，因为河马视力不好，这样可以混淆它们的视觉。"

次日一大清早，坐着四轮驱动的车子在野生动物园的泥径里纵横来去，狮子、大象、鹿、疣猪，都见到了，但是，河马不多见。埃尔博解释道，河马是水陆两栖动物，白天一般待在河流或湖泊里休息，到夜幕低垂时，才三三两两地上岸来，在沼泽附近水草繁茂的地方或是丰盛的草丛地带觅食，吃饱了，便在草丛里睡觉。天亮之后，才又陆陆续续地返回水里。河马的皮肤异常敏感，如果长时间待在岸上，皮肤会出问题，所以，它们白天必须待在水里，凭借水的湿度来滋润皮肤，防止表皮干裂。

说着说着，车子在离水不远的地方戛然停下。就在那儿，我们看到一对河马上演了一出生活剧。"老婆"要留在岸上吃草，"老公"却要返回河里，两不相让，互相吼叫。最后，"老公"负气走向河里，一边走，一边吼，非常生气的样子；"老婆"呢，依然好整以暇地留在岸上，津津有味地吃草。有趣的是，原本已经进入河里的"老公"，放心不下，又水淋淋地走了回来，站在"老婆"旁边，多像人间的寻常夫妻呀！

下午，乘船游览爱德华湖，那真是名副其实的"河马乐园"啊！河马一群群安静地浸在湖水里，仅仅露出了半个可爱的头颅。埃尔博指出，河马的外皮下面，有一层厚厚的脂肪，它们因此可以轻易地浮起于水面。而一旦遇到危险，它们便会快速潜入水中，但每隔一段时间，必须露出水面换气。

河马喜欢群居生活，每个组群少则二三十头，多则上百头。它们在湖里的栖息地点是固定的，如果有不识时务者擅自闯入，同一组群的河马便会群起围攻，让它"吃不了兜着走"。

我们在湖上逗留了很长时间，这些懒洋洋的河马就像入定的老僧一般，纹丝不动。表面上看起来风平浪静，实际上危机四伏。我看到好些渔夫在湖面上撒网捕鱼，咦，这不就等于在虎口里拔牙吗？埃尔博明确指出，让河马感觉安全，渔夫有"保命要诀"。那些富于经验的渔夫，都懂得如何避开河马歇息的"地雷区"。

说来有趣，河马对人类最大的"贡献"，竟然是它的大便。埃尔博说，鱼类嗜食河马大便，因此，凡是河马聚集之处，必有大量的鱼类麇集，给当地人提供了丰富的渔产。河马，以自己独特的方式维持了生态的平衡。

（许亚军摘自《在羊身上写字》
海天出版社 图/兜子）

曹婆婆的面

□ 明前茶

曹婆婆在菜场旁开这家只有十平方米的小面馆，已经18年，她是安徽宁国人，与菜场上专卖西红柿和甜椒的王伯是老乡，两人都是四十八九岁时到南京来帮长子带新生儿，忐忑不安地来到陌生城市，从此没再离开过。

王伯来了没两年，就嫌大城市家家户户家门紧闭，没有唠嗑的人，又闻不见泥土与菜蔬的气息，没意思，吵着要回宁国老家种菜。无奈之下，儿子替老爹在菜市场租了一个两米长的小摊位，鼓励他兑菜来卖。儿子又把老妈从老家接了来，让老爹可以换个手，有个伴。

卖菜人守摊一天，往往出门前来不及吃饭，要等到下午一两点顾客稀疏，才能吃到第一顿饭。菜贩们饿坏了，也渴坏了，一大海碗汤面，稀里哗啦吃下去，人才能从累蔫了的状态中缓过来。王伯叫了一个月外面小餐馆的面，味精多，配料少，受不了，鼓励老乡曹婆婆出来开面馆，给菜贩们一碗"壮壮实实，可以扛大半天"的面吃。起先，曹婆婆还犹豫，她虽然下面手艺得到全家人的赞许，却从来没有做过生意。王伯指点她：摊位离不了人，菜场生意多数是送面上门，所以你的小面馆，门面可以租小点；卖菜的人，到了下午五点半就要出清陈货，准备上新货，你送面的时候留个电话，需要什么菜蔬，人家都半卖半送给你，这样降低成本，面馆肯定能赚钱。

见曹婆婆不吱声，王伯又说："你回去思量思量哦，咱们若是没自己的事可忙，光忙儿孙的事，等到孙子大了、住校了，跟你没话说了，任你从前神气得像龙王三太子，也会跟被拔了筋一样没精神。"

曹婆婆被说愣了，想了两天，终于在离菜场只有十米远的地方，盘下店面，开了个螺蛳壳大的小面馆，水牌上只有三种面：肉丝面、鸡蛋面、猪肝面，配菜每天都换，全看曹婆婆昨日傍晚在菜贩那里买到什么落市菜。买到菜秧，下菜秧面；买到青椒，下青椒面；买到瓠子和西红柿，下瓠子西红柿面；若是买到十来把豇豆，那得等上20天，才能吃到口舌生津的酸豇豆面。曹婆婆手巧，酸豇豆酸萝卜自己腌，豆瓣酱自己发酵自己炒，连小块皮肚都自己炸。顾客买了猪腿肉做绞肉，猪皮片下不要，肉贩子就送给曹婆婆，躲过她递钱过来的手，说："明儿我的面，加勺酸豇豆就成，压压这一案板的肉腥气。"

曹婆婆的面，从不放味精、老抽、荤油，下得清清爽爽，面像美人的髻子一样松松绾起，一丝不乱。上面盖着一大勺浇头，热气腾腾。她店里的水牌旁边特意挂着一个小木牌，上面用毛笔字写着：烂糊面另嘱。意思是若是你点面的时候不说，面端上来一定刚刚断生，滚圆的面条咬开来，面芯子还是白的。曹婆婆有句口头禅："没有铁打的手脚和肠胃，做不了贩菜营生。"她发现，菜贩子没有一碗面，是能一口气吃完的，往往划拉两口，不是要接待散客，就是要招呼附近饭店着急忙慌来补货的大客户。面稍微下软点，这一来一去就泡烂了，叫人毫无胃口。因此，汤醇，油滚，面有骨子，是曹婆婆百试百灵的口味。

面下出来，曹婆婆秒速放进一个双层篾篮，挎上，给菜贩们一一送到摊位上。菜贩们伸出皲裂的大手接过，笑道："闻见曹姐的面，才晓得饿。"曹婆婆忽起顽皮心，回道："等明儿我关了门回乡下了，看你们吃什么！"菜贩们都嘻嘻发笑，知道曹婆婆嘴硬心软，18年的牵肠挂肚，她放不下他们，他们也放不下她。

这不，听说贩卖小龙虾的摊贩，忙了两个月都没赶上吃一碗龙虾面，曹婆婆得了空，立刻称了5斤小个头的青壳龙虾在处理，虾仁归虾仁，虾脑归虾脑，准备等会儿，趁那卖虾摊主穿校服的儿子回来了，就给那家人送面去。曹婆婆说：总要让那孩子知道，有人看重你爹娘这一夏的忙碌，惦记着他们。他们这会儿忙得又黑又瘦，只剩两只眼睛精光发亮，这种吃苦精神，那孩子也应该看得到吧。

（月亮狗摘自《扬子晚报》）

月亮在叫

□ 刘亮程

那一夜我在树梢下的屋子里，听见从半空刮走的一场大风，地上唯一的声音是黑狗月亮的吠叫，它在大杨树下叫，对着疯狂摇动的树梢叫，对着翻滚的乌云叫。紧接着，我听见它爬上屋后被风刮响的山坡，它的叫声加入山顶的风声中。它在那里撕心裂肺地叫，我不知道它遇见了什么。对一条狗来说，这样的夜晚注定不得安宁，从天上到地下，所有的一切都在发出响动，都在丢失。它在疯狂跑动的风中奔跑狂叫，像是要把所有离散的声音叫回来。

那个夜晚，天上的月亮从东边出来，翻过菜籽沟，逐渐地移到后面的泉子沟。这条叫月亮的狗，跟着天上的半个月亮，翻山越岭。

它可能不知道天上悬着的那个也叫月亮，但它肯定比我更熟知月亮。它守在有月亮的夜里，彻夜不眠。在无数的月光之夜，它站在坡顶的草垛上，对着月亮汪汪吠叫，仿佛在跟月亮诉说。那时候，我能感觉到狗吠和月光是彼此能听懂的语言，它们彻夜诉说。我能听懂月光的一只耳朵，在遥远的梦里，朝我睡着的山脚屋檐下，孤独地倾听。我的另一只耳朵，清醒地听见外面所有的动静里，没有一丝月光的声音。

有一夜它不停地叫到天快亮，我睡着又被它叫醒。金子一直醒着，她过一阵对我说一句，你出去看看吧，院子可能进来人了。

我说没事，睡吧。说完我却睡不着，满耳朵是月亮的狂吠。它嗓子都哑了，还在叫。

我穿衣出去，手电朝它狂叫的果园照过去，走到它吠叫的教室后面，对着穿过林带的小路上照。全是黑黑的树影。月亮亲热地往我身上蹭，我摸着它热乎乎的额头，它叫了一晚上，就想叫我出来，有东西在夜里进了院子，但我看不见它能看见的。我关了手电，蹲下身，耳朵贴着它的耳朵静听了一会儿，又打开手电，天上寥寥地闪着几颗星星，光亮照不到地上。树挤成一堆一堆，感觉那些高大的树都蹲在夜里，手电照过去的一瞬，它们突然站了起来。

果真有人进了院子。那是另一个夜晚，我掀开窗帘，看见一个人走进大杨树下的阴影里。我赶紧起床，开门出去，手电对着那块阴影照，什么都没有。月亮在我前面狂吠，沿着穿过白杨树阴影的小路往上走，前面是一棵挨一棵的大树，那个人不见了。

我回来睡觉。过了会儿，月亮又大叫起来，我掀开窗帘，看见刚才那个人正从大杨树的阴影里走出来。这次我看清了，他肩上扛着东西，还打着一个小手电。月亮只是站在台阶上狂吠，不接近那个人。

我出门喊了一声。那人站住，手电照过去，我看见了他肩上的铁锨。是书院后面的村民，他在夜里浇地，水渠穿过我们院子，他沿渠巡水。月亮见我出来胆子大了，直接扑上去咬。我喊住月亮，和那人说了几句话，仍然没认清他是谁。

这时东方已经泛白，从对面山梁上露出的曙光，还不能全部照亮书院。我喜欢这种微明，天空、树、房子和人，都半睡半醒。头遍鸡叫了，我们家那只大公鸡先叫出第一声，接着，一山沟的鸡都开始叫。

我看看手机，早晨六点。我还有三个小时的回头觉，得把脑子睡醒，不然一天迷迷糊糊，啥事情都想不清楚。

另一夜，大风进了院子，呼啦啦地摇白杨树和松树，摇苹果树和榆树。月亮在铺天盖地的风声里听见一个人的脚步声，它对着果园狂叫。我也隐隐听见了，像是多少年前我在那些刮大风的夜晚回家的脚步声，被风吹了回来。

我起身开门，顶着凉飕飕的秋风，走进月亮吠叫的果园。这时候大风已经把天上的云朵刮开，月光星光，照亮整个院子，我没有开手电，在清亮的月光里，看见一个人站在苹果树下，摘果子。风摇动着果树梢，树下却安安静静。那个人把头伸进树枝里摸索一阵，弯腰把摸到的苹果放进袋子。那些苹果泛着月光，我想在他弯腰的一瞬看见他是谁。但是，他一弯腰，脸就埋在阴影里。我在另一棵苹果树下，静静地看他摘我们的果子，有一刻他似乎觉察出了什么，朝我站的这棵果树望，我害怕得憋住呼吸，好像我是一个贼，马上要被发现了。接着他又摘了几个果子，然后背起满满一袋子苹果，朝后院墙走。

月亮突然狂叫着追过去。在我静悄悄站在树下看那人时，月亮靠在我的腿边，它也安静地看着那个人。它或许在等我开口说话，它等了很久，终于忍不住，猛地扑了过去。那人一慌，摔倒在地，爬起来便跑，跑到院墙根，连滚带爬，从院墙豁口翻出去。

我没有喊月亮。它追咬到豁口处停住，对着院墙外叫了一阵，又转头回来。

我带着月亮穿过秋风呼啸的果园，不时有熟透的苹果落下来，咚的一声。有时好多个苹果噼噼啪啪地落在身边，我慢慢地走着，弓腰躲过斜伸的树枝。我想会有一个苹果落在我头上，咚的一声，我猛地被砸醒，不由自主地发出疼痛的"哎呀"声。

可是没有，从始至终，我没有发出一丝声音，甚至没有叫一声月亮。待我回屋躺在床上，突然后悔起刚才自己的噤声。月亮那样声嘶力竭地叫我出去，它是想让我叫一声，它知道那个人在拿东西，它认得贼的样子，它想让只有孤单狗吠的夜里，也有我的一声喊叫。可是，我没有出声。

在我沉睡前的模糊听觉里，月亮孤独的叫声又在外面响起来了，一声接一声地，把我送入凉飕飕的梦中。在无数个刮风的夜晚，它彻夜不眠，风进院子了，树梢在动，树的影子在动，所有的东西都发出声响，连死去两年的那棵枯杏树，都在呜呜地叫。

黑狗月亮的吠叫淹没在巨大的风声里，仿佛它也被风吹着叫，它的叫声也成了风声的一部分。在它过于灵敏的耳朵里，风吹树叶的声音都大得惊人。

那时候，我在自己寥远的睡梦中，满世界不安地响动，四周阴森森的，我身不由己，被拖进一场恐怖的梦魇中，我奔跑、嘴大张，我的声音像被谁没收了。最后，我拼命喊出的那一声，飘出窗户，被它听见。

它猛地转身，从屋后满是月光的山坡回来，从树荫摇曳的果园回来，从只有它自己的吠叫声里回来。它对着我的窗户大叫，它不知道我在梦中发生了什么，但它听见我从未有过的叫声，它拿脊背撞门，像我晚起的那些早晨，它在门口守候久了，拿脊背笨拙地撺门。

我在它的叫声里突然醒来。

（孤山夜雨摘自《文苑》 图/张晓芳）

论书与读书

□[清]张 潮

少年读书，如隙中窥月；中年读书，如庭中望月；老年读书，如台上玩月。皆以阅历之浅深，为所得之浅深耳。

能读无字之书，方可得惊人妙句；能会难通之解，方可参最上禅机。

古今至文，皆血泪所成。

《水浒传》是一部怒书，《西厢记》是一部悟书，《金瓶梅》是一部哀书。

文章是案头之山水，山水是地上之文章。

读书最乐，若读史书，则喜少怒多，究之怒处亦乐处也。

读经宜冬，其神专也；读史宜夏，其时久也；读诸子宜秋，其致别也；读诸集宜春，其机畅也。

文人讲武事，大都纸上谈兵；武将论文章，半属道听途说。

善读书者，无之而非书：山水亦书也，棋酒亦书也，花月亦书也。善游山水者，无之而非山水：书史亦山水也，诗酒亦山水也，花月亦山水也。

（张秋伟摘自《幽梦影》中华书局）

荒漠里有一条鱼

□ 赵本夫

忽然,大黑牛晃晃荡荡停下了。

这里正是那段最幽深、最柔软的沼泽路。

老八不知大黑牛为什么停下,忙从后面走过去,却发现泥泞中出现一片薄薄的东西,就伸手捡起来,放在泥水中洗了洗。老八忽然觉得那东西有些异样,在阳光下亮晶晶地闪着金光。

"鱼鳞!"独臂老八一声惊叫。这里怎么会有这么大的鱼鳞?足有碗口大小,得有多大的鱼才能有这么大的鱼鳞?老八打了半辈子鱼,就从来没见过。

可他确信这就是鱼鳞!

老八举着鱼鳞,反身在刚才拖车滑过的地方用力踩一踩,又跳一跳,仍是软软的,颤颤的,弹弹的。

几年来都是这样的呀!

他从这上头,赶着大黑牛拉着拖车走过无数遍,从来没想过这下头会埋着什么。难道泥浆下会藏着这么大的鱼?

老八浑身寒气直冒,头上都沁出了汗珠,这太叫人惊异了!

老八感到手脚都是软的,抬头向栖山上大喊:"快来人啊!大船……这里有一条大鱼!"

不大会儿,一伙人全跑来了。

大船忙问:"爹,出啥事啦?"

老八把手中的东西放在他面前:"你看!这是啥?"

大船惊叫一声:"鱼鳞?"

一伙人也叫起来:"这么大的鱼鳞?哪里发现的?"

老八伸手一指脚下,大声说:"扒!快扒!"

大船和一伙人迅速俯身,用双手在泥泞中扒起来,一块块泥团被甩出去。

老八则忙着不断从路旁的水荡里往这边用手掌泼水,同时大声催促:"扒!快扒!快快!"

又看到鱼鳞了!

一片!一片!……一片连着一片!……都有碗口大小。

金光闪闪,熠熠生辉!

终于,泥块扒开,露出一条黄河巨鲤的脊背!接着整条鱼都露了出来。

一条大鱼斜卧着,如一条搁浅的木船。

大船欣喜地大叫一声:"爹!是黄河鲤鱼,这么大!"

老八弯下腰,颤抖着手摸摸它的头,又察看它的眼睛。巨鲤一动不动,像是死了。可它身上的光泽和手感告诉他,它不应当是一条死鱼。

忽然,巨鲤一直紧闭的嘴巴缓缓张合了一下。

"天爷,它居然还活着!"

众人一阵喧哗骚动,全都兴奋无比。

老八没有喊叫,他看得很仔细,巨鲤鳃边含着一汪混浊的泥水,鳃片在混浊的泥水中痛苦而艰难地启动,好一阵才张合一次。那费力痛苦的样子,让人看一眼都觉得难受。

它被周围厚重的污泥重重包裹着,束缚着,动弹不得,好像随时都会窒息而死。可是没有。它一直顽强地活着!

也许,年复一年,它曾有过无数次的扭动、挣扎,试图脱离困境,可是到底没能成功。这让老八蓦地想起终年笼罩在水荡上空不断翻滚搅动的云雾,事情终于有了答案。

失去的东西无法完全回来,纵然得到的瞬间一切就已成为记忆,但幸福是会重生的,她会改变模样,悄然来到寻找她的人们身边。
——三浦紫苑《多田便利屋》

巨鲤一直在苟延残喘中坚持着。就靠鳃边这一汪泥水，它竟然奇迹般地活了这么多年。

这条巨鲤活得痛苦，活得艰难，也活得屈辱。当年在黄河里，它一定是威风八面的，现在却被死死困在这里，动弹不得。

它身上已经伤痕累累，鳞片破损不堪，有的地方露出白生生的肉茬。也许是它在挣扎的过程中破损的，也许是在牛蹄和拖车经年不断的践踏下造成的。在它身子周围，发现了许多散落的鳞片。鲤鱼在所有鱼类中，从来都是王者，从来都是仪表堂堂，如此丢盔卸甲，你以为肯定会让它失态。

但没有。

任何伤害、孤独，都不能动摇它活下去的决心。

它依然稳稳地卧在那里，缓慢地调整气息，好像在积蓄力量，等待再一次冲刺。

这一汪浊水，维系着一个苦难、神秘而倔强的灵魂。

所有人都被这条巨鲤惊呆了。

老八和儿子大船都是眼含泪水。他们被深深地感动了。

它用巨大的身躯支撑着这条小路，也在小路下延缓着自己的生命。

"嘻嘻！这条大鱼够咱们吃半年啦！"那个傻乎乎的女人叫起来，快活地拍着手。众人响应着，一片欢呼，黑瘦的脸上毫不掩饰地现出兽性的贪馋。

独臂老八没有欢呼，大船也没有欢呼。

父子俩对望一眼，似乎心有灵犀，同时沉默着，仿佛在艰难地回忆什么。不知是回忆那个遥远的年代，还是在回想关于黄河、关于鲤鱼的种种记忆。

忽然，父子俩对望一眼，两张脸同时开始变紫，嘴唇都在哆嗦，现出一副诚惶诚恐的神态。显然，父子俩同时想到了什么！

女人仍在欢呼跳跃，就像多日前他们突然发现独臂汉子一样疯狂。

突然，大船大吼一声："跪下！都跪下！"

吵闹声戛然而止。这伙人被大船突如其来的吼声震住了，一时愣在那里。大船跨前一步，掐住傻女人的脖子，猛地按倒在巨鲤旁，自己同时也跪下了。

一伙人全都张大了嘴巴，不明所以。

老八哆嗦着嘴唇泪流满面："鱼王……鱼王……这是鱼王呀！……这条巨鲤，是黄河里的鱼王！黄河走了……可是鱼王没走啊！……"说着，他扑通跪倒在泥水中。

一片骇然！

众人面面相觑，懵懵懂懂，似懂非懂。一种猝然而来的恐惧攫住了每一个魂魄。

接着，众人都跪下了。

齐刷刷跪在烂泥窝里。

当天，他们齐心协力，在沼泽小路边扒开一条很深的水道，推着巨鲤游入水荡。老八曾多次进入水荡，最深处深不见底，像一个潭渊。他相信，鱼王虽不能像在黄河里那样舒展，但这个潭渊足够它容身了。

鱼王和他们家有缘。他仍然记得，当年他的爷爷曾在黄河里看到过两次鱼王。这一次，鱼王有难，当年随着洪水冲出黄河，最后搁浅在这里，就是等待他父子两人救援的。这让老八欣慰至极。多年来颠沛流离，最后发现这片水荡并在这里落脚，一切机缘，都是冥冥之中的安排。

不久，老八和大船在栖山上建了一座草庙，叫鱼王庙。

老八让儿子大船独自在此守庙，守护鱼王，守护这片水荡。

老八说，这是一方圣境，除了守庙人，任何人不得入荡抓鱼、取水！

其余人由老八带着，退出栖山，到远离水荡七八里外的地方定居。老八说，我已经想好了一个名字，就叫鱼王庄。这将是荒原上第一个村庄。你们说好不好？

这伙人有点蒙，被老八的神神道道吓坏了，纷纷点头说，好，好！咱们有自己的村庄了。

在老八带人离开栖山前，大黑牛已经先行离开。老八有点难过，说："黑牛兄弟，你去哪里？"大黑牛说："我一大家子一直在荒原上等我呢。你不用担心。"

老八知道，那三头母牛已为它繁殖了一个小牛群。他相信，在这同一片荒原上，大黑牛一定会比他快乐。而鱼王庄将会充满艰辛。可他不怕。他在世时，和鱼王庄人说得最多的一句话是："再难，有鱼王难吗？活着，活下去！"

（林冬冬摘自《荒漠里有一条鱼》
百花文艺出版社　图/陈明贵）

乌鸦老大

□ 唐辛子

来过日本的人都知道，日本的乌鸦特别多。虽然这几年东京都的乌鸦已经从10多年前的3万多只减少到不到1万只，但因为乌鸦特别喜欢在人类居住区出没，所以目力所及的范围内，乌鸦似乎从未减少。无论你走在日本的城市还是乡村，随时可以见到双翅矫健的乌鸦像鹰一样从头顶飞过。它们毛色乌黑锃亮，目光冷酷，盯着人看时，通常面无表情、不动声色，酷得很，彪悍得很——可以说，从羽毛的颜色到平日里所干的各种勾当，都算得上鸟类里的"黑社会"。而且乌鸦的智商据说是飞翔界当中最高的，属于谁也不敢惹的"乌鸦老大"。

我家的垃圾，就已经被乌鸦们洗劫过无数次了。我居住的这个社区，规定每周二、周五这两天扔可燃垃圾。可燃垃圾当中包括"生垃圾"——也就是所说的"湿垃圾"。橘子皮、鸡骨头或者扔掉的残羹剩菜等，都属于湿垃圾。而湿垃圾是乌鸦们的最爱。

安全起见，日本规定，所有要扔掉的家庭湿垃圾必须装在透明或半透明的大垃圾袋里，并在指定时间之前拎到家门外，等待垃圾车统一收走。这个规定为乌鸦们洗劫垃圾提供了极大的便利。每到扔湿垃圾的日子，乌鸦们就会携妻带子成群飞来，在各家各户的大门前低空飞行，哑哑大叫着，交流各自所侦察到的各家垃圾情报。一旦发现令它们感兴趣的食品，它们就会用尖硬的喙啄破垃圾袋，饱餐一顿。

一开始，我也学日本邻居的样子，买了一个驱赶乌鸦专用的黄色大网兜，罩在半透明的垃圾袋上。但这个黄色大网兜只用了两三个星期，"乌鸦汉子"们就发现它只是个中看不中用的玩意儿。它们很快学会了用喙将黄色网兜衔起来扔到一边，继续洗劫垃圾袋里的湿垃圾。

看到乌鸦们如此聪明，接下来再扔垃圾时，我便用黄色网兜将垃圾袋系得紧紧的。乌鸦们再也无法用喙将系紧的网兜衔起来，扔到一边。估计我这种做法令乌鸦们恼火，作为报复，它们干脆将我的网兜啄出一个大洞，让我再也"无兜可系"。

不过，相比新闻所报道的会"犯罪"的乌鸦，只在我家偷点垃圾的乌鸦已经算得上是守规矩、有良心的好乌鸦了。心眼坏的乌鸦，甚至会朝行人头上扔石头，还会在铁轨上放置石头，造成电车的延误和晚点。

除了心眼坏，有些顽劣的乌鸦还特别擅长恶搞。日本的电视新闻曾经报道，东京某幼儿园连续5个星期发生"肥皂"失窃事件。后来记者跟踪调查才发现，原来是乌鸦干的。乌鸦们在这5个星期内一共偷走了幼儿园60块肥皂，让孩子们玩完泥巴没法好好洗手。还有一次，仙台市正在举行棒球比赛，突然有大群乌鸦从天而降，停落在比赛场地中央，比赛不得不因此临时中止。这群乌鸦在赛场一共滋扰了15分钟之后，才哑哑大笑着扬长飞去。

此外，集体行窃、偷食果农们的水果，成群毁坏公园花坛，也是乌鸦们常干的勾当。有些智商超群的乌鸦，甚至还会偷走日本家庭放在室外的铁丝晒衣架，用来搭建自己的鸦窝。作为生活在现代都市的乌鸦，乌鸦们的生活也与时俱进。它们不再使用树枝搭窝了，而改用铁丝等更坚固、更时尚的搭窝建材。

日本的乌鸦如此劣迹斑斑，实在令人讨厌得很，却奈何它不得。因为日本在1918年就制定了《鸟兽保护法》。乌鸦们虽然捣乱，但受法律保护，日本政府要惩罚乌鸦，也得在不违反《鸟兽保护法》的前提下进行。几年前东京都成立了一个"乌鸦对策工程"网站，专门收集乌鸦的"犯罪证据"，呼吁大家积极思考"乌鸦对策"，并提议大规模捕杀乌鸦。但这一提议遭到日本鸟类保护者的反对。即便"乌鸦犯罪"极为猖獗，也只有63%的日本民众同意在不影响乌鸦生态平衡的前提下，有限制地捕杀乌鸦。

(李金锋摘自《新周刊》2020年3月下 图/点点)

女裁缝

□ 苏 童

这个女裁缝有点奇怪，她是专业上门为别人做衣服的，我母亲曾经把她请到我家做衣服，做我父亲的中式驼绒棉袄，也做我外婆的寿衣。女裁缝当时六十多岁，头发已经斑白，梳一个油亮亮的一丝不苟的发髻，穿一种我们称之为大襟衣裳的黑袄，胸襟上别着一朵白兰花。她每天早晨挎着一只篮子来工作，我父亲卸了一扇房门做她的工作台。这个女裁缝自恃手艺高超，对伙食的要求也很高，天天要求有肉吃，这样的要求倒是成全了我的口福，她在我们家干活的那几天，我也跟着吃了好几天的红烧肉。有一次我注意到她垫在篮子底部的一本发黄的画报，抽出来一看，竟然是一本30年代的电影画报，上面有许多陌生的矫揉造作的女明星。这本画报一看就是稀罕物，我向她索要，她把画报拿过来抖了几下，没有抖出什么有用的东西，便很大度地说："拿去好了。"

女裁缝家在昆山，不知为什么会跑到我们那里去，在什么地方租了一间房子。她经常出现在我们那条街道上，有几次我上学时看见她像个孩子端坐在化工厂门口，让另一个老妇人为她梳头，梳那个毫无必要的一丝不苟的髻子。她的篮子就放在长凳下面，里面是一个针线盒，一把剪刀，一把尺子，估计那是她没有针线可做的空闲的日子。

第二年女裁缝租了我们一个邻居的房子，这样也就成了我们的邻居。每年寒暑假，会有两个操昆山话的小孩来到那间出租屋里，也不跟街上的孩子玩，姐姐和弟弟关在屋里又打又闹。一位面目清癯、文质彬彬的老人手拿一张报纸，看管着两个孩子，据说两个孩子是女裁缝的孙子孙女，老头是她的丈夫。女裁缝的生活因此引起我们广泛的兴趣，有人去问女裁缝，女裁缝挥挥手说："烦死人了，我不要跟他们一起过，过两天我就把他们全赶走！"

假期一过，女裁缝的丈夫和孙子孙女便回了昆山，剩下这个女裁缝挎着篮子又开始在我们街上游荡。也许是因为年龄偏大、老眼昏花的关系，不知从哪一年开始，也不知道哪个精明的主妇发现了，女裁缝的缝纫手艺严重退化，她做的棉袄袖子会一长一短，便有妇女在她身后议论说，做的什么活，以后再也不请她了！

那年春节前夕，昆山来了人，是一个戴眼镜的中年男人和一个女干部模样的中年女人，原来是女裁缝的儿子媳妇。他们绷着个脸，把病恹恹的女裁缝和一个大蓝印花包裹塞到了一辆黄鱼车上，向火车站方向去了。我们看见女裁缝整个脸包在一块围巾里，只露出一双眼睛，那双眼睛不知为什么充满了愤恨，那样的眼神不知是针对她的儿子媳妇还是针对我们这些围观者的，她甚至不向人们道声再见。

人去屋空，小孩子们好奇地闯进女裁缝租住的屋子一看，看见阴暗潮湿的屋里垃圾成堆，床底下是新近烧过的纸钱，眼尖的孩子在墙角处发现了一只紫铜香炉，你能猜到这个古怪的老妇人昨天干了什么，她在烧香拜佛，面对这样的"现场"，孩子们群情激愤，都觉得这是一件非常严重的事情，只可惜女裁缝走运，她逃之夭夭了。

关于这个女裁缝的身世，我一直觉得有什么故事可挖，这个老妇人最后的眼神令我浮想联翩。仇恨是神秘的。有一次我向母亲问起过女裁缝的事情，我母亲说，她的嘴紧，从来不说自己家的事情。但是我母亲又肯定地说，他们工厂有个昆山人认识那个女裁缝，她以前是庵堂里的尼姑！

我至今不能相信，在循规蹈矩的70年代，在我所见过的特立独行的人中间，竟然有这么个苍老的女裁缝。说起来也怪，每当那个女裁缝的面容出现在记忆中，我总是想起二十年前暮色中的街道，有个挎篮子的老妇人在遍地夕照中独自回家。

（李金锋摘自《活着，不着急》中信出版社　图/月儿）

木奴

□车前子

一些人吃橘子，会把橘络撕掉。我小时候也这么吃，被我祖母痛打头皮，她说，吃橘子撕掉橘络的人，长大要做强盗的，已经把橘子剥皮了，还抽它的筋，不仁不义，天理不容。

祖母咄咄逼人的样子，历历在目。

父母都很温和，甚至胆小谨慎，我有时咄咄逼人，我想这是祖母给我的礼物。

刚才吃橘子，想起童年往事，不禁凄然。我在北方多年，好久没有接受祖母教训了。

祖母晚上醒来，一定要吃一只半只橘子，才再睡得着。

有人问我祖母，你老人家想吃点什么？她毫不犹豫地说："福橘。"

福橘、黄橘、金钱橘、蜜橘、大红袍，产地不同，品种不同，名字也不同。橘子还有一个名字，叫木奴，待一会儿再说。

李时珍《本草纲目》引孔安国言："小曰橘，大曰柚，皆为柑也。"柑后来居上，一般称为柑橘。由此看来柑橘家族庞大，橘子、柚子、柑子、橙子、柠檬，都是成员，橄榄也想挤进去，实在个头小，被一脚踹了。

经常吃橘子可以预防老年患上脑卒中。我祖母吃橘子，倒不是要预防老年脑卒中。她就是觉得水果之中，就橘子好吃。我曾经对她说，饭前或空腹不要吃橘子。祖母眼睛一瞪，说，谁规定的？

橘皮也好吃，当然是做成陈皮后好吃。有一阶段我只吃陈皮，倒不是怕败絮其中，因为我口福浅，吃一只橘子就会"上火"，牙疼。

祖母吃橘子，她有一套挑选方法，她说个头中等的最好吃。个头偏大的皮厚，皮一厚，肉就少；个头偏小的酸，或者有水汽。橘子皮要润泽，橘红色橘黄色就是从橘子皮那里来的，所以橘子皮颜色一定要橘红或橘黄，还要有弹性，用手指按一下，弹性好的，肉也好。

我有一位朋友，他说他女朋友挑选橘子，只看橘子底部，底部平坦，或外凸，她就不要。许多水果都这样，他说，底部凹者为雌，雌的都好。

王羲之《奉橘帖》，我通过图片，临过几天，模模糊糊，看也看不清，像在霜天望远，令人怀想。到了唐朝，韦应物把《奉橘帖》改成一首七言绝句，得来全不费工夫，却情真意切，像在远望天霜。

腊月的黄昏，我从街上买一包橘子回家，凑着暖气片，吃橘子，仿佛吃着一小片甜冰：一缕清冷撕心裂肺，不是撕心裂肺的痛苦，是撕心裂肺的快乐。我总是贪婪，要吃到胃里难受才肯闭嘴。

橘子很难画，反正我画不好，不画橘子皮上的疙里疙瘩，好像西红柿；画上橘子皮上的疙里疙瘩，胭脂多用了，橘子就混迹荔枝；而多用藤黄，橘子又摇身一变，成为龙眼。

江南人要孕妇多吃橘子，讨个口彩，橘子橘子，绝对会生儿子。但我想既然是橘子橘子，会不会坚决不生儿子呢？吴方言里，"橘""绝""决"同音。

夏天没橘子吃，喝橘子汽水。

橘生淮南为橘，生淮北为枳，生在三国时期的丹阳，就是木奴。丹阳太守种橘千树，临终时对他儿子说，我给你留下千头木奴，它们不吃不喝，还能给你赚钱。

(酸辣白菜摘自《味言道》
北京大学出版社 图/木木)

生命摆渡人

□ 黄淑芬

2019年12月16日，对平常人来说，这是一个普通的日子，但对于红十字会器官协调员刘源来说，这一天是有意义的日子。因为，这一天，刘源成功地协调了第184例器官捐献。

不惑之年的刘源是北京人。在做器官协调员之前，他是一家医院的肝胆外科医生，每天接触到的都是肝硬化晚期、肝癌患者，因为没有等到合适的肝源，患者不得不面临死亡的结局。作为救死扶伤的医生，刘源感到很无奈。刘源清楚地记得，一名苦苦挣扎在死亡边缘的患者，等来了适合移植的肝源，而喜获重生悲喜交加的画面，刘源被那一幕深深震撼。

通过了解，刘源知道中国在2007年就颁布实施了《人体器官移植条例》，中国虽然早就有器官捐献条例，但目前中国器官捐献供需比例仅为1∶30，是全球捐献率最低的国家之一，每年有30万个需要器官移植的病人在苦苦等待重生。这个数字，让刘源吃了一惊。随着中国器官捐献的相关法律法规不断完善，如今，公民逝世后器官捐献是中国器官移植供体的唯一合法来源。所以，这就需要更多的专人来进行器官协调工作。

那些天，刘源一直在思考，与其做一名医生，不如转做一名接力生命的"摆渡人"，让更多的患者得到生命的延续。经过多日的深思熟虑，刘源把辞职报告递交给了科室领导。一个月后，经过专业的培训后，刘源正式上岗。可是，器官协调员的工作看似神圣，却要更多地面对患者家属的白眼和误解。

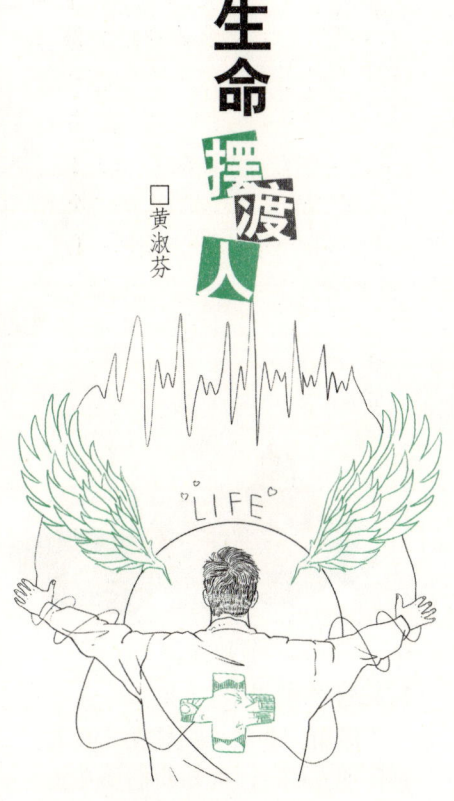

那天，刘源接到消息，一位外来务工人员，从施工的大楼摔下后重伤，躺在重症病房里等待家属签收死亡通知。

经过充分了解，刘源决定连夜赶往乡下。因为，器官捐献需要征得所有直系亲属的同意。奔波千里之后，刘源来到患者的老家，找到了患者的父母。刘源先跟两位老人拉起了家常，气氛融洽后，刘源把老人儿子的情况说了出来。两位老人听后，号啕大哭。

等老人平静后，刘源轻声地对老人说出了捐献器官的事。可是，还没有说完，老人打断他的话："别说了，让我捐出儿子的器官，这是不可能的事。身体发肤，受之父母，不敢毁伤。"老人用浓重的地方口音，斩钉截铁地说出这番话，刘源的第一次捐献器官协调失败了。虽然失败，但刘源并没有过多的沮丧。因为不仅外人不理解这份职业，连自己的父母也不大理解。

有一次，一位15岁单亲男孩因为脑胶质瘤无法治愈而导致脑死亡。面对痛苦的男孩父亲，刘源不知道该怎样说出"捐献"二字。于是，刘源还是采用老办法——聊天。刘源先是从男孩聊起，一聊到男孩，男孩的父亲就有说不完的话题，他暂时忘记了悲伤。寻个机会，刘源向男孩父亲说到器官捐献的事例上。看着男孩父亲迟疑的眼神，刘源说："把器官捐献出去，不仅可以救活一个人，而且不管在何方，总有一个人在延续他的生命。""是吗？怎么延续？"于是，刘源从头到尾把捐献器官的成功事例详细地向男孩父亲说了一遍。那天，刘源跟男孩父亲聊了3个多小时。后来两人还去医院附近的小饭馆吃了一顿饭，喝光了一瓶二锅头后，看着哭个不停的男孩父亲，刘源也忍不住跟着哭起来。最后，这位父亲选择捐出孩子的器官，男孩捐出的心脏、肝脏、肾脏、肺脏和角膜，挽救了4个人的生命，还让盲人重获光明。

5年过去，刘源这个与死神赛跑的人，从一个器官协调员的门外汉，成长为生命接力的"摆渡人"。虽然在做器官协调的路上有喜有忧，但刘源从来没有后悔，因为他是患者重生的曙光，让生命与爱生生不息。

（李金锋摘自《做人与处世》2020年第8期　图/hhym）

活着的美人鱼

□ 张昕宇

我们环球之旅的第一站到了。济州岛名声在外，号称世界新七大自然景观之一。当然，吸引我们来的，必然不是它的美景。济州岛在我的计划书里，是一趟寻觅之旅，不是阳光沙滩，不是比基尼美女，而是一群神秘的"老女人"——"海女"。

以前济州岛的男人大多要出海捕鱼，维持生计，遇难身亡比例很高，造成了岛上的"阴盛阳衰"。

正是剩下的这些女人，有些接过了男人们的鱼篓，潜入波涛汹涌的大海，冒险去采集海底的海鲜。

据说，她们不需要借助任何潜水设备，就能在水下闭气2到3分钟，轻松下潜20米，徒手捕捞，如今只剩下一些老人还在从事这一古老的职业。她们中最年轻的也有五十几岁，年长的，则有九十多岁。或许再过个十九二十年，海女真的会消失在这个世界上。

停船，登岛。一位在北京的韩国朋友Cici，得知我们要在济州岛停靠后，赶回韩国，来做我们的向导。没有休整，我们去租了辆车。Cici告诉我们在市区50公里外，能找到一个港湾，那里是海女的聚集地。

驶出济州岛，沿途有很多海女的石雕。跟着石雕走，我们离海女越来越近了。

我们到达了目的地，但很快就发现不对劲儿。这里人头攒动，游人如织，跟我想象中的只有几个年迈的海女在海里潜入浮出作业的景象大相径庭。

因为名声在外，这儿已经变成了旅游区，世界各地有很多游客慕名前来。不过我还是见到了四五个海女，她们确实年纪很大，都是一些老奶奶，穿着黑色的皮质衣服，戴着潜水镜。

一个看似领班的海女，拿着麦克风，向游客鞠躬问好，然后说要开始表演了。人们纷纷举起手里的相机、手机，"咔嚓、咔嚓"一顿拍。

这压根儿不是我想象中跟海女见面的场景。我想找的，是那种真正的以潜水捕捞为生的海女。我想近距离接触她们，了解并记录她们真正的生活，甚至跟着她们一起下海捕捞。

虽然我们眼前的只是一场表演秀，但是仍值得一看，因为这些表演者，也确实是真正的海女。在这个风景区表演，是她们工作的一部分。

海女们下海前在腰间绑上了一根怪异的腰带，上面穿着两块打磨为圆形的铅块。据说这两个铅块有七八公斤重，能够帮助海女们更容易下潜。

接着，她们就带着网兜，"扑通"钻进了水里。

边上的梁红咬了咬嘴唇，有点儿感伤。她说，这真的不可想象。这些八九十岁的阿姨，依然在工作，而且是泡在冰冷的海水中。

在水里待了将近20分钟，各自都下潜了五六次，海女们结束了自己的表演，她们捞上来一些海胆和海带。爬上岸，海女们没有一丝粗喘。

我们拦住了一位出水的阿姨，跟她聊了起来。得知她十几岁就开始学习潜水，到现在为止，从事这份工作已经50多年了。阿姨说，随着她们年龄的增长，未来海女的数量会不断减少，再过几十年，就没有女人会再干这个了。

阿姨笑着说完，跟我们鞠躬告别。

她的一席话，更增强了我们要找到"真正的海女"的决心，我想要记录下来这种即将消失的文化。

我们驱车沿着海岸走，希望能寻访一些渔村，找到以捕捞为生的海女。终于，我们在一座小渔村外，看见不远的海里，零零散散有几个海女在水里作业。她们安静地下潜、浮起，周围只有海风和浪花拍打海岸的声音。当她们下潜时，翻出水面的脚蹼，让我有了看到美人鱼的错觉。

守候在岸边，我想等她们上来之后，跟她们聊聊天。终于有两个人结束工作上岸了，我兴奋地迎了上去。但是她们看到了我们的拍摄镜头后，非常抗拒，挡住脸，拒绝跟我们交谈，也不让我们拍摄。

我们只能回到海堤上，远远地看着她们，有些失落。

Cici突然说："我可以带你们去一家海女餐厅。"

一家不太大的店子，Cici介绍，这家餐厅是村里的海女们一起开办的，厨师都是海女，她们也身兼老板和服务员。每天她们都会去海里捕捞海产品，然后回到这里工作，在这里出售，所有收入平分。

正当班的几位阿姨，人特别好，愿意跟我们聊一聊，也同意我们拍摄她们。她们在厨房里边忙碌地工作着，边回答我的一些问题。她们现在每天依然要下海潜水，上岸之后再回到这家餐厅工作。

最后，我试着问她，我们能不能跟着她们一起去潜水捕捞。阿姨回答，她们今天的捕捞工作已经结束了，但是她邀请我们明天早上跟她们一起出海。

欣喜若狂之余，阿姨们还给了我们特别的惊喜，把她们捕捞上来的美味烹饪好，请我们一一品尝。这些海鲜都特别新鲜，甚至可以不用烹调，直接生吃：海螺、鲍鱼、章鱼……

第二天一早，赶到海女们下水的地点，她们已经换好衣服等在那儿了。我们也是有备而来，带了水下摄像机、潜水服。这些东西在上海上船的时候，我就备着了，就为了今天跟海女的约会。

在我和梁红换衣服的时候，一位阿姨丢上来几个海胆，让我们尝尝。那是我有生以来，吃到的最新鲜的海胆。

下了水，阿姨们安静地在水面游着，眼睛望着水底，突然一下子就扎了下去，过了一会儿，就拿着猎物浮了起来，扔进网兜里。她们都是60多岁的人，但是在水里，动作迅捷矫健。

长期的海底作业，损坏了海女们的耳朵，她们互相之间说话的声音都很大。海女们每次下去2分钟，每个小时下去30次，每天作业五六个小时。每天她们得上浮下潜100多次，但我只下潜一次就累得够呛。

海胆好吃，海女不好做。海女即将消失的原因，就包括危险和实在太辛苦，下一辈的女孩，没多少人愿意继承这一衣钵。

一位叫金熙楠的阿姨，同意我们去她的家里看看。很简朴的一个农家小院，挂满了他们夫妻和孩子们的照片。

金阿姨是个"年轻"的海女，曾经有两三次，金阿姨在海底徘徊在生死边缘。金阿姨说，虽然做海女很累、很危险，但是她靠着这份工作，抚养大了三个孩子，并让她们都念完了大学。

我很好奇，金阿姨会不会让自己的女儿做海女。

金阿姨说，她的女儿跟自己提过也想做海女，但是她不同意。自己做海女的这些年，已经留下了很多后遗症：鼻子经常发炎，偏头痛，手疼，腰疼；每次下水前，都必须吃药；再老一些，大多数的海女就会失聪。

这些听得我们都很唏嘘，金阿姨却摆手爽朗地一笑："只要想想家人，就觉得什么辛苦都值了。"

（若子摘自《侣行2》
江苏文艺出版社　图/张晓芳）

放蜂人之歌

□ 项丽敏

昨晚又梦到太平湖,梦到湖边的黄檫和山樱开花了,油菜地浮起一片明黄,蜜蜂倾巢而出,驮着阳光的金色粒子在低空飞舞。还梦到一位戴着面罩的放蜂人,在湖边的大树上搭了个树屋,那树屋看起来小极了,鸽子笼那么小,也不知道放蜂人是怎么住进去的。

这个梦的前半部分是暖色调的,到处都是浓稠的阳光,在梦里我同那些蜜蜂一样,被放蜂人的歌谣催眠,跟在他后面,从一座山到另一座山,走着走着竟然轻飘飘地飞起来。

但是很快,这个梦就变成灰色调——飞在半空中的我撞进一团乌云,灰蒙蒙的什么也看不见。恐惧从四面袭来,绳索一样捆住我,我想喊救命,却怎么也喊不出声音——声音卡在嗓子眼,就是发不出来。我在拼命的挣扎中醒了过来,回想方才的梦境,觉得那个放蜂人有几分面熟,虽然戴着面罩看不清眉眼。

十多年前住在太平湖时我认识一个放蜂人。二月末尾放蜂人的帆布帐篷突然出现在湖边的油菜地旁,一同到来的还有放蜂人的妻儿,一只大黄狗和围在地上的一排排木头蜂箱。从我的窗户就可以看见放蜂人的帐篷,放蜂人的妻子将头发随意绾在脑后,怀里搂着孩子,安静地晒着太阳。大黄狗在帐篷前卧着,有陌生人靠近就迅速起身,狂吠不止。

有次买蜂蜜,放蜂人赠送我一小瓶花粉。过了两天,我买了些孩子吃的糕点回赠过去,放蜂人显得有些局促,两只手搓来搓去,倒是他的妻子大方得很,接下糕点,让孩子说"谢谢阿姨"。放蜂人的妻子说她很喜欢皖南,皖南春天来得早,花草都干干净净的,水洗过一样,不像他们家那边,树叶子灰扑扑的,尽是尘土。"这里的水也养人,喝到嘴里甜丝丝的。"

放蜂人的家在北方,祖孙三代以养蜂为业,放蜂人说他自记事起就跟着父亲到处跑,没有读过书,长大后想改行也不行了,只有接过父亲的蜂箱,长年在野外过着流浪者般的生活。"等孩子上学就不出来了,自己耽误也就算了,不能再耽误孩子。现在蜜蜂也不好养,到处都在建楼,蜜源地越来越少,好不容易找到蜜源地又是打过农药的,蜜蜂采了打农药的花就会死,前年有十多箱蜜蜂就这样没了。"

放蜂人离开的时候是春末,也不知道是哪天,当我打开窗户望出去,觉得少了一些什么的时候,才发觉帐篷已经不在了,地面空荡荡的,只留下砖头搭的地灶和小堆没有烧完的柴火。想起几天前有辆大货车停在帐篷外面,放蜂人一家应该是跟着货车迁徙到别处去了。

如果不是这个梦,我早已忘记了那个放蜂人。不过我梦里的放蜂人似乎又并不是他。我梦里的放蜂人是会唱歌的,一首没有歌词的春之歌,可以领着全世界的蜜蜂和花朵,翻过一座又一座山的歌。就在我醒来的那刻,耳边还响着歌声。

梦到放蜂人可能跟最近看的

一部纪录影片有关。影片的拍摄地在欧洲的北马其顿——一个位于巴尔干半岛中部的内陆小国。哈提娜是养蜂女，也是这部纪录片的主角，与年老的母亲生活在已然成为废墟的村庄里。

一座村庄是怎么成为废墟的？以前生活在这里的人去了哪里？哈提娜和母亲为什么没有离开？影片没有就这些背景给予交代，不过看完整部影片之后，这些疑问就消失了，像气泡消失在水里。

哈提娜的养蜂手艺很古老，近于天然，高山岩壁、村庄废弃的石墙、树洞，就是她的养蜂之所。对她来说，蜜蜂是她除了母亲之外的亲人、友伴，需要她看顾照料，也给予她生命和情感的喂养。哈提娜已经不年轻了，样貌苍老，甚至有些丑陋，不过她的身体还是轻盈的，如同一只野鹿，当背着蜂笼逆光走在山间，或跪在地上，将蜜蜂放飞在开满花朵的草地，嘴里发出温柔的充满魔力的歌调时，她完全就是山野牧神的样子。

和那些蜜蜂、树木、石头一样，哈提娜属于这片山野，她是山野的女儿，也是山野的女王，只有在这里哈提娜才是自由自在的，可以凭着天性生活着，即使这里土壤贫瘠，缺少水源，夏天过于炎热，而冬天又过于寒冷。

哈提娜在固定的月份收获蜂蜜，她撬开墙洞的石块，看着储满蜜糖的蜂脾，如同农民看着金黄的沉甸甸的稻穗，"恩赐，这是上天的恩赐"。割蜂脾时，哈提娜的动作很轻很慢，担心伤害到蜜蜂，嘴里喃喃有词，像是自语，又像是对被自己惊动的蜜蜂说着抱歉和安抚的话。

无论蜂巢里的蜂蜜多么丰足，哈提娜只收取一半。"取一半留一半"是祖辈立的规矩，哈提娜遵循着这个规矩，以收取的一半养活自己和母亲，留下的一半供蜜蜂食用，繁衍它们的族群。

哈提娜很容易就能获得满足和快乐，尤其是和孩子们在一起时，她甚至比那些孩子更像个孩子，拉着他们的手唱歌跳舞，舞姿有让人感动的笨拙与天真。那些孩子是在某天随着父母来到这个村子的。一同涌进村子的还有大群饥饿的牛。村子的宁静被突然到来的这一家人打破了，尘土和喧闹声四处宣扬。

哈提娜从自己家的围墙里观望着这一家子，很显然，这户人家的到来意味着某种入侵。不过哈提娜似乎并不那么在意，她喜欢小兽样到处奔跑的孩子们，喜欢孩子们给村子带来以前曾经有过后来又消失的生气。哈提娜领着孩子们唱歌跳舞之后又喂他们吃蜂蜜，这是她能拿得出来的最好的东西，也是她愿意与邻居分享的东西。

哈提娜对邻居一家是不设防的，当邻居向她讨教养蜂技艺时，她毫无保留地告诉了他们。邻居很快用车子拖来了蜂箱，在与哈提娜一墙之隔的空地饲养起蜜蜂。起先他们还能依照哈提娜所说的"取一半留一半"的规矩，但没多久邻居就抛开了这个规矩，他们有那么多孩子要喂养，这就使得他们觉得拥有的始终不够，还需要更多。

邻居饲养的蜜蜂在失去食物后开始大量减少，哈提娜的蜜蜂也跟着遭殃，被邻居家前来夺食的蜜蜂攻击、咬死。哈提娜再也没有地方放飞她的蜜蜂，草木来不及生长就被牛群啃食，村庄和周围的山野变得更为荒凉。当哈提娜在应该收取蜂蜜的月份撬开岩壁石块时，没有像从前那样看见里面挂满蜂蜜的蜂脾，她原本宁静自足的生活被击溃了。

这部名叫《蜜蜂之地》的纪录片拍摄了三年之久。在这三年里，哈提娜失去了她的蜜蜂，后来又失去了她的母亲。哈提娜的母亲半失明，长年卧在靠窗的窄床上，当哈提娜问母亲要不要带她出去晒太阳时，母亲说："你带不出去，我现在就像一棵树。"纪录片里有很多母女的对话，那些随意说出来的，有一搭没一搭的话，听起来又温暖又心酸。当哈提娜问母亲："你能想象春天来的时候吗？"母亲说："有春天吗？我已经历了太多冬天。"

在母亲去世之后，村子里就剩下哈提娜一个人了——那户有着众多孩子的邻居也走了。

不知道那些消失的蜜蜂是否还会回到哈提娜身边——应该还会回来的，在村子恢复了宁静、春天来临、草木又生长起来的时候。

（孤山夜雨摘自《文学报》　图/豆薇）

走在喀喇昆仑公路这条"新丝路"上,我们在绝壁上发现了一条蜿蜒的小道,那就是千年前古人生生凿出来的古丝绸之路。

那一刻,真的颇有时空交汇的感觉。在通往外界与世界联系的路上,人类从来都不惧愚公移山。

在吉尔吉特的郊外,我们经过了一个叫作丹沃尔的小村庄。孩子们看到一群中国人到来,纷纷拥到路旁,笑着挥手向我们致意。这个村子里,有一个对于中国和巴基斯坦两国都很特别的地方:中国烈士陵园。

中国烈士陵园的守墓老人

□张昕宇

守墓人是一位叫作阿里·艾哈迈德的巴基斯坦老人,须发皆白,一脸和蔼。他在陵园门口接待了我们。陵园不大,只有大约400平方米,但是绿树红花,幽静闲适。参天的大树,为长眠地下的烈士遮阳避雨,透过叶缝的阳光,在墓园里闪烁跳动。

阿里老人告诉我们,陵园里安葬着88位中国烈士,他们都是曾经援建巴基斯坦,修筑喀喇昆仑公路的时候牺牲的。每一块墓碑上,都有他们的名字,每个名字的后缀都是烈士。每一块墓碑上,还有中国和巴基斯坦的国旗,以及象征着两国的手握在一起的图案,写了"中巴友谊长存"。还有22座空墓,是为了悼念那些在筑路工程中失踪的中国烈士。

肃穆的陵园里,我们脑海里再现了50年前,两国人民不畏艰险打通山脉,见水填川、遇壑造桥的场面。老一辈人喜欢管巴基斯坦叫巴铁,铁哥们儿。当年有多铁我们并未亲历,最近的事情我们都记得,2008年汶川地震,巴基斯坦动用了国家紧急战略物资,援助中国救灾。巴基斯坦救援队为了节省空间多放物资,拆掉了飞机上的座椅,坐在地板上赶往中国。这种深厚的国家友情,是两国的老一辈人,用极大的热情、信任及生命建立起来的。

烈士陵园纪念碑上,刻着两句话:中国、巴基斯坦两国建设者,不畏艰险,架起了中巴两国之间的友谊之路。

我们敬献上两个花圈,团队全体成员在纪念碑前鞠躬致敬。

我觉得我们还应该向阿里老人鞠一个躬,他值得获得我们中国人最崇高的敬意。

阿里老人年轻的时候,和朋友马达德与一位中国工程师认识并成了朋友,但是不久后那位工程师坠桥牺牲,他和马达德难过了好久。随后他们俩就参加了搜寻和埋葬烈士遗体的工作。后来喀喇昆仑公路竣工后,他们俩就向政府递交了申请书,要求来看护墓地。那一年,他22岁。到现在,他已经守护了这座墓园37年。而一起陪他守护着朋友们的马达德老人,已经在四年前去世了。阿里老人是最后一位守墓人。

这漫长的岁月里,无论刮风下雨,时局动荡,他每天都会来到这里,与长眠在这里的中国友人做伴。曾经陵园就是一片光秃秃的墓园,什么都没有;我们现在看到的古木参天、绿荫环绕,都是这些年他和家人栽种的结果。老人说,他希望在自己去世后,政府能在他的儿子中聘用一个,让他的家庭继续来守护这座墓园。

老人的口袋里藏着一枚奖章,那是中国政府授予他的"和平共处五项原则友谊奖章"。老人很自豪,说这是他的荣耀:"这让我知道自己30多年的守护是十分有意义的,中国人都记着我。"

阿里老人希望我们把这番话带回中国,老人说:"这些中国烈士的亲人们,一定会担心烈士们在遥远的国外很孤单。请让烈士的亲人和后来的子嗣们放心,只要有巴基斯坦人,他们绝对不会孤独。"

(四铭摘自《侣行·3》
江苏凤凰文艺出版社 图/点点)

亲情颂

有人情味的家庭关系

□ 汪曾祺

我觉得一个现代化的，充满人情味的家庭，首先必须做到"没大没小"。父母叫人敬畏，儿女"笔管条直"最没有意思。儿女是属于他们自己的。他们的现在，和他们的未来，都应由他们自己来设计。一个想用自己理想的模式塑造自己的孩子的父亲是愚蠢的，而且，可恶！另外，作为一个父亲，应该尽量保持一点童心。

(摘自《人间草木》江苏文艺出版社)

那一束光

□李朝德

挂上电话，我立刻就后悔了。

车窗外，最后一抹余晖落下，远山只剩下黛色的模糊轮廓。

火车还有一个多小时才经过村里，那时天早就黑了，那么晚让母亲站在路口做什么呢？

火车在夜色中呼啸。望着车窗外的阑珊灯火，我一路忐忑。

那天，我从昆明乘火车去一个叫宣威的小城参加会议，这趟城际列车要穿过家乡的村庄。我家离铁路并不远，直线距离也就五六百米。

火车夜过家乡，最熟悉的景致与最亲近的人就在窗外一闪而过，近乡情更怯，兴奋激动转眼间又成远离失落，那种感觉难以描述。

十多分钟前，我打电话告诉母亲我要坐火车去宣威，要路过村里。母亲很是高兴："去宣威做什么？大概几点钟到？"我一一回答，但有些遗憾："可惜村里没有站，不然可以回家看看。"母亲说："你忙你的，我身体好好的，不用管。"说完这句，电话里一阵沉默。

我理解这时的沉默。我与母亲都不太善于表达感情，大多数时候都是沉默，诸如爱与想念这类的话语，我们一句也说不出来。

父亲在世时，彼此都习惯这种沉默，即便一句话也不说，却也温暖而坦然。但现在的沉默让我内心紧缩。父亲过世后，母亲常说，时间过得慢，太阳总不落山，天黑后，天又总也不亮。

近些年，我隔三岔五总要打个电话问问，很多时候不为别的，就为听听母亲的声音。

即便电话里经常联系，但如果不是假期或者有特殊事情，我一般很少回家，原因在于，没个理由就跑回家去，每一次母亲都会责怪我。母亲总是说："你哥你姐就住在村里，我身体好好的不用挂念，打个电话就行了，那么远，跑来跑去浪费车费！"

我理解母亲的本意，儿子好不容易在城里立足，她希望我小心翼翼走好每一步路，不管是生活还是工作，都不要有半点闪失，因此，她不愿意耽搁儿子的时间。在母亲眼里，总是把孩子看得重于泰山，却把自己看得轻于鸿毛。

车过村庄，母子相距几百米却不能相见，对我来说终究是一个大大的遗憾。于是，我打破沉默："妈，要不火车快到的时候，我打电话给你，你去村里的铁路口等我，我在7号车厢的门口，会向你招手，你就可以看见我，我也可以看见你了。"

对这个突然的提议，我自己也觉得有点意外和为难，夜色中叫母亲在路口等着见我，这算是怎么一回事？但是母亲很高兴，一口答应下来。

我们都知道那个路口，那个叫小米田的路口是连接村庄与田地的一个主要路口。近些年火车多次提速，由单线变成复线后，铁路沿线早在十多年前就全线封闭了。

小米田路口虽然还在，但已被栅栏隔断，现在只剩下几米宽的道口。火车通过那个道口需要多长时间呢？估计就是一闪而过吧，我与母亲相互能看见吗？

火车一过沾益县城，我就给母亲打电话让她去道口等着。沾益县城离老家松林村不到二十公里，估计不到十分钟我就可以看见母亲。

此时一明一暗，车里车外仿佛两个世界。我把脸贴在7号车门的玻璃上，努力寻找熟悉的山川轮廓。

窗外模糊一片，夜色包裹着车厢，我计算着时间与路程，却总不能看见熟悉的村庄。

焦躁中，却看见远远的公路上有车流的灯光，黑夜中流光溢彩。

正纳闷这是哪条路呢，远远的路上放着光芒的"施家屯收费站"白色大字突然出现了。我心里一阵酸楚，"施家屯"已是隔壁村庄，火车刚在一分钟前驶过松林村，我竟然没有看见我熟悉的村庄与站在路口的母亲。

我颓然地打电话告诉母亲："妈，天太黑了，我还没等看见你，火车就已经到了施家屯。"

母亲也说："刚才有趟火车经过，太快了，没有看见你。我想应该就是这趟火车，知道你坐在上面，就行了。"

我为自己的粗心愧疚不已，说不出话来。年迈的母亲在黑夜的冷风中站着，我在明亮、温暖的车厢里坐着。本想让她看见我，我也见见她，却害得她在路边白白等待和空欢喜一场。

松林村的一草一木，我再熟悉不过，怎么会看不出来呢？

我不甘心，对母亲说："妈，要不明晚我返回时，在最近的曲靖站下？站上有到村里的汽车，半个小时就到家了，住一晚再回昆明，方便得很。"

电话里，母亲慌忙阻止，语气固执而又坚定，仿佛我如果这样做，都是因为她引起的。我没有办法，告诉母亲，那明晚还是在这个路口，到时候我会站在最后一个车厢的车门旁招手，我们一定可以看见对方。

翌日返程，我早早地走到最后一节车厢的车门旁。黑夜的火车如一条光带在铁轨上漂移，伏在玻璃上我把眼睛使劲睁大，可还是很难看清车窗外的任何景物。

这时候，我又看见了"施家屯"几个字。

车内外温差大，窗户上起了一层薄薄的雾，我慌忙用手掌擦拭玻璃，用双手罩住眼眶，以遮挡车内的亮光，在微弱的光线下仔细搜寻外面的一景一物。我终于能看见车灯照出几米远模糊的路面轮廓，还看见了如萤火样的村庄里的昏黄灯光。

就在一个路口，我突然看见有束手电筒光在黑暗中照着火车！我刚要摇手呼喊，火车却又过了！

我忙掏出电话，颤抖着告诉母亲："妈，我看见你在路口了。"

母亲在电话里说："我也看见你了。"

两句话说完，车外再没有了村庄，母亲越来越远了。

我在夜色的火车中，不过是一晃而过的黑点，那个叫作小米田的道口，不过只有三四米宽，而站在道口等我的母亲，她还没有一米六高啊……

（张晓玛摘自《人民日报》2019年11月18日 图/豆薇）

如果自由那么美好

□[日]北野武 译/姜向明

如果面前有一道厚重的墙壁，你即使对孩子们放任不管，他们也会想尽办法从里面挣脱出来获得自由。有的孩子会把那道墙敲掉，也有孩子会在墙下面挖洞。但还有另外一些孩子，他们会在墙内找到谁也没有意识到的自由。

人类的智慧和想象力，因为撞上了墙壁遇到了障碍，所以会全面地发挥出来。智慧和想象力在突破了阻碍它们的那道墙时，会感受到自由的喜悦。而在一个想干啥就干啥的自由世界里，智慧和想象力就会完全沦落为多余之物。最后的结局呢，就是懒懒地倚靠在床上，吃着喜欢的零食，看着无聊的电视。基本上就是这个样子。经常听人说现在的孩子们没有干劲和精神，那只是由此而生的一个必然的结果。

我也能理解孩子们为什么那么热衷于电子游戏。游戏的世界之所以成立，是因为有荒城、恶龙之类的障碍物的存在。从不知道做什么好的现实世界里脱离出来，进入一个小得可怜的电脑世界，孩子们正是通过它尝到了破茧而出的自由。当然，我不说你们也知道，这样的自由只是一个高度仿真的虚构之物。游戏中的怪物，本来就被设计为一打就倒的。不管孩子们动了多少脑筋，克服了多少艰难险阻，最后尝到胜利的滋味，充其量那不过是事先设计好了的一套程序而已。

（摘自《北野武的小酒馆》新星出版社 图/曹黑黑）

人与狗，俱不在

□ 余秀华

那时候的黄昏无论从哪个角度看去，都不同于现在的黄昏。那时候家门口的草木葱郁，而且是年轻的葱郁。

即使现在，那些草木依然存活着，即使它们在又一年的春风里发出新枝，这新枝和从前一样让我屈服于对又一个春天无端的热爱和对生命没有根由的轻薄的热忱，但是我的心肯定不会给我沉醉的机会：轮回的利刺就在唇边，不会让你的热忱违背你的心。

生命从苍翠到衰老，这是一个不显山露水的过程，如同温水煮青蛙，当你发觉到疼的时候，青春已经远远地把你抛在身后了。

当然我们必须屈服于这样的过程，挣扎显得可爱或者大义凛然，但是对已经形成的事实毫无益处。而且我家门口已经不是旧时的模样，它的改变一般都是一夜之间的。当你清晨起来看见已经改变的模样，除了一声哀叹，就是接受。而且你会发现已经存在的事情比预想中存在的事情让人接受得快。

我在我家附近再也找不到旧时的样子，更别说童年，那是上辈子的事情了。时间在一个人的回忆里好像比它本身变得悠长。回忆改变了时间原来的速度，也跟着改变了一些人在这个世界上存在的方式，这真是一件奇妙的事情。也许，在宇宙里时间的长度并不是一样的，它也许在不同的事物里有着不同的标尺。甚至我们有时候偷偷往回带了几分钟或者几个小时，我们对这件事的疑心从来就不大，所以宇宙维持了它一贯的次序。

我的奶奶从来就不会在意时间的问题，现在时间把她放在了另外一个维度里，也许她忙着和一些旧人聊着生前死后事，根本腾不出时间来思考时间的事情，时间让人死去，但是死亡不是时间的事情。那么，人死了以后还会不会有时间的存在？如果是没有时间存在的永恒是不是更加让人恐惧？我相信永恒发生在一个人身上是宇宙里最不幸的事情。

所以我奶奶在九十二岁的时候放弃了活着的永恒。她腾出了她的房间，腾出了短暂的空间，但是很快，这样的空间就被别的事物填满了，仿佛空间从来没有被撕裂的痕迹。奶奶死的时候我没有特别悲伤，九十二年的尘世之身已经足够让人羡慕了。有多少人来不及品尝足够的悲伤就夭折在路上。但是我悲伤于她腾出的空间被填满的速度：是什么如此急切地把她的讯息从这个世界上抹去？

我常常对着她空荡荡的房间。我实在希望一个我害怕的不明就里的影子从那门口一闪而过，但是从来没有，甚至在我悲伤绝望的时候都没有出现过这样的幻觉。我被许多东西欺骗了：我曾经不舍昼夜在鬼片里寻找的线索没有给我任何启示。那些死了的人就那么狠心地一口喝下孟婆汤，从不回头看看他们留在人间的爱恨吗？

奶奶死前许多年，家里养了一条狗，灰白的，很凶。它不喜欢叫，是个实干家：人来了也不叫唤，蹑手蹑脚地走到别人身后，咬一口就跑，像一个专门搞偷袭的小人。于是来我家的人都格外小心，左顾右盼，生怕一不小心就被它算计了。父亲很担心它伤人，总想把它卖了，但是终是不忍心，一直到它很老，对偷袭这件事不感兴趣了。

狗的时间和人的时间又是不一样的。狗比人老的快得多。我们无法知道上帝安排在万物上的时间，哪一个是最公平的，也许上帝也是经过了我们的同意，如同一个卖保险的，听他说得天花乱坠，似乎合情合理，最后买了，却发现上当了。当然人和上帝玩心计，完全是鸡蛋碰石头。

所以狗老的时候，奶奶还没有老眼昏花。狗在奶奶的喂养下长大，却比奶奶老得快。当然奶奶不知道时间在狗的身上跑得快，她以为许多时候狗在糊弄她，比如黄昏的时候，奶奶端了一碗剩饭去喂它，一时看不到它的身影，就"狗——呜——狗——呜——"地唤它。唤了半天还不见它的影子，奶奶就着急了，担心打狗的人把它打走了，于是四处去找。

奶奶以为需要花很长时间走很远的路去找，但是出大门不远，就看见它懒洋洋地趴在草丛上。奶奶一下子就被激怒了，因为它在这个地方不需要费一点力气就可以听见奶奶的叫唤，但是它居然装聋作哑完全不理会奶奶的叫唤。奶奶的尊严居然被一只狗挑衅，于是她气急败坏。想着人老了连狗都不放在眼里了，于是愤怒之中奶奶又多了一些悲伤。于是她对它咆哮：你这死狗，这么近你听不见吗？我是叫你吃饭，又不是让你干别的。

狗这才抬起头看看奶奶，实在不忍心这个老太婆太伤心，于是伸伸懒腰，起来跟着奶奶走回家。奶奶看它跟回来了，也就不计较它的傲慢无礼了。

很多个黄昏，奶奶唤狗的声音在空气里颤抖。她的声音嘶哑、粗糙，听起来总是怒气冲冲。奶奶也用这样的声音喊父亲，父亲偶尔就抱怨：像打破锣！但是奶奶才不管，只要能唤回来就好。

后来狗不见了。奶奶连续唤了几天都不见它回来。奶奶就怒气冲冲地说：准是被人打走了，它那懒洋洋的样子迟早是要被人打走的。过了一段时间，她就把这条狗忘记了，好像狗陪伴她那么长的时间也被忘记了。奶奶到了现在的年纪已经不会为突然的失去而悲伤了。也许这样的失去在一个人的生命里多了就会是寻常的。

又过了许多年，奶奶去世。她去世的时候是中午，阳光灿烂。

几年过去了，我从来不矫情地想起她。清明节在她坟头给她磕头的时候，我总是要问她：婆婆，我是你孙女，你还认得我吗？

阳光灿烂。远处不知道谁家的狗在叫。

（大浪淘沙摘自《无端欢喜》新星出版社　图/小粒团）

孤而不独

□ 梅　莉

那天看了作家冯唐拍摄的一个小视频，是他与母亲的对话，两人一问一答，我瞬间被老太太圈粉。冯母是内蒙古人，冯唐说他母亲"彪悍、大气、茂盛"，果不其然，老太太顶着一头红发，正在喝酒吃菜，吃到酣处，又唱了一段蒙古长调。

冯唐问："您觉得幸福吗？"

冯母："当然幸福。"

"那什么是您感觉最幸福的事？"

"人都不喜欢孤独，而我是孤而不独。"

冯父去世后，老太太一个人生活，理应有些孤独，但是从简短的对话中，我们可以看出，八十多岁的冯母依旧气定神闲，每一刻都过得很享受。

孤独是什么？林语堂的解释最为美妙："孤独两个字拆开，有孩童，有瓜果，有小犬，有蚊蝇，足以撑起一个盛夏傍晚的巷子口，人情味十足。稚儿擎瓜柳蓬下，细犬逐蝶深巷中。人间繁华多笑语，唯我空余两鬓风。孩童水果猫狗飞蝇当然热闹，可都与你无关，这就叫孤独。"

孤独原来是一幅市井图，置身于繁华，出世者则孤独，入世者则不觉孤独。冯母有一个如此热烈苍实的灵魂，所以，她说自己是"孤而不独"。

（潘光贤摘自《扬子晚报》2020年8月5日　图/乔巴）

但愿"很久很久以后"是个永远不会到来的时间

□赵挺

一

外婆要去上海看她的哥哥。我开车带她去。出发前,她在那边掰着手指数:"一、二……"我说:"两年没见了?"外婆说:"20年。"

这个数字,外婆说得很淡然。

人在小时候,想得很少,一根手指代表一天。到了我们现在,一根手指经常代表一年。到了外婆这个年龄,竖一根手指就是10年。

我感慨,人生最多也就10根手指,一晃就没有了。外婆边整理东西边说:"还有10根脚趾。"

外婆出门没有我这么潇洒。我无论去多远,大包一背就走了。宁波距上海也就200多公里,外婆却准备了3天,把那只古老且充满年代感的黑色手提包塞得满满的。

我问她:"你最远去过哪里?"外婆说:"城隍庙……好像再过去一点儿吧。"我笑起来:"哈哈哈,开车半个小时就到了。"外婆补了一句:"上海的城隍庙。"

我的笑声戛然而止。转而外婆问我:"你呢?"我说:"印度洋上的一个岛国。"

"那也不远。""比你远多了。""再远你都在我的心里。"说完外婆让我过去摁住那只手提包,嘴里喊着"三二一",然后吱的一声,终于把拉链拉上了。

夜幕降临,外婆拎起旧旧的手提包:"出发。"然后"嘣"的一声,手提包的拉链崩开了。外婆和我找出绳子扎了10多圈,然后向我伸出5根手指。

我一惊:"这包50年了?"外婆说:"不,我是停的意思,再扎下去就解不开了。"

为了避开上海的限行和高峰期,我们选择在晚饭后出发。6点左右,我们的车子驶上杭州湾跨海大桥。在我们的两边,是漆黑的海面,以及跨海大桥上连绵起伏的灯光。

我说:"两边就是大海。"外婆望着漆黑而又空旷的海面说:"大海汪洋,忘记爹娘。"车里正在播放张震岳的《再见》,我问外婆:"怎么突然说这话?"

"我就随便背一下老话。"外婆然后说,"有点冷,空调再开高一点儿。"

我伸出手,她一挡:"你好好开车,我自己来。"突然车里歌声大作,我说:"按错了,这是声音按钮。"外婆"哦"了一声,继续换了一个按钮,我说:"这是收音机。""还是我来吧。"外婆问:"会爆炸吗?"

我把着方向盘说:"这倒不会。"

"那就再让我研究研究。"外婆在充满旋钮和按钮的中控台摸索了半天。其间开关音乐好几次,还吱吱吱地搜出各种波段。当我开过夜晚的杭州湾时,外婆终于找到空调按钮,把温度调高了一点儿。

汽车驶入上海的高架,周围高楼密布,灯光璀璨。外婆像个小孩儿一样看着窗外。我问她:"又想到了什么老话?"外婆说:"过去看不到这些,没法用老话说。"

二

我和外婆在上海待了5天,和她的哥哥一起叙旧,然后外婆被她哥哥带着,茫然又惊奇地穿梭在这座被称为"魔都"的城市。

在上海的南京路步行街,外婆站在一头金牛面前说:"给我拍一

幸福到来的时刻,得给它加上一丁点儿轻微的苦涩。这样就能记得更牢,因为面对不愉快的时刻比对愉快的时刻记得更长更久。
——米洛拉德·帕维奇《哈扎尔辞典》

张照片吧。"然后伸出剪刀手,在繁华的城市里苍老地笑着。

外婆用5天的时间,和她哥哥讲完了20年的故事。其实外婆也没讲什么。很多东西也记不清楚了,只能祝各自今后一切安好,如果大家都能活得长一点儿,那就选个地方再见。

人生不过如此,远去的和未到来的,都是躲不过的执念。

外婆依旧提着她扎了10多圈的手提包说:"阿挺,咱们回去吧。"

我们在下午离开上海。在高架上,外婆看到上海的东方明珠塔,还有徐家汇各种魔幻的高楼。

外婆一直侧着头安详地看着窗外。开过了一大半的跨海大桥,她突然说:"我听到了潮水的声音。"

我笑笑说:"我也听到了。"

潮水声过后,车里响起李健的声音:"小时候妈妈对我讲,大海就是我的故乡……"

外婆一扭头:"哎呀,原来是收音机里的啊。"

我说:"你醒了?"

外婆说:"我一路都没睡着啊。"

外婆说她一路都在数数,数完徐家汇的高楼,就数跨海大桥上的路灯。据外婆统计,徐家汇有46幢高楼,跨海大桥上有347盏路灯,时代真的不一样了。

我说:"你第一次来上海的时候是怎么样的?"外婆说:"我的头发还全是黑的。""那第二次呢?""就是现在。"

三

外婆和我讲,她的哥哥十几岁就到上海来当学徒。那个年代有一大批宁波人去上海。她还记得那一天和自己的父亲一起到宁波的江北岸,陪哥哥上了开往上海的轮船。汽笛声一响,她和父亲在江北岸和哥哥挥手告别。

那一声汽笛声至今都令她印象深刻。

半个多世纪过去了,江北岸的水依旧向东流向大海,而岸边的一切早已变了模样。那个可爱的小姑娘变成了外婆,那个巨大的候船厅变成了宁波美术馆。

外婆和我讲往事的时候,我在高速上错过了宁波的段塘出口、大朱家出口,最后只能在甬台温复线的咸祥出口驶出高速公路。

夕阳西下,汽车行驶在宁波象山港畔的沿海公路。在右转弯的时候,外婆突然伸出一只手不停地挥着,我问她:"你挥手干吗?"

外婆说:"让别人知道我们要拐弯了。"

我说:"我拐了这么多次,你现在才伸手。"

外婆说:"我看到后面有一辆电动车。"

"那我左拐你怎么办?"

外婆说:"左拐你伸手。"

我脑海里突然浮现,20世纪七八十年代,一个年轻人,骑着一辆二八自行车,左右拐弯时的提示,就靠两只手不停地挥啊挥。

我们透过车窗,能清晰地看到象山港的海水,以及对岸的群山。

外婆看着山和海,问我:"山上有什么?"我说:"山上什么都没有。"外婆问:"海里呢?"我说:"海里也什么都没有。"外婆笑了笑:"变大人了。"

20年前,我总问:"外婆,山上有什么?海里有什么?"外婆说:"有山神公公和东海龙王。"然后可以和我讲一天。现在不一样了,什么都没有了。

车内正在播放张国荣的《似水流年》:"浩瀚烟波里,我怀念,怀念往年,外貌早改变,处境都变,情怀未变……"

我将车开往市区方向,打开车窗,初冬的海风也显得有一丝温暖。

我突然想起一件小事。很小的时候,清明时节,左邻右舍的小朋友会跟着大人去山里扫墓。我因为爷爷奶奶外公外婆都健在,所以不用去扫墓。但我羡慕那些小孩子可以出去郊游,就问外婆:"为什么我不用去扫墓啊?"

外婆把手抬到半空中,说:"信不信我打你?"

我说:"打完了就可以去了吗?"

外婆把手放下来,把我揽到怀里问:"为什么想去扫墓?"

"可以去爬山,摘杜鹃花,抓小蝌蚪啊。"

外婆说:"很久很久以后,你就可以去了。"

2007年夏天,我的奶奶去世。我和堂哥坐在深夜的路边吃着烧鸭面,不发一语。突然,我想起小时候外婆的这句话,但愿"很久很久以后"是个永远不会到来的时间。

此时外婆歪着头睡着了,夕阳将最后一点余晖落在她布满皱纹的脸上。

(一二三摘自《外婆的英雄世界》江苏凤凰文艺出版社 图/吴敏)

父母这么懂事，你不愧疚吗

□周冲

中午休息的时候，跟同事讨论，中秋节要不要回家。一同事说，她妈妈说要是她嫌远，不想回就不回了。说完，她大赞妈妈开明。而我，看着她的笑脸，不知怎的，忽然想到一个词，叫"懂事"。

《奇葩说》有一期节目挺扎心的。辩论的主题是，父母提出要去养老院，我们到底该不该支持？乍一看，没什么可辩的，因为是父母提出的，既然爸妈愿意，那就送养老院。但是马薇薇的一番话，让我醍醐灌顶。

她讲了一个她的真实故事。

她和朋友在北京合租了一套房子。有一次她爸妈来看她，但是宁愿住酒店，也不在她家住。原因是爸妈认为，女儿从小就不习惯跟别人一起住，如果这次他们住了她家，那其他人的父母来了也会住她家，薇薇会被烦死的。

这一段"父母式情话论"几乎让全场落泪。马薇薇也哽咽地说："我们的父母太懂事了。"

节目中，张泉灵讲到她曾去过养老院采访，发现老人身上有股味道，就问："您多久洗一次澡呢？"老人回答说她尽量不洗澡，因为年龄较大，还是一个人住，洗澡很容易滑倒，为了不给孩子添麻烦，她能不洗澡就不洗澡。

这个答案很意外，却不陌生。在我们向往诗与远方、追求多元生活、琢磨要不要多买一个包的时候，我们的父母，他们对自己的要求，就是不给我们添一丝麻烦。他们忍着，忍着，忍无可忍时，还是忍着……

但即便如此，依然抵挡不住他们对我的富养。只要是我想要的，他们都会尽量满足我。上学那会儿，每年开学季都会给我买衣服，他们自己却很少买。妈妈的护肤品从来都是某个便宜牌子，却说我是大姑娘了，给我买昂贵的化妆品。毕业后，她还给我换了最新款的手机。结婚有孩子了，她非要给我带孩子，让我别放弃学习进修，害怕我和社会脱轨。

如果有人问我，这一生，你一想起就心酸的一个细节是什么，我会说，就是去年中秋回家，见到我妈的第一眼。那一次，我是突然回家的，没跟爸妈说，本来是想给他们一个惊喜的。却不料，一打开门，我没有迎来意料中的惊喜，而是我妈的惊慌失措。她那时正在吃饭，见到我，紧张地把正在吃的饭菜全倒了，一边倒，一边说吃鱼啊肉啊吃腻了，想吃点咸菜。但我打开冰箱，里面空空如也，什么也没有。我的眼泪"唰"地就下来了。那时我才明白，我觉得理所当然的鱼肉俱全，都不是常态，而是父母的精心准备。而我觉得不太可能的简陋，才是他们的生活。

年轻的时候，我们总是想着出人头地，以为那样的幸福，才足够精彩。却未曾想到，父母在加速老去，再也等不到那些闪耀的时刻。甚至，在与时间的对战中，他们一点一点败下去，弱下去，老下去。

我们往往只顾冲锋陷阵，攻城略地，却忘记了身后的父母，再也走不动了。他们待在原地等着，一天一天地等着，一年一年地等着。等着我们给予回应，等着我们回家，等着我们说：爸，妈，你们辛苦了！

行孝趁此时。再晚，就来不及了。

光阴催人老，暮年唤人归。也许，一不小心，他们就走丢了。而这一次，他们永远无法回来……

（夕梦若林摘自微信公众号"周冲的影像声色" 图/熊LALA）

攻破游戏成瘾的心理咨询师

□张一民

游戏本是一件好事，适量玩游戏可以愉悦身心、锻炼大脑反应能力、练就敏捷的逻辑思维。

然而，现在很多游戏就如同鸦片一样，动不动就让学生成瘾，一旦学生接触游戏，他们就没日没夜地玩，把学习完全抛在脑后，导致学习成绩一落千丈。于是，社会上流行了这样一句话，"要想毁掉一个孩子，就送他一部手机"。游戏仿佛成为"过街的老鼠人人喊打"，尤其是学生家长，更与游戏有着"深仇大恨"。

为了攻破游戏成瘾的秘密，人格重塑专家冯大荣老师对游戏的心理设计做了深入研究，他发现游戏之所以让人们上瘾，是网游设计公司为了留住客户，他们专门聘请一些心理学研究人员，把心理需求和游戏娱乐进行了深度融合，人们一旦接触到这样的游戏，就会爱不释手，欲罢不能。

冯老师对游戏成瘾的设计做了如下归纳，一是让人生在虚拟世界中得到美化。无论现实中的自己有多糟糕，一旦进入游戏世界，你就是游戏设计中的主角或者英雄，一路过关斩将，所向披靡，一扫现实生活中的挫折和阴霾。二是烘托社交氛围。游戏设计中都融入了社交功能，大家一面打游戏，一面吐槽，发泄心中的不满，让内心的苦闷得到释放。三是设置了即时激励机制。每一款游戏都有属于自己特有的激励方案，让人们有极大的成就感和满足感。于是，越玩越爱，沉迷其中，无法自拔也就顺理成章了。

冯老师除了研究游戏研发者的行为，也着力研究了青少年的心理。冯老师发现青少年之所以会游戏成瘾，除了游戏研发者的别有用心，也与青少年的心理状态有关。

原来我们的孩子在成长的过程中，父母不断地引导孩子去追逐所谓的好，排斥所谓的坏，比如学习优秀才是可爱的人，人生要成功才有意义，要超越别人才会得到别人的喜欢等，导致孩子们失去了自我，一旦孩子达不到父母眼中所谓的优秀的时候，他们就变得郁闷和沮丧，长时间的郁郁寡欢是他们不堪忍受的，而这些游戏的出现恰好能麻醉他们的内心，让他们暂时忘掉现实中的烦恼。

为了避免游戏成瘾，很多学校干脆禁止使用智能手机，家长更是强制打压，通过控制流量或者切断网络来防范孩子过度接触游戏。但是这些手段不但没有扼制孩子的网瘾，还导致亲子关系僵化，并引发师生之间的矛盾。

解决问题当然不能头痛医头，脚痛医脚。冯老师研究发现，当一个人不在意别人的看法，不再和别人比较，做回他自己的时候，他的内心就会始终充满喜悦。此时，他的人生就没有了游戏设计者们可以攻击的心理缺陷，他就不会成为游戏的俘虏。

当一个人已经游戏成瘾，这时候他就需要内心成长，冯老师通常会用宣誓、净化、冥想、观心等一系列方法，来帮助他消除原有价值的评判体系，把原来的"我牺牲自己让你们来爱我"，变成"我爱我自己、我满意我自己"。通过三到四个月的成长，重新找回真实的自我，戒除网瘾就是一件很自然的事情了，这就是每年那么多同学能在冯老师这里告别游戏成瘾的原因。同时，一个做回自己的人，驱动他前行的动力是内心深处真正的兴趣，他一定会成为一个品学兼优，阳光开朗，对社会有益的人。

（予夕摘自《三联生活周刊》 图/陈明贵）

为什么我离开东北再没吃过小鸡炖蘑菇

□姜 姜

每次听到有人说东北菜粗糙，我都会想起我姥姥在阳台低头做菜的样子。

我姥姥是一个典型的东北老太太。爱美，每到换季都会拉着我妈妈上街买新的花衬衣；爱跳舞，吃完晚饭准时到广场跳舞占位；敞亮，每次过年过节排骨都是整扇整扇地买。

姥姥也有东北老太太的较真，比如女儿给她买衣服要把钱还回去；跳舞要跟下整场绝不中途休息；做小鸡炖蘑菇，要用放大镜一根根检查鸡毛有没有拔干净。

所以每当有人嘲笑乱炖毫无章法、酸菜是贫穷产物、饺子是一切节日解决方案，我不会生气也不会反驳，只会在心里替他感叹：没吃过东北老太太做的小鸡炖蘑菇，真是遗憾啊！

东北农村有句俗话："姑爷领进门，小鸡吓掉魂。"大概是说新婚女儿领丈夫回门时，娘家基本都会做一盆小鸡炖蘑菇来招待姑爷。（注：姑爷为女婿）

妈妈带爸爸回门时，吃没吃到小鸡炖蘑菇不知道，但自从我有记忆起，每次到姥姥家，总能吃到一大盆怎么也吃不尽的小鸡炖蘑菇。

有人说小鸡炖蘑菇做法简单，跟所有东北菜一样，就是把食物一股脑扔进去，炖。是，也不全是，"炖"确实不像其他地区的菜系那么复杂精细，却也更考验食材。

比如小鸡要刚长起来的小公鸡，油少肉嫩骨头酥，乡下亲戚送来的走地鸡为最佳，但可惜只有过年才吃得到。

鸡选对了，还要把鸡处理干净。只掏净内脏不够，按照我姥姥的标准，鸡皮上一根鸡毛都不能有，鸡架上一根血管都不能留。所以处理鸡肉的工具，除了剁刀和剪刀，还要镊子、老花镜和姥爷看地图用的放大镜。

先用老花镜扫一眼，看看哪里有没被开水烫掉的"漏网之毛"，然后左手放大镜，右手小镊子，一根根拔掉残留的鸡毛。

拔鸡毛是一件枯燥且漫长的事，无论是闷热的夏天，还是玻璃窗和瓷砖地面都结满冰霜的寒冬，我印象中的姥姥，好像总在阳台上处理眼前的一盆鸡肉，一动不动。

整鸡也不是乱剁一气，鸡脖上带着淋巴的皮和鸡屁股扔掉；鸡胸肉太柴也可以不要，留着做其他菜；为了防止有碎骨头，翅膀、大腿要用剪刀在关节处剪开；骨架上的软骨头则可以随便乱剁。

相比小鸡处理的烦琐，蘑菇的要求只有一个：当年的。

但如果扩句的话，当年的等同于秋天东北山上采的加上入冬前晒干的加上当年采当年吃的。

采蘑菇的最佳季节是秋天，下雨之后，蘑菇便随着林子里的雾气纷纷钻出头。但蘑菇也没那么好采，东北蘑菇大多是野生，对植被、土壤、树龄都有很高要求，所以优质蘑菇产量极少，比如松蘑最好是它刚长成伞形，蘑菇头外缘还向内卷的时候，小了摘下可惜，大了食之无味。但采蘑菇也并非没规律可循，比如蘑菇"认树"，去年长在这堆青松下，今年大概率还会长在这里等你。

新鲜的小蘑菇可以炒着吃，

但最好吃的还是晾干后又泡发的干蘑，干蘑不仅多了份筋道，还把秋日太阳的气息藏进了蘑菇伞上的褶皱里。东北秋天极短，鲜蘑要在入冬前都晒干储存，把上面的沙子松针一根根择净，食指大的蘑菇对半撕开，再大一些的撕成四瓣，一是为了快速晒干，二是为了让蘑菇里的小虫子都跑出来。

干蘑的风味会随着时间而流逝，当年的干蘑，也会比陈年的干蘑贵将近一半。新蘑和陈蘑，东北老太太抓一把就闻得出来。

做的时候干蘑要洗去浮灰后用冷水泡发，泡蘑菇的汤一定要留下，跟蘑菇一起倒入煮着小鸡的锅中，这才能充分用尽蘑菇的香味。

如果城里实在买不到走地鸡，就挑最好最贵的鸡全翅，剁好的"小鸡腿"只有一根骨头，负责鸡肉输出，男士们喜欢；鸡翅尖胶原蛋白满满，女士们抢着要；剩下的鸡中翅有肉有皮，都留给桌上的小朋友。

蘑菇的种类也没有讲究，如果住在乡下常年采蘑菇，或者有乡下亲戚常年送蘑菇，就有什么放什么，无论是松树伞、榛蘑、小黄蘑、趟子蘑、鸡腿蘑都各有风味。

如果住在城里，也没有那个好运气有亲戚送干蘑，就只能自己掏钱买一小把红蘑。红蘑这几年价格一年比一年贵，但每家还是会常备一小袋干蘑，虽然不常吃，可有了就安心。

其实小鸡炖蘑菇并没有一个标准的做法，有人家调色用老抽，也有人家炒糖色；有人家要把切好的鸡肉焯水再下锅，有人家则直接下锅。一切章法都是一代一代传下来的，说有便有，说无也无。

如果人口实在太多，就扔些粉条和土豆进去。粉条要东北木薯宽粉，煮熟之后软塌塌，半透明。

土豆要选糯的，轻轻一压就成细泥那种。

最后再配上一碗东北大米，白吃也可以，泡鸡汤能下三碗饭。

有人研究，小鸡炖蘑菇的风味是由于氨酸和蘑菇里的鸟苷酸形成的协同反应，小鸡和蘑菇互相提味，令菜品更为鲜美。

但谁管这些！我姥姥也只知道这是孩子们最爱吃的，说什么也要给他做好。

跟下饭店才吃得到的锅包肉不同，小鸡炖蘑菇是道家常菜，就是只有在家里做才好吃的菜。离家之后我问我妈，"姥姥的小鸡炖蘑菇是怎么做的？"

我妈说，"就是炖。"

炖是东北菜的灵魂，万物都能扔在一口锅里炖，看似不搭嘎，却总有万般美味。

我曾在北京尝试过无数种炖菜，都以失败告终。也试过无数种方式做小鸡炖蘑菇，都不是那个味道。

我问我妈，"这小鸡炖蘑菇怎么总是做不好呢？"

我妈说，"我也想问问你姥，她怎么走得那么着急呢？连个小鸡炖蘑菇的手艺都没留给我。"

（池塘柳摘自微信公众号"福桃九分饱" 图/麦小片）

无所不包，却一无所有

□[挪]阿澜·卢 译/宁蒙

我受了伤躺在野地里，任春天的阳光洒在脸上的时候，我想的是：我的父亲不在了，永远地离开了，而我从没能真正了解他，当我母亲跟我说他去世了的时候，我都没什么特殊的感觉。他是在夜里去世的。突然之间。悄无声息。但躺在野地里的时候，这一切以全部的重量渗透到我心里。如此剧烈。人来人往，花开花落。一夜之间，恍若隔世。我任其在体内渗透，意识到区别如此巨大，以至于所有念头不得不俯首缴械。人秉持并拥有的一切，一瞬间灰飞烟灭，只因这是存在和占有的最后一刻。这是个让人生厌的结构。一边无所不包，另一边却一无所有。

（江一城摘自《我不喜欢人类，我想住进森林》人民文学出版社）

儿女家的"外省人"

□ 郭韶明

从前我们说,父母在哪儿,哪儿就是家。今天我们站在父母的角度,说说儿女在哪儿,哪儿也是他们的家。

拿我的父母来说,他们从没想过会在北京待这么长时间。自我结婚那年起,他们的原则一直是每年来一次,至多待三个月。我父母的观念是,你有你的生活,我们有我们的。我一直觉得这个观念有点超前,可是我的朋友说,那是因为家里有你哥哥,不然你妈才不会那么狠心。好吧,我承认我是那盆泼出去的水。可是这盆泼出去的水渐渐发现,随着事情的变化,老爸老妈进京的次数日渐增多。

比如,外孙女生病。孩子的病如同夏天的雨,来得快去得也快,虽然我们都知道这个道理,但我爸我妈经常耐不住过程中的煎熬,你刚挂了电话说没事没事,他们第二天就到了。

再比如,他们自己的身体出了问题。老人患病总是遮遮掩掩讳疾忌医,等你清楚病情的时候,通常已经到了要进手术室的地步,于是你发着脾气订好车票,催促他们尽快过来确诊一下病情。

还有别的突发事件,诸如要出国一段时间、家里要装修、某段时间工作繁忙等,难免又要紧急召唤。在这些回合中,老爸老妈突然意识到自己一年居然要在北京待上大半年,看清这个阵势的时候,他们自称已无力扭转。我妈还会失落地加上一句,自己的家还没暖热,就又出发了。

严格来说,我的父母是步步沦陷的,他们在老家那边,无比理智地保留着自己的一席之地。而我的一个同学,父母直接在女儿所在的城市安家落户。那个没怎么操过心的独生女,刚到广东某城市工作没多久,父母就放心不下,处置了老家的房产,随女儿迁徙至广东。之后的几年,女儿在当地结婚生子,父母也已经把那座城市当成自己的家。

当然还有基于各种原因的"被逼无奈",各种状况的"不得不留下来"。

总之,你慢慢发现,这座城市装满了口音各异的父母。他们相约去超市买菜,在楼下碰到一定不忘交流当天的市场行情。他们在某一特定的时间点去公园跳舞,俨然一种大规模的露天聚会。他们推着宝宝出去散步,热火朝天的方言碰撞有一种天然的剧场效果。

他们聊天的内容多是儿女、孙辈,或者即将降临的孙辈。我有一次正好碰到我妈的新朋友,我妈热情洋溢地介绍,这就是我女儿。在还没走远之前,我听到一串老妈从未在我面前表露过的溢美之词。我着实有点意外,回家后打趣,我有这么好吗?我妈倒很实在,很干脆地回我,知道什么叫聊天吗？我终于知道自己在她们的交流中没有什么实际意义，不过是个话题人物罢了。

在我看来，这些身在儿女家的外省人，有一种十分难得的精神气质，那就是明明不那么喜欢这片土地，仍然保持着热火朝天的生活状态。有一句话似乎是这么说的，我不害怕开头，只是害怕不知道结局。这些父母，他们也很清楚与这座城市的开头，只是不知道会如何收场吧。这座城市里有太多跟着老板的指令选择居住地的白领金领，没准儿哪一天，老板一纸调令或者一个许诺，他们就被空投到了另一座城市。我相信，他们的父母一定会紧跟其后，重新开始适应另一座城市。

相比而言，我们这一代做了父母就显得有些自私。我们也会讨论将来要不要生活在儿女的身边，同一座城市，同一个小区，保持一种有距离的亲近。讨论的结果是，没人愿意放弃自己的生活、自己的圈子。可是上一代不一样。那么多身在国外，短暂或长期照顾孙辈的老人，他们更是生活中的勇士吧。而所有这些身在异乡却义无反顾的父母，他们心里最大的愿望，其实特别简单，那就是儿女在哪儿，哪儿也是他们的家。

（张秋伟摘自《广州日报》2019年12月23日 图/HHYM）

团结

□ 王鼎钧

在非常的时代，父亲是最难担任的角色之一，常常面临严酷的考验。有一个父亲从医生那儿得知，他最小的儿子患了某种疑难重症，如果不出国求医，将终身残废；如果尽一切可能医治，又势将使他倾家荡产，其他三个健康的儿子都无法受到良好的教育。更为难的是，现在医学对这种病所知甚少，并没有把握一定使之痊愈。

这位父亲在一连几星期的失眠之后，下了最后的决心。他对孩子们说，出国就医之议打消，孩子的教育计划不变，但是三个健康的哥哥，必须发誓永远照顾最小的弟弟。他征求孩子们的意见，小弟同意，三个哥哥也同意。父子五人拥抱痛哭一场。

这个家庭的愁云惨雾一扫而空，每个人充满信心地为将来活下去，兄弟四人的感情超乎手足。这才是兄弟，兄弟就是这样的一种同盟、熬炼，长期的默契。

（一米阳光摘自《开放的人生》 生活·读书·新知三联书店）

就在那里

□ [美] 雷·布拉德伯里 译/于而彦

每个人死后都要留下点什么，我的祖父这样说过。孩子、书、画、房子、一堵自己修的墙、一双自己做的鞋，或者是种满花草的花园。你的手以某种方式碰过某样东西，所以等你死了以后，你的灵魂就有地方可去；人们看着你种的花草树木，你就在那里。做了什么并不重要，他说，只要你可以改变它，你的手接触它之前是一个样子，你把手拿开之后，它就变成了某种跟你类似的东西。只会修剪草坪的人和一个真正的园丁之间的差别就在于他们的触摸，他说。修剪草坪的人好像根本没有出现在那里；而园丁一辈子都会在那里。

（摘自《华氏451》上海译文出版社）

有一回我们英语老师发了火,她在黑板上写下一个句子:He is dying。然后在后面画了个×,转身质问我们:"死怎么可能是进行时?你被车撞、喝农药、上吊,不都是一下子的事情吗?"

那堂百无聊赖的英语课上,因为老师的气急败坏,让我记住了这个语法概念:死是一瞬间的事情,不能用进行时。

多年以后,我在好朋友的订婚宴上接到我妈的电话:"你快点过来医院,你爸不能说话了。"

我已经不能等开饭了,我心里只有一个信念,就是尽快赶到医院。等我到了病房,看见父亲侧躺在病床上面,浑身抽搐,嘴巴半张——他说不出任何话了。我甚至忘了我跟他讲的最后一句话是什么,有时候我想到这件事,会觉得遗憾,有时候又觉得其实也无所谓了。

从确诊以来,被我们认为一向悲观的他,会接受不了身患肺癌这个现实。但出乎我们的意料,他以一种全新的乐观姿态,坚持了两年多。只是到了后面,各种生理的疼痛和心理的压力,渐渐将他吞噬,他哽咽着说不想死。连带我们,也对死亡充满了恐惧。病房里轮番换着人,有的人走了,也有的人走了,用另外的方式。

在那之前的几天,隔壁病床的一个老头吐了很多血后昏了过去,就再也没有醒过来。我的父亲躺在病床上,被临时推到走廊,我隔着病房门上的玻璃看向里面,那个人的妻子和女儿围着他,没有眼泪,只是祈祷。后来这对母女走出病房,两人相拥而泣。我才获得一些宽慰,在此刻,任何信仰、习俗都可以先行退让,就让我们用最原始的方法来表达心里的悲痛。

我捕捉到父亲眼里的惊慌和飘忽,不久后,主治医生拿来了最新的诊断报告,我念给他听:"肿瘤稍微大了一点,不过好消息是没有骨转移。"

他最担心骨转移了,多年的住院经历,让他明白一旦骨转移,就意味着时日不多了。

而我没有告诉他的是,他的癌细胞脑转移了。

我问他:"晚饭想吃点什么呢?"

他说感觉什么也吃不下了。

我替他做了主张:"那就吃饺子吧。"医院食堂二楼的饺子,他已经连续吃了很多天,他喜欢这个,能下肚,能供能。他有自己的一套理论,吃下的东西大多数会被癌细胞抢走吃掉,但是如果不吃东西,癌细胞就会吃他的身体。他于是默认了我的选择。

好了,现在他真的什么也吃不了了。我们不得不掰开他的嘴巴,用手去掏他喉咙里的液体,那些像痰一样的东西源源不断地出现,如果不及时清理,他恐怕就有窒息的危险。

到了夜里,他已经筋疲力尽,蜷缩着身子,侧躺在病床上,不再那么重地喘气。我看着他,说不上来地心酸:这个小老头真的要离开我们了吗?

我想到更早一些时候,有一天晚上在医院,他忽然扯着我的衣服说他想吃冰淇淋,我以为听错了,他又用力重复说要吃冰淇淋。我就赶紧出门去给他买,等到超市门口,我姐打电话说他要吃那种尖角脆皮的,我去超市买不到,到肯德基才买到,蹬着自行车赶在融化前送回医院。他像个小馋猫一样吃起来,然后说他想吃冰淇淋很久了。

第二天,他还想吃冰淇淋,我在家里给他准备好晚饭,准备出门去医院,就顺手在路边的小店里买了一个,他吃了一口,就骂我,说我拿过期的东西给他吃。我顿感委屈,扯过冰淇淋上面的包装,指出生产日期:"你自己看看,哪里过期了?"

他不响应,一点一点吃掉那个冰淇淋,然后背过身去生起了闷气。我真的哭笑不得,他就是一个老小孩啊!要是时光倒流,我当然愿意多跑点路去给他买肯德基的冰淇淋。

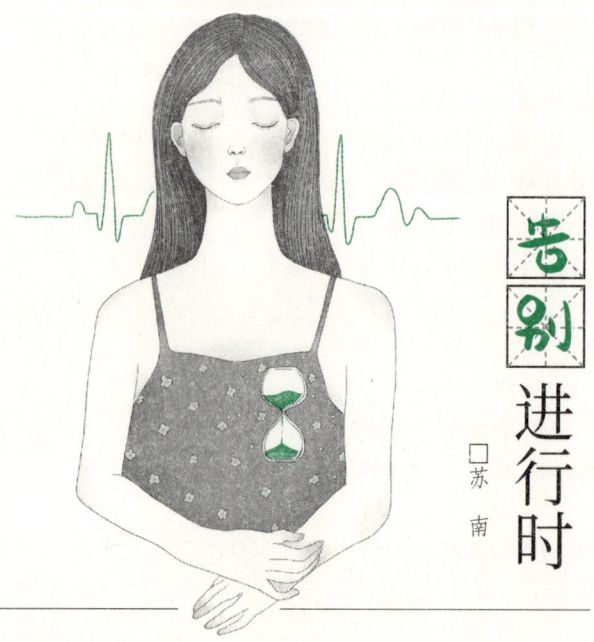

告别进行时
□ 苏南

结果当天他的胃里就大出血，医生过来让我在病况通知上面签字，让我做好思想准备。我都记不清这是第几次有人叫我做好心理准备了，可我依然希望他像从前那样逢凶化吉。另一边我又怀疑是不是冰淇淋让他胃出血，可他都那样了，想吃个冰淇淋还不满足他吗？

没过两天，晚上我们正从家里收拾好东西准备到医院去陪他，这时电话响了，是爸爸，他叫我们不要过去。登时我妈便说不好，准是隔壁床的老头走了。

于是我们赶紧回到医院，彼时病房里乱糟糟的，护士、家属俱在，哭声此起彼伏。两张病床之间被一个屏风挡住，我冲过去，爸爸正蜷着身子一脸木然，他看到我，就有些激动，叫我赶紧走开。他是怕我沾了晦气。我说别管了，我不讲究这些。

然后我去找医生请求找个床位先过了这一晚，好在很快就找到了一个。于是我们又推来轮椅，将爸爸扶上去推出去。

我们来到新的病床前面，我准备扶他起来坐到床上，这时他忽然脸色一变，哭了起来。我让他躺下来，替他脱下裤子，盖上被子，安慰他："别怕，没事了。"

过了一会儿，他稍微镇静些了，又叫我回家去。

我说就让我再陪你一会儿吧，他就没再说什么。直到我妈把原来病房里的东西拿过来，我妈说你回去吧，明天还要上班呢！

我爸又看着我，说："你回去吧，啊？"他许是怕我担心，又说他没关系的。

我这才离开，留我妈在那儿守着他。临走前，他又做了一个抹脸的动作，要我回家以后先洗把脸。

回家路上，我脑袋里挥之不去的是刚刚他哭的样子，不禁一阵后怕，如果今天走的人是他呢，我又该怎么办？

在那之后，他对死亡的恐惧就更加明显了。

最后他在病床上躺了两天，医生拿过来之前做的脑部CT，他在这场跟癌细胞的战争中落败了。

他被推进火化炉，变成了一堆灰。我捧着他，走在去往骨灰盒存放的地方，泪水模糊了我的双眼，我脑子里却莫名其妙地想到那堂英语课，那个句子并没有语法上的错误，那老师又为什么要那样气急败坏呢？也许我们不愿面对的，就是我们的恐惧所在。

死亡是一个过程，把人生的所有经历慢镜头播放，你可以睁大双眼目送全部，也可以闭上双眼熟视无睹。但时不时地，我想念他——我的父亲：I am dying for my father.

（人之初摘自新浪网　图/小粒团）

女儿

□ [美] 路易莎·梅·奥尔科特　译/刘春英　陈玉立

我希望我的女儿们美丽善良，多才多艺；受人爱慕，受人敬重；青春幸福，姻缘美满。愿上帝垂爱，使她们尽量无忧无虑，过一种愉快而有意义的生活。被一个好男人爱上并结为夫妻是一个女人一生最大的幸福，我热切希望我的姑娘们可以体会到这种美丽的经历。考虑这种事情是很自然的事，梅格，期望和等待也是对的，而明智之举是做好准备，这样，当幸福时刻到来时，你才会觉得自己已准备好承担责任，无愧于这种幸福。我的好女儿，我对你们寄予厚望，但并不是要你们急冲乱撞——仅仅因为有钱人豪门华宅，出手阔绰，便嫁给他们。这些豪宅并不是家，因为里头没有爱情。金钱是必要而且宝贵的东西——如果用之有道，还是一种高贵的东西——但我决不希望你们把它看作是首要的东西或唯一的奋斗目标。我宁愿你们成为拥有爱情、幸福美满的穷人家的妻子，也不愿你们做没有自尊、没有安宁的皇后。

（摘自《小妇人》译林出版社　图/小粒团）

父母在我面前变得小心翼翼了……

□闫晗

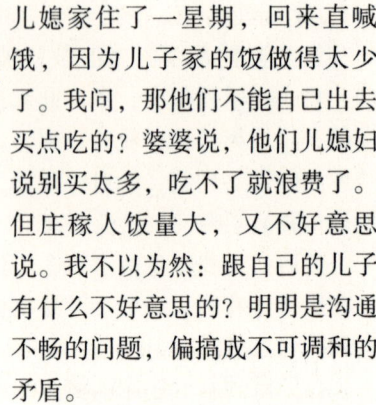

晚饭时，我顺口说起在微博上看到有朋友晒吃皮皮虾的照片，随口说了一句——皮皮虾现在很肥了吧？第二天早上醒来，就觉得家里弥漫着一股蒸煮海鲜的鲜腥之气。果然，我妈不到六点就起床去了海鲜市场，只是嫌皮皮虾太贵，最终买的是海蟹和蛤蜊。

前段时间的一个晚上，我用面包机的预约功能烤面包，放好了配料，6个小时之后它将自动开始工作。然而吃早饭时，我爸端着烤好的面包说，怎么感觉不太熟呀？我凑上去一看，果然是浅浅的面色。一问才知道，爸早上起来就把电源拔了，认为"一宿了，早该好了"，其实还差半个小时才能熟。得知原因后，爸也没说什么，只是放回去重烤。

中午听见爸妈在卧室里讨论面包机的使用方法，妈小声地斥责着我爸，又心有戚戚焉怕自己犯类似的错误，仿佛两个学生在谈论一次考试的失误之处。

我顿时百感交集。我爸从前似乎不是这样柔和的，在我更小一点的青春期里，每当指出他做得不够好，或是试着提一点建议时，他通常会恼怒："我活了这么多年还会不知道？怎么会咸，我只放了一点盐。"

现在他常笑呵呵地说："这样啊，好。"他会小心翼翼地问："今天的面条怎么样？"在得到肯定之后，他就会表现出开心的样子。他身上散发出一种寄人篱下的谦恭感，这样的表现是这两年来他过来跟我们一起生活的调试结果。彼此客气，遵守界线。有了孩子之后，我们这五口之家要被迫学会更多的理解、包容和妥协。而随着他的衰老、我们经济自主权的提升，他的妥协要更多些，有时甚至让我心酸和自省。

我爸会装作不经意地提一句："怎么电脑上的保皇游戏没有了？"跟他说前一阵重装系统后没再安装那个软件，他只是"哦"一声，并不会主动要求给他下载一个。闲暇时间他通常喜欢在网上玩牌，多年来已经成为一个顽固的乐趣，虽然庸俗却合理。

任何人打发时光的方式都是值得被尊重的，尤其对于退休之后拥有了大把时间的人来说，下象棋、跳广场舞、打麻将，都比无所事事要好。但若我不主动去尊重迎合他的这份需要，他竟也压抑和隐藏起来。我必须小心捕捉他那看似无意提起的每一点需要，记在"待办事项"里，抽时间落实，帮他下载游戏，教他使用智能手机。

婆婆曾经给我讲了一件事，说村里有老两口，到城里的儿子儿媳家住了一星期，回来直喊饿，因为儿子家的饭做得太少了。我问，那他们不能自己出去买点吃的？婆婆说，他们儿媳妇说别买太多，吃不了就浪费了。但庄稼人饭量大，又不好意思说。我不以为然：跟自己的儿子有什么不好意思的？明明是沟通不畅的问题，偏搞成不可调和的矛盾。

我回想起从前，姥姥去给小姨伺候月子，回来后跟我妈抱怨说，饭桌上那么多鸡蛋，小姨从来不问她吃不吃。那是个鸡蛋还算金贵的年代，姥姥不好意思主动拿。尽管如此，我也觉得姥姥太过玻璃心，跟自己的亲生女儿何必这么生分却又满腹委屈？如今看来，这样的事情并不少见。

走着走着，原本最亲的人却变得生分，不过是因为他们曾经掌控一切，而今变得衰弱。而曾经年幼柔弱的我们，却变得强大。慢慢强大起来的人常常不自知，由强转弱的人却更为敏感，他们表现得小心翼翼也好，满腹牢骚也好，都不过是为了掩饰内心深深的自卑感和无力感。当我们向前走，只留下一个背影时，他们其实多么希望我们能偶尔回一下头，说一句："我很好，你们呢？"

(心香一瓣摘自微信公众号"闫晗" 图/吴敏)

远离塌缩的生活

□明前茶

同事小庄刚给80岁的父母买了扫地机器人。父母一开始对这个圆头圆脑像体重秤一样的白色小家伙嗤之以鼻，老母亲说："扫地还要用电，多浪费啊，我一把扫帚可以用十年。再说操作那么复杂，你打量我们80岁学打鼓，还能敲出曲子来？"

小庄花了一个双休日，教他们用法。还真别小瞧80岁人的学习力，不到一个星期，腰腿疼犯了好几年的老母亲就已经离不开"小白"了。小庄回娘家时，父亲嗔怪母亲对"小白"的亲昵超过了他。一大早，母亲就起来"遛"小白，而小白也像个蠢萌的娃儿一样跟着她，去客厅，到厨房，会绕着桌脚转弯，会钻到沙发底下吸尘。母亲见到女儿小庄，就得意扬扬地向她炫耀"小白"的功绩——连瓷砖的接缝里，一丝灰尘都没有。母亲说，活到80多岁了，居然发现扫地能不弯腰，做菜能不用锅铲。

对了，就在五个月前，小庄还给父母买了一个多功能炒菜机器人当新年礼物。一开始父母也曾强烈抵触，在他们看来，做菜不使锅铲，与梳头不使梳子、刷牙不使牙刷有什么分别？人不能这么懒，懒了会进医院。小庄也不跟他们分辩，直接往锅里倒入生煎包的坯子，胡乱倒了点菜籽油，撒了些葱花黑芝麻进去。母亲还在一边狐疑：这一滴水都不放，会不会做出一锅焦炭？

事实证明，母亲多虑了。十分钟后起锅，生煎包底脆面韧，金黄可爱，肉香芝麻香油香扑鼻，卖相口感不输任何一家网红店。自此，老父母对烹饪机器人彻底服气。他们从做两个人的饭都嚷嚷精疲力竭，到有兴趣召集兄弟姐妹到家来吃团圆宴，到逢年过节有兴趣参加社区的"美食百家宴"。他们的生活领域，由此大大扩展了。

小庄记得一句话："任何认定长辈理应待在自己逐渐塌缩的圈子里，靠老经验勉力支持生活的想法都是错误的，活下去的兴致在于不断开拓与学习新技能。作为儿孙，你要推动他们离开塌缩的生活圈子，正如他们当年推动你离开襁褓一样。"

文英去年开始亲自为老父亲编写制作视频的教程，她的办法是画图，每一步都把要点截屏保留，然后用A4纸画下来。每周回娘家，她的任务就是教父亲怎样把一柜子的家族老照片拍摄下来，配乐，写旁白感想，形成有意思的视频。父亲学会为两个女儿的成长历程做视频；为自己大学毕业40周年的同窗情做视频；为自己与老伴儿的相识、相知、蜜月旅行，为老来补拍婚纱照时庄严又搞笑的经历做视频；为两个外孙从出生，到成长为威风酷炫的球衣少年做视频。虽然一开始，文英对父亲的剪辑技术憋着一肚子的笑，但文英终于耐住性子，像小学时代的班主任一样鼓励老父亲。她把改进意见用红笔写在自己的视频教案上。父亲毕竟70多岁的人了，忘性大，今朝记得明天忘，但文英总觉得，他好不容易鼓起少年不服输的心气，理应得到赞许和鼓励，而不是被粗暴地轻视。"都这么大岁数了，难道还想做成一个老年版Papi酱，或者网红爷爷？"文英瞒着父母事先开过家庭会议，绝不允许小辈说出这种丧气话。

她的努力见了成效。如今的老父亲穿西装戴礼帽，窄腿裤的裤脚像年轻人一样挽高，皮鞋锃亮，数码相机永远挂在胸前。他绝不承认自己老了要向这个世界服输告别。一整个春夏他都带着母亲在外面拍花，打算做一个赏花专辑给自己侨居国外的老同学们瞧瞧：你看我这种自信派头，在咱这个岁数也算万里挑一。

(月亮狗摘自《西安晚报》2020年1月3日

图/豆薇)

尖叫豆片与过往的囚徒

□ 小熊洛拉

小吧台前坐着的几个女孩看上去至多十八岁的样子,她们兴致昂扬地同京屿聊起小岛上的见闻。自从误打误撞进了京屿的店后,她们在岛上的每天都会过来吃晚饭。这是她们第一次结伴远行,因而都显得有些兴奋,除了坐在最右侧的短发女孩。

这天是她们在岛上的最后一天,她们跟京屿认真地介绍了自己和自己喜欢做的事。

轮到那个短发女孩时,坐在她身边的红裙子女孩揽过她的肩,笑眯眯地对京屿说:"盛溪最喜欢做的事情就是看美食节目!那种很老派的厨房十分钟……有个厨师站在屏幕前教你做菜。"

"盛溪今天要不要给大家露一手?"另一个女孩倾身过去看向盛溪。

她轻轻点了点头,站起身来。

那天厨房的小竹篮里刚好放着柚木下午买回来的豆片,盛溪巡视了一圈,问京屿有没有青辣椒。

"有,我拿给你。"

盛溪切菜的动作不太像是会做菜的人,京屿在一旁看着,担心她会突然切到自己的手。盛溪把青辣椒切成一段一段的,又把豆片切成长三角,温暾地放到京屿给她备好的碟子里。

等待油锅热起来时,盛溪耐心地切好葱蒜,丢进油锅里,噼啪声响起,干红辣椒接着被丢进锅里。辣椒的香气飘出来,然后放入青辣椒和豆片。有些手忙脚乱的盛溪这时才再次稳定下来,倒了一点清水在锅里,然后放入生抽、蚝油、一点糖、一点盐,京屿看到她轻轻呼出一口气。

然后她声音很轻地说道:"那个美食节目里教人做菜的人是我妈妈。"

京屿微怔一下才回过味来。

"你爱看的那个节目吗?"

她还不满六岁父母就离婚了,之后她便再没见过妈妈。

爸爸跟她说妈妈遭遇意外不在了,年幼的她便相信了。长大一点,她才意识到爸爸是在撒谎。因为他有时说妈妈是遭遇了车祸,有时又说她是遇上飞机失事,每次都不尽相同。后来,她便不再问起。

那时她不知道妈妈在哪里,只知道爸爸很讨厌妈妈,把家里所有妈妈的东西都丢掉或毁掉了。谁若在他面前不经意地提起妈妈,他瞬间便会沉下脸来。

长大以后她才知道,是因为妈妈爱上了别人。

京屿沉默着听她讲完这一段,豆片已经炒好了。盛溪关了火,有点笨拙地将锅里的菜盛好,端出去放在小吧台前,一群女孩迫不及待地尝起来。

她们把豆片夹进嘴里:"好吃,好辣!"

"这是尖叫豆片。"盛溪说。

关于妈妈做给她的菜,她记忆里早已模糊不清,但唯独记得这一道。因为放了太多辣椒,妈妈本来是不准她吃的,但她坚持要尝一尝,结果就被辣到尖叫。

"所以我们叫它尖叫豆片吧。"妈妈笑着说。

其实,妈妈从来没有忘记过她。

而她之所以从来没有来看过盛溪,是因为爸爸威胁她说如果她出现在他们的世界里,他就把盛溪带到她永远都找不到的地方去。这是爸爸报复她的方式。

跟女孩们一起筹划远行还是高考刚结束的夏天,盛溪很想借此机会顺路去看看妈妈。她在爸爸

是谁爱着你的背影

□邓迎雪

这个周末回家，临走时，母亲将我送到门口。

我走了一段，即将拐进小巷时，发现母亲竟然在身后跟了过来。我催她回去："妈，快回吧，大门敞着呢。"她说："没事，我就站在这路口。"

我知道，母亲是要站在路口看我远去的背影。带着一种温暖的滋味，我走进小巷，再回头看母亲，只见她站在原地，正一动不动地看着我的方向。因为隔着一段距离，我看不清她的表情，但我能感觉到她殷殷期望的眼神里满是留恋不舍。

那个夏天，母亲住在弟弟家。有次我去看她，告别时，她又送到门外。直到我从五楼下到四楼，看不见我的身影，我才听见她关门的声音。

我出了楼，绕过一片绿地，走过小区院子。快走到小区门口时，我偶然间向后望去，忽然被身后的一幕惊呆了——只见弟弟家那个小小的窗框里，母亲正趴在窗口，向我望着，就像一只守在巢里的老鸟，眼巴巴地看着小鸟远去。看见我回头，她向我不停地挥手，依稀又在说着什么。

那一刻，我心里酸酸的，眼泪不由得落了下来。如果不是我偶然回头，我哪里知道，就在我一路走去的时候，身后会有母亲浓得化不开的目光。

也是从那时起，我才发现母亲是多么痴恋和孩子在一起的时光，哪怕只是渐渐远去的背影，她也想多看几眼，不愿错过。

去年秋天，母亲患病住院。我在医院陪她，午后下起了雨，天色阴暗，母亲催我回去。我收拾好东西，母亲送我上电梯。

很快，电梯从八楼下到一楼。我穿过病房楼大厅，走到院子里，看雨下得不大，我没有打伞。就在这时，电话忽然响了。只听母亲在电话里说："你怎么不打伞呢？快把伞打起来，别冻感冒了。"

原来，母亲又在隔窗望着我的背影。

病房楼的电梯间没有窗户，想望向我出门这个方向，需要出电梯间，穿过病房长长的走廊。我能想象到，当电梯门关上的那一刹那，母亲是怎样拖着行动迟缓的腿，努力加快脚步，快速占领那个窗口，然后透过蒙蒙细雨，努力向外望着，只为了看女儿在院子里经过的那一分钟。

雨天里没有打伞，淋湿的是母亲的心。我连忙撑起了伞，在连绵不断的冷雨里一步步走得很稳。我知道身后有双爱我的眼睛，而母亲不知道的是，伞下的我，眼泪早已不知不觉地流了下来。

（本文入选2017年广西柳州市中考题，文章有删减）

等我为你摘朵花

□ 淡蓝蓝蓝蓝

她喜欢抽烟,用食指和中指夹着,下巴微微抬起。在日光好的时候,背靠着小院门口那面石头堆砌的墙。

她喜欢看言情剧,泪点低,总是为剧中人唏嘘,情急的时候甚至会嚷嚷着让我去把结局逆转重新写一遍。

她喜欢一个人远行,曾经坐着最慢的绿皮火车,穿越过半个中国。

听起来,她还真是个文艺的少女。但事实上,她和文艺半点都不沾边,她甚至都不知道"文艺"是什么。因为,她是我的外婆。

据说我小时候有一个最磨人的时期,必须让人抱着,还只能站着抱,那段时间,是外婆带我。但那时的我是没有记忆的,现在只能脑补,想象着那个折磨人的画面。

等到我的记忆开始成形,已经被接回了城里奶奶家,所以童年里的大多记忆都和奶奶有关,一点点长大的我和外婆并不亲近。爸妈工作都忙,一年才带我回两三次外婆家。我坐在她家的炕头上,规规矩矩像城里来的客人。而外婆,只是把许多好吃的放在我的面前。她和我说话,我就很有礼貌地应答。

我长大之后时常纳闷,为什么我那么尊敬她、热爱她,却难以主动亲近她?这真是奇怪的逻辑。

或许在她的心里,我也是个奇怪的外孙女,冷冷的,像只养不熟的小宠物,让人心寒。

后来的年月,生活越来越忙碌,过年过节去看她,看她的脸变得越来越皱,牙齿掉光了。我们依然如小时候那样,一问一答,气氛怎么都热烈不起来。

一直到我几年前突遇意外住院,天刚刚亮,她跟着舅舅们过来,他们去处理问题,她就在我床边坐下,抓着我的手。我忽然想到过去那么多年,我和外婆生疏得连拥抱都没有,这还是第一次记住她掌心的粗粝与温度。那时的她已经八十多岁了。

在我住院的日子里,她每天都要过来坐一会儿,也没有太多的话说,就坐在那儿看着输液袋。有一天有朋友送了大捧的花过来,她显得特别欢喜。我问她喜欢什么花,她咧开没有牙的嘴说,就是老家墙根那一大排南姜花,秋天里开了黄灿灿的,真好看。

日光从墙上缓缓西移,那一刻,她脸上的皱纹在光影里显得特别柔和。

人的情感真别扭。不见面的日子里,我常常从我妈那里打听外婆的近况,看见合适的衣服也总想买给她。但偏偏彼此面对面的时候,那份情感就显得特别含蓄隐秘。

后来我想,我们大抵是同样的人,总是被动的一方,不擅长主动表露。她不似我的奶奶,从小到大,一见面就先伸手过来揉揉我的头、摸摸我的脸。而外婆总是那样,你不凑近,她就隔着距离看你;你不伸手,她便也触不到你的温度。

而偏偏,我们是同一类人。

或许会心生向往,却总是止步不前。

夏天的午后,有暴风雨将至。

听邻居说,她倚着墙抽烟,忽地就倒下了。

我在另一座城市,抱着襁褓里的婴儿,听着窗外的风雨声哭了,心里有种说不出的害怕。我想着等天晴了就去看她,让她看看我的小孩。我想告诉她,这个小孩也像我小时候一样爱磨人呢。

风雨反复无尽,人生却总有终章。

我还想握一握她的手,我想记得那令我眷恋却再未靠近的温度。

九月,老家的那片南姜花终于开了,黄灿灿的一大片,却又在一夜秋风后,花叶凋残。岁月残忍,不及爱字出口,天地就已转换。

一生永诀,连梦也无。

(刘振摘自《手信2》 江苏文艺出版社 图/吴敏)

外公是我的患者

□佚 名

大学毕业以后，我正式成为一名肿瘤科医生。外公很开心，嘴里一直唠叨着"我们家养出了个医生"，竟然还从他屋子里掏出了一个发黄的本本，对我说："宝贝儿，你以后做医生，一定不要糊涂，这里面有些不能用错的药，你要好好看。"

虽然戒烟了，外公还是经常咳嗽，我问了问，外公咳的是黄痰，没有胸痛、咯血，自己时常吃点止咳药就好一些。我摸了摸外公的脉，脉象洪大有力，我告诉他也许是上火了，肺炎也有可能，要他到我的医院检查，老爷子嫌麻烦不去。

有一天我正上着班，舅舅给我打电话，说外公咯血了，还觉得胸闷气短。

我赶紧让舅舅把外公送来医院。体格检查、抽血、拍胸片、吸氧、止血、输液……经过一系列检查，最后发现外公左肺门处有个阴影，还有胸水。接着又做了胸部CT，结合病史、肿瘤标志物等，我初步诊断外公患上了肺癌，病理不明确，却已经咯血和胸腔积液。主任对我说："你外公应该很早就有症状了，他吸烟史也长，现在年龄大，做手术和放、化疗我们都不建议，还是对症治疗吧。"作为一名医生，我也经常这样告知家属，但是，现在我变成了一位家属。

我缩在角落，眼泪止不住地

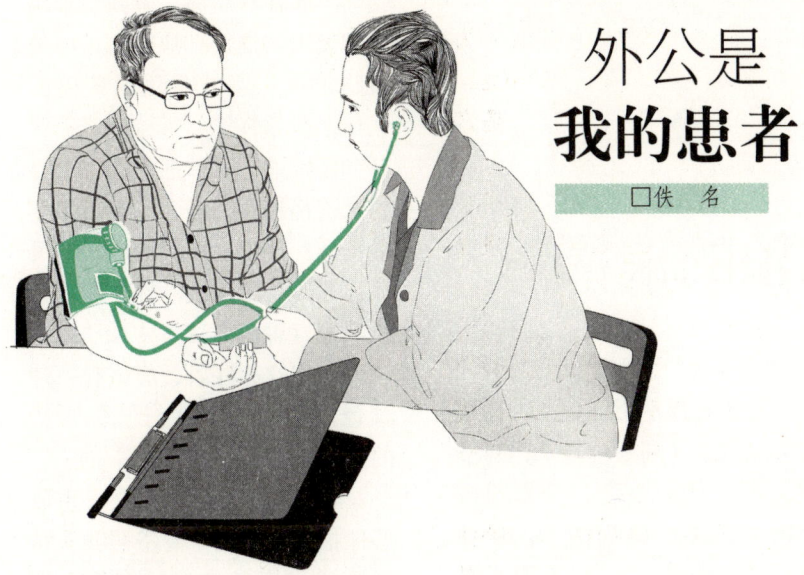

往下掉。接下来的日子，我们隐瞒着外公，我告诉他，他得了肺炎，有了胸水，所以胸闷加重。外公总是很信任我，还笑着说："还好宝贝儿是医生，派上用场了。"外公的胸水增长得很快，渐渐出现了呼吸困难，晚上不能平躺着睡觉，食欲也变差了许多。我继续瞒着外公，告诉他因为年龄大了，所以住院时间要长一点。

外公的病情不乐观，我逐渐已经接受，但是当我告知大家，看到亲人们难过、沮丧的表情时，我又被拉回了现实——我的外公确实病重了。

后来的几个月里，我不断地给外公引流胸水，还试着往胸腔里打白介素-2，但是效果都不理想。

外公越来越不爱吃饭，胸闷气短也越来越频繁，我越来越不能假装忘却自己作为亲人的另一重身份，"医不自治"，也体现于此。没过多久，外公开始嗜睡了，已经不能进食，心电监护也用上了。"血氧百分之多少"，和外公每天交流的也只剩下心电监护的数字。突然有一天，"陈医生，18床的血氧掉到67%了，你快来看一下！"

听见护士的呼喊，我马上跑到外公床前："提高氧流量到5L/分，洛贝林、尼克刹米各入1支！"我紧急下了口头医嘱，主任也过来了，和我一起抢救。我忍不住泪水，他真的快不行了……我一边抢救，一边看着那些代表生命的数字，"一定要升上来！"我在心里对数字说道……不知过了多久，"心率、呼吸为零，血压、血氧测不出，颈动脉搏动消失，双侧瞳孔散大固定，宣布临床死亡。"我突然听见主任的一句话。外公去世了！

学医以来，我亲历过很多患者的死亡，死亡是每个人终将面对的结局。但当我们真正面对自己亲人的死亡时，他不只是患者，还是我的外公，我不愿失去他，却理性地知道我终将失去。医生这个职业可以让我如此亲密地陪伴外公走完他的人生，我已经知足。我会记住外公说的话，做个好医生。

（林冬冬摘自《死亡如此多情》
中信出版社 图/月儿）

能给你的，只有这些漂泊的浪漫

□ 宋小君

夜里，过了十二点，北方冬天特有的冷，连石头都冻透了。村子里，一户人家突然亮了灯，在一团黑暗里，显得有些惊心动魄。

春爷叫醒了正睡得昏昏沉沉的老婆和女儿，低声道："收拾东西，跟我走，出事了。"到了村口，春爷停下来，回头望了望这个把他养大的村子，又看看身后怀抱着女儿的老婆，一咬牙，拧油门，摩托车载着一家三口，疾驰而去。

这个时候，春爷自己还不知道要去哪里，他也不知道，这一走，就要开始长达十年的漂泊。

第二天，天一亮，一帮人呼啸着进了村子，打听到了春爷家，一斧头砸碎了门上的铜锁，来人一拥而上，把春爷家里大大小小的东西能拿走的拿走，拿不走的砸了。

村里人都不明所以，直到很多天以后，才陆续传开来，春爷跟人家合伙做生意，结果却被合伙人骗了，卷款跑了，让春爷一个人背了债。春爷把所有存款拿出来也不够还，无奈之下，只能跑。

村里人说起春爷的时候，都唏嘘感叹。春爷从小是个孤儿，父母不知道何许人也，生下来就被遗弃，养父偶然发现了他，家里虽然有两个孩子，但养父说，一只羊牵着，一群羊赶着，就收养了春爷。

虽然其他兄弟姐妹都不太待见春爷，但养父对他视如己出。家里条件不算好，兄弟姐妹争着要上学，养父说："我也不偏心，谁能考上，谁就上。"春爷考上了高中，成为那时候村子里唯一的高中生。养父很开心，当天晚上喝高了。

春爷上了高中以后，没有机会再上大学，但好在春爷聪明，人精瘦，脑子活泛，学东西又快，人人都喜欢春爷。

春爷进了工厂做工，认识了厂子里的女会计，叫黎黎。黎黎长得好看，春爷逮着机会就去看黎黎，给她送吃的，给她自行车放气，躲在树后面，等到黎黎跳着脚大骂"谁这么缺德"，再匆匆跑出来，举着手里的气筒："我来给你打气。"

在城里，春爷把自己整个月的工资都带在了身上，带着黎黎去扯了一块布，请裁缝量了尺寸，非要给黎黎做一件衣服。黎黎不好意思。春爷坚持："你不知道，你这么好看，应该有一件颜色鲜艳的衣服才行。你听我的。"

时间长了，黎黎的父母也放心地把黎黎交给了春爷照顾。结婚那天，春爷在自行车前面绑了大红花，车把上挂着手提录音机，放着歌，大张旗鼓地载着黎黎在村子里转悠，村民都跑出来看热闹。黎黎红着脸，捏春爷："差不多行了，快回去吧，让人笑话。"春爷哼着歌，大喊着："笑话啥？他们是红眼。"脚下自行车蹬得飞快。

春爷挣回来的钱，也就是够平常的吃穿用度。春爷有些内疚，努力存钱，想给黎黎更好的生活。但黎黎说，这样过不挺好吗？春爷心里却不是滋味，他觉得自己应该给黎黎更好的生活才行，这是男人的责任。

春爷苦思冥想，到处折腾挣

人为什么要长大呢？不是为了逃进生活，也不是为了关上门，而是为了再相遇。为了选择相遇，为了走到自己选择的地方去。
——角田光代《对岸的她》

钱的方法，折腾下来，总算是有了一点存款。

但春爷觉得，自己还可以过得更好。于是，他就跟一个认识的老板合伙，瞒着黎黎借高利贷，打算好好干一番事业。结果，没想到，这个老板是个骗子，拿着钱往广东跑了。春爷不想让黎黎操心，自己去找骗子老板，自然是大海捞针，在广东漫无目的地转了三天，绝望地回了家。

放高利贷的也听说了老板卷款跑了，让春爷一个星期之内还上，不然让他好看。春爷想了几天，决定带着老婆孩子先避避风头。

春爷走后，村里充斥着流言蜚语。春爷的养父很长时间闭门不出。其他兄弟姐妹劝父亲，就当没有过这个儿子，反正是收养的。养父少见地动了怒，大吼："以后谁要再说这些混账话，就给我滚出去！"兄弟姐妹都闭了嘴。

一家人辗转去了大连。一无所有，只能从头开始，春爷学了理发，去理发店打工。黎黎就摆了个摊，卖早餐。女儿就在幼儿园里借读。一家人苦苦支撑。

黎黎每天凌晨三四点就要起来和面，剁馅儿，自始至终，没叫过一声苦，没说过春爷一句不是。但春爷每天都睡不着，不想就这样认命，让自己的老婆这么辛苦。

春爷每次下了班，去接女儿，都换上自己的西装，打好领带，听女儿说，其他小朋友都说我爸很帅。春爷扛着女儿，走在夕阳下，身影像天底下所有父亲一样高大。

努力了三年，挣了钱，春爷盘下了一间理发店，店面不大，装修了一番，倒也很有样子。日子眼看着就好起来了。但没想到，更高档的美容美发店兴起，设备更好，技术更佳，办了卡甚至更便宜，春爷的理发店生意越来越不好。

生意做不下去了，春爷抽着烟不说话，黎黎说："你也不用犯愁，大不了，你跟我一块卖早餐去。"春爷熄了烟，跟黎黎说，咱回家吧。

带着家当，春爷回家给养父磕头，养父已经糊涂了，谁都不认识。看见春爷，养父却突然正常了，起身给了春爷一个巴掌，春爷没躲。养父拍着春爷的肩膀，浑浊的眼睛里，透出一股转瞬即逝的光来。几个月后，养父安详离世。

春爷全程操办养父的葬礼，几次哭到晕厥。办完了养父后事的很长一段时间，春爷都会半夜坐起来抽烟。这时候，黎黎就起来给他披上衣服。春爷抽着烟，喃喃道："我以后是个没爹没妈的人了。"黎黎就把春爷搂在怀里，眼泪顺着春爷的皱纹流了下来。

春爷宣布了他的决定，回老家。回到阔别十多年的小村子，自然受到一些冷眼，毕竟不是衣锦还乡。春爷把破败的老屋子收拾出来，修缮了一番，尽可能地给老婆孩子一个舒适的小窝。

春爷借了点钱，包了十几亩地，想方设法找项目。他认为做饮料能挣钱，就自己研究了配方，上了简易的灌装设备。厂子面积不小，空着难看，春爷就在里面种了果树，种了菜，种了花。

到了春天，满院子的花都开了，女儿放学回来，和妈妈在花果间奋力自拍，充满欢声笑语。春爷在一旁抽着烟看着，那是他能给老婆女儿为数不多的浪漫。村子里的村民不爱喝自来水，井水又都污染了，春爷就自己上了净化设备，免费给村民提供饮用水，村民看春爷的眼光，慢慢地和善起来。

过年，我回老家，去给春爷拜年。春爷给我泡茶，突然毫无征兆地问我："你说，我这辈子是不是很失败？到老了，还一事无成。"

我跟春爷说："你让我明白了我们村常说的那句俗语：冻死迎风站，饿死不低头，庄稼不收年年种。不以成败论英雄。"

我说完，春爷眼睛里闪过了一些光。

我要回家吃饭，春爷送我到门口，我走出去，看到春爷站在厂子里，打量自己的小天地，像一座花果山，那里面到处长着他的抱负、他的心气儿，他一路走来的甘苦。他站在快要落山的太阳下，全身被镀了一层光，身影像天底下所有的父亲一样高大。

人生这个东西，重要的是经历过什么，而不是最后剩下了什么。

春爷，你从来没输过。

（尹吉摘自搜狐网　图/吴敏）

妈妈，你要记得输给我

□夏川山

两年前除夕的一次剧烈的争吵，爸爸为了维护奶奶而指责你，我"噌"地开始替你开炮。心底跳出一行战争宣言，"你有你的母亲要守护，我也有我的"。

妈妈，就是那个时候，我意识到，原来我真的爱你更多一点。

我更爱你，很大程度上是因为我遗传了你的很多缺点。这个答案没什么可意外的——偶像是用来崇拜和缅怀的，只有厮混过、交换过臭毛病的人，才能成为知己。这条朋友间的规律，我想同样适用于亲子之间。

在我很小，你也很年轻的一次母亲节，你朋友的女儿为你朋友准备了一条细细的项链。那天你应该是很期待的，你以为你的儿子应该也像别人家的孩子那样知趣，可我只是闷头装傻。于是你冲我发火，开始念叨人家女儿多懂事。那时我想，你虽然年轻，但也未免太幼稚。你为什么不能理解一个晚熟且害羞的儿子，严重缺乏送礼经验的心情呢？

在你更年轻的时候，那时你大概跟我现在一样年轻，刚进入单位工作。好心的前辈提点你，要"见人说人话，见鬼说鬼话"。你不听，依旧"爱谁谁"。这点我也跟你很像。

我被安排上了许多关于说话的课程，老师会教我们很多神奇的公式，比如"批评下属的七个步骤"等。妈妈，我觉得这些教人说话的课程蛮暗黑的。反正我上完课后，说话技巧基本没学会，倒是越来越不想跟人说话了。

我知道这样想不好，可我没办法。妈妈，你也曾有这样的疑惑吗？你也会有偶尔说了一句不是从心底钻出来的话，而看不起自己的脸红时刻吗？

真不敢相信，我今日能与你这样交心。起初，我觉得你强势、尖锐，有点儿不讲道理。那时我常跟你吵架，当然，那时我还没能发现我们吵起架来风格很像。

每一回，我都以摔门作为高潮。你在门外气呼呼地用手和脚砸我的门，怒骂："夏川山，你开门！"我也常用哭戏作为收场，因为我知道你会来投降。当我装模作样哭了好一阵，都有些尴尬的时候，一听见你拖鞋和地板柔和摩擦、由远及近的声响，心里就会松下气来。

去年的这个时候，我帮电视台的女主持人做一本亲子书。为了做书，我看完了他们的所有节目，以及网络上的帖子。我发现，父母与子女之间，哪里是什么"今生今世不断地目送"，明明是没完没了地厮斗。

婴儿期，无意识地捣乱，让你寝食难安；青春期，莫名其妙地充满敌意，以与你怄气为乐；成年后，你们在老姐妹间炫耀着孩子，孩子却在讨论"朋友圈要不要屏蔽父母"；再之后，有一天，真正地迎来人生中最隆重的一次目送，那时，才初次知晓离别的真正滋味。

陪你去给外婆送葬的那天，你哭着喊："妈妈呀！"

妈妈呀，你要记得输给我，让我"不要脸"地多享受一点儿你的爱吧。

（图/月儿）

死亡，这是伟人和凡人共有的最后归宿。热情的诗人高唱生命的恋歌，冷静的哲学家却说："死亡是自然法则的胜利。"
——路遥

韩国妈妈与7岁去世女儿再相见，我们该如何告别

□白女士

记得《想见你》这个催泪的桥段吗？

黄雨萱利用VR（虚拟现实）眼镜，和去世男友王诠胜重温当时看演唱会的画面。"真实"感受到王诠胜的存在，让黄雨萱落泪不已。

而这样的"重逢"方式，最近在现实中，出现在一位韩国妈妈张智星身上。

3年前的一天，她7岁的女儿娜妍突然开始发烧，原先一家人都以为是普通的感冒症状。然而过了一个星期，娜妍还没有退烧，去大医院检查后才发现，娜妍原来患上了血癌。

症状发作后仅仅一个月，娜妍就去世了。

夏末开始住院的娜妍，直到秋天也没能出院，就这样永远离开了心爱的家人。

娜妍离世后，张智星会因为看到天空明亮晴朗，想起娜妍；又会因为看到天变阴沉，而想起娜妍。

可能因为对女儿的内疚，在张智星的梦里，她从来没看到女儿真正开心地笑过。

"多么渴望能在梦中见你一次。"

得知此事后，韩国一家VR制作公司利用8个月的时间，分析了娜妍生前的照片、影片、表情、动作、声音，制作了VR中的娜妍和妈妈重逢。

而这个故事，被韩国MBC（文化广播公司）电视台制作拍摄成一部纪录片——《遇见你》。

"妈妈。"

"在哪里？"

戴上VR头盔的张智星，再一次看到离世的女儿娜妍，当场泣不成声。

看得见但摸不着女儿的张智星哽咽："真想摸摸你，哪怕只有一次。"

看到这一幕，现场的工作人员都忍不住哭了起来。

在这个虚拟的场景中，小娜妍把张智星带到了她现在的"家"。

在这里，张智星终于兑现了承诺，给娜妍补了一场7岁的生日会。

在这次生日会上，小娜妍许了四个愿望：

"让我爸爸不要抽烟了；哥哥与姐姐不要吵架；邵静（妹妹）不要生病；还有，让我妈妈不要再哭了。"

过完生日，小娜妍摘了一把土豆花送给张智星，跟她说："妈妈看到了吧？我现在不生病了，妈妈现在不要哭了。"

张智星答应了女儿："妈妈不会哭了，不想你了，但会很爱你、更爱你。"

小娜妍还给张智星写了一封信，每念出一句，张智星也跟着回应。

完成最后的告别，娜妍化成美丽的蝴蝶飞走了。

而张智星释然地说了一句："一路走好。"

结束这段"见面"后，张智星表示："看着微笑着叫我的娜妍，虽然只是短暂的时间，但是真的感到非常幸福，像是一直都想要做的梦一样，娜妍终于对妈妈微笑了。"

想来这也是对外界争议最好的回应了。

因为她的勇敢，让我们看到了：有时候揭开伤疤，不是为了再度陷入痛苦，而是为了以后好好生活，想要自己再包扎一次。

董卿曾说过："告别，是结束也是开始，是苦痛也是希望。"

告别，永远都不代表不想念；而是意味着，要为了离开的人更好地生活。

（彼岸花开摘自微信公众号"GirlDaily"）

图/月儿

萌宠人生

□康辉

从结婚第一天起,我和太太就无须沟通地一致决定:不要孩子,组个丁克家庭。没有要孩子,并不代表着我们未能享受做父母的快乐、未能体会做父母的操心,因为,我们家有萌宠。

我很小的时候,不仅是看到狗,连带着看到猫之类的动物都浑身紧张,从根儿上起没动过养

小动物的念头。可我太太的童年和我的完全不一样,她养过各种各样的动物,小兔子、小鸭子、小猫、小狗,甚至小刺猬,可以夸张地说家里开过动物园。

她很喜欢猫,一直希望有一只猫咪能够像家人一样长久地陪伴她。尽管那时候我心里对养猫还是有一点点排斥,但在她的坚持下,我们领养了第一只小波斯猫。"小女娃"漂亮中带些妩媚,可又极其调皮,我给她起名叫"皮皮"。

小猫和小孩子一样,天性好奇,精力旺盛,一刻不停地跳来跳去,很难安静下来。皮皮睡觉的时候也从来不会老老实实地待在窝里或在我们脚下,她会找到一个自己觉得最舒服的地方,哪怕那个地方很脏。

皮皮也做过一些令人发指的事情。一天清晨醒来,我感觉她在我枕头旁边,随之闻到一股恶臭,惊觉原来是她把大便蹭在了枕头上。我完全崩溃了,只想把她扔到一边儿去。

皮皮小的时候,我因为诸如此类的崩溃,多次扬言要把她扔出去。直到后来有了更多养猫的经历,才明白这些小动物其实完全听得懂你说的话,至少能够根据你的语气揣度到你情绪的变化,犀利还是温和,他们都知道。

不知道曾经的我是否给皮皮的心灵造成过伤害,至今想来,我还怀着一种深深的歉疚。

后来有一次外出前,我们把皮皮托给了亲戚寄养,结果亲戚家的阿姨认为我们就是因为养猫才耽误了生孩子,自作主张地把皮皮转送给了别人。阿姨的好意我们只好心领,可惜的是,直到现在,我们都不知道皮皮生活在哪里,这些年过得怎么样。算起来,那个调皮至极的小家伙如果还在的话,已经十八岁了。

在皮皮之后,我们又有了一双猫儿女,哥哥是一只大白猫,叫"波波",妹妹是一只小花猫,叫"妞妞"。而且因为有了痛失皮皮的教训,我们再也没有把波波、妞妞长时间托出去过。今年波波已经十七岁了,而妞妞在十二岁的时候走了。我真的从来没有想象过,会和小动物一起生活这么多年。

波波大概是之前在家里做了四年独生子,唯我独尊惯了,见到别的猫咪通常是一副爱答不理的样子,他对妞妞似乎永远都是一副嫌弃的样子,觉得她很多余的样子。

妞妞是一胎八只小猫中的一只,从小和兄弟姐妹们在一起,长大后也很喜欢和别的猫咪游戏,喜欢和每一个到我们家里来的人亲近,我总说妞妞天生就是个"外交家",偏偏这么多年,妞妞就是没能成功地把波波哥哥完全"拿下"。但其实,他们早已习惯了彼此的存在,若真是少了哪个,另一个便坐立不安。妞妞一岁大的时候曾走失过一次,

最早就是波波发现的。

那天我们搬家，正埋在堆成小山一样的东西里忙碌，突然发觉波波的异样，他一直蹿来蹿去，发出的是与以往不同的叫声。他一边叫，一边在各种角落用爪扒地、寻找，我们这才发现，原来妞妞不见了。转而意识到为了方便东西搬进搬出，家门一直开着，刚刚一岁的妞妞估计是借机出去玩了。

那是个冬天的晚上，外面很冷。我冲出家门，希望妞妞没跑远，脑子里忽地闪过一个念头——我太太跟着出来的时候可一定要记得带家门钥匙啊！随即身后一声门撞上的声响，我太太跟着跑出来了，如意料之中，她没带钥匙。

寒夜寻"女"，不管找得到还是找不到，我们都面临着进不去家门的尴尬。但当时我们完全顾不上，只是一心害怕妞妞跑出楼去，天那么冷，她又那么小。我们先在楼里面找，但几乎不抱希望，因为住的人多，大门开关频率非常高。再到院子里找，接着去更远的地方，无果。想着妞妞从小就是个小馋猫，如果在家门口放上她最喜欢吃的东西，她会不会循着这个味道回来呢？于是我们又折返回家。

回家就面临——门锁着，没带钥匙，手机也没带的困境，只好敲对面邻居的门，借用人家的电话报警开锁。大概等了二十分钟，片区民警带着在他们那儿备过案的开锁师傅三下五除二帮我们开了锁，真得感谢他们深夜的帮助。

当晚，我太太整宿没睡着觉，一直在哭。我一边安抚她，一边在想接下来怎么找妞妞。那一刻，我特别强烈地意识到，波波妞妞和我们的生活联系得多么紧密，他们就是我们的亲人、我们的孩子。一夜无眠，第二天一早我去打印了数张寻猫启事，开始在楼里逐层张贴，还特意咨询了物业，保证贴出的启事不会被当成非法小广告撕掉。接着在院子里继续找，时间一点一点过去，我心里越来越不安，几乎已经认定妞妞可能真的找不回来了。我只能默默祈祷，她那么小，那么可爱，即便回不来了，也有好心人把她抱走吧。

我们带着沮丧和无助往回走，一进楼，做保洁的大姐问："你们找猫啊？今天早晨我在楼上打扫的时候好像听到有猫叫。"霎时，我们如获至宝，赶紧开始一层一层往上爬，一层一层去找。

结果妞妞真的在二十层！她就躲在防火门背后的一个小角落里，可怜兮兮地冲我们叫唤着。不知道她这一夜经历了什么，怎么会在爸爸妈妈拼命寻找的过程中擦身而过。

即便过去十二年了，我依然清楚地记得那个时刻。后来，我在播报新闻时遇到寻找丢失孩子的信息，总会有种特别的关注。有时在画面中看到多年之后一家人团聚，我总会想起妞妞失而复得的那一刻。也许有人会觉得我这样的联想过于夸张，但那一刻的妞妞于我们，真的像子女于父母一样，有着割不断的亲情的牵扯。我太太抱起妞妞哭得稀里哗啦，我在心里感谢老天，没有把我可爱的孩子夺走。

后来我的几位同事发起成立了一家动物保护的基金组织——它基金，我也参与其中。这几年"它基金"一直在推动动保宣传、以领养代替买卖、流浪动物救助、动保立法等方面的工作，呼吁更多人成为善待动物的倡行者。很大程度上，是和波波妞妞共同生活的经历，促使我愿意在这件事情上去多做一点，多努力一点。

萌宠人生，当然也不会全是快乐，烦恼、痛苦都经历过。

其实，叫他们"宠物"，只是用了一个大家都熟悉的代称而已。在我心里，实在不觉得自己给了他们什么"宠"，不觉得给了他们一个安全的家就仿佛有恩于他们一样，因为他们同样给了我很多。他们给我的最珍贵的，就是让我认识到了人与其他的生命之间可以有如此丰富的沟通方式。真的，在与他们一同生活之前，我从未了解其他动物表达自己的方式有那么多种、那么细腻。他们也有那么多的表情，他们会与人亲近、疏远、起腻、赌气，他们凭着永远不作假的直觉与天性和人交流，这是多么宝贵！对于与波波、妞妞已有的缘分，我会无比珍惜。🌱

（月亮狗摘自《平均分》
长江文艺出版社　图/豆薇）

猫的悲喜剧

口 叶广岑

雨夜,窗外传来几声细嫩的猫叫,披衣出来,见树丛下一黑一花两只猫崽紧紧相依,瑟瑟发抖。抱起,竟死死抓了衣服,再不松爪。细看,毛精湿,眼极大,极丑。恻隐之心大动,抱回屋内。

将猫儿放在空调之上用热风烘,又喂牛奶,俩猫食量颇大,一盆奶顷刻见底。吃饱烘干,便开始在屋内寻事,毫无做客的拘谨。各角落巡视完毕之后,黑的对地上的书发生了兴趣,先用爪碰,又用鼻嗅,最后便动齿撕咬了。丈夫大惊,拎着猫颈硬性使之与书分离,猫儿四只小爪在空中抓挠,一副极不情愿的小模样,可爱至极。花的则对垃圾口袋展开了攻势,一通撕咬抓挠之后,顶着一脑袋西红柿皮扭进卧室。

翌日准备将其送出,却无论如何找不见了猫的踪影。大约是听了要被送走的话,一只钻在了床底下,一只藏进了大衣柜,任你叫破嗓子,再不露面。丈夫说,这两只猫八成懂汉语,不然不会这样。傍晚,又下雨,二猫怏怏而出,爬上人的膝头,小心地窥探人的脸色,那眼神端的让人心动。于是便留下了。于是被叫作黑咪、花咪。于是成了两只懂汉语的日本猫。

陆游老先生曾为猫而叹:"惭愧家贫策勋薄,寒无毡坐食无鱼。"那是封建社会的中国猫,毕竟远了,眼前的黑花二咪尽管出身不太光彩明了,却是地地道道的现代猫,它们比陆老先生的猫进步了上千年。所有的商店均有猫食可供选购,牛肉、鸡肉、鱼肉猫食罐头一应俱全;干品维生素、纤维素按营养比例精致搭配;供猫儿睡卧的垫子、实用漂亮的猫厕,强力除臭灭菌的猫砂子,磨爪子的纸板,防蚤防蜱的颈圈,湿而不溢的猫饮水器,培养猫性情的各类音乐磁带……也就是说,只要有猫,转一趟商店,连吃的带用的全齐了。

黑花二咪虽无上述装备,但嘴是绝对不亏的。留学生们业余多在饭店操刷碗行业,知我有猫,便常将生鱼片、炸大虾之类残余用塑料袋兜了送来,且进门就喂,引得二咪心也野了,老盼来人,门铃一响,嗖地蹿到门边等着。二咪善解人意,常屁颠屁颠地追在人后,用身子蹭人的腿。它们也常被留学生们借走,玩个一半天送回来。回来的咪们不是伴着一个滚圆的肚子就是被喷一身和借主身上气味相同的香水。有一次,留学生们开忘年会,将二咪弄去助兴,回来时竟是一嘴啤酒沫子……

好景不长,转眼归期在即。在收拾行李的同时,二咪的出路便成了亟待解决的问题。留学生们没有谁能担起抚养责任,上课、打工,闲暇有限,与猫玩一会儿可以,长期饲养困难。半月过去,尚未替猫寻到新主,二咪在家里照吃照睡,照样翻腾跳跃,全然不知险恶即将来临。

最后,留学生来了两个收猫代表,孙君与周君。二人决定一人收养一猫,计划改名叫孙黑、周花。看二博士那咬牙切齿的劲头,丈夫于心不忍,说博士们的课程已然很紧,收养小猫的决定过于轻率,他转嫁一只猫就是转嫁一份责任,这事万万使不得。

恰巧,朋友木村君自新潟来送行,木村是株式会社的头儿,有钱,一进门一眼相中黑咪,说黑咪是商人的吉祥物,可招财进宝,进而决定将黑咪带走。在场人员全体力争,说二咪乃一母所生,骨肉断断不可分离,要黑猫必须搭配花猫,有爱屋及乌之说便有爱猫及猫之举。木村虽极不情愿,但在众人压力之下也奈何不得。于是,在那个太阳明晃晃的下午,二咪被装上汽车,奔向了新潟的新家。

一家人即将离开日本之前,满心挂念的唯有两只猫。在候机楼,丈夫给木村打了个电话,问询二猫情况。对方说:"好着呢,能吃能闹,就是太野,不听调教。"丈夫对着电话大声喊:"它们不懂日语!"

(六月的雨摘自《我爱这热闹的生活》江西人民出版社 图/蝈果猫)

黄油烙饼

□ 汪曾祺

萧胜满七岁了,这些年一直跟着奶奶过。他爸爸的工作一直不固定,他妈妈也是调来调去。奶奶一个人在家乡冷清得很,他三岁那年,就被送回老家来了。

奶奶不怎么管他。奶奶有事要做。她老是找出一些零碎料子给他接衣裳,接袖子,接裤子。他的衣服都是接成一道一道的,一道青,一道蓝,倒是挺干净的。奶奶还给他做鞋。自己打袼褙,剪样子,纳底子,自己绱。

奶奶身体不好,有气喘的病,每年冬天都犯。白天还好,晚上难熬。萧胜躺在炕上,听奶奶喝喽喝喽地喘。

去年冬天,爸爸回来看过奶奶,带回来两瓶黄油。爸爸说,黄油是用牛奶炼的,很"营养",叫奶奶抹饼子吃。黄油是个啥?牛奶炼的?奶奶说,这是能吃的。萧胜不想吃。他没有吃过,不馋。

奶奶的身体越来越不好了。她浑身都肿。她求人写信叫儿子回来。爸爸赶回来时,奶奶已经咽了气。萧胜知道"死"就是"没有"了。他没有奶奶了。他躺在枕头上,枕头上还有奶奶头发的气味。他哭了。

奶奶给他做了两双鞋。萧胜光着脚把两双鞋都试了试。他的赤脚接触了搪底布,感觉到奶奶纳的底线,他叫了一声"奶奶",又哭了一气。

爸爸拜望了村里的长辈,把家里的东西收拾收拾,锁了门,就带着萧胜上路了。走了很久,爸爸说到了!他一看,是一大片马铃薯,一眼望不到边,不远有一排房子,土墙、玻璃窗。这就是爸爸工作的"马铃薯研究站"。

从房子里跑出来一个人。"妈妈——"他一眼就认出来了!妈妈跑上来,把他抱了起来。萧胜以后就要跟爸爸妈妈住在这里了。

马铃薯研究站很清静,一共没有几个人。白天没有事,他就到处去玩,去瞎跑。他到草地里去看牛、看马、看羊,有时也去蒔弄蒔弄他家的南瓜、山药地。锄一锄,从机井里打半桶水浇浇。这不是为了玩,萧胜是等着要吃它们。他们在大队食堂打饭,食堂里的饭越来越不好。草籽粥没有了,玉米面饼子也没了。现在吃红高粱饼子,喝甜菜叶子汤。

他学会了采蘑菇。起先是妈妈带着他采了两回,后来,他自己也会了。下了雨,太阳一晒,空气潮乎乎的,闷闷的,蘑菇就出来了。萧胜采了好些,他一边用线穿蘑菇,一边流出了眼泪。他想起奶奶,他好想给奶奶送两串蘑菇去。

大队食堂外面忽然热闹起来。起先是拉了一牛车的羊砖来。后来盘了个大灶。后来又杀了十来只羊。

这是要干啥呢?

爸爸说,要开三级干部会。

三级干部会开了三天,吃了三天饭。干部在南食堂,头一天中午,羊肉口蘑臊子蘸莜面。第二天炖肉大米饭。第三天,黄油烙饼。晚饭倒是马马虎虎的。社员在北食堂,北食堂还是红高粱饼子、甜菜叶子汤。

萧胜每天去打饭,都能闻到南食堂的香味。羊肉、米饭,他倒不稀罕:他见过,也吃过。黄油烙饼他连闻都没闻过。是香,闻着这种香味,真想吃一口。

回家,吃着红高粱饼子,他问爸爸:"他们为什么能吃黄油烙饼?""吃你的红高粱饼子吧!"

正在咽着饼子的萧胜的妈妈忽然站起来,把缸里的一点白面倒出来,又从柜子里取出一瓶奶奶没有动过的黄油,启开瓶盖,挖了一大块,抓了一把白糖,兑点起子,擀了两张黄油发面饼。抓了一把莜麦秸塞进灶火,烙熟了。黄油烙饼发出的香味,和南食堂里的一样。妈妈把黄油烙饼放在萧胜面前,说:"吃吧,儿子,别问了。"

萧胜吃了两口,真好吃。他忽然咧开嘴痛哭起来,高叫了一声:"奶奶!"

萧胜一边流着眼泪,一边吃黄油烙饼。他的眼泪流进了嘴里。黄油烙饼是甜的,眼泪是咸的。

(李金锋摘自《给孩子的故事》中信出版社 图/hhym)

出小镇记 小叔

□路 明

我至今记得小叔的模样。花衬衫，喇叭裤，长长的鬓角像钩子一样紧贴面颊，有时斜背一把吉他，在小镇的路上招摇而过——小叔是出了名的时髦青年，80年代流行的东西，没有他不玩的。有一阵他迷上了霹雳舞，在爷爷的菜园子里日夜苦练，踩坏了数棵矮脚青菜后，江湖有传言：龙王庙出了个"霹雳舞王子"。爷爷常埋怨奶奶，把小叔宠成了废材。

我喜欢和小叔一起玩。他大我十多岁，不太像长辈，倒像个大哥哥。春天捉蚂蚱，夏天钓龙虾，秋天摸柿子，冬天偷塘鱼，很少有空手回家的时候。小叔告诉我，龙虾喜欢拌了猪血的蚯蚓，甲鱼最爱吃新鲜的猪肝。他咬着一根狗尾巴草，得意扬扬地走在田埂上。我拎着一铅桶的战利品，屁颠屁颠地跟在他身后，像个快乐的跟屁虫。

龙王庙路家的老幺，我奶奶的心头肉，小镇第一批浪荡子弟，我的小叔。

我爸是镇上另一个异端。作为家中长子，又是南方饥饿年代出生的罕见的大个子，二十岁出头就长成一副四十岁的模样。恢复高考第一年，我爸考取了师范，是镇上唯一"考上学的"。小叔不像话的时候，我爷爷揍完，我爸接着揍，我奶奶不敢拉。所以小叔见到我爸有点怕，说长兄若父，大概就是这意思。有几次小叔在我爸那里挨了揍，低眉臊眼的，看见我有点不好意思。过了一会儿，他悄悄用手肘捅我，阿去钓龙虾？我点点头，像一对难兄难弟。

我爷爷的打算是，让初中毕业的小叔先晃荡两年，等他退休了，小叔顶替他进"国二厂"。我爷爷是八级钳工，老党员，据说要不是脾气臭，酒后爱打人，早当厂长了。新任厂长是他徒弟，应该会卖他这个面子。小叔一边往嘴里扒饭，一边嘟囔，我才不去国二厂……我要做生意。我爷爷放下筷子，做什么生意？跟阿福、塌扁头他们去深圳批点牛仔裤、电子表，不要太好卖！小叔眉飞色舞。你哪来的本钱？

本钱嘛……你借我一点……啪！一记清脆的耳光。咣当一声，饭碗落地，像一个斩钉截铁的句号。

我爷爷有充分的理由揍小叔一顿。国二厂的全称是县国营第二碾米厂，响当当的大厂，进厂就发两套工作服、一双翻毛皮大头皮鞋。逢年过节，整箱整箱的国光苹果、整条整条的大青鱼停在仓库里，等职工搬回家。

在我爷爷看来，那些做生意的，跑单帮的，不过是暂时钻了政策的空子，国家早晚会回过头来收拾这帮投机倒把的。我爷爷坚信，个体户再有钱，不过是一时风光，国营大厂才是千秋万代的。

那个下午，小叔给我钓了好多好多龙虾，一个铅桶装不下，我跑去同学家又借了一个。我喜笑颜开，说够了够了，吃到明天都吃不完了。小叔也笑，露出一口好看的白牙，说再钓几只。

第二天小叔没回家。我奶奶翻床头柜，发现少了一百八十五块钱。这不是小叔第一次离家出走了。这一回，小叔是跟阿福、塌扁头他们一起走的，先从镇北的长途汽车站坐车去上海，再乘绿皮火车去广州。还没出广州火车站，小叔的钱和证件全被偷了。还被人打伤。小叔偷偷溜出医院，扒上回程的火车，一路逃票回家。

彼时腊月，天寒地冻。大年三十晚上，大家正围着桌子吃年夜饭，家里的狗突然狂吠。奶奶神色大变，摔下饭碗冲了出去，逮住了瑟瑟发抖的小叔。

过完正月十五，爷爷提着木棍，把小叔赶进屋子。爷爷锁上房门，吩咐"没我的话，谁都不许进来"。屋子里传出鬼哭狼嚎，"爹爹，我错了，我再也不敢了！"

我咚咚咚敲门，门不开。我又跑去拉奶奶，让她求爷爷手下留情。我怕爷爷把小叔打死了。

奶奶坐着，纹丝不动。突然间，暴起一嗓子——"打得好！"回头一看，她满脸泪水。打你个年少轻狂，打你个游手好闲，打你个不辞而别，打你个没心没肺。

后来，我爷爷拎一瓶泸州大曲、一条红壳子（牡丹）去了厂长家，一路上反复练习谦卑的表情。小叔提前进了国二厂，成了电工班的一名学徒工。他每天一身黄灰色电工制服，骑着自行车，蔫头巴脑地跟着爷爷去上班，一路上不敢超过爷爷。小叔的主要工作是，换灯泡，给师傅递烟泡开水，帮师傅扶梯子，听师傅吹牛皮。就这样安分了一年多，小叔又一次消失了。

有一天我去爷爷家。爷爷出门买煤球去了，奶奶一个人在家，桌上摆了一只鲜奶蛋糕。那时候的小镇，蛋糕还是个稀罕事物。我欢呼一声，扑了过去。等我大快朵颐，抹着嘴巴问奶奶，您怎么知道我今天会来？奶奶笑了："今天是建国生日……便宜了你个小鬼。"

十年过去了。国二厂的日子一天不如一天，工资发不出来，工人只上半天班；老街上，显赫一时的供销社拆了，原址建起一座"温州皮鞋城"。

关于小叔，有了些不好的传言。有说他在煤矿出了事，几十个人全部闷在井下；有说他死于黑帮械斗，尸体趁黑沉入海底。

奶奶怎么都不信。她拉着我的手，絮絮叨叨："你小叔六岁时掉进河里，差点送了命。"那天奶奶在纺织厂上着班，突然一阵心口疼。她说母子连着心，真要出事了，做娘的一定感觉得到。

爷爷想起这个儿子就暴跳如雷，不是骂他没出息，有家不敢回，就是骂他没良心，赚了钱忘了爹娘。骂完瘫坐在躺椅上，大口大口地喘气。

渐渐地，我才明白，爷爷的痛骂何尝不是一种自我安慰：情愿他是个孬种，情愿他忘恩负义，而不愿去相信更残酷的结局——小叔已经不在人世了。

往年的年夜饭，桌上都会多放一副碗筷。从这一年开始，这副碗筷撤下了。

有一次，奶奶招招手叫我过去，我以为是什么好吃的，屁颠屁颠跑去一看，是一张我和小叔的合影。奶奶笑着说："他们怕我多想，把你小叔的照片都收掉了。这张是我偷偷留下来的，你看看，那时你几岁？"一张小小的黑白照片，我嬉皮笑脸地站在小叔身边，个子刚过他的腰。小叔穿一件皮夹克，歪着头，左手放在我的肩上，像个好莱坞明星一样神气。大概是被抚摸过太多次，照片有点漫漶不清，像隔着无声的风雪。

爷爷老了。他不再大声说话，不再发脾气，不再昂首挺胸地巡视他的菜园子，像个土匪头子一样用力地吐痰。他的躺椅放在那张世界地图前，一坐就是一下午。爷爷去世前，用力睁大眼睛，直勾勾地望着门口，瞳孔慢慢地散开。我知道，他已经看不见了。我多想在他耳边说，建国回来了。用一个弥天大谎，换他最后的安心。可是我没有。

突然间，哭声四起。我也跟着哭了起来。我总觉得小叔会突然冲进来，像电视里演的那样，跪倒在爷爷的灵床前，哭喊着"我来晚了"。

奶奶的手颤抖着，合上了爷爷的眼睛。从此她绝口不提小叔。一场葬礼，宣告了两个男人的死亡。

墙上挂着新拍的全家福，一大家子人簇拥着奶奶，祖孙四代，前后三排，站得密不透风，不觉得少了一个人。奶奶眯着眼睛，笑得很开心。

前年除夕，我和爸妈回老家陪奶奶守岁。奶奶在爷爷的照片前点上三炷香，放上一碗他最爱吃的红烧鳜鱼。暮色昏黄，屋外的鞭炮开始此起彼伏。半夜，不知为什么醒了。我走出房间，看见院子的大门开着，零星的烟火，照着一个苍老的背影。是奶奶。她一动不动地站在那里，像在等一个人。

伫立良久，奶奶轻轻地合上了大门，没有插门闩。然后转过身，慢慢地，拖着那条痛风的左腿，走回房间。我知道自己该怎么做了，我熟悉那些温情小说的路数。我应该蹑手蹑脚地跑出去，拉开大门，在门外弄几个模糊不清的脚印，或者在门闩上放一个红包。第二天早上，奶奶会以为小叔回来过。

可是我没有。

（鲁刚摘自《文汇报》　图/豆薇）

姥 爷

□Ateh

"森林里的溪水，喝一口下去，冰得后脑勺疼。"姥爷说。这就是我对东北最初的记忆。

20世纪50年代，姥爷由于是技术能手，受到国家委任，从沈阳前往郑州参加电缆厂的筹建工作，我妈那时还不到一岁，姥姥身体不好，本来打算把妈妈送人，怕路上奔波养不活，可最后姥爷不舍得，还是抱上了火车。我妈进行了她人生中的第一次长途旅行，离开了故乡，从此再也没有回去过，可是她一直都把自己当作东北人。

我的姥爷高大英俊，自尊心很强，却又不乏柔情。他经常将刚做好的肉包子装上一大袋，敞开外套，塞进怀里，爬上六楼送到我家，又匆匆离去。他还养了很多鸟，有一个小录音机对着鸟笼放一些好听的鸟叫声，让这些鸟学习，而他和姥姥则坐在小阳台一边晒太阳，一边下跳棋。

有一段时间，姥爷迷上了养鹦鹉，屋子里放着一个巨大的笼子，里边有各种颜色的鹦鹉，有时候这些鹦鹉被放出来，在屋子里飞来飞去，这就是我梦想中的画面，就像我终于被允许进入动物园的笼子。

有一天中午，我从动物世界获得灵感，趁着大人不注意，偷偷从鸟笼里拿出来一个鹦鹉蛋，希望可以亲自孵出一只小鹦鹉。我小心翼翼地把它放在板凳的海绵垫子下边，然后坐在垫子上，坐了很长时间，我相信我的屁股已经把它焐得足够热了。等我屏住呼吸，准备见证奇迹的时候，发现鸟蛋早就被我压碎了。

我觉得自己犯下了一个很大的错误，为了逃避责任，我又把垫子放了下来，试图当作这件事没有发生过。但是我心里知道，这件事早晚会被发现的。我等了一天，一周，一个月，一年，五年，十年……直到我几乎以为这件可怕的事情压根就没有发生过，我从来没有伤害过一只还没出生的小鹦鹉。

后来姥姥去世了，姥爷的耳朵也越来越不好使，他几乎听不见鸟叫了，而他的双手总是颤抖得厉害，没法好好照顾鸟儿，有一天，姥爷把鸟全放了。

从此姥爷变得沉默寡言，电视放到最大声，因为手抖从不愿意上桌吃饭。他总是坐在单人沙发上对我微笑，我喜欢坐在一旁抚摸他皱巴巴的不再好使的双手，这就是我们交流的方式。后来我上大学了，每年放假去看他，我都像个见了世面的神棍一样帮他看手相，他的生命线又粗又长，我说姥爷，你会长寿的。我总要大喊很多遍他才能听见。

姥爷真的活了很久，差不多要到一百岁了，最后是在睡梦中去世的。每当我提到东北，就会想起姥爷；每当我想起姥爷，就会看见那扇在黑夜中一明一暗的窗户。

（月亮狗摘自豆瓣网 图/兜子）

锦年情事

往事的冰山

□ 陶立夏

在我还小的时候,很认真地喜欢过一个男孩子。但人的感情总是从自我出发,所以深情有时不过因为偏执。如今回头看去,比较确切的感觉是,不落忍。那么努力而无用,那样棱角分明,就像孩子眼里的世界,黑与白不可转换。

有年冬天去看他,他逃了课带我出去玩。路边的护城河结了冰,我说:"我要砸一下冰。"他说:"好啊!"然后看着我捡了颗很沉的石块朝河面扔去。石块砸在冰上,发出钝钝的叩击声,顺冰面传远了,留一道白色痕迹。

"这么厚的冰!"从小在南方长大的我惊讶极了。"对啊!"他只是笑,等我拍拍手跟他走。后来我在冰岛的冰川湖边捡冰块,北极燕鸥在筑巢,碎裂的冰川如幽灵船碰撞着漂向大海,发出轰隆隆的巨响。然后我听见了,那年冬天,我扔出石块之后冰面传来的那声中空的钝响。是过往所有的伤心和遗憾,它们呼唤回响,最终化作水下的冰山,承载着我如今的潇洒姿态。

这场涉及时间与真心的游戏,从没有人拿到过好牌吧。我的秘诀就是要尽量输得好看。

(林冬冬摘自《把你交给时间》湖南文艺出版社)

当干瘪的香菇遇到水

□ 烟二

· 1 ·

何惧喜欢吃香菇,这我知道。

我总是把黄焖鸡里的香菇挑出来,放进他碗里。何惧很开心,饱满的香菇一个个进了嘴里,不小心滋出酱汁,飞溅到灰白的餐桌上,他尴尬地低头,拼命咀嚼,吃完了嘴里的食物,才偷偷抬眼看我。

"说实话,你们学校食堂真不错。"何惧抹了抹嘴巴称赞道。

何惧并不是我的校友,他在我隔壁上学,985名校。当年何惧拿到录取通知书后,何爸爸摆了三十多桌酒,叫了不少亲戚朋友,热闹地办了一场庆祝入学宴席。

而我考得不好,比他低了近一百分。何惧知道我的分数后,也没有安慰我,在电话里对我说:"章小雯,你太牛啦,四舍五入的话,你差不多有一门没去考呢。"那一晚,我挂断电话,偷偷哭了,哭得昏天暗地。最后,我报了在何惧隔壁的学校,一所三本学校。

"章小雯啊,你那个分数,明明可以上更好的学校的,你在想什么?"他忽然说。"离家太远的学校,我不高兴去。"

我也没有骗何惧。好朋友都嘲笑我是"巨蟹式恋家",上了大学后,我几乎每个周末都要回家。回家的时候我想,也许,这周何惧也回家了呢。也许,我一开门,就发现他站在我家门口呢。他会像小时候一样,笑眯眯地问我,"能不能进去蹭会儿空调"。这样多好。

· 2 ·

很多年前,何惧写完作业趴在我家阳台的窗户上,盯着对面的别墅区看得出神,突然扭头对我说:"我啊,要考最好的大学,找好工作,赚钱,然后买一栋那样的房子,让爸妈搬进去住。这理想怎么样?"

"那……那我不就成无为青年了?你走了就不理我了吧?"我急迫地问,好像他明天就要搬走一样。"房子那么大,到时我住楼上,你住楼下,有事,咱们电话联系。"他拍着胸脯向我保证。

何惧的爸妈忙得不着家,何惧就会饿着肚子来我家。我把冰箱里的饭菜拿出来,笨手笨脚地在锅里热好,端给他。每一次他都吃得狼吞虎咽,连连称赞:"章小雯,以后谁娶了你,真是好福气。"我红着脸捶他:"这都是我妈做的!你吃就吃,哪来那么多话!"

何惧特别爱吃香菇,这件事我从小就知道。后来我开始学做菜,每一道都和香菇有关:香菇炖鸡,香菇炒肉,香菇油饭……每一次把干瘪的香菇泡进水里，我都觉得自己在做一件非常神圣的事情，香菇特有的味道留在我的手上，我嗅着嗅着，就想起何惧。

也许是因为我们长大了，后来我很少遇到何惧。心里想即便我准备好几大包零食，把空调开得冷飕飕，何惧也再不会来我家了吧。

"要是被人家甩了，那我就娶章小雯。"上周末我们家吃饺子，我下楼买醋，推开门就听见何惧站在走廊里笑眯眯地和他妈说这句话。

"别瞎说。"何妈妈看到我尴尬地笑了一下。何惧倒是大大方方，和我打了招呼，问我去哪里。我说买醋，他说那正好，一起去。

"对了，我周二去你们学校。"在小卖部各取所需后，何惧对我说。我皱眉，表示出自己的疑惑，他却完全不在意，继续说道："你请我吃午饭，食堂就行。"我讨厌他这样单方面的硬性"通知"，不过我更讨厌的是，自己还没办法拒绝他。

我实在想不出食堂里有什么能合他胃口的菜，如果点个香菇青菜的话，一定会被嘲笑抠门的吧？所以，我点了份黄焖鸡，狠狠心和打菜的大妈说，多点香菇，少点鸡……在食堂大妈像看傻子一样的眼神中，我准备好了何惧的口粮。

"章小雯，我要出国念书了。"我听后哈哈大笑起来，"你爸买彩票中奖啦？"他顿了一下："我女朋友家资助我们，她和我一起。"

我几乎连气都喘不过来了："何惧，你朋友圈里发的不是在图书馆啃书就是在网吧开黑，你还能有女朋友？今天是什么日子，愚人节吗？"

"有些照片，我对你屏蔽了。"他用很轻很轻的声音回答我。"为什么屏蔽我？"我问他，忽然觉得香菇的气味是那么刺鼻。"我不知道，"他忽然扬了声音，"我就是觉得，你应该不想看见。"

"都没听你妈和我妈说过，我不信。"我仍然不死心。何惧解释道："是我让我妈先别说的，毕竟，要是被人家甩了……"

"要是被人家甩了，那你就娶章小雯嘛。"我笑了一下，原来事情是这样啊。

· 3 ·

"我们就像干瘪丑陋的香菇，只有泡过水，才能变得肥厚圆润。"上大学后的很长一段时间，何惧的QQ签名都是这句莫名其妙的话，有一次我实在忍不住，问他什么意思，他发了表情包过来："求我啊，求我就告诉你。"我当然不会求他，所以到现在，我也不知道那句话是什么意思。

离开食堂的时候，我忍不住又问了他一次。他看着我，似乎是惊愕于我的记性，然后才动了动嘴："就，随便感慨下。"

何惧给我泡了泡水，我看见了自己本来应该有的样子，但如果何惧走了，那我会不会，再变回原来干瘪丑陋的样子呢？何惧从来就没有说过喜欢我，他是我的邻居，是我的同学，是我青梅竹马的朋友，却从来不是必须要对我负责的那个人。所有的事，都是我一个人的臆想而已。

那天晚上，我去浴室好好洗了个热水澡。我觉得自己干瘪的身体正一点一点舒展开，像是泡过水的香菇，终于变得肥厚圆润，随时可以下油锅，接受更多生活所给予的煎熬。

"周末你来我家吃饭吧！我做香菇炖鸡，香菇炒肉，香菇油饭……算是提前给你饯行，当然，如果你愿意的话，带上你女朋友也可以，怎么样？"我敲下这一行话，然后长长地舒了一口气。

"怎么全是香菇啊？"他在QQ那头敲出一句话，发了一个"吐"的表情包。"你不是就爱吃香菇吗？"我回敬一个"火大"的表情。

何惧在屏幕那头敲出一排省略号，屏幕上又跳出一行字：天啊，我以为是你不喜欢吃香菇，所以我才替你吃的……从小到大。

我盯着最后四个字怔了很久，最终自嘲般笑了起来。看吧，原来我一点都不了解何惧。🌱

（张愚摘自《哲思2.0》 图/月儿）

对最喜欢的人，说最好听的话

□陶瓷兔子

韩剧《请回答1988》里，女主角德善有四个青梅竹马的好玩伴，其中外冷内热的正焕和围棋国手阿泽都很喜欢她。相比起生活自理能力为零且少言寡语的阿泽，正焕则是从一出场就自带男主光环。跟德善斗嘴的是他，陪德善赴约的是他，离德善最近的是他，最先喜欢德善的是他。

两人的甜蜜中带着一点情侣惯常的别扭，我一边看一边跟室友说："按照相爱相杀的标配，最后德善应该是跟正焕在一起了。""是阿泽。"室友蜷缩在沙发的一角，毫不留情地剧透。

我正强忍着想要冲上去掐她的冲动，此时，德善在荧幕上崴了脚，正焕站在她旁边，明明就是心疼，却摆出一脸嫌弃。"你怎么这么笨啊？连路都不会走。"他一边嫌弃她一边伸出手去，小心翼翼地托着她的胳膊支撑一大半重量，嘴上却不饶人。

室友凑过来看了一眼，叹口气："要是我的话，我也会选阿泽，虽然看上去有点木讷，但是从里到外都很温暖。面冷嘴冷的人，心越热越伤人。"

室友的第一任男友待她很好，陪她去上自习、吃食堂、计划旅游……任凭外人怎么看，他都是一个模范男友。

"他就是正焕这样的人，有好心，但总没有好话，也没有好脸色。"室友说，"就说那次送我去医院的事情，他一进门就开始责备我，这么冷的天为什么不多穿一点，大半夜折腾别人很有意思是不是？做人不要太自我，总给别人添麻烦。"

旁观者怎么看的呢？我们只是看见他雪夜驱车而来，又殷勤陪护到第二天清晨。但她那颗心在他刀锋一样冷厉的冷言冷语中如坠冰川。

他们分手，是在大四的毕业季。室友找了一份实习工作，那时她初入职场，每天都要加班到很晚。冬季天黑得早，路上行人稀少，连出租车都很难遇到。室友低着头向车站走去时，突然被从身后疾驰而来的摩托车抢走了背包。她因突如其来的冲力向前摔倒，膝盖重重地磕在水泥地上。

她在原地愣了几分钟，才想起放在口袋里的手机没有被抢走。她哆嗦着手指拨通他的电话。

很快，他就来了，像电视剧里的男主角那般逆着路灯灯光走来，蹲在她面前，小心翼翼地拨开她的头发，察看她膝盖上的伤，眼里是掩盖不住的心疼。

就在室友准备扎进他怀里大哭一场的时候，他开口了："你怎么这么傻？明知道路上人少还不找人结伴走，走路的时候不知道把包背到里面那侧吗？"室友有些委屈："我上了十小时的班，下午饭还没来得及吃，公司的人都走了，只剩下我一个……""那还不是你比别人笨，所以才要加班这么久。"他说。室友那颗满怀委屈和惊悸的心，在他的话语中像是放进冰水里的烧铁。室友提出了分手，态度坚决不可挽回。

我在微博上看到一句很经典的话：正焕是感动了自己和观众，而阿泽才是真正感动了德善。

而室友最终嫁了一个如阿泽一般温润如玉的男人。

旁观者以为，这两种爱是相等的。可对于爱中的人来说，太阳的温暖和北风的凛冽，完全是两种不同的体验。

面冷心热的人不懂爱情，他们还没学会给自己的爱找一个合适的出口，以为用刻薄掩饰喜爱，用嫌弃掩饰疼爱就能不露痕迹。他们爱得很辛苦，却不知道自己的冷言冷语，会对另一个怀抱爱意的人造成多大的伤害。

爱是红罗帐的温柔相对，不是修罗场的血雨腥风。对最喜欢的人，要说最好听的话。不要让她猜，也不要让她冷。

(林冬冬摘自《所有的成长，都是因为站对了位置》江西教育出版社 图/李倩莹)

一切都是套路

□ 赵若虹

兔兔是作为泡妞战略的一部分被送到我家的。彼时那多老师正在追我，送了一只狗来，找来一堆遛狗、送狗粮或是带狗狗看病之类的借口，便可以常常来我家看看。兔兔是只黑白相间的边境牧羊犬，来的时候才几个月大，圆头圆脑的一小只，很害羞，赖在自己的笼子里不敢出来。我们把笼子的门打开，它自己轻轻探出头来，咬着门闩，把笼子门又关上了。

那多把它轻轻抱出来放在沙发的毯子上，它瑟瑟抖着，惊恐地看着我。我没有养小动物的经验，小时候总是被邻居家的猫挠，当时也很害怕兔兔咬我。我们俩就这样，谨慎地看着对方，谁都不敢动。最后那多把兔兔小小的爪子放到我手里说："它很乖，不会挠你的，这是你的朋友了。"

我的这个新朋友，仅仅乖了一个晚上。从它入住的第二天开始，它便进入了全力捣乱的小狗模式，每天做一件以上厉害的事：尿在沙发上，玩命撕卷筒纸，或是在家具腿上啃出很多个棱面。

那多这时总是先把兔兔一把抱走，留下一句："不要紧的，它会长大的。"

它确实很快就长大了，也不知是随谁，长大以后的兔兔又敏感又爱操心，牧羊犬的性格展露无遗。

白天我和那多走在小区的路上，它一边警惕地看着路上的小猫啊小青蛙啊，一边围着我们绕圈，生怕我俩走散了；晚上我睡不着觉，睁着眼睛望着天花板叹气，它会慢悠悠地踱过来，跟着我叹一口气；它还很喜欢给自己划地盘，遛它的时候，它在这棵树边尿几滴，那根柱子边又尿几滴，认真极了，常让我恍惚间觉得整个小区确实都是我们家的。有一天那多在阳光房里写小说，兔兔在边上独自玩，场面特别阳光静好。等那多写完起身，发现兔兔围着他，细细地，均匀地撒了一圈尿。

兔兔唯一不会的，是抬腿尿尿。大家都觉得一只这么英武的美犬蹲着尿尿有失风度，纷纷献计献策，那多的妈妈有一天专门打电话跟他说："这样下去不行啊，你要给兔兔示范抬腿尿尿啊……"那多居然真的很认真地想了一想，回答妈妈说："我也不知道要怎么抬腿尿尿啊……"

虽然没能学会潇洒的尿姿，但是跟着那多这位作家玩久了，兔兔比寻常人家的狗多掌握了一些词汇量。有时我下班回家，看到那多正拎着兔兔的耳朵说："你这狗头，生得倒有几分俊俏！"我洗完澡敷着面膜出来，那多会问兔兔："兔兔先生，现在你还能认出面前这位美丽的人类女性吗？"

不知为什么，兔兔对声音很敏感，一切奇怪的声音都会让它非常害怕，第一次听电吹风的声音，第一次听到装修冲击钻的声音，它都吓坏了，第一时间躲到我的边上。

很快就到了除夕，这是兔兔经历的第一个春节。夜里12点钟，忽然，漫天的爆竹声响起，兔兔在阳光房里大叫起来。我冲出去一看，兔兔已经吓得尿了一地，但是依然顽强地对着窗外，对着不知是什么的"妖怪"大声叫着，看到我，它没有像往常那样躲过来，而是冲到我的面前，声音改成了低吠。兔兔，我小小的新朋友，在一片让它惊恐不已的烟花爆竹声之中，正在努力保护我，身体是完全的战斗姿态，但同时又在发抖。这个春节以后，每次我跟那多老师吵架闹着分手，都会说："分手，兔兔归我。"

结果，我们没有分成手，反而结了婚。

（张秋伟摘自《裹在2号连衣裙里的灵魂》湖南文艺出版社 图/小粒团）

我不想做可爱的女孩了，想做你女朋友

□鹅 打

---1---

我和傅清舟是发小，住对门儿，凑在一块活生生俩蔫土匪，偷鸡摸狗，坏事做绝。小时候总是傅清舟指挥我，去拔这块的葱，去摸那片的狗，我脑子转不过来弯，有时候人明明只是在家中坐，锅和棍子就不请自来。

但山大王还不是轮流做，长大后大家发现，傅清舟白长了一副伶俐的聪明样，小升初的那场考试，他三门分数凑起来还没我一门高。

从此，我和傅清舟之间不平等的地位洗牌般对调，我说一他不敢说二，有时候我霸道起来，没轻没重地捶上他一顿，傅清舟也只是无所谓地笑笑，捉开我的手说打疼了，你别闹了。

但我妈最偏心傅清舟，冤冤相报，我一欺负傅清舟，我妈就欺负我。

她总说你少欺负人家，人家只不过让着你。每到这个时候我就装作听不到。

"你看清舟每晚十一点前准时睡觉，你能不能学学，别老熬夜了？"

"那是傅清舟怕死！我可不怕。"我梗着脖子顶回去。

"成，你不怕死，那你怕疼吗？"然后就看我妈悄悄拿起棍子。

啧，我妈就这样，讲着讲着就开始动武。

---2---

不过我也知道我妈为啥偏心傅清舟。傅清舟爸妈离婚了，他跟着爸爸生活，然后，傅清舟就没有妈妈了。小孩没有妈妈是一件很残忍的事，傅清舟也就是从那之后，肉眼可见地颓唐下来。他聪明，但不肯学，而大家都知道是怎么一回事，这小孩倔，他的叛逆来得不动声色。

小伙伴跌倒后，我应该尽力去捞他一把，这是我妈教我的。于是我那时每天都和傅清舟一起上学放学，瞅准了机会就去安慰他："没事的，傅清舟。"

唯一可惜的是，我眼神不太好。

"你看，芭比娃娃也没有爸爸妈妈。"我举起芭比娃娃放在他面前。

我总是一边玩芭比一边陪他，可惜我爸买的是那种盗版芭比，头发如枯草，五官以一种惊人的比例组合在一起，连眼睛都泛着绿幽幽的光。

娃娃模样之恐怖，以至于成功吓哭了小傅清舟。

而傅清舟一哭，我头皮就紧着跳，他这种哭法，不尖厉也不瓮气，只有一个坏处——就是会把我妈招来。

于是我又手忙脚乱地去给他擦眼泪，十八般武艺地哄他开心。

"虽然你妈妈离开了你，但我，"我伸手去扳傅清舟的头，让他看着我，"我永远都不离开你。"没撒谎，那瞬间，我真的有看到傅清舟的眼睛亮了一下，像在临摹银河的天体。

---3---

就这样，在我妈的刀枪棍棒下，我和傅清舟坚韧地进入了青春期。

傅清舟的成绩一如既往地很烂，却早早地戴上了眼镜。

我有一次想不通，揪着耳朵问他是怎么做到的，他朝四周看了几眼，凑过来偷偷和我说：

"平光的，没度数，这样你妈就不骂你熬夜看小说坏眼睛了。"

我扭扭捏捏半天也没好意思领情，装模作样地踹了他一脚，说："傅清舟你这可是害我，我眼睛真坏了该找谁啊？"

傅清舟挨着打也不吱声，但没过两天，我发现他又悄悄把眼镜取下来了。

傅清舟就是这样一个人，性子慢，火全在内里烧，无论你灌的是滚油、铅水，甚至硫黄，他哼哼两声就挺过去。但他对人好又是要了命地好，我有时候觉得，与他相处像是一场豪赌，因为筹码需要哗啦一下全扔出去。但我想我这个赌徒是好运气的，因为我赢了。

---4---

在我妈催着让我给傅清舟补习功课的多少个下午，关上门来，他就乖乖坐在床尾看我给脚指头涂指甲油。

涂脚指甲油是项技术，里面名堂挺多，在保证手稳的基础上，还要确认脚背蜷曲的角度适合下手，搭配更要协调。

对，我的意思是，给脚涂指甲油的姿势，真的很难看。

我知道难看，但在傅清舟面前我没有任何包袱，傅清舟最好的一点是，他完全不像同龄的男孩那样嘴贱，他不打趣你，也不中伤你，并且根本不会觉得那些半真半假的玩笑话有趣。

傅清舟高中时已经长得很俊俏了，时不时就会有人在贴吧上发帖，标题好大胆：三（8）班的傅清舟同学，请问你有女朋友吗？

这个时候就轮到我出马了，我涉足贴吧久矣，旗下马甲无数，于是这踢一脚，那开一枪，就利利索索地把消息放出去了。

有啊。傅清舟有女朋友。是他发小。人漂亮，成绩还特好。所以，别打他主意了。

我知道傅清舟绝对看不到这些，于是张牙舞爪地猖狂起来。但这些真的只是恶作剧的玩笑话吗？

我心里是坦荡荡的，毕竟傅清舟他有多好，谁会比我更清楚？

---5---

当然，我跟傅清舟也吵架。主要怪我，其次怪我妈。

我妈有时候太疼傅清舟，肉只往他碗里拣，我小心眼，看不下去，讲起话来又口无遮拦，就烦叨叨地说："傅清舟，你能不能找你亲妈去？"

傅清舟回头剜我一眼，那一眼就阴鸷起来，我一瞧，完了，伤人心了。

可我这边刚想道歉，手臂上的肉就被我妈揪起来，才喊疼求饶的工夫，傅清舟就没影了。然后，冷战开始。

最长的一次，我们半个月没讲话。

最后还是等到体育课跑圈，大夏天的，暑气一拨接一拨，我跑到一半头晕目眩，一下就栽倒了下去。颠簸着醒过来时，我才发现是傅清舟抱着我走进医务室。

我们不是一个班，傅清舟这堂课也不在室外，所以当我在他怀里看着他把自己跑成了一只船

艄时，纳闷地问他怎么在这里。

"嗯，三（8）班傅清舟的漂亮女朋友晕倒了，那我不在这里，该谁在这里？"

"是不是啊，发小？"他没看我，冲着前面勾起嘴角，语气中是少有的戏谑，仿佛木头开花，小时候那股聪明劲此刻又回来了，而我背地里的小把戏，他都知道。

我只是靠他靠得又紧一点，想他知道就知道了吧，我才不怕。

---6---

医务室的窗生了锈，傅清舟推了几下没推动，只好随它敞着，偏偏又每一道光都生着热气，烦闷地将我们簇拥，我燥热得不行，坐在床上用傅清舟的校服衣角擦汗。

"放学去我家吃饭？我妈可想你了。"

"好啊。"

傅清舟点点头，索性冲着窗子背过身来，将校服掀开，让我半个身子钻进去遮阴，凭空造了一道暗渠给我。

"以后不准不理我了。"连我都没发现自己开始撒起娇来。

"好啊。"他将头又点上一点。

"傅清舟，你能不能不要那么听我的话啊？"

他还是点点头，笑着说："好啊。"

哎呀，太傻了。🌱

(小梨摘自微信公众号"storybook"
图/月儿)

在他心里，球鞋和我谁更重要

□钟意你

~~~1~~~

高考结束的那个夏天，我拥有了一个无比漫长的暑假。我决定做点小生意，挣点零花钱。我思来想去，决定做奶茶。我爸妈在建华路上开了一家广式糖水铺，我在店门口划拉出一片空地，支起了我的小摊子，丝毫没有截和自家生意的负罪感。

偶尔不想营业，我就去附近的活动中心，坐在台子上看一群男生打球。我不好意思凑太近，每次都远远地看，再加上我近视，看了七八次也没看清他们的脸。

那天有点热，街上行人很少，我趴在柜台上打瞌睡。七八个少年带着一阵热浪拥入店里，我被吵醒，坐起来半眯着眼发呆。

"小孩，给哥哥们做八杯冰柠红。"文朝阳用两根手指点了点我面前的桌子。修长、骨节分明，弹钢琴一定很帅。我看着他的手愣了五六秒才抬头，猝不及防就撞进一双带着笑意的眼睛里。

高糊突然变高清，我一时没有反应过来，下意识地怼回去："你叫谁小孩呢？"

对方扑哧一笑，弯腰和坐在柜台后面的我视线平齐，他开口求饶："行行行，不是小孩。给我们做八杯冰柠红行吗，姐姐？"我给他们做了八杯冰柠红，绝对没有在他那一杯里拼命加柠檬。

原本我打算下次见面以那杯暴酸的冰柠红为借口，赔罪做一杯甜甜的奶茶给他，可没想到那竟然是我最后一次见到他。

无论在活动中心附近晃悠，还是在店里蹲点，我都再也没有见到他。九月我去大学报到，限定奶茶摊也随之歇业。

大学报到那天，我又在人群中精准捕捉到一个身影，不知道为什么，我拥有在人群中一眼发现他的特异功能。我很快打听到他是校篮球队的队长，于是我头脑一热报名了女篮队，我满脑子都是近水楼台先得月，想着用飒爽的英姿征服他，和他做队球场双煞。可我完全忽略了自己身高只有1.63米的外在条件，和跑800米气都喘不过来的虚弱体力。

果不其然，我连球都没碰到，死在面试第一关。

~~~2~~~

我很快转变了自己的策略，换了一种方式。我带着自己的道具，在球场附近把他拦下："同学你好，我们在做社会实践调查，能不能麻烦你帮我填个调查表？很快的，不耽误时间。"我笑嘻嘻地把笔和调查表递过去，不着痕迹地靠近，把他的路给堵死。

"学妹你什么专业？"

"汉语言。"

"汉语言专业的社会实践是调查当代大学生消费现状？第一个问题是有没有女朋友？"

我一时间不知道应该怎么解释，正准备开口，对方又给了我致命一击："调查表的格式问题太多了，抬头应该是黑三加粗居中，正文行间距……"

"不想填算了。"我伸手夺过调查表想要离开，他却拽住调查表不松手。他把手机掏出来鼓捣了两下，把微信二维码递到我面前："不逗你了，加个好友吧。"

我云里雾里就搞到了他的微信号，心情又明亮了起来。

"武晨曦，汉语言专业，大一。"我乖巧地发过去自我介绍。

"文朝阳，自动化专业，大三。"

他发过来一条我早就知道的信息。实不相瞒，我连我们两个人在一起结婚生子之后小孩子的名字都想好了，叫文武双全。

我主打细水长流路线，每天找话题和文朝阳聊天，从西区食堂的麻辣香锅聊到图书馆的学霸猫，我和他分享着日常的喜怒哀乐，一点一滴渗透进他的生活。

自从我加了文朝阳微信，朋友圈动态发什么都要斟酌再三。那天我更新朋友圈，发了四张自拍，文案是图片仅供参考，实物以真人为主。

文朝阳第一个评论，他说："真人比照片更可爱。"

我拉着室友运用所学知识深入探讨了一番文朝阳所要表达的含义，最后得出来他可能是把我当妹妹的结论。

女生夸女生，可爱是最高的赞扬。而男生夸女生，可爱要么是没有别的选择，要么是带着慈爱的目光看晚辈。于是我决定做点什么让我们的关系再升华一下。

~~~3~~~

十月学校要举行运动会，我自告奋勇报名了吉祥物方阵。吉祥物方阵的主要活动区在自动化专业附近，我要给自己找个正大光明接近他的理由。

他拿着手机笑得春心荡漾，不知道在和谁聊天，站在他旁边的朋友拿胳膊肘撞了他一下："走了，你最近魔怔了是不是？一天到晚抱着手机看你女朋友。她什么时候到？"

"快到了，今天就能看见。"文朝阳满脸带笑，把手机扔进口袋里准备走。

我明明出了一身汗，却丝毫感受不到暖意。我冲着他的背影狠狠踢了一脚。

玩偶装本来就头重脚轻，我一下子重心不稳，直愣愣地摔在地上，更加狼狈的是，我在草地上滚了好几圈也没办法起身。

我感受到有双手隔着玩偶服握住了我，他把我从地上拉起来，温柔地问我："没事吧？"

我看着文朝阳那张脸，心里狠狠地骂了一句渣男，然后我挣脱他的手，像只无头苍蝇一样往前冲，去哪里都行，我只想赶紧离开文朝阳。

走到休息室脱下玩偶服，把湿漉漉的刘海拨到旁边，从包里翻出我的手机。我点开文朝阳的对话框，花了很长时间从头翻到尾，我点删除的手抬起又放下，最后还是眼睛一闭摁了下去。我喜欢他，但是我不能做破坏别人感情的人。

~~~4~~~

我装作什么事情都没有发生，回寝室就把自己埋在被子里。等室友把我捞起来，我已经哭到枕头湿透。她们显然被我的反常状态吓到，手忙脚乱地给我抽纸。我打了个哭嗝开口："没有在白天痛哭过的人不足以聊爱情。"

"那我们来聊聊爱情？"室友试图安慰我。

"我不聊，渣男不配得到我的爱情。"

"我想起来了，我们是上来传话的！宝贝，你嘴里的那个渣男好像在宿舍楼下等你。"

我顶着一双红肿的眼睛下去见文朝阳。他提着一个盒子站在花坛边。我低着头走到他面前，和他保持着两米的距离。"为什么拉黑我？"

"你都有女朋友了你还要撩我，你女朋友不是今天到吗？"

"今天那个吉祥物是你？"我破罐子破摔，爽快地承认是我。

"摔疼没有？要不要去校医院看看？"文朝阳关切的眼神扫过我的全身，好像在确认我到底有没有事。

"假惺惺。"

他不说话，拉着我的手把我往小树林里带，随后把我摁在石凳上让我坐下。他蹲在我面前打开盒子，里面是一双限量版球鞋，和他脚上的是同款。

他脱掉我的鞋子，把球鞋给我穿上，大小刚刚好。

"在认识你之前，他们开玩笑说球鞋就是我女朋友。"

"前几次那个朋友发现我抱着手机傻笑，我是在和你聊天。今天我是在看快递物流，想快点拿到这双送你的鞋子。"

"因为是送给你，和女朋友也沾边，我就没有反驳他。"

鞋带被他绑成一个漂亮的蝴蝶结。"穿了我的鞋子，要不要做我女朋友？"

我终于消化掉这个消息，毫不犹豫地点头。

"我很早就注意到你了，喜欢坐在台子上看我们打球。"文朝阳住在另一个街区，偶尔会来建华路找朋友们打球，暑假他消失的那段时间，实际上是去东北看望外公外婆了。

"我看你微博，你说最喜欢两个人小鹿乱撞的暧昧阶段，我就想等等再告白，谁知道竟等到你把我拉黑。"

我恨不得撞死那只鹿，害我耽误了这么久才得到男朋友。不过没关系，最后我还是如愿以偿。⚘

(小梨摘自微信公众号"storybook" 图/HHYM)

饭饭之交

□杏仁一勺

我和沈先生是在一个约饭群里认识的。对于生活在大城市中的大龄单身吃货青年而言，最难解决的恐怕就是吃饭的事儿了。在家做饭费时费力，想下馆子，周围的朋友却都在减肥，偶尔一个人去吃一顿海底捞还行，但去的次数多了，服务员就都认识你了。

有一次我一个人去海底捞，刚进门服务员就热情地迎了上来，用了全大堂都能听见的声音说："您今天又是一个人吗？不用排队了，您先请吧。"

把我给臊的，一个人怎么了？我一个人吃得可没比两个人少啊。

尽管强大的食欲促进了脸皮的厚度增长，但为了避免半途被收盘子这种尴尬事件发生，我还是决定找一个饭搭子。

前阵子看到一个号称可以解决一切吃饭问题的本地约饭群，我就决定去里面碰碰运气。群里的朋友们昵称与头像都很复古，大片的荷花与蓝天，不过我刚进群的时候就看大家在热烈地讨论着烹饪技巧，想来是对美食有着强烈喜好的一群人，只是气氛有点古怪，大家总喜欢发那个微笑表情。

我找准时机发布我的约饭信息。

"各位朋友，晚上海底捞有没有要走起的？"

"父老乡亲们，难道你们不觉得天边的那朵白云，很像烤肉时的卷心菜吗？"

"冬天不吃肉蟹煲，和咸鱼有什么区别，大家说是吗？"

我觉得我约饭的态度相当诚恳，无奈当我发布约饭信息的时候，却少有应和，这让我很是摸不着头脑。我本来以为要继续这种孤独的美食家般的生活，没想到有一天我在群里询问一家搬迁了的小饭馆的信息时，却收到了一个名叫岁月如茶的人的私信。

"那家店搬到了一个比较难找的地方，如果你不认识的话，可以和我一起去，正好我也要去那里吃饭。"

我对他感叹："你是头一个和我约饭的，真有眼光。"

他沉默了一会儿："虽然不知道你为什么会在群里，但我觉得你可能有什么误解，这个群是我们厨艺爱好者协会的，大部分是中老年人，约饭的意思是一起做饭而不是一起吃饭。"

"啊？"我这才意识到我已经在一个中老年厨艺爱好者协会里插科打诨了一个星期。

我哆哆嗦嗦地回到群里发消息："叔叔阿姨好，不好意思加错群了，打扰诸位了。"

"没关系，年轻人很有朝气哦！"

我感觉我要羞愤致死了。

不过在死之前，我还是如约见到了岁月如茶，也就是后来我熟知的沈先生。他穿着挺括的西装，戴着一副细框眼镜，并不是我想象中的三十多岁的好心肠的厨艺爱好者模样。

我一开始没认出他，是他向我挥了挥手。

"所以你就是岁月如茶？"

"嗯。"

那家馆子果然搬到了一个很偏僻的地方，弯弯绕绕，走了十多分钟才找到。走在路上，我忍不住问身边沉默的沈先生。"不好意思，请问您多大了呀？"

"二十七。"

"……"原来是个老干部。

因为吃了这顿饭,我和沈先生逐渐熟络起来。

作为一个标准的吃货,我几乎能记得从小到大课本里出现的各种食物,《孔乙己》中的茴香豆,《我的叔叔于勒》里的牡蛎,《高邮的鸭蛋》里流油的咸鸭蛋,只要出现了吃的,我的记忆就会特别深刻。

我把这些经验和沈先生分享了一下,没想到他也都记得,说起时还不好意思地微笑,似乎被戳破了某种心事。

我问他为什么会在那个中老年厨艺爱好者群里,他说因为自己一个人住,所以有必要提升一下厨艺,不知怎的,进了那个群,还改了个能巧妙融入群内氛围的名字。

群里有很多叔叔阿姨其实都是空巢老人,常常在一起聚会做饭,偶尔他也会去参加。

我笑得前仰后合:"那你之前的名字叫什么?"

"贪吃的小西几。"

也没好到哪里去,我心里这样吐槽。

我和沈先生一起吃饭的次数越来越多,也偶尔会和他参加中老年厨艺爱好者的聚会。后来有一天沈先生在外地出差,突然发来一张图片,是他出差的地方有名的美食。

"看上去好好吃哦。"我一脸兴奋。

他忧愁地说:"我现在看到好吃的第一时间的想法都不是吃掉它了。"

"你是不是得了胃病?"

"看到这些,我首先想到的就是分享给你。"

那应该不是胃病了,是得了恋爱病,而且这病会传染。

过年的时候沈先生约我出去看电影,我边喝着奶茶边对他挤眉弄眼:"我是你的什么啊?"他想了想说:"饭饭之交吧。"

好啊,谈恋爱的时候叫人家小甜甜,喝了口奶茶而已,就变成泛泛之交了。

我刚想伸手掐他,他就抓住了我的手,看着我的眼睛说:"是吃饭的饭。"

"意思是经常一起吃饭咯,也还算贴切。"

他摇了摇头,眼里满是温柔的笑意:"早饭,午饭,晚饭,每一顿饭,都不想错过你。"

(小梨摘自知乎 图/蝈菓猫)

想要长相守,炒菜多放肉

□ 陶瓷兔子

我记得《超级演说家》里,王濛有一篇演讲叫作《肉味的爱情》,她讲了这样一个故事。

她有个打篮球的男朋友,她对他一见钟情,对对方百般体贴、千般照顾,甚至义无反顾地跟他回到他的老家新疆,一起负担他家里欠着的几十万元的外债。可最后分手的原因,却是他炒菜的时候,从来都不肯放一点她最爱吃的肉。

王濛在演讲中说,女人的心思往往都不是什么大事,都是一些细节堆积起来的。在零下十八摄氏度的冬天里,她提着两大袋子东西,等了一个多小时的公交车,他都不让她花二十块钱叫一辆出租车。

他刚刚给自己买了一块价值上千元的新表,可是炒菜的时候,却依然舍不得给她放肉。

"我不想说什么祝福你的话,如果非得在这个舞台上说一句的话,我想告诉你,想和媳妇长相守,下次炒菜记得多放肉。"她说。

女人对男人失望的那个时刻,并不是因为男人不爱她了,而是在她脆弱的时候没有拉她一把,在她有所期待的时候让她失望。

要礼物也好,要陪伴也罢,要包包要口红要跟你聊聊天,要炒菜的时候多放一点肉,她不是买不起,也不是没它们不行,不过是想借此确认你对她的心意。打败爱情的,从来都不是电视剧里那种戏剧的桥段,而是一个又一个的生活细节。谁的心都不是一瞬间冷掉的,只不过你从没留意过,它在深夜里暗自支离破碎的声音。

(李金锋摘自《决定你上限的不是能力,而是格局》北京联合出版有限公司 图/木木)

鱼丸归你，你归我

□ 邢襄小七

1

人体内细胞有40万亿~60万亿个，如果每个细胞都有自己的想法，那它们吵架的时候，我们应该听谁的？这是18岁少女陆川在日记本上写下的话，一个人类星球上永远不可能发生的问题，成了她踏入成人世界的第一个疑惑。

她想不明白，为什么一个人可以同时做到既害怕又期待见到另外一个人，也想不明白为什么自己会突然开始讨厌陈乐。尤其是当她看到陈乐站在人群中挥舞着双手喊自己"小绵羊"的时候，陆川恨不能像个女侠一样，一展披风，高高举起手中的利剑对他说："你，要么闭嘴，要么灭口。"但这样的场景一次都没有发生过，现实中的她只会低头转身，假装自己什么都没听见。

陆川生来自带"闭嘴"属性，当她的情绪累积到一定程度时，就会自动切换成沉默模式，像金鱼一样藏进水底，安慰自己快快冷静。"逃避虽然可耻，但是保命有用"是她一向贯彻落实的人生格言。

只不过万物相生相克，有冰就有火。缘分这门玄学，最擅长的就是将两个不同磁场的人吸引到一起。那么大的一个操场，陈乐投空的篮球偏偏就砸在了陆川的脑袋上。对此，两人一个认定是飞来横祸，一个说是喜从天降——一只绵羊自己闯进了虎口。陆川从不承认自己是绵羊，陈乐倒是一点儿都没有掩饰他略带侵略的本性。

他开始频繁地出现在陆川的视线中，上下学的校门口，人来人往的楼梯间，就连年级月考这种随机安排考场座位的事情，两个人都能巧合到命中注定一般坐在一起。

陈乐追着她说："同学，这就是缘，妙不可言，不如放学一起去吃关东煮？"开始陆川还有一些不习惯，毕竟她这个转校生在学校也没什么朋友，身边突然多了一道身影，多少需要点儿时间适应。更何况她和陈乐看上去是那么不搭的两个人，一高一矮，一动一静，同时出现在一个画面里，时常让人产生次元错乱的感觉。

"我们连自己存在的是三维空间还是四维时空都没搞明白呢，现在还要再钻研一下感情这门瞬息万变的课程？"陈乐咬下大口鱼丸，吃得津津有味。也对，很多美好瞬间不都发生在意料之外吗？宇宙迷人的地方就在于它永远有未知的事情在发生。那个偏离轨迹的篮球本来只是彼此生活中的一点意外，但往往正因为这一点，就延伸出无数故事画面来。

2

日子久了,陆川发现陈乐这个人除了嘴巴贫一点,臭美一点,自恋一点,其他方面基本完全符合社会主义接班人的条件。他有自己坚持的善良,哪怕这种善良在很多人眼中是傻里傻气。

他会从口袋里掏出一张干净的纸币认认真真地递到偶遇的乞讨者手中,也会笑着接过每一张塞来的传单。陆川问他,你知道社会上有一种工作是职业乞丐吗?他们就像上下班一样,白天换上可怜人的装束,晚上就是躺在家里数钱的富人。

陈乐耸耸肩回答,你怎么知道遇到的一定都是假的,万一是真的呢?当我还不能够完全判断一件事的真假时,我希望自己能够听从内心的声音,不后悔就好。

不后悔就好,多简单的人生信条。陆川每每回忆起那天傍晚的阳光时,空气里都会晕染上一股蜂蜜的味道。淡淡的幸福与香甜,是那年冬天最好看的夕阳与少年。可是后来,陆川为什么开始讨厌陈乐呢?好像是一句话,一句大家无意说起随口就忘的玩笑话,落在陆川耳朵里,心中却开始泛起一层层涟漪。

这天陈乐来找陆川还作业,并附上一排酸奶以表对陆川愿意时常提供作业帮助自己进步的感谢。陈乐刚走,陆川便被几个平时都没怎么说过话的同学围住。

"喂,陈乐是不是喜欢你呀,或者你是不是喜欢他啊?"这个问题令陆川不知道该如何回答。有些人总是喜欢围在一起把别人的事情撕开来看,以八卦为己任,真是天真单纯得可笑。

陆川嘴上说着没有,但事实是她开始有意无意地躲着陈乐。人类真是种复杂的生物,发现自己喜欢上别人的第一反应就是一定不能被对方发现。好像实际行动和内心期待反着来,就能够获得演技爆棚的快感一样。

有时候她会站在楼道里左顾右盼,期待看到陈乐像往常一样朝自己挥舞双手,但当陈乐真的活蹦乱跳地出现在自己眼前时,她又很想躲。这种感觉太糟糕了,陆川觉得自己体内的每一个细胞都在挣扎咆哮,不知道该听谁的好。她说自己讨厌陈乐,其实她知道,自己讨厌的是这捋不明白的拧巴。

更要命的是,陈乐好像一点没有察觉到她的不自然。一样在门口等她放学,一样孩子气地抢她关东煮里最后一颗鱼丸。他的身体里就像装着一个24小时不打烊的加油站,无论陆川怎么躲闪,他的脸上永远是阳光灿烂。或许生性明朗的人就是这样,像个小太阳,由内而外地生产能量,直到用温暖彻底攻陷对方。

3

两人这种敌退我进、敌跑我追的相处模式一直持续到高考结束,整栋高三教学楼都沉浸在战役结束的欢声笑语中。

陆川则在努力把眼前的画面一帧帧地刻录在脑海里,这是仅属于他们的年少时光。如果唯一有遗憾的话,就是最后一门学业试卷她上交了,但日记本上的疑惑她还没有找到答案。

"他是不是喜欢自己"这个问题要不要去找陈乐要个答案?快刀斩乱麻,无论结果是什么,都好过现在这样胡思乱想,以前她坚持的逃避法则在感情问题上失效了。

不过最后还是陈乐先开口的。回家路上,他把一本翻到泛黄的《西游记》塞到陆川手里,然后问她:"你说《西游记》九九八十一难中,哪一关最难?"陆川想了想说:"三打白骨精,真假美猴王,被真心对待的人冤枉误会,最信任亲近的人分不清哪个才是真正的自己,这种委屈消化起来最难。"

陈乐点头:"难是难,但这只是一个人的难,还有一关是两个人的难,难上加难。"陆川问哪一关,陈乐看着她说:"女儿国,所有妖魔鬼怪加在一起都难不过情关。更何况,还有一个人总是在闪躲。"

即便陆川是个傻瓜,此时也能听懂陈乐的意思了,只是难为他这么直性子的人为了试探对方的心思要绕这么大一个弯子。这么一想,陆川竟忍不住想笑,原来所有人在感情面前都会变得谨慎胆怯,好在喜欢足够强大。逃避没用,越逃追得越紧,越躲越会露出小马脚。于是林荫路上的她,笑着露出两颗小虎牙。

来生太远,不如现在就去来碗关东煮,鱼丸给你,我也给你。

(梁衍军摘自《哲思·彩版》2020年第1期 图/月儿)

差点错过你

□ 昕木

1

"我喜欢的人是你。"

当我疯狂地在QQ上输出火星文的时候,陈尤在把这句话发了过来。句号结束,看起来不像是恶作剧的样子。十八岁少女的心里明明咯噔了一下,但最终恢复理智。

"你喝醉了?还是玩游戏输了?"

"我没喝酒,也没有玩游戏,此刻就坐在我家的沙发上,脑袋清醒地给你发信息。不是,是告白。"

长大,或许是从告白开始的吧,十几年枯乏的学习生活往往会在高考结束后被巨浪揉搅,底部的沉沙终于在这一刻正大光明地出现。其实很长的一段时间我都不大敢真诚地直面他。对他,我始终有一份亏欠。

他显然没有预想到我的应对方式,在我说完一大堆拒绝他的理由和祝福的话之后,便很长一段时间都没有再给我发新的消息。你看,理科生还是十分理智的,懂进退。

2

我跟陈尤在,说起来也算是青梅竹马。

初一第二学期,班主任领来了一位新同学,就是陈尤在。他看上去很高很瘦却弓着身子,自我介绍时声音也是低低的、弱弱的,感觉轻易就会被人遗忘在土地的小角落。放学后我竟发现跟他是邻居,此前陈尤在和他的家人住在镇子上,后来家人听说城里的学校好,咬了咬牙在城里交了两年的房租,为的就是把他培养成才。

得知我俩是同班,陈尤在的父母直接拎了一篮子鸡蛋敲开了我家的门。叔叔阿姨看起来很淳朴,也不进屋,就在门口把鸡蛋递给了我妈,陈尤在低着头跟在后面,看不清表情。

事情本来很正常,问题出在陈尤在来学校第一天的鞋子上。他穿着一双崭新的,鞋头被擦得发亮的解放鞋。这种鞋子,我只在军训的时候穿过。

陈尤在的这双鞋让班里的男孩们有了新的取乐对象。接下来的一个月,我时常看见陈尤在拿着橡皮擦拼命擦拭书本上的污渍,看着他坐上湿漉漉的椅子,看着他换了一支又一支的笔。陈尤在的摸底成绩很差,老师们干脆睁一只眼闭一只眼。之后男孩们仿佛收到指令,一到课间便勾住陈尤在的脖子,让他陪同去"上厕所"。女孩们虽然不参与,但也没有人愿意与陈尤在扯上关系。

陈尤在说我是那一刻成为他的小仙女的——腾云驾雾而来,解救了他。

大概是陈尤在转学过来的第三个月,学校举行了第二次月考,他的名次一跃而起,排到了年级第十名。他突然成了老师眼中的重点保护对象,座位调到了前排,偶尔还能开个小灶。

这种转变令班里其他学生有了怨念,他们十分不爽,开始付诸行动,在体育课上号召众人将他的鞋子扒下,丢进那个深幽幽的湖里。而我呢,恰巧偷懒想乘凉,悄悄找了棵大树准备躺下,最后目睹了这一幕。

然后我脑子里闪现了那篮子鸡蛋,便不自觉地向着水深处行进。好在学校为了大家的安全,冬天的时候将湖水抽掉了三分之二,至今没有加水,我才能这么轻松地捡回鞋子。

不过陈尤在的鞋子最终还是湿透了。我把鞋里的水倒出来,又甩了几下,接着我就发现了这双解放鞋的秘密。外面是崭新的布料,里面却是大大小小的破洞

补丁。我从来没想过有人可以艰苦到连一双全新的鞋子都无法拥有，脸上立刻感觉到火辣辣的。

我尽量假装冷静，拎着鞋子找到了陈尤在。此刻他光着脚到处在找自己的鞋子。我快步跑到他面前，递上了鞋子，他低着头说了声谢谢，知了的声音响彻树梢，我怀疑那两个字是自己听错了。

3

后来的事情就变得可爱得多了。我恳请班主任帮我换位置，变成了陈尤在的同桌，美其名曰互相督促学习，实际上是暗中想要与他靠近。我年级排名一直维持在前十，班主任没有拒绝，只是说下次要看到我们进步的成果。

我当然是信心十足的，我被陈尤在的父母请去当辅导老师的时候，早就发现了他其实十分聪明。尽管如此，我还是经常一下课就拽着陈尤在去办公室问问题，在各科老师面前树立一个好学生的人设。

果然，战略有了效果。不到半个月，几乎所有老师都开始注意到了班里这个高高瘦瘦低着头的男孩。

陈尤在也没有让人失望，第三次月考直接拿下了年级第三班级第一的好成绩。我能感受到，他慢慢开朗起来，随之而来的，还有他身边那些漂亮的女同学。

有一次我们一起回家，陈尤在推着自行车走在我的前面，路上遇见几个同学，他笑着跟她们打招呼，风在他的背上打了个旋，校服鼓了起来，我才发现原来挺直腰抬起头的陈尤在竟是这样好看。嗯，我的心开始发酸了。陈尤在不再是那个低着头满头大汗找鞋子的人了。我应该为他高兴，不是吗？

初一很快就结束了。初中很快就结束了。

陈尤在在初三那年疯狂生长，变高变壮变帅，所以一上高中便收获了一大批崇拜者。我们班考上这所高中的人并不多，关于陈尤在过去经历的事情，谁又知道呢？男同学只觉得他是个篮球打得很好学习成绩也很好的人，女同学就更不用说了，看他的时候眼睛都能掉到地上。

而我跟陈尤在已经有了一道沟壑的距离。我尽量不再频繁地出现在他的视野里，文理分科后则更是拥有了绝佳的借口。但我又经常忍不住，在角落里偷偷看他打球，平安夜匿名将苹果塞进他的抽屉……

整个高中，我活得十分拧巴。在外人看来，我们是关系稍微好点儿的朋友加邻居，所以当陈尤在向我告白时，我真的是发自心底地吃惊。

在确认他真的没有恶作剧之后，我说出了那件让我觉得亏欠他的事情。"是我怂恿他们丢掉你的鞋子的！当时我就是气不过，也不想跟你这样的人当邻居。我根本不是小仙女，也不是真心实意想帮你。你看，我坏死了，糟糕透了。"

陈尤在几乎是秒回："如果我说，这些我早就知道呢？"

我十分震惊，早就知道却一直假装不知情，不是要我是什么？但我很快就平静下来："我觉得你现在根本不清醒，也不知道自己在做什么。十有八九你并不是喜欢我，只是求胜心作祟。等过一段时间，你就会明白自己的心了。"

"多久？"他问。

"不知道，也许明天你就不喜欢我了。"

"我是问你多久才能跟我在一起。"他再问。

"十年。"

4

十年，很多人都喜欢拿这个时间来做约定。我知道很多人也有过十年之约，但真正完成了这个约定的几乎是零。十年，不过是给人判一个长期徒刑。

十年的时间，真的可以发生很多事情。奶奶患病，家里的大狼狗老死，就连我爸也调任了三次。原先的房子早就没人住了，不再见面和失联是迟早的事情。

然而，该归还补偿的怎么也不能逃掉。这不，我在给奶奶办理住院手续的时候就与陈尤在在走廊里迎面遇上了。我们都没有尴尬和震惊，明明知道相遇的概率是随机，但彼此又好像十分默契。

不到半年我们便去民政局扯了证。从民政局出来的时候，陈尤在将我的手紧紧地握住，我打趣他："如果早知道会在一起，18岁就跟你去领证了，唉，白白浪费了十年，不然能收到多少情人节礼物啊！""你这个傻瓜，是十一年，不过礼物我还是会补给你的。"

"那这十一年，你为什么都没有女朋友？"我当然知道原因。

"因为我学医啊！"他邪魅一笑。这真是医学生被黑得最惨的一次。

（鲁刚摘自腾讯网　图/蛔菓猫）

谁追我啊,好像只有时间在追我

□ 温 难

1

2019年的清明节,任郡然来找我爬泰山,他事先查过天气,在电话里兴奋地跟我吼:"明天晚上会有一场小雨,我们后天凌晨去爬,一定能看到日出!"

任郡然的突然来访让我有些手忙脚乱,我的大学生活延续了高中时代的贫瘠与黯淡,因为太过咸鱼而显得那样了无生趣,和任郡然朋友圈里的多姿多彩形成鲜明对比。

作为一个四肢无力的当代半残女青年,我不是很能理解一个旅行爱好者的激动心情,但还是提前准备好了爬山用的工具。

任郡然和我是高中同学,三年同桌,关系好得可以同穿一条裤子,同时是我寡淡的异性缘中的唯一挚友,应当好好招待。

我在人头攒动的火车站找到任郡然,与他一起的还有一个小胖子。我带着他们去吃本地小有名气的日料,店里挂满了海浪图,天花板上缀着印有纷繁图案的花伞。任郡然坐在花伞和海浪之间,仔细打量我几眼,忽然笑了起来:"上大学之后你变好看了。"

我们已经将近两年未见,高三那年学业压力催生的赘肉早就被时间缓慢消解。去接他们之前,我还特意去了趟理发店,把发尾吹出了些许的弧度。

说不出是什么心理,见面那天我早早地起了床,为了这场见面做足了功课,仔细地上了全妆,甚至套上了一条有些不合时宜的薄裙子。舍友看着我将裙子摆满了床,不厌其烦地在镜子前比来比去,笑着八卦:"怎么?你男朋友要来?"

任郡然并不是我的男朋友,但是不知怎么,我忽然想起高三那年冬天,空调骤停的下午,寒风顺着窗缝溜了进来,我尤其畏寒,被那一小缕寒风冻得发抖。

他坐在我旁边,视线锁定在摊开的书上,过了一会儿忽然把温热的手伸了过来,将我的手攥了进去,又若无其事地用另一只手拿起笔默写数学公式。

好像有什么东西从那年他温热的手心里窜了出来,窜得如今的我心里一动。

我没有吭声,低着头抿嘴笑了笑,将秋刀鱼细小的刺小心地吐在餐纸上。

2

任郡然说得没错,当天晚上果然下起了雨,看着很小,却能沾湿衣服,我身上还套着那条在夜风中显得更加哆嗦的裙子,整个人都在发抖。

任郡然走在前面,忽然回头皱着眉盯着我看,和他一道来的朋友小胖子笑呵呵地问道:"怎么不走了?"

离宾馆还有1.5公里的距离,从日料店里带出来的热气被雨稀稀拉拉地淋尽了,路边的路灯显得异常昏暗,我就着那光看了眼任郡然,发现他居然出乎意料地好看。

情人眼里出西施,黑夜灯

我生活在妙不可言的等待中,等待随便哪种未来。——安德烈·纪德

下看美人，两种错觉，我都占尽了。

任郡然后退了两步，和我并肩走在一起，有意无意地挡着从侧面吹来的风，走了一会儿他忽然点了点我露在外面的肩膀，小声地问道："你冷吗？"

"有一点儿。"除了一点儿冷，其实还有一点儿说不出来头的紧张和期待。混在一起像是钱锺书说的冲了白开水的红酒——有一种温淡的兴奋。

任郡然将手放了下去，伸手将身上的夹克脱了，利落地披在我肩上，我裹着衣服和他并肩走，尽量装作自然，和他讨论军大衣究竟要等到什么时候才能派上用场。

3

那次夜爬泰山的细节，我已经记不太清了，夜晚就是有这样一个特点，因为足够黑所以可以模糊掉很多细节，同时也让人容易产生错觉。

因为看不清前面的路，台阶显得尤其多，我和任郡然共用一只手电筒，细小的光柱照着脚下的路，不远处有一片灯火映着，是山腰的老奶奶庙。

"听说在这位老奶奶面前许愿很灵。"任郡然拎着一桶农夫山泉，背上的背包里背着我们一行人的干粮，仍然游刃有余的样子。

"你要许什么愿？"

"不知道，保个平安吧。"他含糊地说道。

他确实是保了平安，挂绸带的时候，三条红绸带绑在一起，他在上面写："希望陪我爬山的女孩能够一生平安，万事胜意。"

泰山的日出五点半就开始了，站在海拔更高的地方，能够更早地看到日出，如果足够幸运，也许还可以看到山间的雨雾蒸腾出的云海。

我们裹着军大衣找了背风的石块坐着，静静地等着日出。任郡然轻轻地靠着我，在黑暗里好像有许多情绪在发酵，又好像什么都没有，我紧张得一动不动，又想他或许只是爬累了。

我至今仍然记得，那天的日出很美，没有任何镜头能够真实地记录下破晓那一刻带给人的震撼。

任郡然拿着相机，从第一缕霞光冒出头的时候开始录，那是很动人的一幕，年轻的男孩子裹着军大衣面朝着朝阳，整个人也像朝阳一样闪闪发光，让人移不开眼。只是后来我才明白，让人移不开眼的其实只是他身后的日出。而我和他都是这阳光下的芸芸众生，是最普通的一个。

4

我和任郡然没有理所应当地有进一步的发展，只是一个我认识五年，因为太过熟稔而显得没有任何吸引力的老朋友。

那之后我和任郡然之间的联系比以前更密切了些，也去过他的城市短暂旅行，他带着我逛了一条长长的过于繁华的商业街，冰淇淋，玩偶公仔，热腾腾的鸡蛋仔，可可奶茶和煲仔饭，大多数女生谈恋爱时的每一样我都体验过了，可好像也不过如此。

离开的那天晚上，任郡然买了很大一盒水果拼盘，让我带在火车上吃，离别前夕，多么适合表白，我们彼此却都没有说话。

再后来，2019年的七夕，他的朋友圈动态更新了两张合照，是他和一个陌生女孩的合影，那女生很漂亮，在美颜滤镜里温柔地笑着。

我很喜欢的一位作家曾经在访谈里说："爱情本身是一种喜悦。"

人生不能缺少这种喜悦，可同时，爱情也是一种错觉，这种错觉很珍贵，往往转瞬即逝。她说得没错。

年初的时候，我终于换了新手机，清理内存的时候漫无目的地翻到了许久之前的老照片，照片里暖色灯下的男生有一张稚嫩的脸，再往后是灿烂的朝阳，他的脸晕在光圈里，有种朦胧的温柔。

爱情的确只是一种错觉，更重要的是，我甚至都无法确认那到底是不是爱情——它或许连称之为错觉的资格都不一定有。

那天下午，我对着那些照片犹豫了很久，终于还是在新手机的内存角落里给了它们一席之地。

有些东西就好像手机里这些旧照片，也许此生都不会有机会再去点开，但你永远不能否认，它们曾经存在过。

哪怕是错觉呢。

（小梨摘自微信公众号"storybook" 图/果酱的酱）

鹅恋

□ 文 龙

胖鹅和瘦鹅是三爷还在世的时候捉回家来的。那是一个风和日丽的中午，三奶奶正坐在门前打着瞌睡，忽然，一个低沉的声音惊醒了她，"鸡苗鸭苗鹅苗嘞——"原来是一小贩正在东首黄江路上扯着嗓门吆喝。

贩子用摩托车驮着的网箱里一对淡黄色体毛的、眼睛黝黑黝黑的公母鹅让三奶奶情不自禁地欢喜上了。一番讨价还价，三奶奶抱回了这一对鹅。

经过三奶奶的精心照料，这一对鹅快速地成长，活力四射。就连躺在床上的三爷，也强忍着病痛的折磨，时常到鹅圈来看两眼。

日子就这样平淡地过着，当两只鹅褪去一身稚毛，由淡黄色变成一身大白的时候，三爷却走了。可三奶奶每次来给鹅们喂食，仍不忘扯着嗓子喊一声："老头子，鹅又长大了一点。"每当夜幕降临，炊烟散去，三奶奶一个人坐在堂屋里发呆的时候，耳边仿佛又传来三爷的叫喊声："水好了，回来泡脚哪！"三奶奶沉浸在一种无边无际的思恋中。

让人略感意外的是，吃的是一样的食，一样的生活环境，几个月过去了，鹅的体型却发生了分化。公鹅变得格外彪悍凶猛，母鹅变得柔怜瘦小。尽管如此，公鹅看着母鹅的目光却越来越温柔怜爱起来。三奶奶就顺嘴给它们命了名，胖鹅和瘦鹅。

三奶奶每次打开圈门，给鹅们放风，胖鹅总是让瘦鹅走在前面，尽显男子汉护花使者的风采。偶有冒犯者，来逗它们玩，胖鹅总是伸长脖子，"嘎嘎"地叫着追出好远。

当金黄的油菜花盛开的时候，远嫁在江南的二女儿回来了，这给了三奶奶一丝宽慰。三爷走了，三奶奶常常一个人在家，想着三爷暗暗流泪，两个女儿经常回家来看看，宽慰不少。不过二女儿的儿媳妇快要生了，这次回来也是给老娘打个招呼，今后一段时间恐怕不能经常回家看老娘了。临行前，二女儿说："妈，我捉一只鹅带走吧，到时好给媳妇补补身子。"三奶奶看着二女儿恳切的眼神，心里一软，忙说："好的，你捉吧！"

就这样，瘦鹅就上了二女儿的车子，过江到了江南。

这天夜里，自三爷走后就时常睡不着觉的三奶奶，半夜里忽然听到鹅圈里传来胖鹅的叫声，随即又没了声音。三奶奶忽然涌起不祥的预感，连忙起床查看，只见圈门大开，舍内空空如也。

三奶奶急忙大叫起来："有贼，快来抓贼啦！"大家在附近房前屋后、河坎、沟渠边到处找了一圈，什么也没发现。

就在三奶奶在院子里、在房前屋后直转圈的时候，村前头美兰婶到村东头去收油菜籽时，发现路边有一只鹅正往东赶路。美兰婶赶紧吆喝人把鹅捉住送给三奶奶。胖鹅失而复得，三奶奶喜出望外。可众人刚走没多久，胖鹅又从圈内拱出来，一声声"嘎嘎"叫着，径直往昨天的方向冲去。如此两天，只要胖鹅一被抓进圈，就"嘎嘎"地叫个不停，但三奶奶打开圈门，它就要往外冲。

东村的王细林养鹅多年，听说这事以后，专程来到三奶奶家，说："三奶奶，胖鹅不为别的，只是太恋瘦鹅了。""那怎么办呢？"三奶奶愁眉苦脸地问道。"好办哪，赶紧把瘦鹅再抓回来。"

一语点醒梦中人，三奶奶恍然大悟，连忙拨通了二女儿的电话，二女儿听说此事，说："幸亏还没宰了它，我这就赶紧把它送回去。"

家门口，跳下车的瘦鹅嘎嘎叫唤着，胖鹅从鹅圈里跃出来，飞快地迎上去，两只鹅嘴颈相交，无限亲热。

(一二三摘自《江海晚报》 图/兜子)

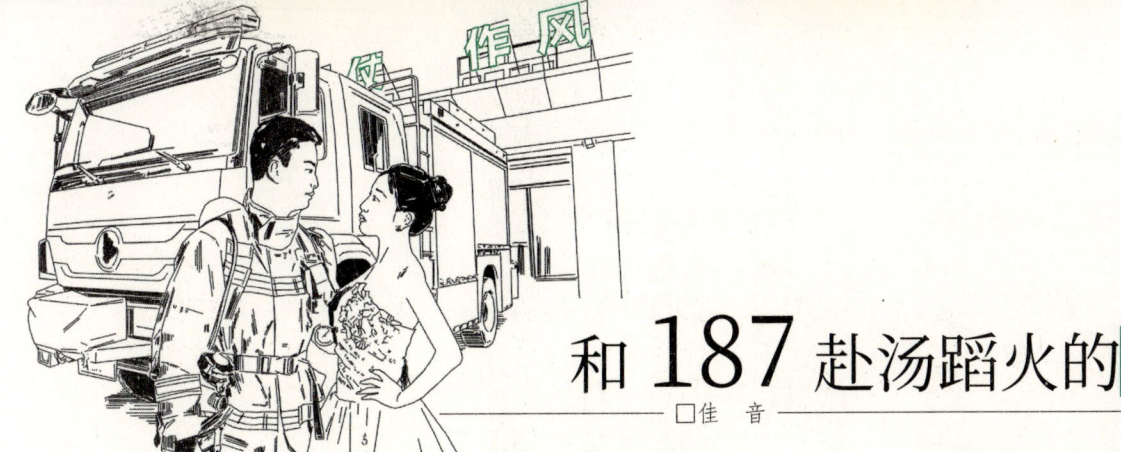

和187赴汤蹈火的爱情

□佳 音

这个世界上，不是每个人都能配置超快的网速，你想下载什么、玩什么都行。大部分人宽带很窄，有人甚至没有宽带。

田老师跟187抱怨她的这届学生没朝气，都是走路怕踩蚂蚁，吃饭怕噎着型的。187建议拉出来到他们消防队遛遛。

校长居然把整个年级的师生都带来了。187和队友给学生展示了执勤战斗车辆及随车器材的功能，介绍了预防、制止火灾的正确方法和科学自救措施，表演了个人防护装备和登车出警一起，时间不到一分钟，太神速了。学生很惊讶，田老师也是第一次近距离了解消防员，比187吹的还好。

参观完，学生争先恐后与消防员合影，气氛异常活跃。

这时，187从天而降，拿着花，郑重单膝跪在田老师面前，求婚仪式突如其来，田老师感动哭了。这是校长和消防队领导策划的，田老师不知情，女老师很羡慕又无奈，让自己的男友以后该如何求婚呢？这么高的规格摆着呢。

田老师是学校的骨干，三十岁出头，跟187认识纯属偶然。

那天出警，扑灭火后，187和队友特意将梯子搭到二楼，查看有没有火，有没有人员受伤。二楼是田老师家，她正看书，窗口突然冒出一个"头盔"，"头盔"疲惫的脸上一层黑气，田老师吓了一跳，开窗。告知一切都好，187要走，田老师说有门，干吗要从窗户看？态度跟训学生似的。187不言语，只是露着白牙笑，隔着窗，田老师非要给他一杯水。187看到了田老师的书说："你是作家啊？"田老师说是一中的老师。187说经常从一中校门口路过，做梦都想找个一中的老师当对象。

田老师觉得这人挺逗，欢迎他到学校玩，就这么认识了。因身高187厘米，田老师就称他187。两人日久生情。

田老师常查岗，187回"在站岗"；田老师让拍照片，187说"保密，不能拍"；田老师再找他，187说"在跑步"；等一会儿再找，回"在训练"；一个小时后找没信息了，出警了。田老师揶揄他："难怪你找不到媳妇，你简直刀枪不入，无懈可击。"

田老师也一样，硕士毕业后带了两届学生，成绩超棒，三十岁的人了，还不找对象。校长说了谁要是给介绍成，请吃海鲜，另外送十六个猪蹄子。

田老师争当高一班主任时，校长心说："又完了，这三年甭想嫁出去了。"

有次接田老师下晚自习，有个自负的优秀学生课上睡觉，田老师觉得这学生思想有问题，187说让他跟学生谈会儿。第二天学生主动跟田老师保证，以后好好学习。田老师后来问187怎么谈的，187说："我就告诉他，平时专心训练，战时才能得心应手。"

学生喜欢跟187在一起，一觉得班里懈怠了，田老师就让187上节思想课，效果奇好。187跟学生讲，听见警铃自己脑子还没做出指示身体已经跑了，学生也一样，上课了心要迅速回到书本上。

暑假时，正好187休假，两个人约好去187老家，田老师到了车站，187临时有任务，田老师放话："你不来，我就走了。"187要去赴汤蹈火，以为田老师生气了，只好说回来请罪。没想到再接到信息，田老师已经到了187内蒙古的老家。187自豪："我得多有魅力，田老师你得多恨嫁吧，追到俺老家了。"

当然田老师也不是两句甜言蜜语好打发的，要求跟消防车一起拍婚纱照。187同意，当然，照片背景有队友，效果别出一格。

187知道田老师很有名，教学好，脾气直，很多家长都怵她。其实有队友的孩子就在田老师的班里，田老师还训过队友，坊间传说，田老师曲高和寡，得当一辈子老姑娘。

爱情就是这样吧，我用自己喜欢的方式悄悄等你。

（大浪淘沙摘自微信公众号"心动了"

图/点点）

少年，我先爱为敬

□ 宋小君

硬糖的女朋友王婷，拥有一个平凡普通的名字，这个拥有平凡名字的女孩，却折磨了他整个青春。

年少的爱情，灿烂热烈，而又天妒英才一般短命。

王婷突然间变心，让硬糖无所适从。但出乎意料的是，硬糖很快找到了他发泄的方法。作为学校领导器重的人才，硬糖得到的新任务是办一份校报。硬糖充分发挥了他失恋之后的悲伤特性，把每一个栏目都变成了倾诉自己痛苦的渠道，连社论都写得柔情蜜意，聚焦情感。

硬糖充满了柔情蜜意的文字折服了一个女孩。女孩的名字叫凤梨，比硬糖小一届，大概是从来没见过有人能把校报办成言情杂志，倾慕不已。

"特立独行的人，往往具有致命的吸引力，女孩这种生物，天生的飞蛾，不扑火都难受。"凤梨后来意味深长地说了这句话。

凤梨加入了硬糖所在的文学社，搞得凤梨喜欢硬糖这件事路人皆知。

硬糖没想到凤梨比自己还狠，还没从失恋阴影中走出来的硬糖竟然有点招架不住。

"我不能接受你，因为我心里还有一个人。"他这样拒绝凤梨。

凤梨接下来的几句话，却又让硬糖觉得惊心动魄。"没事，我还年轻，我有的是耐心。我早晚弄死你心里那个人。"

就这样痴缠了一年，直到毕业来袭。我们有三条路可以选：考研，考公务员，校园招聘。硬糖的决定却让我们大吃一惊："我要去新疆，支教两年。"

我们当然不理解："去新疆，一待就是两年，你要考虑清楚。"

硬糖说："我做事从来都不考虑后果，只听从自己的内心。"

等我们要骂他的时候，他又补充："我真想去，其实就是为了散散心。"

我们恍然大悟，多少有些逃避的意思：逃避和王婷有关的回忆，逃避凤梨紧锣密鼓的追求。但是一定要跑到新疆那么远吗？

我找到凤梨，组了个局，希望凤梨劝劝硬糖，考虑清楚。

凤梨一开口，大家都傻眼："去吧，我支持你。"硬糖感激地看着凤梨。

凤梨说："你去两年，我就等你两年。中间我会去看你，我查了，从烟台到新疆，K字打头的火车42个小时3分钟，然后坐汽车到你那里，两个小时。我会

与海为邻，住在无尽蓝的隔壁，却无壁可隔，一无所有，却拥有一切。——余光中

把每次去看你的火车票攒着，有一天你要是娶我，我就把火车票裱起来挂在我们卧室，每天早上都提醒你，我有多爱你。你要是不娶我，我就把火车票裱起来，挂在我的卧室，每天早上提醒我自己，我有多爱你。"

凤梨说得理直气壮而又斩钉截铁，我忍不住鼓了掌，硬糖忍着眼泪，再一次吐露心声："对不起啊，我也想接受你，但我接受不了，我心里有人。"

凤梨笑得很宽容："你心里有别人，我心里有你，别人走远了，我还在身边蹦跶，谈恋爱这种事，拼的就是谁比谁撑得久。"

当天晚上，凤梨和硬糖都喝醉了，两个人凑在树底下你吐一口，我吐一口，像是在谈情说爱。

硬糖去坐火车，我们去送行，凤梨没来，硬糖依依不舍地上车，一步三回头。

我们往回走的时候，看到凤梨靠在柱子背后，脸上明显有泪痕，却硬撑出一脸无所谓的样子，说了一嘴："嗨，我就是怕他舍不得，我不愿意看他哭哭啼啼。"

那是我第一次看到向来乐观的凤梨掉眼泪，我很想有一天让硬糖告诉我，凤梨的眼泪是不是凤梨汁味儿的。

硬糖去了新疆，凤梨坐42个小时火车，2个小时汽车，去看硬糖，风尘仆仆。

见到硬糖之前，凤梨特意掏出镜子补了补妆，但美丽的笑容挂在憔悴的脸上，谁看了都心疼。

凤梨一到了硬糖的宿舍，就俨然一副女主人的架势，连硬糖室友的衣服都给洗了，搞得室友受宠若惊。

凤梨不习惯旱厕，几天不上厕所，但又不想跟硬糖说，怕硬糖觉得自己吃不了苦。

硬糖看出来了，就给凤梨修了一个专属的厕所，四周用塑料泡沫板遮起来，在戈壁滩上，多少有些突兀。凤梨感动得不行，一天跑了七八趟。

"哪个男人能送给你一间专属的厕所呢？多浪漫。"凤梨夸耀地告诉朋友们，一脸骄傲。

凤梨第四次来看硬糖的时候，硬糖接到了王婷的电话，王婷在电话里哭得气喘吁吁："我在丽江，我很难受，我想见你。"

硬糖挂了电话，陷入了纠结。硬糖知道王婷是自己朝思暮想的人。但他莫名地想起了凤梨经过42个小时火车，2个小时汽车奔波之后，憔悴而又带着微笑的脸。

他没去丽江，而是去接了凤梨，在人流汹涌的检票口，远远地看见一身红衣服的凤梨跳起来喊他。两个人错开人流，冲向对方，来了一个如同彗星相撞的一抱。

硬糖百感交集，抱了凤梨，凤梨说："我这几天都吃不下饭，见到你突然就饿了，想吃火车站味儿的泡面。"

此后的日子，凤梨继续奔波在铁路上，去看望硬糖，给硬糖带特产，带吃的，更重要的是带思念。

硬糖同时做了几份工作，一个信念支撑着他，要努力赚钱。终于，他觉得时机成熟，向凤梨求婚了。凤梨松了一口气："我终于等到这一天了。"

为了能给凤梨一场记忆深刻的婚礼，硬糖绞尽脑汁。婚礼前一天晚上，硬糖叫上我们几个朋友，把新娘到新郎家里一路上所有的古力盖（注：井盖）都贴上红纸，一直贴到凌晨四点，贴了整整一宿。我们筋疲力尽，为什么马路上要有那么多古力盖？

婚礼现场，最显眼的就是裱起来的密密麻麻的火车票，烟台到乌鲁木齐，K字打头的火车，42小时3分钟，见证着这么多年以来，两个人的点滴，像一封又一封情书。

硬糖舍命地亲了凤梨。我们都努力地鼓起掌来。

你我都生活在平凡里，有时候得不到，有时候舍不得。爱情里悲欢离合难免，有人被击垮了，有人妥协将就了，世俗生活开始给爱情设定考量标准，有没有钱，有没有房，舒服不舒服，容易不容易。

爱不爱，敢不敢爱，是我们在一段感情里，唯一要回答的问题。

希望你我都做个敢爱的人，不辜负年轻，不辜负爱情，互为奖赏，奖赏我们为了心爱的人疯狂一把的机会。

少年，我先爱了，你且随意。

(sky摘自简书　图/吴敏)

世界上最费力气的事就是谈情说爱,你必须全神贯注全力以赴而且要全心全意。你幸福的同时你痛苦,你激动的同时你沮丧,你喝不下水你吃不下饭,你一宿一宿的眼珠子瞪得锃亮……这就是热恋啊!

我认识的一个小伙子恋爱了,他所爱的姑娘也许太漂亮了,所以使他有点神魂颠倒。因为他不断地在我面前表现出以往没有过的精神抖擞,但也不断地在我面前表现出以往没有过的垂头丧气。

发烫的爱情

□邓 刚

现代青年营养太丰富,感情也太丰富,只要两个人相约在一起,就永远也说不完谈不完亲热不完,深深的夜里他送那姑娘回家,在姑娘家门口恋恋不舍难分难离,姑娘又把他送回家;在他家门口缠绵一阵之后,他又把姑娘送回去;这样反反复复两个人相互一直送到天亮。而分手不到一分钟就又开始相互发甜蜜的信息,一直发到手机发热,手指发麻。可令人奇怪的是,他们俩既然有着没完没了的爱,却不知为什么又有没完没了的恨。一个无意的动作,一句随意的话,都会使他们从海枯石烂猛地跌到一刀两断,从身心愉悦陡然转化到身心俱焚。爱情确实是沉重的工作,小伙子几天就瘦得只剩下两个眼珠子闪闪发亮。我为此觉得减肥的最佳方式是谈恋爱。

只要这个小伙子不见踪影,我就知道他正在热恋;只要他敲响我的家门,我就知道他爱出麻烦来,需要到我这里来寻找安慰。这时我并不动声色,只是冷冷地看着他,听他倾诉其实并不存在的悲哀。我决不说你要冷静,你要抑制,你要理智,因为这是老人的语言。尽管我知道热恋犹如腾空而起的飞机,无论飞得多么高、多么快,最终还是要落到地面,无可奈何地回到正常的生活轨道。

我盯着小伙子被爱烧得发热的双眼,如此发热的双眼只能模糊地看世界了。我实际上已知道这两个热恋的年轻人背后正布满危机。姑娘的父母认定小伙子轻浮并且没有大学文凭,小伙子的父母恐惧姑娘的浪漫,而且不相信她会是一个过日子的贤妻良母。两家的父母早已露出微词,但被爱情烧得滚烫的两个可怜虫置若罔闻。每当看到他们俩在路上亲热依偎着漫步时,我的心尖都情不自禁地波动,并断断续续地波动出莎士比亚悲剧的情节。

终于有一天,那个小伙子木然地走进我的家门,完全像从战场上败下来一样,空洞的两眼和消瘦的身体使我感到他肉体和灵魂都遭到重创。他首先是狠狠地吸了几口烟,然后又长长地吐了一口气,苦笑着说了句——我做了一场梦。良久,又加了一句——一场噩梦!我说从我对生活的观察中,早已得出热恋极少成功的概率。他吃惊地抬起头,说你怎么不早说!我说在你昏头昏脑之时打你也没用。我说你也不要这么悲观,你至少享受到了热恋的幸福。那是何等的畅快淋漓,不是谁都能热恋的!小伙子听到我说这话,竟热泪盈眶。

是的,一个人如果冷静和理智地进入爱情的海洋里,也许能比较顺利地游到彼岸,但他永远不会知道爱的真正滋味。没有激烈激奋就没有激动激情,没有忘乎所以就没有忘我忘情!在爱情中彻底溶解虚伪的躯壳让心灵与心灵拥抱,即使是易于受到伤害,即使是让旁观者感到可笑,那也是值得的。因为你年轻,热恋是你的专利,所以你必然要情不自禁地进入热恋,不要太功利地计算成败吧,热恋本身就是难得的胜利。

(大浪淘沙摘自《你的敌人在镜子里》大连出版社 图/木木)

也许天长地久可以做如此解:你一生中只要有那么一刻,你全心投入去爱过一个人,那一刻也就是永恒。你一生中有那么一段路,有一个人与你互相扶持,共御风雨,那么那一段也就胜过终生了。——白先勇《树犹如此》

一颗杨梅和夏天谈了场恋爱

□暮易

尝过一颗如乌紫珠玉般的杨梅，便感到真正的夏天来了。满街欲红燃。这边红了樱桃，那边艳了荔枝，杨梅也恰恰妍丽。

"众口但便甜似蜜，宁知奇处是微酸"，方岳在《咏杨梅诗》里早已道出玄机。不似一些糖分浓厚的水果，只是一股脑儿地甜，甜中挟酸的杨梅浆甘汁丰，吃起来往往暗自销魂。微深染紫的一颗颗，泡过盐水，丢进嘴里，任口齿收割这一茬茬清郁的甜汁，舌尖还逗留着一丝俏皮的酸，溽夏狰狞的暑气顷刻烟消云散。

杨梅的酸很轻盈，如雨如丝，若即若离。蜻蜓点水一般将舌头晕染，再速速消弭，正契合夏日里那些隐秘又颤动的情愫。

因为昙花一现的娇柔，只得将杨梅熬成酱制成干，或是浸在酒里存其丰韵。母亲最喜做杨梅酒，只需用清香白酒、黄冰糖作配。轻酿一月，杨梅酒清醇而甜酸萦齿，小酌一杯，气舒神爽。

在酒里酣过几天的杨梅直接掏出来吃，味道甚是飒爽。本是轻巧巧的曼妙滋味，一下子沾染上馥烈的酒气。细若游丝的酒意在肆意奔涌，时而低回，时而升腾，感到一股绵延的热气在身体里游弋，让人上头。

杨梅可制酸梅汤。不同于干爽且带着烟火气的熏乌梅，杨梅的鲜嫩劲儿为酸梅汤增了一分清爽的果香。将山楂干泡软，同杨梅甘草冰糖熬煮，凉凉，冰镇过，饮之畅怀。午后碎光流溢，人和杨梅球都懒散地浮游在一斋嫣红里，盛夏就这样涓涓而去。

江南富庶，杨梅亦俏。梅雨霏霏，杨梅应时争艳。吃完东山温润的白玉枇杷，西山灼艳的杨梅又接踵而至。

杨梅是苏州人心里的千般好。有诗云："怪杀吴人不出乡，杨梅五月荐新尝。"一到五月，被美味牵绊的苏州人宁愿不出门远行，都要争相奔去各个山头大啖杨梅。

更有资深吃客，还未见得梅子真容，已经在迫不及待地思量杨梅出山的时间了。毕竟，那赤红可人的骊珠，谁不爱呢？

说杨梅还不得不提浙江。浙江人论起杨梅总是眉飞色舞，满满傲气。《越郡志》载有："会稽杨梅为天下之奇，颗大核细其色紫。"其中说的会稽即为现今余姚、慈溪一带，实际上浙江各地的杨梅都声名远播。台州仙居号称"中国杨梅第一县"，尤以东魁之品为最。

杨梅品种繁多，东魁，顾名思义，是东方的魁首，因其色艳味珍在浩浩杨梅界一举夺魁。大如乒乓，紫红圆融，真像一团烧得炽烈的火炭。因为个头饱硕，吃这杨梅不能一口囫囵，只得扬起肥厚的肉球一片片开垦。听充沛香甜的汁水尽情在口腔里漫溢，占领城池。吃得尽兴了，哪管脏污，无怪乎说食杨梅要"十指纤纤尽红染"才算意趣双全。

流光容易把人抛。所以枇杷熟了吃枇杷，樱桃红了就去采撷，也是在这些鲜盈的味觉光色的感知里，方才感到自己是真真切切地活着，没有虚度锦绣四季。杨梅也要赶着趟儿吃。她十分骄矜，只在五六月现身，甜蜜期短促。骄纵小姐似的，风火而来，抖落一身浓艳又决然离去。

她又像是王佳芝那样的女子，装着决绝的信念与使命，只身将自己付于危难丛丛的险境。纵使结局凄惶，她那些杳渺的眼神，朱唇鬓发与墨绿旗袍透出的欲说还休，频频的秋波暗送，却是每一帧都能将男人女人的心魂勾去。

想到这，再看看手中的杨梅，更想怜香惜玉地吃起来，不愿辜负一丝一毫。

(小梨摘自微信公众号"三联美食" 图/李倩莹)

喜欢的话

□ 小 狮

阿彦从小就是大院里的皮猴儿,骚话多,到处蹦跶。他贱兮兮地长到了十岁的时候,陈筠一家搬进了大院。

大院说是大院,其实是某机关单位所属分处,除了有家属楼,还有所属单位学校、单位医院……综合来看,就是个微缩社会。一个大院里的人低头不见抬头见,家长们都在一块儿上班,孩子们都在一块儿上学,藏不住秘密,互相都熟得跟一家人似的。

阿彦第一次听说陈筠的名字,是家长们闲聊时说到的,说陈筠是个话少文静的女孩子。阿彦回想了一下大院里一起玩到大的那些疯丫头,实在想象不出来"话少文静"是个什么样子。他还信誓旦旦地说:"我就不信了,遇上我还能话少?看我把她整治成话痨!"

陈筠瘦瘦的,五官淡淡的,但阿彦就是莫名觉得这女孩子长得还怪好看的。可惜的是,陈筠好看是好看,气质却有点儿冷。

阿彦的话痨生涯遭受了第一次挫败。

学校的老师们都知道阿彦是个管不住的,就专门安排新来的陈筠和阿彦坐了同桌。这一安排,他俩就从小学一路当同桌到了高中。阿彦使出浑身解数,陈筠却连个多余的眼神都不给他。阿彦没能把陈筠改造成话痨,反倒被陈筠压制得服服帖帖的了,上课再也找不到人跟他说小话了。

他怎么想怎么觉得不甘心,对着陈筠就是一通问:"陈筠你怎么回事啊?你为什么就不爱聊天呢?你是不是有什么心事啊?跟哥哥我聊聊呗?"

眼见陈筠毫无反应,阿彦最后下了个结论:"这天底下肯定就一个像你这样的人,你可真是个奇葩。"

陈筠这次理他了,说:"先撩者贱。"

这天,聊不下去了。

到高三那年,有一回聊到高考的志向,周围的几个同学都聊得热火朝天,陈筠却还是看她的书,一言不发。阿彦故意想要惹她,就在旁边特别夸张地跟周围的人说:"哎,对呀,高三了,咱大院里可没有大学,等高考结束,我就能摆脱陈筠了!终于!"

陈筠肯定是听进去了,她看了阿彦一眼,头一次主动问了阿彦一个问题:"你打算考去哪儿?"

阿彦吓得一哆嗦:"我不告诉你!"

陈筠便再不搭理他了。

阿彦没想到,陈筠看着冷冷的,但其实并不是他以为的那样冷漠。

高考前夕,阿彦放学路过一条小巷子,竟然看见陈筠被几个小混混拦住了。阿彦急了,冲上去就拦在陈筠前头,一看小混混里有个眼熟的,就赶紧大喊出那个人的名字,又虚张声势地说:"我回头就告诉你妈去!"

人吓走了,阿彦急吼吼地就要教育陈筠:"虽然都是一个大院里的,但总有那么几个不学好的,你平时连我们都不搭理,怎么惹上他们了?"

陈筠难得没呛他,只是解释说:"他们抢小孩的钱。"

阿彦愣了一下,又说:"那……那你也别硬杠啊,回家找家长呗!"

陈筠还嘴硬,说:"你管我?"

> 仿佛天意,初夏时咬开一个草莓,就真的像吃下一颗红彤彤的心,勇气豪情顿时油然而生,一年余下漫长的日子里就能面对一切,担当一切。
> ——梭罗

阿彦快气死了,开口就是:"我担心你呗!不担心我能管你?"

陈筠愣了一下,突然没头没尾地跟他说:"你不是问我,为什么不爱说话吗?"

原来她父母只是表面上看起来恩爱,其实早在陈筠出生那年就感情破裂。两人嘴上说着为了孩子不离婚,但是各过各的,也根本没把孩子放在心上过。心一向大的阿彦头一回感觉到一颗心又酸又涩,脱口而出道:"别哭,以后哥哥疼你。"

陈筠白他一眼:"滚。"

两人大学真的考到了不同的学校。

阿彦被管束惯了,到了大学一下子如同被放出的野狗,欢快地浪了几个月,才想起来联系陈筠,问她大学过得怎么样。

陈筠给他发了一张截图,外加一句话:"这天底下不止一个像我这样的人。"

阿彦一看,陈筠发的是和一个男生的聊天记录。两人聊的内容不少,但都惜字如金,你一个字,我两个字的,看着居然还莫名有种和谐的感觉。

阿彦突然就酸了。

放假回老家,阿彦越想越气,找了人院里一起长大的兄弟倾诉心事:"我感觉我喜欢上陈筠了!"

兄弟居然还挺意外,意外的却不是阿彦喜欢上陈筠,而是:你们还没在一起啊?

阿彦莫名其妙:"啥?你说啥?"

兄弟问他:"你看,陈筠虽然话少,但跟你说得最多。你虽然话多,但明知人家话少还要去招惹。喜欢一个人,可不就是这个样子?"

阿彦顿悟,终于下定决心给陈筠回了消息过去。

他说:"你跟他话太少了,不合适。要不,你还是喜欢我吧。以后你不想说的话,我替你说;你想说的话,就多和我说,我都听着呢。"

(梁衍军摘自《花火·彩版》2020年2月B 图/果酱的酱)

情书

□沈从文

一个白日带走了一丝青春
日子虽不能毁坏我印象里你所给我的光明
却慢慢地使我不同了
一个女子在诗人的诗中,永远不会老去
但诗人他自己却老去了
我想到这些
我十分犹豫了
生命是太脆薄的一种东西
并不比一株花更经得住年月风雨
用对自然倾心的眼
反观人生
使我不能不觉得热情的可珍
而看重人与人凑巧的藤葛
在同一人事上
第二次的凑巧是不会有的
我生平只看过一回满月
我也安慰自己过
我说:我行过许多地方的桥,看过许多次数的云,喝过许多种类的酒,却只爱过一个正当最好年龄的人。

我为我自己感到庆幸……

(摘自《沈从文家书》人民文学出版社)

越过山丘，遇见十六岁的你

□ 钟意你

1

我有个闺密群，经常探讨包包口红化妆品、明星八卦谈恋爱。最近群里的气氛很微妙，另外三个人都对高中班级聚会这个话题避而不谈。大概是怕我见到初恋男友会尴尬，所以她们每年都会跟着我一起缺席同学会。

"五一聚会一起回去啊！"也不知道是哪来的勇气，我捅破了这层心照不宣的薄膜。"你要回去？今年组织人是陆星野。"

"是他怎么了？都这么多年了。"每当提起陆星野，她们仨都变得如临大敌，大概是因为初恋在每个人心中都是越不过去的坎，连带着亲近的人也跨不过去。

2

高二那年，我们四个被分到了同一个文科班。我们占据了左边倒数第三排和第四排的聊天黄金宝座，一天到晚都有说不完的话。好景不长，第一次月考完，班主任就强行把我们分开，而我的新同桌，就是陆星野。

在没有换座位之前，陆星野这个名字，在我们聊天中频繁出现。文科班男生本来就少，盘正条顺的更是凤毛麟角。陆星野身高一米八五，凭这一点他就已经赢在了起跑线上。

我能理解班主任的用心良苦，把陆星野安排在我的旁边，是为了磨吾心智、练吾悟性、改吾本性、成吾学业。可是他低估了我强大的社交能力，论聊天，我百搭。鉴于我的聊天天分，我和陆星野仅仅用了一个晚自习的时间，就从普通同桌上升到了宇宙兄弟。

陆星野表面上看着高冷，但混熟之后就是个智商堪忧的低龄儿童。我刷文综题的时候喜欢抖腿。在我的带领下，陆星野也开始抖腿，如果陆星野发现他和我抖腿的频率不一样，他会停下来等一下，非要跟上我的节奏。

"陆星野，你是处女座吗，这么龟毛？"被抓包的陆星野没有抬头，一副若无其事的样子。

好不容易答完了大题的最后一问，我停下来伸了个懒腰，手里的笔"吧嗒"一声掉了下去。我弯腰去捡笔，陆星野突然伸手摁住了我的头不让我起来。我早上扎了十几分钟才成型的丸子头，此刻在陆星野的蹂躏下分崩离析。

我立马把陆星野的鞋带快速解开，和桌脚绑到一起，然后挣扎着坐了起来，挑衅地看着陆星野。他一边笑，一边无可奈何地叹了口气，"你呀！"那个尾调上扬的呀字，"苏"得我浑身一个激灵，整颗心痒痒的。

3

晚自习前有四十分钟吃饭时间，我们四个凑在一起，争分夺秒地互损互怼。然后在即将上课的最后五分钟，迅速回到各自的座位上，啃完一个面包结束晚餐。有次我像往常一样把手伸进抽屉里，摸了半天也没摸出来我的面包，奇怪之余整个人有气无力地瘫在课桌上。我看了看手表，离放学还有三个小时，绝望得想哭。

陆星野吃饱喝足回来后，一眼就看见了霜打茄子一样的我。"怎么了？""咕咕……咕……"我还没开口，我的肚子就抢先回答。出乎意料的是，陆星野没有嘲笑我，而是快速跑了出去。过了差不多十分钟，他才出现在教室门口。值班老师问他怎么回事，陆星野解释自己肚子疼，上厕所耽误了时间。

陆星野从衣服里掏出了两袋奥利奥和一瓶旺仔牛奶，悄悄地塞进了我手里："你平时吃的那个面包没了，将就一下，我给你挡着。"说完侧着身子挺直了背，替我挡住了老师的视线。我靠墙低着头，开始一块一块地吃饼干。

课间陆星野拿着杯子喝水，我用手撑着头看他。陆星野回头和我的目光对上，他不仅没停下喝水的动作，反而挑眉冲着我笑了笑。我对陆星野的喜欢，在此之前，不过是一颗在土里蛰伏良

你是否也这样认为，生命的内容不是别的，而是那股有一天打动了我们的内心和灵魂，之后永远燃烧到死的激情。
——马洛伊·山多尔《烛烬》

久的种子。而他这个挑眉的笑容，就像是一场令万物复苏的雨，打在了我的心底。

我再不能毫无负担地和陆星野互怼了，也不能坦坦荡荡地拍陆星野的大腿了，我几乎消失不见的矜持，在十六岁遇见陆星野这一年，轰轰烈烈地卷土重来。

自从我变得矜持之后，陆星野就变本加厉地逗我。有个晚自习，在第五次被他怼得哑口无言的时候，我终于忍不住爆发了，"陆星野你脑壳里装的都是什么？""装的都是你。"陆星野收起了嘻嘻哈哈的笑脸，变得一本正经。我没有接话，端端正正地坐在座位上深呼吸。冷静下来之后，我和陆星野都没有逃避，大方地承认了各自心里的感觉。然后两人决定好好学习天天向上，高考完了就光明正大地在一起。

从此以后，陆星野仿佛有了未来男友的觉悟，每到饭点，他就凭着长腿优势奔向食堂，快速吃完饭之后就给我带饭。

高考考完最后一场，我们回学校收拾东西。在车水马龙的校门口，我们停下来回望教学楼。陆星野放下手里的箱子。周围相熟的同学开始起哄，陆星野笑嘻嘻地和他们胡侃，眼神却全部落在我身上。我们估计了下自己的分数，填了一模一样的志愿。不过，人生总是起起落落，最后陆星野去了上海，而我留在了湖北。

4

分隔两地的我们，矛盾越发增多，陆星野总是不分时间、不分场合地给我打电话，只要我挂了他的电话，他一定会闹情绪。

当时社团里有个学长对我有好感，在我明确表示自己有男朋友之后，学长再也没有做越矩的事情。没想到陆星野知道后就炸毛了，一声不吭从上海飞了过来。

听完陆星野的质问后，我又气又想笑，转念一想突然意识到了问题的关键："这件事是谁告诉你的？"陆星野支支吾吾半天，终于告诉我，他拜托了和我同校的兄弟"照顾"我。"你还找人监视我？"这是我们的第一次吵架，双方不欢而散。

经历过这场吵架之后，陆星野并没有任何改变，他还是要知道关于我的每一件事情。

压断我精神的最后一根稻草，是陆星野的一个电话。我们历史系有位德高望重的老教授，私下和蔼可亲，做学问时严谨认真。我有幸进了他的培养团队，在他手下和学长学姐们一起做研究。

有次小组会议，我们正热火朝天地讨论着，我的手机铃声突兀地打断了有序的讨论。我尴尬地赶紧挂断，低着头给大家道歉。大家正准备接着讨论时，我的手机铃声再次响起，教授开了口："不如你先出去把自己的事情忙完，然后回来继续。"

我无地自容地出了讨论室，蹲在门口就哭了出来，打电话给陆星野，提了分手。第二天晚上，陆星野出现在我寝室楼下，他眼中充满血丝，眼下也是乌青一片。"你饿吗？吃晚饭了没有？""嗯？没，还没吃。"

陆星野从包里掏出两袋奥利奥和一瓶旺仔牛奶，塞进我的手里，"你吃慢一点，没有老师了。"我突然就想起那个我偷吃的晚自习，他挺直了身子替我挡住老师的视线。或许是受了太多委屈，我第一次在陆星野面前哭得稀里哗啦的。"我和你分手，一方面是因为你的关心让我喘不过气。另一方面，我希望你不要什么都围着我转。我真的非常喜欢你，但是我真的特别累，对不起。"陆星野站在我对面沉默了很久，自此之后没再找过我，而我也"默契"地错过了所有见面的机会。

五一我们如约参加同学会，时隔两年再次见到陆星野，倒没有想象中的尴尬，我们互相打了招呼，中间隔着不远不近的距离。聚会结束后，陆星野问我能不能一起走一走，我点头。我们沿着江边漫无目的地走着，陆星野先开口："对不起，以前是我太幼稚了，给你制造了很多麻烦。"

"我也有错，那时候没有顾及你的情绪。都过去了，不是吗？"走到桥边上，我们停了下来。过了这座桥，再走一小段距离就是我家，陆星野回家不需要过桥。"我九月会出国读博，如果表现得好就留在那儿，不回来了。你希望我表现得好吗？"

"陆星野，祝你前程似锦。"我快步向前走，陆星野没有追上来，等我走到一小半的距离时，回头看到桥头那有个模糊不清的身影。我冲那个身影挥挥手，用尽全力喊了一句："再见呀！"你在我脑海里，永远是十六岁的模样。

（小梨摘自微信公众号"storybook"

图/月儿）

我一点都不在意你呀

□赵不易

1

我一点都不在意你,所以才不关心你边写作业边吃的蛋糕派是橘子味还是菠萝味。

反正你最爱吃的,是学校旁的巷子里,第三个路口左拐,那家味香不怕巷子深的伯伯卖的烤红薯。

有天我经过,你正"呲呲哈哈"地将一个几乎烤化了的红薯用两只手丢来丢去,几个来回后突然停住,鼓足了勇气般以迅雷不及掩耳之势撕下一块皮,张大嘴巴"啊呜"一口。随即被烫得直跳脚,不舍得吐出来又咽不下去,一扫你平日挺拔得像棵小白杨,甚至有些许冷淡的模样。

我没忍住笑出了声,正要转过头溜之大吉,你含混地叫住我,努力咽下红薯,认真地说:"喂,你别笑了!"

说完反倒自己笑起来,眼睛是眼睛眉毛是眉毛的那种好看。我也不知道这是什么破烂比喻,但每每想起那一刻,我的脑袋就会空一下,又装满一种莫名上扬的情绪。

你见我不回应,凑过来:"喏,请你吃。"你又摸了个小一点的出来,红薯的糖被烤化了,粘在最外层的皮上,第一口又焦又甜,在冷冬晕开一团雾气。

2

我一点都不在意你,所以才不关心,你放学时跑得飞快,是赶去补习班,还是抢占篮球场地。

有天回家的路上,我心血来潮想买本资料,走进那家不算大的书屋,一眼看到最里面的漫画区,你捧着漫画书笑得前仰后合。

我走过去想躲在一旁,目光立刻惊喜地捕捉到书架上《文豪野犬》的单行本,正看得津津有味,你的声音突然传来:"你也喜欢这本?"我抬起头,是跟吃烤红薯时一模一样的眼神。

我们从日漫聊到国漫,从热血漫聊到治愈的《夏目友人帐》。你买了本周边,拍了我一下。

我疑惑地看着你,你学着动漫里骄傲地说:"我把你打败了,快把名字给我。"你一本正经的样子太傻了,但我还是配合你写下来,随口问:"有什么需要我做的,请吩咐。"你狡黠一笑,探过脸:"下次一起来看吧。"

我们一路聊一路兴奋地手舞足蹈,在最后一个红绿灯路口处又站着说了半天废话。

诸如:"其实我很好奇cosplay(角色扮演),但不知道怎么入圈。"

"啊啊啊我也是!"

"你知道有部和《夏目友人帐》特别像的动漫吗?"

"《妖怪旅馆营业中》?"

通篇下来,竟然没有给对方传递出一条有用的信息,除了"我和你一样"。

3

我一点都不在意你,所以才不关心,你最近上课时,怎么总因为偷偷睡觉,被老师罚站。

不记得是在哪个一起去看漫画的放学后,我望着和我们穿一样校服、排队买复习资料的同学,突然有些慌张:"我们是不是不该玩儿那么久,应该多点时间学习?"我说完,赶紧漫不经心地低头拿过一本书,等了半响，你什么都没说。

好吧，我承认，我是故意的，我想套一些小说公式，比如你回答："你哪道题不会？"或者说："我们互相抽背吧。"但什么都没发生，你似乎动也没动。我抬头看你，你比我更慌张："怎么办？明早还要抽查古文默写。"

书店里最后一个跟我们穿一样校服的同学离开了。你提议："明早要不要早点去学校，一起学习？"我立刻点头，在心里的光要溢出来时说："也只能这样啦。"

我一点都不在意你，所以才不关心，你捂着脸，喷嚏一个接着一个打不停。

可惜我翻箱倒柜找出的那小包感冒冲剂，在撕开袋子时才注意到已经过了有效期，不然上楼时和下楼的你擦肩而过，就不只是你冲我笑一笑，碰碰我；也不只是我的口袋里多出一颗糖了，那包咖啡色的小粉末会溶化在你的杯子里，变成有甜味的漩涡。

前两天这儿下了这个冬天的第一场雪，声势浩大，转眼间大地被铺白。趁着铲雪车来不及将小路扫荡干净，我躺在雪地上打了个滚儿。你阻止，说会感冒的。我骄傲地说："我才不会！"你说你也是，学我的样子打滚儿，然后脚步就沉重起来。你强撑着和我一路聊天到最后一个红绿灯路口处，连"再见"都忘了说。

你手插在口袋里，把衣服捏出一个大皱褶，这是你的习惯，每次不舒服都会这样。这样的细枝末节我还知道很多。

我知道你不开心的时候会喝很多杯水，开心的时候爱吃煎饼，知道你每天都喝不那么喜欢的胡萝卜汁，但下雨天就会换成很不健康的珍珠热可可……

可明明我连自己的习惯都不太清楚，也不是，至少现在知道了一条，是我有注意你的习惯。其实这没什么大不了，就像我会注意什么时候春风起，什么时候暮霞飞，注意一切美好的事物。

我一点都不在意你，所以才不关心你喜欢听的到底是什么歌。

我们之间更爱戴着耳机的人是我，有时你路过，会猛地摘掉我一只耳机偷听，吓得我很长一段时间不敢听《嘻唰唰》和《大笑江湖》。但我怎么都听不来林肯公园的摇滚、Jony J的Rap（说唱）及一切似乎男生比较容易喜欢的歌，只能换成流行歌和民谣。

课间你拿了字条去艺术楼，很匆忙的模样，路过我的座位时连一个眼神都没递来。字条的内容一晃而过看不真切，但无疑是下午大课间时段广播站的点歌单。

大课间里，我竖起耳朵，为了嘈杂的音响努力和教室内外的喧闹人声抗衡，最后赢的是你的名字，我一秒就捕捉到了，教室里也忽然安静了不少。

大家的目光涌向你，带着八卦的气息，在广播员念出"他说要把这首歌送给那个他很在意，也很喜欢这首歌的女生"后，各种唏嘘声此起彼伏。

歌的前奏很快响起，从头到尾没有一个音符让我觉得熟悉。

放学后我不想再去找你了，慢吞吞地收拾着书包。你似乎和平日没什么两样，渐渐把我拉回和你一路谈笑风生的状态。走到最后一个红绿灯路口处，你突然话锋一转，含糊地问："好听吗？"

"啊？"我茫然地看着你。

你眉眼弯弯："今天的歌呀？"

"噢……"我忍住些微的低落，一五一十地回答，"我没听清。"

你拽过我的手，在我手心里写起来："那现在要记清楚，它叫Almost Lover（《永远的爱人》）。其实是我总听的歌，因为我也想把我喜欢的事物分享给你。"那次，算你猜中了我的心思。

其实我们之间发生的都是太常见的小事，偶然的第一次对话、无意间挤进的同一扇任意门，以及顺其自然的相熟相望。

随便换掉主人公的名字，换一个城市和学校，也会有如此真实的故事。但往后漫漫时光，不论聚或散，我吃红薯时会想起你，路过漫画店会想起你，黯淡的傍晚、熹微的清晨和下第一场雪的日子都会想起你。

是其实很在意你的我，想起也在想方设法让我注意到的你。少年的心思，的确是和这句话一样缠绕难解的、会盛开的藤蔓啊！

（小梨摘自《中学生博览·A版》

图／麦小片）

喜欢你，真是件令人快乐的事情

□鹅 打

我每每看到那些不爱讲话的小孩，都会想到以前的自己。

那时我刚上高中，身边能聊得来的朋友很少，总是独来独往，每到吃饭时就躲在科技楼的实验室里听歌。实验室里的消毒水拖过地板留下的气味，虽然不好闻，却总能让我感到安心。直到一场雨。

那天下午，我像往常一样在实验室里吃晚饭，看着窗外下起大雨，便想着等雨小点再跑回教室。谁知道雨势不但不缓，反而更加猛烈，持续的闷雷声罩住了整间教室，轰隆隆，我害怕地蹲到地上。正在我哆哆嗦嗦流着眼泪时，实验室门"吱呀"一声被拉开——"有人在里面吗？"两指宽的缝隙中露出高起风关切的脸。男孩举着明晃晃的手机，在黑暗中为我辟出了一道光。那一瞬间，我的天空亮了。

高起风本来是帮老师检查科技楼的用电设备，因为高三要准备实验考试，却误打误撞碰到了倒霉的我。高起风走过来，问我怎么样，吓到了吗。我胡乱抹掉眼泪，瘫在地上，结结巴巴地说："没……没事，就是腿有点软。"高起风拿着手机走过来，在我旁边大大咧咧地坐下，说："雨好大啊，是不是？"他又看着我掉在地板上的耳机，问："我能听听吗？"

我愣愣地捡起一只耳机给高起风，他塞上耳机后怔在原地，因为我的耳机里没有歌，只有各种海的声音，海风的呼啸，海鸟的啼叫，这一切声息都会让我想起小时候和爸妈一起走过的那片海岸。小时候和爸妈一起去看海，是我手中握住的最后一片快乐碎片。

爸妈两年前开始闹离婚，这场搏斗中，他们很痛苦，而我也不能幸免。爸妈离婚的那天，我妈打电话给我，说："粒粒，妈妈要去另外一个城市生活了，你要好好听爸爸的话。"我一边接电话一边向科技楼走去，在校园里撞到高起风和他的朋友，他笑着和我打招呼，却撞见我满脸的泪。我趁着他们愣住的那几秒，慌张逃走。我没想到高起风会来实验室找我，他轻轻走进来坐下，什么也没说，只是伸手递过来一包未开封的纸巾。

在最难过的那段时间里，我靠和高起风断断续续的短信给自己续命。高起风的短信总是回得很慢，但很长，他会分享最近的流行歌曲，讲他们同学的糗事，或者是他妈今天第五十八次把饭给烧糊。在这些琐碎的日常中，我完成了确认——高起风很好。

有一次，高起风带我去学校的天台，中午的阳光很暖和，我们挑了一块扶手边缘坐下，高起风伸手接住阳光给我看，说："科技楼太黑啦，你以后可以来这里晒太阳。粒粒，你要快乐一点。"

神奇的是，在与高起风断断续续的来往中，我好像真的变快乐了。我开始和班里的同学来往，甚至学会如何跟我爸妈和解，学会体谅他们生活中的那些力不从心。

高起风毕业那天，我去送他。我把高起风叫到一旁，和他说我喜欢他，因为喜欢他，我变得快乐了一些，但这种喜欢不掺杂任何占有的欲望。

高起风笑了，他看着我，认真地说："粒粒，是你让自己变得快乐的。"我明白，这是一个善良的人能给出的最好的回答。

再见啦，高起风。你要快乐，而我也是。

(小梨摘自微信公众号"storybook" 图/麦小片)

生命颂

大象

□ [意]达·芬奇 译/李 洋

  友好而谨慎的大象,当它们遇到迷路者,且知道他以往踏过的印迹,便会自告奋勇,带他返回。同时,为了防止遭人欺骗,它们会集结众象,排成警觉的队伍,共同出发。

  大象喜爱悠闲地漫步河边,可惜太过肥重,无法浸浴河中。它们向来如此温驯安详,可是,可怕的猪嚎声让它们不知所措,四散逃离。因为性情温柔善良,大象彼此之间团结互助。当一头象落入陷阱,会有许多象拾来树枝和石头,扔入陷阱,使里头的象得以缓缓爬出。此外,它们从不欺弱。当它们行走时,遇到羊群挡路,会扬起长鼻,小心翼翼地拨动小羊,以防踏伤。至于战斗,除非他人出手在前,否则大象从不会主动挑起战端。和平如它们,总不愿伤害自己与他人。

(张愚摘自《给生命一个浅浅的笑》石油工业出版社)

一只喵星人的南极冒险

□郦冰熹

1898年,卡斯滕·波克戈里文克第一次在南极使用狗拉雪橇队,用来进行人力和货物运输。1911年,阿蒙森的97只雪橇犬载着他和他的队员,第一个到达南极点。1992年,《南极保护条约》生效前(此条约规定,禁止雪橇犬再进入南极大陆),一共有超过1400只狗先后在南极工作过。

相比雪橇犬,抵达南极的喵星人屈指可数。有名有姓被记录下来的南极猫,不过寥寥数只。1960年英国猫Ginge被当作"家具的一部分"送到英国在西格妮岛上的南极科考站。喵星人除了偶尔作为"鼓励师"抚慰一下科考队员们的孤寂心灵,并没有用。

雪橇犬需要时刻待在-30℃的酷寒中运输货物和人员,奋力奔跑在有时深达半米的雪地中。当遇到灾难时,汪星人往往是第一批牺牲品,被射杀当作口粮。而在南极的喵星人则完全不必经受如此考验,它们受尽宠爱,待在温暖的房间里,惬意自在。

然而,有一只叫花栗鼠夫人的花猫成了传奇,它在1914年与沙克尔顿科考队,在"坚韧号"科考船上同生共死。

花栗鼠夫人是一只公猫,它本是船上的木匠麦克尼什的宠物。麦克尼什在准备旅行装备的时候,它正好蜷曲着睡在其中的一个工具箱上,于是作为工具的一部分——一只肉身灭鼠器被带上了坚韧号科考船。

坚韧号于1914年8月1日从伦敦出发,载着30名船员、96条狗和1只猫开始了南极探险之旅。

花栗鼠夫人是出色的猎手,船上的老鼠基本上都因它毙命。同时,它还喜欢招惹在狗房的雪橇犬,时常蹿到狗窝上方,用尖锐的脚爪刮屋顶,考察队的每只狗都对它恨之入骨。进入南极海域不久,船员发现,他们无法穿越浮冰带,在南极大陆靠岸。起初沙克尔顿还期望能够顺着冰裂缝前进,等待南极夏季气温升高,或许能够找到可乘之机。

然而,船只逐渐被变幻莫测的海冰所裹挟,在南极大陆附近的海域漂荡。当季的气温也迅速下降,1月8日,坚韧号被完全冰封在了海冰中。

沙克尔顿把所有的狗都转移到附近相对安全的冰面上,花栗鼠夫人则被留在了船上,它大多数时间都喜欢躲在甲板下面没有冰雪的地方,偶尔跑到甲板上,巡视一圈大家都在干啥。

这段艰苦的生活,让几乎所有船员的体重都大幅下降,唯有花栗鼠夫人的体重涨到了接近4.4公斤(很多船员宁愿自己饿一点也要偷偷给它投食)。靠着干粮和打来的海豹、企鹅挨过了漫长艰苦的南极冬季,所有人都以为希望来了。然而,春季逐渐解冻的浮冰最终挤爆了坚韧号,在震耳欲聋的"咔嚓"巨响后,船的龙骨被挤断了,整个船体瞬间变成一堆碎片,只有三根桅杆歪

一头有功的牛

□ 王 族

牛群中有一头牛整整比别的牛高出了一头，长长的角高扬着，似乎要伸上天去。它行走的姿势更是和别的牛不一样，四蹄迈得很稳健，庞大的身躯似有些沉重，却不失重心。它的蹄子一下一下稳稳地踩下，似乎把大地踩得在颤抖。

"它是牛王。"那位牧民告诉我，这头牛留下了很多好听的故事。有一次，它在外面十几天未回，天突然下雪了，主人正要去找它，却见它飞奔着跑了回来，进了牧场。它并不到牛群中去，而是直接跑到主人跟前。主人见它跑得气喘吁吁，再往它背上一看，有一双绿绿的眼睛——啊，狼！它背上驮着一只狼。狼惊恐地从牛背上跳下，试图逃出牧场，但牧场上人多，很快就把它围住打死了。原来，它在返回牧场的途中遇到了一群狼，一只狼跳上它的背试图咬它的脖子，它撒开四蹄就跑，狼在它快速的奔跑中既不敢跳下，也咬不着它的脖子，只好紧紧趴在它背上，它就把狼一直驮到了牧区。

牧民们觉得它真是厉害，把一只狼驮到了丧命之地。狼在牧区有时候是很厉害的，如果围住了一群羊就呜呜地大声叫。羊群一听到狼叫就惊慌失措，四散而逃。这样便正中狼的下怀，它们一一瞅准羊，一扑而上将羊咬死。牧民们也曾想了不少办法，但都不能消灭狼，唯独这头牛聪明，在一只狼跳到自己背上时驮起它就跑。狼其实也是怕死的东西，不敢往下跳，只好在牛背上趴着，最后在牧场上被牧民打死了。

人们将消灭了一只狼的功劳归功于那头牛。但给牛奖励什么呢？后来人们想了一个办法，把一块布绑到它脖子上去，谁见了便都会知道，它是一头有功的牛，但它不喜欢那块布，跑到一棵树跟前使劲往下蹭，把布蹭了下去。人们又去给它挂，它一见就跑，人们再也没有办法接近，只好作罢。

（江一城摘自《神的自留地》百花洲文艺出版社 图/罗再武）

听说我住的城市发现狼，我先是惊讶万分，紧接着就是惊喜万分。你也许以为我是神经错乱，思维不正常，怎么会喜欢狼？其实我知道狼是相当凶残的野兽，全世界都流传着各种各样狼外婆的恐怖故事，并且把狼描写成阴险、狡诈、狠毒、眼放绿光的妖怪。

然而，我还是为城市发现狼而继续惊喜万分。

一个日趋现代化的城市，高楼大厦拔地而起，市街人潮如江河奔流，霓虹灯彻夜闪烁，汽车隆隆轰鸣。在这样人烟喧闹的世界，所有的动物都会吓得逃之夭夭，可是竟有狼来光临，这实在是一个奇迹。

这奇迹的发生不是狼有什么胆量，而是我们城市的绿化达到一个相当高的档次。似乎是不多几年，我们城市周围光秃秃的荒山，一下子丰满起来，披上一层厚厚的绿装。有些地方，树林密不透风，人都走不过去。有了这茂盛的绿色环境，自然就有了野鸡、兔子等小动物，进而就有了狼等大动物。能藏得住大动物的树林不算什么，重要的是能养得住大动物，也就是说有丰富的小动物供大动物捕食。为此，在一个喧闹的城市周围发现狼，是这个城市的骄傲，是大自然与人类亲近的最生动的标志。

很长一段时间，我们没有与大自然共存亡的生命意识了。

记得念小学时，我们常常唱这样一支歌："燕子在蓝色的天空飞翔，寻找自己从前的家乡。它朝着四处张望，为什么这里变了样？去年这里是荒凉的山岗，

我住的城市发现狼

□ 邓 刚

如今变成高大的厂房，马达声日夜欢唱……"我们自豪地、动情地唱着，嘲弄找不到家的燕子，歌颂震耳欲聋的马达是欢唱。我们认定全世界的荒山野岭都建满厂房是美好的明天。

这种无知一直延续到我拿起笔写小说，还一个劲地与大海大自然做斗争。我甚至为我那些"斗争"作品没受到国外文坛更多的青睐而暗自愤愤不平。

当我的一篇在国内默默无闻的小说《大鱼》，被联合国教科文组织推荐到《世界小说选》发表时，我才大梦初醒似的感到一种内疚。这篇小说内容很简单，写一介老渔人舍不得捉一条正在产卵的大鱼。他两手空空地爬上岸，对盼望他有所收获的老婆子说："它正在下崽呢！"但就这么简单的小说使国外的同行们赞同，并说中国作家开始有了生态意识。

人类的智慧给我们带来现代式的繁荣，但也带来现代式的灾难。生命被包裹在化纤、橡胶、塑料和人造革里；脚下是厚厚的鞋底，是地毯地板，是汽车轮子；然后这包得茧蛹似的生命又统统装进水泥建筑堆积的城市里；连呼吸着的也是被空调机扭曲了的空气。也许人们感觉舒适了，安全了，但也渐渐失去原本鲜活的生命状态。人类的行走速度借助飞机、汽车、火车等交通工具；人类的力量借助于各种机械设备；人类的智慧借助于电脑和计算机。那么人类最后会成为什么？人类如此疏远大自然，如此隔绝与生命相关的一切，最后就会消灭人类自己。

美国某州有一大片水草丰美的田园，在人们的保护下，田园里生活着一群无忧无虑的鹿，由于没有天敌的侵扰，这群鹿日渐肥胖、贪吃，慢慢地，草地被啃光了，田园变成荒漠，只剩下胖鹿群在斑秃的草地上蠕动。为了解决问题，人们想用炸弹、毒药等办法来消灭超量的鹿群。然而这样不仅会误杀健康的鹿，而且耗资巨大。最后，一位科学家提出一个绝妙的办法——引进狼。凶恶的狼冲进肉锅里，大吃特吃。当然，它们先吃的是跑不动的肥胖鹿。这使鹿群精简机构一般精干起来，在狼的追逼下拼力飞跑，精神抖擞。鹿群的数量得到遏制，荒芜的田园水草又丰美

鹰志

□ 王 族

一只小鹰出生六七天后,母鹰为了防止它学会爬行,就会对它进行残酷的训练,让它生命的第一反应就是飞翔。因为爬行对鹰来说是耻辱,而飞翔则是高贵和勇敢的象征。还有的小鹰长到了可以爬行的时候,母鹰就把它推到巢边,让它向悬崖下张望。作为一只鹰,是不应该恐惧悬崖和黑暗的。

母鹰盘旋一会儿后,回到巢中,用身体将小鹰一点一点向巢外推去。小鹰吓得缩紧了身子,母鹰长鸣一声,用力将小鹰推了出去,小鹰哀叫着,身体在空中飘来飘去。天气虽未入秋,小鹰却像一片飘零的叶片,要过早地落到崖底去。眼看就要落地了,它突然在挣扎中展开了双翅,盘旋出一条漂亮的弧线,向上飞起。它缓缓地向上飞行,最后落在山顶的一块石头上。后来,小鹰发出一声鸣叫,从石头上向远处飞去。天空高远,阳光炽烈,它慢慢变成了一个小黑点。

天气好的时候,鹰会在天空中翱翔、翻飞,速度疾如箭矢,令人惊叹。鹰不会等死,它感到自己快不行了的时候,就飞到悬崖中,在岩壁上把自己撞死。悬崖深不见底,所以谁也不会见到鹰的尸骨。

鹰的寿命与其他鸟类相比可谓最长,它可以活到七十岁。而要维持如此长的寿命,它就必须在四十岁时为自己的生命做出一个重要的决定。这个决定是无比痛苦的,却可以让它的生命获得新生。原来,在高空飞翔、在荒野中抓捕猎物的鹰到四十岁左右时,它那尖利的双爪便开始老化,不能再像以前那样伸展自如地抓捕猎物。这时候,它面临着一个艰难的选择:要么等死,要么经过一个非常痛苦的过程,让生命获得新生。

鹰都会选择让生命获得新生。首先,它会在飞翔中突然撞向悬崖,把结茧的喙狠狠地磕在岩石上。它会用很大的力气,一下子便把老化的喙和嘴巴连皮带肉磕掉。它满嘴流着血飞回洞穴,忍着剧痛等待新喙长出。

新喙终于长了出来,它立刻进行第二道工序,用新喙把双爪上的老趾甲一个个拔掉。那同样又是一次血淋淋的更新。不久,新的趾甲长出来了,它紧接着进行第三道工序,用新的趾甲把旧的羽毛扯掉,再等五个月,新的羽毛又长出来了。只有经过这一系列残酷的更新,鹰才可以再次

在蓝天上飞翔,并收获三十年的生命。

它的这一系列生命更新充满了危险,极有可能使自己疼死或饿死,但它依旧勇于向自己挑战,勇于让自己在死亡的边缘获得再生。

(本文入选2018年新疆维吾尔自治区初中学业水平考试,文章有删减)

了。大自然实在是太奇妙,生命与生命相危害的同时又相依存。

夏天的一个夜晚,我乘出租车回到我住的小区。司机告诉我,他在小区尽头的山根曾看见三只狼,长长的尾巴拖地,绿绿的目光瘆人……我听后情不自禁地喊了声:"太好了!"司机大吃一惊,以为我脑子有病。

于是我和他讲生态平衡,讲温室效应,讲臭氧空洞,讲冰山融化,讲环境治理,讲生存危机。

司机瞥了我一眼,说要我这么讲,地球还挺危险的。

我说现在还不算太危险,你看看路边越来越多的草坪,你看看与城市越来越融为一体的公园,你看看四周丰满茂密的树林。再说,你不是看见狼了吗?

(大浪淘沙摘自《趁爱打劫》人民文学出版社 图/兜子)

一只鹅的尊严

□ 包利民

那年母亲养了三只小鹅,它们长到快有鸡那么大的时候,被家里的牲畜吃掉一只。于是母亲又买回来一只,两大一小,三只鹅相伴成长。开始还大小明显,快要长成大鹅的时候,它们就相差无几了。

这是三只母鹅。后加入的那一只,背上是黑色的,与那两只明显不同,我们叫它雁鹅。这只鹅很灵活,不安分。另外两只鹅也许在一起的时间长,形影不离,那两个经常欺负它,每当这时,雁鹅就奋起反抗。鹅不像鸡,互相打架的并不多,可它们三个打起来也很激烈。

雁鹅开始是被动打架,它并不畏惧。不过它也不挑衅那两只前辈,却爱挑鸡鸭下手,偶尔也对猪狗挑战一番。它战斗的时候,长长的脖子伸得很直,压得很低,几乎快贴着地面,就这样冲过去。我常想,这样一张扁长的嘴,还没有锋利的牙齿,怎么能打击到对手呢?

一个夏天的午后,我坐在北窗那儿看语文课本,院子里别的禽畜都在阴凉的地方眯着,只有雁鹅很精神,它溜溜达达,然后就溜达到了北窗下。我便想逗逗它,拿着一个平时玩儿的小水枪,瞄准它的头,一通射击。它被突如其来的攻击给打蒙了,愣怔了一下,然后转过头来,盯着我看,还作势要向我冲过来。可是在我密集的射击下,它最后还是撤退了。它好像很愤怒,只好去找那些在墙角蹲着睡觉的鸡出气,一时院子里被它搅得鸡飞狗跳。

傍晚的时候,我出去找小伙伴玩儿,刚走到院门口,就听到身后有一阵响动,回头,雁鹅正大步跑过来,脖子压得很低,做出攻击的姿势。一时我觉得好笑,这家伙还很记仇,可能是觉得我冒犯了它的尊严才会如此吧。可它欺负那些鸡鸭时,怎么不想想自己的所作所为呢?我没有躲闪,觉得它那嘴也没有什么威胁,更想看看它到底会怎么样。结果它冲到近前,一口就咬在我腿上,咬紧了还晃着脑袋一拧。顿时,钻心的疼痛袭来,我大怒,飞起一脚,它灵活地一闪,叫着跑远了——它的叫声怎么听怎么像在笑!我一看小腿,被它连咬带拧地出现了一小块儿青紫。此后每次见到它,我都试图躲远点,谁知这家伙不依不饶,见我必咬,每次见到它我都会飞快地跑走。直到过了一个多月,它的怒火才渐渐熄灭。

不仅记仇好斗,雁鹅还很愿意管闲事。如果来了外人,它比看家护院的狗还积极,叫声极为高亢,且乐此不疲。有一次,父亲嫌它太吵,就追着打它。它一气之下,就再也不管闲事了。之后来多少人,它都视而不见。

有一次母亲给鹅喂食,雁鹅不知去哪里闲逛了,没有赶上。它回来后,发现没有吃的,大声抗议,可是没人理它,它就回到窝里趴着。第二天早晨喂食的时候,它不出来,母亲也没注意。中午它依然不吃,母亲把它赶出来,它

守护

□孙道荣

这是一只蟹蛛,在守着它的卵。这样一个卵袋里,一般有50粒左右的卵,那都是它的孩子。

它张开长长的螯肢,将白色的、圆形的、饼子一样的卵,紧紧地揽入怀中,也许只有这样,才能让它觉得安全。可能是摄影师在拍摄时惊动了它,它警惕地抱着卵,在叶片上移动,以避开危险。

母蟹蛛生命的最后时刻,都是在它的卵边度过的,纵使遇到再大的危险,它也绝不会弃它的卵而去。它将一直守护在侧,直到它的孩子们平安地来到这个世界。法布尔在《昆虫记》中描述说,"它是在等着自己的孩子出世,这个垂死者对它的孩子还有用"。因为卵的外壳太过牢固,小蟹蛛根本无力挣破它,蟹蛛妈妈会用最后的气力,帮助孩子们将束缚它们的壳挑开。不过,大多数的蟹蛛,未能幸运地等到它们的孩子出生,来不及看它们一眼,就因耗尽了生命,撒手而去。还有更悲情的,在澳大利亚,尚没有捕食能力的小蟹蛛一出生,就开始吮吸蟹蛛妈妈的大长腿,直到母亲最后一滴体汁被吸干。母蟹蛛以自己的"死",换取了小蟹蛛们的"生",一代又一代。

它本可以离开的,在草木花丛中,安享自己的晚年,但是,没有一只母蟹蛛会抛弃自己的孩子,哪怕它明知自己可能成为孩子们的食物。我非蟹蛛,不知道它是怎么想的,我亦不想以人类的情感来衡量一只蟹蛛,但是,我必须说,这正是天下所有的"母亲"至尊至伟的地方。

(张秋伟摘自《羊城晚报》2019年11月30日)

看了那些食物一眼,很不屑地走开了。晚上还是如此。母亲有些急了,不知它是生病了还是怎么了。直到第三天中午,母亲把它赶出来,给它单独弄了一盆吃的,并往食盆那里赶它,它才勉为其难地给了面子,开始慢慢地吃。真是一只倔强的鹅啊!

雁鹅再一次不吃食的时候,已经快到冬天了。这次不是怄气,是真病了。母亲给它喂药,它死活不张嘴。它失去了往日的活泼好动,每天大多数时间都在那儿静静地卧着。后来家人看它实在是坚持不下去了,就准备给它强行灌药。我把着它的头,它剧烈地挣扎;我松开手,它很轻蔑地看了一眼我们,然后头就垂了下去,拖着长长的脖子,垂到地上。它就这样死了,无声无息。

三十多年过去了,不知为什么,每当我在尘世中随波逐流的时候,总是会想起那只雁鹅。

(一二三摘自《燕赵都市报》2019年12月9日 图/麦小片)

鹿角的"血腥"重生

□卫红霞

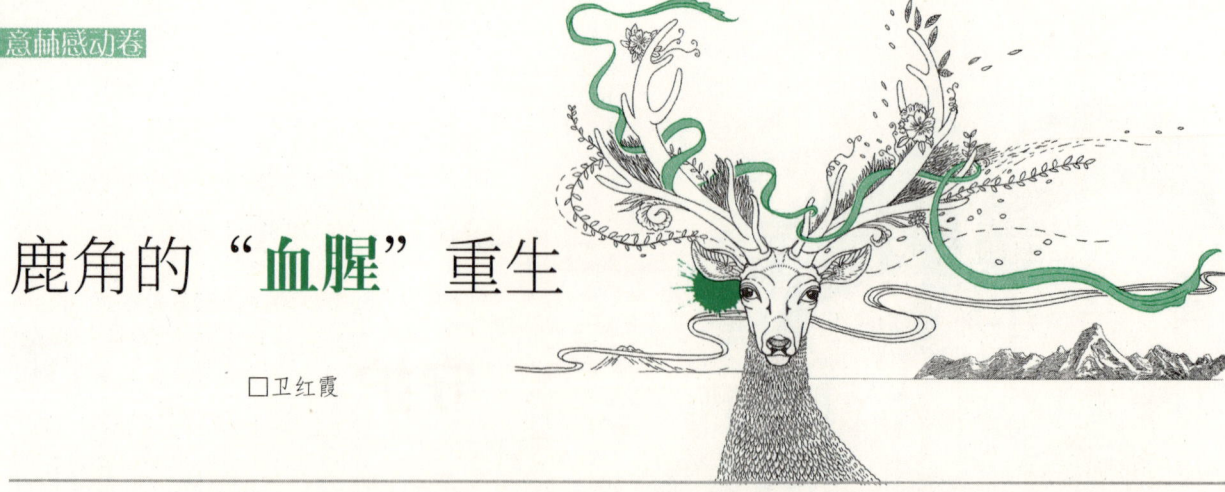

一提起鹿,大家都会想到它头上挂着的那对大大的、美丽的鹿角。因其每年都会再生脱落,鹿角被人们赋予"死后再生""生生不息"的吉祥寓意。因此,世界各地的人们常常把雄鹿和鹿角作为神圣图腾。可当大家从《动物世界》里看到逐渐骨化的鹿角表面那层柔软的表皮脱落时的鲜血淋漓,便心疼不已。这种"血腥"的脱落与重生,得多疼呀!

动物学家研究发现,鹿是唯一能再生完整身体零部件的哺乳动物。世界上约有50种鹿类动物,其中大部分种类的雄鹿都长有鹿角,且"奢侈"到每年都要换一对最新款,这和牛、羊等动物的"终身"空洞角明显不同。

那么,鹿角是如何长出来的呢?原来,每年春暖花开时,雄鹿头顶就会冒出一对小小的隆起,且以每天几厘米的速度"疯长"着,直到逐渐形成双角的形状。令人惊奇的是,最初的鹿角内部是软骨,外覆一层类似天鹅绒般薄薄的皮肤和绒毛,圆润而软韧,绒毛里充满血管,不断供给鹿角维生素和矿物质,促进鹿角生长,这便是人气极高的补品——鹿茸。由于鹿茸内有大量血管、神经,所以相当敏感,雄鹿们十分珍惜这顶娇嫩的"桂冠",从不将它作为进攻的武器。

鹿茸生长2到4个月后,内部会生出一个环状物,能有效地作为一个栓阀,组成鹿角的基础,切断鹿茸的供血,使得鹿茸逐渐干涸,在鹿用角和树皮摩擦的过程中脱落成再生的鹿角。此时,鹿角完全骨化,成为雄鹿进行种内竞争和抵御天敌的兵刃,待顺利与母鹿"完婚"后,鹿角的脱落循环将再次开始。

鹿角脱落时,鹿会疼吗?其实,鹿角脱落就像人类换牙,会流血,有轻微的疼痛感,属于正常的生理现象。相反,割鹿茸就有些残暴了。由于鹿茸里遍布血管和神经,人为割断时,不但会流出很多血,而且会非常疼,就像我们不打麻药拔智齿一般。

鹿类动物这种实心、骨质、重量最高可达数十千克的角,不到半年竟能完成生长,令人称奇。

为了揭开这个秘密,以英国皇家兽医学院普赖斯教授为首的研究小组,对鹿可以长出新鹿角的非凡再生能力展开了研究。结果发现,这种被医学界称为"万用细胞"的干细胞在鹿角再生中扮演了重要角色。在一定条件下,干细胞可以分化成多种功能细胞,具有生长成各种组织器官的潜能。

由于鹿角的生长要耗用大量钙质、磷酸盐和热量,因此鹿角的再生速度与鹿的健康状况有关。巨大的鹿角可以帮助雄鹿打败同性竞争者,赶走食肉动物,抢到最佳草场,所以聪明的母鹿将巨大的鹿角当作选择"男友"的首要条件。尤其是母鹿看到雄鹿头顶沉重的大犄角,仍然奔跑如飞、战而必胜时,便会被强健骁勇的"男友力"倾倒,主动"投怀送抱"。

鹿角的再生功能令人惊诧又羡慕,这种"血腥"的生长脱落规律帮助人类了解了"再生"的自然模型。也许未来,不管是身体损伤还是器官病变,都可通过干细胞修复再生,而这个技术的核心秘密就藏在美丽的鹿角中。

(梁衍军摘自《知识窗》2019年第11期 图/兜子)

斗虎

□ 莫 言

关东那地场到底有多么冷，无法子跟你们说清楚，怎么说也是个冷，真冷。但也有不怕冷的，俺家那匹黑马就不怕冷。俺家那匹黑马是匹公马，有点野，蹄子热，嘴尖，除了俺爷爷敢使唤它，别的人都不敢近它的身。但它是一身的好活，在俺爷爷的手里，无论是拉车还是拉犁，都是一匹顶两匹。因为这一点，尽管它一身的坏毛病，俺爷爷还是舍不得卖它。

这匹马一到初冬就拴不住了，无论你用什么样的缰绳，它也能给你咬断。它一大清早就跑出去，傍黑天才回来。既然能够自己回来，索性也就不拴它了。刚开始家里人对黑马出去的目的有几种猜想，一是说它出去找母马谈恋爱，一是说它出去找草吃。但后来觉得这几种猜想都不对头。周围屯子里谁家有匹母马我们都知道，没听谁家说起过。

关于它出去打野食的说法也不成立，冰天雪地，一根草也没有，灌木条子和树皮它肯定不喜欢吃。况且它每天晚上回来就吃个不停，咀嚼草料的声音彻夜不息。如果白天在外边吃到了野食，夜里就不会有这样好的食欲。还有一个说法就是这匹马喜欢玩，白天它是出去游山玩水去了。这种说法太浪漫了点，毕竟是匹马。但这匹马每天回来时都大汗淋漓，好像一个刚跑完了马拉松的运动员，身上还有一些或深或浅的血口子。它到底出去干了些什么？的确是个让人心痒的谜。后来我爷爷决定跟踪这匹马，看看这家伙到底去干什么了。

爷爷跟踪着它到了后山的一块被稀疏的林子和一蓬蓬的灌木围绕着的平地，不由得吃了一惊。爷爷看到一只老虎在那儿烦躁地转着圈子，好像在等待着什么。我家的马进了场子，活动了一下身体，对着老虎叫了几声，老虎也叫了几声。我家的马在奔跑时脖子上的鬃毛竖起来，像波浪一样翻滚着，十分威风。然后我家的马就和老虎展开了生死大搏斗。我家那匹马能够将身体立起来，两只前蹄好像拳击手的两个拳头一样灵活而有力。它用前蹄把老虎打得鼻子往外蹿血。如果你认为我家的马只会用前蹄那就错了。我家的马两只后蹄用得也很俏丽。它会在奔跑中猛然停住，把两只后蹄飞扬起来。我爷爷亲眼看到马蹄子踢到了老虎嘴上，老虎嘴里飞出了几个白白的东西，还用问吗？虎牙。老虎牙被踢掉，蹲在那里啪嗒啪嗒地掉眼泪。当然，老虎毕竟是老虎，它的锋利的爪子，也在我家马的屁股上留下了好几道深深的血痕。

爷爷心中感动，心里想，走遍天涯海角，到哪里去找敢跟老虎打架的马，而且能打个平手？打上半个时辰，老虎和马看样子都有点累了，它们就分开了。我家的马跑到树林子里用舌头舔雪吃，那只老虎也用舌头舔雪吃。休息一会儿后，它们继续战斗。我爷爷很快就发现了一个问题，那就是，我家的马鬃毛太长，虽然在与老虎搏斗时能够直竖起来，但有时会遮住它的眼睛。爷爷回家，就替它把鬃毛剪了，想让它利利索索地跟老虎打架。结果，剪了鬃毛的马威风全失，上场不到一分钟，就让老虎咬断了脖子。

我爷爷哭得像泪人，一边哭一边说："马啊马啊，都是我把你给害了啊！"

（梁衍军摘自微信公众号"青年博览" 图/兜子）

一匹马的忧伤

□ 李 娟

小区来了马戏团，女人、男人、一个两岁的男孩，还有一匹马。马被拴在车的后边，在一群孩子的嬉戏围绕中，它先是沉默，然后焦灼、不安地踢腿甩尾。有个孩子拾来草喂它，那是一种叫蒿子的野草，从小在乡间长大的我知道，马是不吃那种草的。而眼前的马，却垂下头，飞快地吃起来，似乎根本不知滋味，或者那是它记忆中的绿色。它的记忆，应该也有着那一片辽阔的绿色吧，自由驰骋，无拘无束。

我闭上眼，耳畔的嘈杂远去，拂面的长风仿佛从无边的旷野中吹来。那一瞬间，就像仍在外公家的村庄，依然是小时候，我看着那匹高大的棕色马飞奔在草地上。当时家里人口多，田地也多，可是因为舅舅年幼，外公又长年卧病，所以，那匹马驮起了全家的希望与重担。

我们当地有一句话："穷人家惯儿女，富人家惯骡马。"可外公家虽然穷，对这匹棕马却是重视至极。每天凌晨，外公第一件事就是给马拌好饲料。与别人家不同，棕马的饲料除了草，还要添加些玉米，并倒上水拌匀。别人家都是直接用河水给马饮用，外公却要打来井里的清水给马。外公把马当成了家里的一员，而棕马并没有辜负外公的照料，任劳任怨，将这样一个家庭慢慢从贫穷拉向美好。

棕马虽然高大，却很忠厚老实，从不踢人，即使我抚摸它的皮毛，它也只是温驯地静默。家里的田地，它默默地付出着劳动，不用鞭子临身便努力向前。可它也有不听话的时候，有一次，我和舅舅拉着马一块儿去地里送粪，等我们将粪拉到地头，攥着缰绳让马停下来，可是，马却怎么也不停，硬是朝旁边那块地里走，怎么也拉不住它。正在我们僵持的时候，外公赶到了地头。原来，旁边那块地才是我们家的地，而我们待的这块地是别人家的，因为地太像了，所以我们没有分清楚。

或许，棕马对土地的感情比我们更深厚，那片它洒落过无数汗水的土地，它会记得每一个角落。一如今天的我，记得它曾经所有的点滴。

闲暇的时候，棕马也会飞驰在田野上，仿佛时光般匆匆。奔跑的年龄，游走的风景，当年的那个小小孩童也已成为两个孩子的妈妈，那个村庄，已成为心里永远的温暖背景，而那匹棕马，也成为生命深处永远灵动的想念。

一阵喝彩声打断了我的回忆，睁开眼睛，眼睛和心灵都已濡湿。眼前的那匹马被牵上了场，它的背上驮着三个人和一张桌子，做着各种各样的表演。在掌声弥漫里，我的心却沉沉地载满了伤感，不知为记忆，还是为了这匹马的命运。如果它生在乡下，虽然劳累，却能亲近土地，

亲近自由，可以在长风浩荡里，让蹄声敲碎满地的夕阳，胜过今日的技巧，或耻辱。

在别人的笑声和掌声里，而我，却分明看见了那匹马的战栗，它的眼角渗出大颗的泪，晶莹中映出这个世界的扭曲与无奈。最后看了一眼那匹马，我推开人群离去，脚步和心情一样沉重。

(林冬冬摘自《花是快乐的种子》文化发展出版社　图/罗再武)

大象女王

□ 刘伟馨

英国和肯尼亚合拍的《大象女王》，是一部自然纪录片，它讲述的是非洲大草原上大象女王和其家族的故事，由切瓦特·埃加福旁白。在闪电和暴雨中，故事这样开始："这一片被暴雨灌满的水坑之畔，就是我们故事的起点，在这些成群结队的动物当中，有一群世界上仅存的巨象，它们曾是非洲大陆的贵族后裔，它们的女王叫雅典娜，是一位50多岁的雌性族长，掌管着它的大家族。"这个家族，由雌性亲戚和它们的幼崽组成。还没有哪一个雌性族长，有着比雅典娜更粗、更长的象牙，更为重要的是，雅典娜具有睿智、经验和权威。

本片很大一部分都在讲述大象和其邻居——其他动物，在雨季舒缓的生活，对它们来说，这里有充沛的水源，宛如天堂。我们可以看到新生儿米米，出生在暴风雨中，它依靠象妈妈的奶水过活，它妈妈玛拉每五年才生一个象宝宝，所以米米是象群中最受宠爱的对象；唯一的小公象、调皮的伟伟，追求着雅典娜最小的女儿"公主"，练习着大象最敏感的部位——鼻子和腿的运用技巧。我们还可以看到，生活在大象脚趾高的世界、依赖巨人朋友的那些邻居：牛蛙产下小蝌蚪，水坑成了它们的家园；水底下的鳉鱼交配产卵，而水枯将成为它们的末日；雌泡沫蛙有着不止一个雄性伴侣；埃及雁产下的蛋，两个月后才会孵化展翅；几只蜣螂推着大象的粪球打架……丰富多彩的动物世界，伴随着谐趣、幽默和轻松。

强烈的震撼来自影片下半部分。旱季来临，当太阳烧烤，大雨止息，水流渐渐枯竭，几周后水坑就会消失，象群这时开始迁徙。尽管雅典娜因为米米虚弱的身体推迟了出发，但离开的这一天终将到来。它们要去160公里之外的庇护地——一个水源来自地下的水坑，即使干旱季节，也能保证生物所需。米米没有断奶，而它妈妈已没有奶水，要是它一直没有喝到奶水，意味着它将没有进食。米米对于饮水的渴望越强烈，说明它饥渴的程度越深，但它妈妈知道，陷进淤泥会很危险，妈妈不断用鼻子和腿，企图驱离米米离开水塘。最终，米米倒下了，小心脏停止了跳动。影片里，妈妈嚎叫着，用鼻子和象腿擦着泥地，表达着痛苦。雅典娜和家族其他成员也赶来，女王用鼻子触摸小象，表达着哀伤，然后离开，画面仅剩下米米弱小的尸体。

去庇护地的路线，是雅典娜从它妈妈那里学来的。穿过贫瘠、荒芜之地，追寻水源，大象不是孤独前行，大远景里，斑马、长颈鹿等动物，齐齐向前，共同构成一幅悲壮的场面。庇护地也不是一个可以久待的地方，随着旱季的发展，这里的食物变得越来越稀缺，能吃的都被吃掉了，干旱变成了旱灾，庇护地变成了一座监狱，地上到处都是倒毙的动物尸体，包括大象，可以用惨烈来形容。雅典娜活了50年，从未见过如此景象，整个家族的性命危在旦夕，该何去何从？如果留下，就会饿死；如果离开，时机不对，就会渴死。女王最终做了决定：返回家园。

电影让雅典娜率领象群回家的路途，两次停下脚步，不是为了食物，一次是悼念：面对死去多时的大象残骸，众大象默默用鼻子触摸，有那么一刻，旱灾被遗忘了，只留下时间的痕迹；另一次：一头怀了两年象宝宝的大象分娩了，这意味着新生命的开始。数千年来，人们一直以为大象可以唤雨，实际上，它可以感知雨的到来。当天上终于下起雨，大象看到一年多没看到的河流，"这让大家吓了一跳"。还不止于此，俯瞰镜头里，"大象之路会再一次引导雨水流进各个水坑"，水坑又一次成为大象的命脉。王国的欣欣向荣，将其他家族的大象也吸引过来，多达一千头大象的聚集，成为影片最壮观的场景之一。"雅典娜家族不会忘记这位带它们逃出生天又重返家园的雌性族长。"它是名副其实的女王。

（月亮狗摘自《新民晚报》2019年12月11日 图/李倩莹）

在非洲，越来越多的大象不长牙

□ 胡文利

一群大象在非洲国家莫桑比克的戈隆戈萨国家公园里漫步，和其他非洲象不同，这群大象无论公母，许多都没长獠牙，或者只长了很小的两颗。那是长达17年的莫桑比克内战留给这个种群的集体印记。

内战期间，戈隆戈萨保护区90%的大象被屠杀，数量从4000多头下降到三位数。象牙流向市场，换来的资金被投入战争，象肉则供战士食用。一些没有獠牙的大象，因"没有价值"，成为幸存者。

和许多非洲国家一样，莫桑比克前脚刚脱离殖民时代，后脚就陷入了动乱。1975年该国独立后，执政党与反对派随即爆发冲突，国家陷入内战的深渊，直到1992年才宣告停战。

然而，大象没有随着战争结束而停止流血。贫困和动荡常年困扰着这个国家，偷猎活动依然猖獗。据英国《独立报》报道，以尼亚萨自然保护区为例，大象数量已从2011年的1.2万头骤降至1500头，平均每天有4头大象死于偷猎者之手。

2018年4月，莫桑比克警方在首都马普托的港口截获了从434头大象身上割下的3.5吨象牙，这是有史以来最大的象牙走私案之一。野生动植物保护国际组织警告称，再不阻止偷猎，大象将很快灭绝。

惨遭毒手的多为公象，因为它们的獠牙大、分量足。偷猎者用大口径步枪放倒大象，劈开其头骨，将象牙连根挖出，有些大象甚至连鼻子也被砍下来了。

疯狂的偷猎行为使象群悄然发生了变化。据美国《国家地理》杂志报道，科研组织"野生动物观察"近日对莫桑比克的200头成年母象进行调查，发现在经历过内战（1992年前出生）的母象中，一半以上没有象牙，它们是战争的幸存者。引人深思的是，战争后出生的母象中也有多达三分之一没长象牙。

象群行为研究专家乔伊斯·普尔说，通常情况下，公象的獠牙从尺寸到重量都优于同龄母象，是偷猎者的主要目标，但公象越来越稀少，偷猎者将目光转向母象。它们的象牙相比之下不那么值钱，但更容易狩猎。"随着大象的年龄增长，你会发现无牙的母象比例越来越高。"普尔说。

在自然选择中，只有2%~4%的非洲母象不长象牙。然而，偷猎行为硬是将它们的这一劣势扭转成生物学上的优势——不长象牙的母象更有希望从猎枪下幸存，并把这个特征遗传给后代。

变化并不局限于莫桑比克，在偷猎猖獗的其他国家，大象也发生了相似的改变。21世纪初，研究者对南非阿多大象国家公园进行的调查发现，当地174头母象中不长獠牙的比例高达98%。

偷猎不仅使有獠牙的大象越来越少，也使象牙尺寸"缩水"。

没有獠牙的大象会用鼻子和其他牙齿剥树皮。有些大象换了"菜谱"，转向更容易剥皮的树种，有些会从其他大象那里"蹭饭"。比如，在其他大象饱餐过的树干上寻找啃咬的缺口，这些"杠杆支点"能让它们更轻松地撬动树皮。

对于大象行为模式的改变，瑞安·朗不怎么乐观："大象是生态系统中的关键，它们能为其他物种创造栖息地，许多低等动物非常依赖它们。比如，某些蜥蜴喜欢在大象啃过或撞倒的树上安家。"

来自南非的动物保护者文斯·巴卡斯说："大多数偷猎者来自周边地区，他们一贫如洗。只要能杀死一头大象，得到的报酬就比他们工作一辈子都多。"

巴卡斯还将阻止偷猎的希望寄托在教育上。教育能从根本上改变贫穷，让越来越多的人找到工作，或许还能解决非洲更大的问题——人口过剩。

他们想告诉这里的人们：在蓬勃发展的旅游业中，活着的大象比死象更有价值。

（小花猪摘自《青年参考》2019年2月28日 图/麦小片）

世界上最孤独的树

□ 施崇伟

1895年的一天,植物学家约翰·梅德利·伍德在非洲南部的诺耶森林散步。他漫不经心地路过一棵棵大树和小草。他对这些草木兴趣不大,他更专注于那些稀有的植物。收集稀有植物,是他的职业,也是他的生活。

一个陡峭的斜坡上,一棵与众不同的植物闯进了伍德的眼帘。清晨的霞光里,那粗壮的树干透出一种力量。伍德来到树的身边,深情注目,细细抚摸。

这棵稀有的树,伍德从来没有见过。他像是一个在茫茫大海上发现新大陆的航行者,兴奋极了。

当时,他就拔下了这棵树周围的几株嫩芽,并将其中一株寄往了伦敦——他要弄清这棵奇树的前世今生。

最后确认,这是一棵铁树,是苏铁家族的一员。它是当时世界上从来没有人见过的铁树的一种。随后,这棵树就以发现者伍德的名字命名,称为伍德苏铁。

伍德苏铁,这种古老且原始的裸子植物,从远古的恐龙时代走来。最早的苏铁类化石记录可追溯到2.8亿年前的二叠纪。那时苏铁曾经繁盛一时,每三种植物中就有一种属于苏铁家族,它与恐龙一起称霸地球。所以,我们才会看到,现代的恐龙艺术想象图和复原图的背景,就有苏铁。甚至可以说,画恐龙不画苏铁也是一种不完美。

伍德想,既然能发现一株,会不会还有其他的同类?他开始"贪心"地寻找伍德苏铁的同伴。

但万万想不到的是,他搜遍了整个南非,用一生去寻找它的同伴,这种以他的名字命名的树,都没发现第二棵。直到现在,它依然孤独。

以"全世界最孤独"为名片的这一种(棵)树,得到了人类特殊的关注。伍德苏铁是雌雄异株的植物,这也意味着它们都需要另一半来传宗接代。而这棵仅存于世的伍德苏铁,是雄性。

科学家、植物学家们急切地想为它寻找伴侣,繁衍后代。

在环境适宜的条件下,苏铁雄株在每年的固定季节都会开出鲜艳的橙黄色圆柱形"雄球花",长达20~40厘米,也叫小孢子叶球。而雌株长出的"雌球花"则叫大孢子叶球,形状更像一个球。

在野外,那些喜欢苏铁花粉的昆虫,也会做个顺水人情帮忙传授花粉。只是这株伍德苏铁无论开多少次花、产多少花粉,它送出去的情书永远都不会收到回信,也无法形成种子。

在伍德最初发现伍德苏铁时,这棵树看上去是数量可观的四株。但事实上,这四株其实是同一棵,均属于主树的克隆体。这是苏铁树营养繁殖的一种,以分蘖的方式向四周分出新芽。那些分离后形成的新植株,它们的基因与母株几乎一模一样,属于无性繁殖。现今在全球范围内,虽然已有超过500棵伍德苏铁,数量不算少,但这些植株是同一棵雄树的克隆体。

怎么办?科学家终于有了破局的办法,帮它跨种找伴侣。

在非洲,还有一种与伍德苏铁亲缘较近的铁树,名为内尔塔苏铁。伍德苏铁与内尔塔苏铁杂交后,便可获得大量的雌性后代。而杂交所得的雌性后代,将会与唯一的伍德苏铁雄株杂交。之后重复上面的操作不断地"回交育种",理论上我们获得的雌株将会无限接近于原始物种。

事实上,这是个极其漫长的过程。毕竟要完成一代苏铁的传宗接代,就需要十几年的时间。据估算,要完成五代的杂交,至少要75年。

不过对拥有2.8亿年生命力的伍德苏铁而言,75年只是一瞬间。我们相信,连恐龙灭绝时代都能度过的伍德苏铁,一定能在人类的帮助下,再一次绝处逢生。让我们为伍德苏铁祈祷吧!

(梁衍军摘自《重庆科技报》2020年8月6日 图/点点)

鹰之死

□赵丽宏

天是深蓝色的。坐飞机飞越太平洋时俯瞰海面，大海就是这种深蓝色，这无边无际的蓝色深沉得令人心头发抖发眩，想不出用什么词汇来形容它描绘它。只是由此联想到世界的浩瀚，想到宇宙的无穷，想到无穷之中包藏着不可思议的内涵。也由此联想到人和生命的渺小，在这广漠辽远的天地之间，生命不过是轻扬的微尘……

微尘，芝麻大的一个黑点，出现在深蓝色的天空中，乍看似乎凝滞不动，仿佛钉在天幕上的一枚小钉。仔细观察，才发现黑点在动，像是滑行在茫茫大洋中的一叶小舟。

"鹰。"墨西哥向导久久凝视着天上的黑点，轻轻地告诉我。那双栗色的眼睛里，闪动着虔敬神往的光芒。

"鹰。"墨西哥向导追踪着天上的黑点，嘴里又一次发出低声的呼唤。

这是在墨西哥南方的尤卡坦平原上，我们的汽车在墨绿色的丛林中穿行，高飞在天空中的孤鹰把我的目光拽离地面拉向天空。鹰，是墨西哥的国鸟，在那面绿白相间的墨西哥国旗中央，就有雄鹰展翅的图案，这是墨西哥人心目中的神鸟、吉祥鸟，它是勇敢和自由的象征。

鹰的形象逐渐清晰起来，宽大的翅膀张开着，也不见振动，只是稳稳地滑翔，忽而俯冲，忽而上升，矫健的身影沉着而又潇洒地描绘在深蓝色的天空，那深邃无垠的苍穹便是它自由自在的王国。它是遥远的，也是孤傲的，人无法接近它。

这时，我们的汽车驶进了一片墓地。浓密的树荫遮蔽了天空，鹰消失了。迎面而来的是玛雅人的坟墓。坟墓形形色色，色彩缤纷得令人眼花缭乱。形状各异的墓碑上绘满了鲜艳的花纹和图案，有些坟墓索性被堆砌成宫殿和摩天大楼的模型。连大楼上的窗户、壁饰和霓虹广告也被精心描绘出来。远远看去，这墓地就像是一座被缩小了的现代化都市。在人迹稀少的丛林中突然出现这样一座缤纷却又寂然无声的微型都市，感觉是奇妙的，一种神秘的气氛顿时笼罩了我的思绪。玛雅人，这个古老奇特的民族，竟用了这么多的颜色来装点死者的坟墓，我不知道这是一种古老传统的延续，还是现代玛雅人的创造。

死者是没有知觉的，一切坟墓以及它们的色彩和装饰都是出于未亡人的需要，为了向人们展示死者家族的高贵和富裕，为了让人们记住死者生前的功德和地位……反正，安卧在坟墓中静静腐烂的死者是什么也不会知道的，不管你是显赫的要人还是卑微的贫民，一抔黄土掩面，余下的事情便是被泥土同化，人人难逃此劫。我想，假如死者有知觉的话，压在他身上的碑石还是轻一些、简朴一些为好……

正胡思乱想着，汽车又到了宽阔的公路上，天空依然是那么深邃那么蓝，几缕纹状白云在天边飘浮，如同远远而来的几线潮峰。鹰还在天空中盘旋，它不慌不忙地飞，悠然沉稳地飞，看不出它飞行的轨迹。这高飞的孤鹰，似乎正在执着地寻找着什么，追求着什么。它的归宿在哪里呢？

鹰的归宿当然也是死！
鹰是如何死去的呢？
鹰也有坟墓吗？

也许是刚从墓地出来的缘故，闪现在我脑海中的问题，居然都是死和坟墓。鹰啊，你高高地飞在天上，你是不会回答我的。

记起在四川坐船经过雄奇的瞿塘峡的时候，一位在山中长大的诗人曾指着峻峭的绝壁告诉我："最悲壮的是鹰的死。当一只老鹰知道自己死期将近时，便悄悄飞到绝壁上，在一个永远也不会被人发现的岩洞中躲起来，默默地死去。人们无法找到鹰的尸骨。这渴望自由的生命，即便死了，也不愿意被牢笼囚禁。假如灵魂不灭的话，坟墓真可以算是另一种牢笼呢！"

也记起在新疆的大戈壁滩上旅行的时候，一位塔吉克猎人为我吹奏的鹰笛。这是用鹰翅骨制成的短笛，那高亢、尖厉、急促的笛音仿佛来自天外云中，来自极其遥远的另外一个世界。无论是欢快激越的曲子还是徐缓抒情的曲子，笛音中总是流溢出深深的凄怨，流溢出言语难以解释的哀伤。塔吉克猎人说："鹰是神鸟，它是属于天空的。鹰死在什么地方，人的眼睛永远看不见。"我问："那么，你手中的鹰笛是怎么来的？"猎人一笑，答道："用枪打的。这可不是猎杀鹰啊！取鹰骨制笛是为了把鹰的精神和形象留在人间。猎鹰是一件极严肃的事情，只有那些衰老的或者病危的鹰才能被打下来取鹰骨，而且必须经过权威的老猎人鉴定。随意猎杀鹰，天理不容！"至于鹰的自然死亡是何种景状，猎人一无所知，只能在高亢凄厉的鹰笛声中由自己想象了。鹰笛的旋律飘忽不定，鹰的形象就在这飘忽不定的旋律中时隐时现，这是一只生命垂危的老鹰，正展开羽毛不全的黑色翅膀，顽强地做着最后的翱翔。它苦苦地寻找着自己的归宿，然而归宿隐匿在冥冥之中……

在墨西哥深蓝色的天空下，这些关于鹰的见闻和回忆在我的脑海里回旋翻腾着，它们无法编织成一幅清晰完整的图画。这些流传在中国的关于鹰的传说，和墨西哥有什么关系呢？从车窗仰望天空，那只孤独的鹰仍在悠然翔舞，仍在寻求着谁也无法探知的目标。鹰没有国界，它们大概是性情相通吧，我想。关于鹰的死，在墨西哥不知是否有什么传说。那位墨西哥向导始终在注视着天上的鹰，陷入沉思之中。

"你们这里有没有鹰的墓地？"问出口后，我有些懊悔，这会不会冒犯主人呢？

墨西哥向导转过头来，栗色的眼睛里闪烁着惊讶。他盯住我看了一会儿，目光由惊讶而平静。还好，没有恼怒的意思。

"鹰怎么有墓地？"墨西哥向导指了指天空，用一种神秘而又骄傲的口吻说，"它们的归宿在天上。假如生命结束，它们将在高高的空中化成尘埃，化成空气，连一根羽毛也不会留在地面！"

这下轮到我惊讶了。这和我在国内听到的传说简直有着惊人的一致。没有国界的鹰啊！

也许，人是习惯于为自己构筑樊篱和牢笼的，活人如此，死者也一样。人类的历史，便是在拆除旧樊篱旧牢笼的同时不断构筑樊篱牢笼，这大概是人类作为高等生物区别于其他生物的原因之一吧。鹰呢，鹰就不一样了。我又想起长江三峡中听到的那位诗人对鹰的评价："这渴望自由的生命，即使死了，也不愿意被牢笼囚禁！"

抬头看车窗外的天空，那只孤鹰已经不知去向，只有渺无际涯的深深的蓝天，在我的头顶沉默着，不动声色地叙述着世界的浩瀚和宇宙的无穷……

（林冬冬摘自《记忆和遐想》
上海文艺出版社　图/点点）

皮皮

□ 陈子善

皮皮是我家养过的一只雄性猫咪。

皮皮是"宅男",不是一般的"宅",而是非常非常的"宅"。他从不迈出大门一步,大门口也难得去转转。皮皮的"宅"正好与多多的"不宅"形成鲜明对照,大门一开,多多常常会寻机冲出去,在公共走廊里巡视一番,兴致高时还会跳上自行车斗摆个可爱姿势。

皮皮的"宅"还不止于此。他胆小如鼠,对陌生人特别警觉。只要听到门铃一响,他立刻躲藏起来,躲到他自以为十分安全的地方。我的朋友和学生来访,都很想见见皮皮,合个影,却都无法如愿,亲眼见过皮皮的外人大概不会超过十位。有次韦力兄专程来拍寒舍书房,皮皮也躲着,一点不给这位大藏书家面子。韦力兄只好拍了多多在书堆上的照片,算是不虚此行。

不要说对陌生人十分警惕,对熟人也不例外。所谓熟人,是指每周来一次的钟点工。按理说应该一回生二回熟,谁知皮皮完全不同,很长时间里一直对其充满敌意。每次钟点工一到,他就躲进专为他辟出的书橱底层,只要钟点工走近,他就怒吼。这怒吼声虽然低沉,却自有一种威严,着实令人生畏,有点像我们在动物园中熟悉的虎啸。一直到去世前一年,皮皮的态度才有所松动,不再躲进书橱底层。但是,如果钟点工的拖把离他近一些,他仍要发出怒吼。我后来想:皮皮之所以对钟点工保持如此高度的警觉,恐怕更多的是担心那把大拖把,才会有那么大的不安全感吧?

皮皮所遭受的更大的磨难是在他十岁的时候。我们突然发现皮皮小解困难,常常蹲在猫砂盆里半天没有尿,吃不安,睡不下,又跳到书橱顶上不下来。我们马上带他去宠物医院。医生诊断尿道堵塞,打了一周的吊针,病情有所缓解,可是好了一周,病情复发,医生建议切除这段堵塞的输尿管,否则皮皮就无法渡过这一关。这是大手术。我问医生有多大把握,医生带我们参观了该院手术室,据说,手术台是当时上海进口的三台先进手术台之一,医生是兽医大学出身,对手术颇有信心,于是我们决定一试。那天,皮皮全身麻醉,手术时间很长,几个小时以后,他才被送出手术室,手术成功,皮皮得救了。然而,手术后的护理是件麻烦事,皮皮住院,仍需每天打吊针。整整十天,我们全家轮流值班陪伴。皮皮很生气,不明白我们为何把他放在这么吵吵闹闹的地方,可能以为我们不要他了。他不吃少喝,每次我们送去他爱吃的食物,他都背对着,不理会我们,对我们生闷气。终于皮皮熬到出院的那一天,我们都为此而高兴,皮皮赢得了新生,皮皮又看到他熟悉留恋的家了。这次成功的手术,使皮皮的生命延长了整整六年多。为此,我们感激医生,特地送去了大锦旗:"治病救猫,妙手回春"。

皮皮复原了,活泼的弟弟却毫无征兆地突然离去。医生的解释是心脏病突发,我们伤心之余，将信将疑。弟弟有一个很不好的坏习惯，喜欢咬塑料袋，为此，我们已经藏好了家里所有的塑料袋，但难免会防不胜防，难道弟弟又吃了塑料袋？可是已无法求证。

在以后的日子里，剩下皮皮和多多朝夕相处。多多真是一只好骗的猫，只用三块钱买来的鞋带就成了她的玩具，一根长长的鞋带可以引得她玩转上半天。多多好动，与人亲热，只要外面来人，她都会紧跟示好，这与生来怕生的皮皮形成鲜明的对照。他俩一静一动，却也和平共处，相得益彰。皮皮和多多各行其是，各不相扰，晨起匆匆打个照面而已。一日清晨，偶见两猫相吻，我及时拍下这张皮皮多多接吻照，着实得意了半天。

皮皮一直善解人意。磨爪是猫咪的天性。我藏书颇多，寒舍四处都是书，就怕猫咪的爪子抓挠，怎么办呢？我就把已不用的旧书报堆积一处，反复耐心教导皮皮"只能抓这里"，而且，只要他来抓挠这堆旧书报，就及时表扬他。他竟然明白了，从此就在此处磨爪，一直坚持到他去世前。

在饮食习惯上，皮皮和多多可算两个时代的猫。皮皮来时，猫粮显贵，多多来了，却已有众多有营养的猫粮可供选择。所以皮皮喜食一些鱼虾鸡肉。每次家里买了鱼虾，皮皮灵敏的嗅觉就会发现，来到厨房缠绕不去。多多却从不过问，只吃猫粮。生的鱼虾皮皮不吃，烧熟的鱼虾鸡肉他却拼着命吃。所以每次吃饭时，只要一听到"吃饭了"的招呼，首先跑到饭桌前的总是皮皮。此时，需有人看着饭桌，他会乘没人之际，跳上饭桌。久而久之，皮皮不管有没有鱼虾，都会早早前来等候开饭，往往我们会给他添一张凳子，或者他就坐在我身上，俨然一位正式的家庭成员。这样，饭桌前皮皮的照片也就居多了。

说到用餐，还必须提到皮皮的大度。弟弟还在时，皮皮让两个弟妹先吃，弟弟走后，皮皮就让多多先吃。有新品种的猫粮，只要多多吃得开心，他决不上去抢，而是耐心地守在旁边，等多多吃好走了再去品尝；如果他已经在吃，多多见了上来想先吃为快，他也马上礼让。这些年里，皮皮和多多几乎没有发生过争执，一直相安无事。

每天晚饭后，皮皮和多多就待在客厅里。猫咪晚上特别有精神，房中不开电灯，只见他们的双眼像四颗夜明珠，炯炯发光。多多调皮，我工作完了或看电视剧消遣告一段落，招呼他俩进卧室睡觉，多多四处乱窜，与你捉迷藏；皮皮就很老实，叫他名字，他就不再乱跑，让我抱起到卧室门口放下，自己走进去。他好像很享受这一过程，只要我在家，这成了我每晚必须做的功课，这些年里一直是这样。偶尔我赶写文章，到时忘了去抱他，待到想起开门要出去，他就站在门口等着，双眼直盯着你，仿佛在说：今晚你忘了，我自己来啦！

猫爱干净，吃喝拉撒都有规律，尤其大小解必须在猫砂盆里。皮皮每次解手完毕，就要欢叫，提醒你及时清理。去世前一天下午，他想从爱睡的窗台上下来，我推测他要小解，就把他抱到猫砂盆里，但他已不能站稳，小解全部洒在地板上，有点像人的小便失禁了。我看到这前所未有的情景，立即意识到问题的严重性，马上对他说："皮皮，没关系，没关系。"他似乎听懂了，眼神无助地望着我，又好像在说："对不起啊，我已尽力！"

2018年10月5日上午七时半左右，高龄十六年又七个月的皮皮的生命之火终于熄灭了！往生之前，他拖着摇摇晃晃的瘦弱不堪的病躯，到一个一个房间去待了一会儿，甚至爬上了我以为他不可能再爬上的小凳，似乎是在向他生活了那么多年的熟悉的地方告别。

皮皮的离去，不能不使我们全家伤感，虽然他已经长寿。一只猫就是一个世界。乔治·贝尔纳·肖尔说："只有懂猫，一个人才算得上是文明人。"（引自F.维杜著《猫的私人词典》）对于皮皮，我写下了这些，能说我已懂得皮皮了吗？很难说。但我们朝夕相处那么久，现在梦中还会与皮皮见面，多少有点心有灵犀一点通吧。

我怀念皮皮。

（丁丁摘自《文汇报》2020年1月15日 图/兜子）

一只吃螃蟹的鹦鹉，告诉你怎么当个真正的吃货

□王小柔

自从家里有了大鹦鹉灰机，我考虑最多的问题是"它到底把东西藏哪儿了"，因为"放"显得太信任它了，它常常在若无其事的表情下坏事做绝。

我举着一本还没来得及看就被咬烂了的书在它眼前晃悠，像警察一样问："是不是你干的？"灰机把脑袋一侧，跟没看见一样，自顾自地梳理羽毛，一副文盲相，可我能怎么样呢？我摸摸它的小脑袋，声音低八度贱贱地说："下次不许这样了啊！"然后拿来纱帘，把书架全给罩上！

我妈经常会来抽查我的家庭卫生情况，这些日子对我的表扬明显增加。因为只要明面上能看见的地方全让我拿布单子给罩上了。你想看哪儿？大幕一拉，风一甩，倍儿洁净！我妈以为我又扬起了美好生活的船帆，于是决定在这儿住几天。

灰机不能总关在笼子里，我不能不上班。当轻轻把门关上那一刻，我就知道下班没个好！一只鹦鹉还不懂怎么给主人长脸。

我妈觉得撤掉那些布单子才显得日子蒸蒸日上，于是洗衣机打开，单子全扔进去，门窗全开。而这时候，灰机也把自家防盗门拿嘴给对付开了。张开大翅膀那通飞啊！我妈在厨房做饭倒也没发现大鹦鹉在屋里扇风，可看见它的时候，鸟站在卧室的床上，隔着枕巾嗑枕头里的荞麦皮，我妈能干吗？全套床品都是她给买的，老太太掉头就去找苍蝇拍，跟轰牲口似的嘴里喊着，胳膊舞着。灰机自己跟枕头较劲正无聊呢，一看来了伙伴，张着翅膀就跟苍蝇拍滚一块儿了，大爪子牢牢抓住塑料杆，甩都甩不下去。我妈一气之下把它们都扔床上。

老太太拿起放在桌上的充电器要给手机充电，突然发现接口处铜丝都露出来了，也就连着点塑料！我妈大叫："你个讨厌鸟，你又干坏事！"这么一招呼，大鸟滑翔着就飞来了，根本不管我妈多么气急败坏，自己在台灯架子上没完没了地做引体向上。

吃饭时间到了，我妈自己盛了碗饭，菜都藏厨房了，吃多少往碗里扒拉多少，然后打算消停看会儿电视。可是灰机怎么能容忍人类背着它吃东西，干脆直接飞到我妈脑袋上，抓住头发倒挂金钟，那一大口米饭直接到嘴。

鉴于得拿鹦鹉当家庭成员看，我妈吃苹果的时候看不得一只鸟对她咽口水，于是把苹果举过去"你咬一口吧"，灰机伸着脖子，没咬，人家愣是把苹果拿黑舌头舔了一遍。难道你以前受过丐帮的训练吗？我妈嫌恶心，被一只鸟舔过的苹果怎么吃？于是就把剩下的都给它了。灰机又开始一口一口地咬，也不吃，咬下来就甩，把我妈给烦的。

老太太觉得孩子上学大人上班都辛苦，这个季节海鲜下来了，就买了螃蟹和皮皮虾，蒸出来两锅等我们回来吃。可是，我们还没洗手呢，鹦鹉已经开始剥海鲜了，技法娴熟得像天天吃一样，而且吃得比我细致，边边角角全给抠到了。

在家，你就不能当着它的面往嘴里送东西，你送一次它就记住了，你说这记性怎么不用在学习上呢？我妈打喷嚏，撕了张纸擦鼻子，就算纸撕得有点大，连嘴都挡住了，你也不能把卷纸全叼走咬啊！

灰机偷偷喝完别人碗里的稀饭，就若无其事地站着，你看顺着脖子流的痕迹，那片湿毛就说明它又偷偷吃什么了，还装！

这个不停犯错、惹祸的家伙，你什么时候才能说句人话啊！

（司志政摘自《不装》人民文学出版社 图/张小芳）

落单的企鹅

□张海霞

在南极，不同种的企鹅聚集在不同的岛上，几乎不和其他种群混杂，基本是一夫一妻制。据说往南极圈走，那里的企鹅因为生活环境太严苛，也不是严格的一夫一妻制，而是会根据具体情况换伴侣以维持种群的生存。但是，不管怎样，不同企鹅种群之间是坚决不"通婚"的。马克洛尼企鹅Kevin（凯文）就是这一现象的现实证据。

我们遇到Kevin是在最后一次登陆的半月岛上。那天非常冷，下着雪，这个岩石上长着很漂亮的苔藓和石花（不要小看这些微小的植物，这可是南极极其少见的为数很少的几种植物之一）的石头岛是帽带企鹅夏天的栖息地，高高低低的山上住着数千企鹅家庭，企鹅爸爸妈妈每天跋山涉水去海里觅食，最远会走几公里的路，顶着风雪排队在高低不平的"企鹅高速路"上跳上跳下。

过了几个小山丘，绕行那个横躺着三只海豹的海滩，眼前峰回路转，我们看到探险队的元老Johnathon（乔纳森）在山顶上向我们挥手，于是爬上去，老先生指着前方：你们看，前方那个岩石旁边就是Kevin!

顺着他手指的方向看去，面朝大海的悬崖边上，一块黑黑的岩石旁，在数百只黑白相间的军官一般的帽带企鹅里，一只头戴金黄色王冠的企鹅赫然独立。

Johnathon说，这就是整个半岛上唯一一只马克洛尼企鹅。它的名字叫Kevin，他们发现它在这里已经6年了，每年夏天它都会回到同一个地方做窝，等待它的梦中情人出现。

可这里是帽带企鹅的聚集地，一直没有其他马克洛尼企鹅出现，而周围成千上万只的帽带企鹅是不会跟它交配的。

就这样，Kevin每年整整一个夏天孤独地站在这里，面朝大海，没有同伴，也不跟其他企鹅交流。据科考队员说，他们只听到一次Kevin的叫声，而且是其他企鹅都不叫的时候，孤独的Kevin开始仰天长啸。

Kevin——一只脱离了种群至少6年的企鹅，就这样孤独地坚守着，站在悬崖上演绎着千年等一回的悲壮和痴情。

为什么Kevin会落单出现在这里？科考队员分析，它应该是在这里出生的，后来马克洛尼企鹅大部队迁徙到其他地方去了，而掉队的Kevin只记住了这里，所以它每年夏天都会回到这里。Kevin的经历再次证明，不同种群的企鹅是不通婚的。

看到Kevin，不禁想问：神奇的大自然，你到底赋予了它怎样的生命密码，让Kevin每年回到这同一个地方？让Kevin区别它和它周围的同类？它和其他企鹅为什么不能成为朋友、伴侣？是什么决定不同种类企鹅之间不互相通婚交配……

我们离开小岛回到船上，听科考队员说，他们最后看到了另外一只马克洛尼企鹅刚刚登岛。算是一个安慰吧，孤独的Kevin终于有了伙伴，期待下一次来南极，看到半月岛上多几只马克洛尼企鹅，让Kevin神奇的生命得以延续。

致敬Kevin，致敬南极冰天雪地里顽强的生命，致敬神奇的大自然。

（月亮狗摘自《中国科学报》2020年2月20日 图/麦小片）

狼和乌鸦的友谊

□［德］埃莉·H.拉丁格
译/张 静 赵莉妍

我带团在黄石公园内观察野狼。我告诉游客："如果你想寻找狼,那就抬头看看天。"我指着山谷的某处,那里有数不清的乌鸦,高高飞起又落下,而草地上正躺着一头死鹿。

我对游客说："耐心等会儿,看看接下来会发生什么。"

这时,乌鸦还没有开始"享用"鹿肉,一是因为鹿的皮毛太厚,它们用喙啄不破,需要"外人"的帮助;二是因为乌鸦属于胆小怕生的鸟类,它们会反复试探,以确定死鹿确实无害。所以我们看到的是,乌鸦会小心翼翼地在鹿的上方盘旋,或者紧张地在尸体旁跳来跳去;有的乌鸦一边飞跳下来,一边拍打着翅膀;有的飞快地啄一下,然后赶紧跳开;还有些家伙就在那儿转圈,穿着"黑西装",趾高气扬,就像商务人士。最后,一只老乌鸦落在鹿的尸体上,这一动作相当于"宣布":鹿确实死了。伴随着它的召唤,整个乌鸦军团飞落下来。

通常遇到这种情况,不需要等太久,就可以看到狼群现身。乌鸦的召唤声就像拉响警报一样,让狼群在最短的时间内,从森林里赶过来,而这一举动让它们那些长着羽毛的朋友开心不已。

贝恩德·海因里希是研究乌鸦的专家,他把狼和乌鸦间的这种信任解释为"基因固定":在上百万年中,狼和乌鸦两个物种是一起进化的。乌鸦关于食物的叫声,最初可能只是单纯地表示受挫,因为它们根本无法剖开死去的动物尸体。而一只偶然路过的狼却因此知道了,乌鸦的这种叫声意味着它们发现了死尸。接下来,乌鸦又意识到,如果它们一直这样叫,就会有狼来咬食尸体,从而帮助自己。

咬死猎物后,狼群会马上大快朵颐,而乌鸦也"毫不客气"地冲进四条腿的家伙中间偷吃。为了不被乌鸦"妨碍"到,狼会大口大口地埋头去吃,而乌鸦啄食的速度也不相上下。

一只乌鸦一次大概可以吃掉两斤肉,它还会藏起一些以备光景不好的时候吃。所以,平均29只乌鸦就能消灭一只猎物,那可是好大一堆肉啊!如果狼吞得不够快、不够多的话,那么转过头来,猎物可能就所剩无几了。

现在,接着讲我带领游客看到的景象:乌鸦开始和野狼玩"捉迷藏"了,乌鸦无时无刻不在观察狼的动向,当某个家伙偷藏鹿肉的时候,乌鸦就站在它旁边,仔细地盯着。然后,等狼一走开,乌鸦就飞快地把肉刨出来,放到高高的树杈上去。

紧接着,食物争夺战拉开了帷幕:一头灰熊径直奔向死鹿。狼群赶紧吞下几口肉,跑到几米外,卧在草丛中躲起来。其实,在夏天的黄石公园里,几乎所有被狼群猎杀的动物,最后都会被熊霸占。和熊老大交手,犬科动物可没有胜算。现在,狼群只能等待，反正这个抢食的家伙早晚会吃饱。

在接下来的几个小时里，我们看到熊舒舒服服地享用鹿肉，"手脚"并用大快朵颐。这期间，有二十来只乌鸦试图偷食。与狼对乌鸦尊重、冷静的态度比起来，熊老大明显十分厌恶这些"小麻烦"，为了赶走这些讨厌的乌鸦，熊老大不停地挥打着它强有力的前爪，就像人们驱赶蝇一样。

人们把乌鸦称作"狼的眼睛"，因为它们站在高高的树枝上，能更快地察觉险情。乌鸦能发出250种声音，这其中有一些野狼可以听懂，就好像这两种动物精通同一门"语言"。乌鸦用"我——发现——食物——啦"的叫声引起狼的注意，告诉它们哪里有死掉或受伤的动物。乌鸦还会用"前方——有——危险"的特殊叫声警告狼群，有熊或美洲狮正在靠近它们的洞穴，让狼群有足够的时间将幼崽转移到安全地带。

我和游客们继续观察：山谷中，死鹿躺着的地方又恢复了平静，灰熊吃得圆滚滚的身影渐渐远去。这时，野狼从藏身的草丛里走过来，接着吃剩下的碎肉。乌鸦显得有些无聊，开始玩它们最喜欢的游戏——"调戏狼"：有一只狼正卧在那儿，慢悠悠地啃着碎肉，两只乌鸦却合伙把它气成了神经质。只见这两个家伙总是跳来跳去，叼食狼正在吃的小肉块，其中一只乌鸦还跳到那只狼的后面，扯它的尾巴。狼不得不扭过身来，另一个同伙就迅速叼起地上的小肉块，飞走了。

乌鸦熟悉猎食者的肢体语言，会对不同的狼做出不同的反应，它们招惹四条腿家伙的"战术"是经过考虑的。乌鸦很少招惹动作强势的野狼，但会飞着撞击或者用喙啄击那些靠近动物尸体后，对肉格外渴求的家伙。显然，乌鸦知道哪些狼会"容忍"它们的不良行为。

野狼和乌鸦之间的信任是从小培养的：为了能直接看到野狼生产的洞穴，每年乌鸦都会把新巢直接筑在狼穴附近，这使得小狼和小乌鸦从各自的社会化过程一开始就互相影响，它们之间的关系也历久弥坚。

早在幼狼还生活在洞穴里的时候，人们便可以看到成年乌鸦跳到洞口，好奇地朝里面张望，或是忙着捡起野狼的粪便、吃剩的骨头带回鸟巢。

羽翼渐丰的小乌鸦们也总是在洞穴附近逗留，像是在等着看小狼爬出洞穴，或者是等着成年狼带着食物回家。

三四周大的狼宝宝会跌跌撞撞地爬出洞穴，而外面是密切注视着它们的乌鸦。小狼学习认识狼群成员的时候，先是认识爸爸、叔叔、姑姑，然后是兄弟姐妹，再接下来认识的就是家里的宠物——乌鸦。从那时起，小狼就会一直和乌鸦在一起，不仅能识得它们的样子，更是在脑海里留存了它们羽毛的味道。

小狼和乌鸦每天抬头不见低头见，很快就能打成一片。嬉戏打闹、偷走对方的食物或者互为对象练习伴攻。在幼年时期，狼和乌鸦两个不同的物种就慢慢地建立起了对彼此的信任。

对于狼来说，乌鸦不仅是警报器、烦人的"同桌食客"、年少无知时的玩伴，还是洞穴周围的"清道夫"——乌鸦会捡食野狼的粪便，成年狼的粪便中含有未消化完的骨头和皮毛，乌鸦可以从中挑出并享用，而幼狼的粪便更是会被乌鸦整个吃掉。

野狼与乌鸦之间也会上演感人的一幕。一次我看到拉马尔狼群在吃饱喝足后，躺在雪地里午休。突然，我看到一只母狼的两只爪子中间有一只死乌鸦。我并没有看到是谁杀死的乌鸦，也不明白死乌鸦怎么会出现在母狼的怀里。但当狼群准备离开的时候，我看见母狼叼着死去的乌鸦向河边跑去。它把乌鸦放到一块冰面上，尸体开始慢慢地往水里滑，母狼站在那里看着，它歪了一下头，然后出人意料地将头探入水中，当它出来的时候嘴里叼着乌鸦的尸体。母狼这是在做什么呢？很明显，它在给乌鸦寻找安葬的地方。最后，母狼找到一个小雪洞，它小心地、轻柔地将乌鸦放进雪洞，并用鼻子拱来积雪把洞口掩盖上，之后才跑去追赶狼群。在我看来，它真的像是在埋葬一位挚友。

在大自然中，不同物种的动物可以成为朋友，并利用彼此的长处生活在一起。乌鸦从野狼那里得到的包容就是最好的证明。

（张愚摘自《狼的智慧》中信出版社 图/兜子）

额吉一眼就相中了那只羊。

那是一只老母羊，腿高腰长，毛色纯白柔顺。这羊好啊，能生好多羊羔子呢，额吉赞叹着，又说，可惜牙口还是大了点。

额吉和她的羊
□王樵夫

老母羊的脖子上拴着一根绳子。它东瞅瞅，西瞧瞧，紧张不安，不时地试图挣脱，可怜地发出求救般的叫声。额吉弯下腰摸着母羊，白色的羊毛像棉花一样在额吉手中开着，母羊慢慢安静下来，不再叫了。

卖羊人犹豫不决地把绳子递了过来。额吉一把抓住，唯恐卖羊人后悔似的。卖羊人再三嘱咐：你要是留着养，你就买走；要是买去杀，你就是给我一万块钱，我也不卖。卖羊人的心情有些落寞，念叨着，养了这么多年的羊。

母羊好像听懂了他们的话，慢慢转过头来，看着卖羊人，卖羊人不看它，仰起脸，阳光雨水一样洒下来。

额吉抹着眼睛，牵起母羊，母羊温驯地跟着。额吉心里遗憾，这只羊，就是老了点，否则还能生几年好羊羔。

母羊却没让额吉失望，它一胎最少时生一只，多时生两三只，生的羊羔个个漂亮。

母羊生小羊羔的时候，会离开羊群，寻找一个僻静处趴在地上，一会儿它又趔趄着站了起来，表情痛苦而焦急，晃晃悠悠地转半圈，然后又趴在地上。额吉总是能找到躲起来的母羊，她跪在母羊身边，抚摩着它的肚子，母羊头抵着额吉的膝盖，四腿伸直，浑身用力，小羊的头一点一点露了出来。额吉"哦哟，哦哟"地唤着，那羊羔轻轻落在了地上。老母羊硬撑着站起来，一边闻，一边舔着浑身湿漉漉的小羊。舔了一会儿小羊，母羊又趴在地上，第二只、第三只小羊都生了下来，额吉用手摸着舔干净的小羊，脸上的表情和老母羊一样，安详幸福。

母羊每胎的头生子，长得最壮，被额吉唤为"老大"。每天早晨太阳刚刚照到院子里时，这三个小家伙就开始了"晨练"，满院子撒欢奔跑，把一个小院闹腾得生机勃勃。

"老大"，额吉一喊，头生的小羊羔就立刻停下来，扭头瞅着额吉。如果额吉在院子里坐着，"老大"会立即跑过来，用嘴闻闻额吉的衣服，或者是用头顶一下额吉。这时，额吉就会放下手里的活，把它抱起来，放在膝盖上，它会闻闻额吉的手，或者抬起脸，舔舔额吉的脸，不一会儿，就把头歪在额吉的怀里，睡着了。

有一天，突然传来母羊异样的叫声，吓得额吉赶紧跑出去，发现母羊警觉地站在院子里，它看了额吉一眼，犯了错似的低下头吃草。额吉转身回到屋里，母羊又大声地叫了起来，额吉再次折回院子，这才发现母羊孤零零的，原来它的三个孩子全跑出去了，所以才大声地叫了起来！额吉明白了，于是跑出去，把三只小羊羔给撵了回来，小羊羔撒着欢地跑了回来，母羊闻闻这个，嗅嗅那个，看着额吉，也不再叫了。

按照牧区养羊的习惯，一般母羊羔都会留下来养，公羊羔长到第二年就卖掉了。每年卖羊都是一件让额吉难过的事。这一年，夏天旱，秋天贮存的草太少，家里决定把小公羊卖掉。抓羊的时候，小公羊"咩咩"地拼命喊叫，母羊回头看看小公羊，又转过头来吃几口草，然后再转过头看看拼命挣扎的小公羊，从它的眼神和表情，额吉深切地感到此时的它只是以这种咀嚼的方式，来缓解心里撕裂般的痛苦。它知道它无法改变孩子们的命运，但它的心一定在痛、在流血，当小公羊被捆好扔上车后，母羊突然大叫起来，叫声惨烈，在院子里寻觅般地转来转去，眼神里满是不舍和无助……失去孩子们的头几天，母羊不吃不喝，一副萎靡不振的样子。

额吉最懂母羊的心，她从园子里薅了一棵白菜，母羊只是吃了几口，就耷拉下头，神情恹恹的。

那几天，刚好有一只羊生下羔就死了。如何把这两只羊羔奶大，成了大问题。额吉刚把它放到地上，小羊羔仿佛找到了依靠，趔趄着跑向额吉，嘴不住地往额吉的腿上拱，一副饿急了的样子。额吉的心软了，复又把小羊羔抱了起来。小羊羔把鼻子伸向额吉，在额吉的手心里轻轻地闻了闻，然后又轻轻地舔了舔。

在它舔额吉的手心的时候，一种热乎乎、痒酥酥的感觉奇怪地传到额吉的全身。一瞬间，额吉感觉到她的生命和怀里这幼小的生命紧密地联系在一起。她紧紧抱着小羊羔。额吉的脸偎着小羊羔的脸，痒痒的、暖暖的，有泪水顺着这两张脸的夹缝流下。

额吉决定把两只小羊羔认给老母羊。她把它们抱到老母羊身边吃奶，母羊犹豫着，反复嗅着两只小羊羔。额吉把两只饿疯了的小羊羔塞在老母羊怀里，然后抚摸着抓挠着老母羊的脊梁，轻轻地唱了起来：

柴格，柴格，柴格。
你的白羔饿得慌吧！
你快发发软心肠吧！

柴格，柴格，柴格。
你的婴羔饿得慌吧！
你快发发慈悲心吧！
柴格，柴格，柴格。

突然老母羊的后腿撒开了，那两只羊羔欢实地叼住了奶头。

一天天地，小羊羔长大了，晚上从山上回来，总是抢先跑回院子，跑到额吉的身边，围着额吉转，或者像小时一样蹭额吉的裤脚。我们都说，这些羊，像额吉的孩子，懂额吉的心思。

杀羊那天的早饭吃得无聊极了。全家人沉默不语。最后还是阿爸打破了沉默，他对一直低头吃饭的额吉说：到仓子里抓把料，最后喂喂它们吧！说完，阿爸从柜底掏出一把生锈的刀子，在一块磨石上磨了起来。

额吉走出去，外面浸入骨髓地冷。

宰羊是要给人送礼，所以要挑最大的、最肥的。阿爸面无表情地说，就那几只吧。就它们肥！

阿爸说的那几只，就是额吉最爱的那几只。

"你生不为罪过，我生不为挨饿，原谅我吧！"巴图叔叔是杀羊的好手，他年轻时就操刀杀羊宰牛，他每次杀羊宰牛都这样念叨。

只见巴图叔叔熟练地把羊的四个蹄子交叉地捆在一起，用膝盖顶着挣扎的羊，左手摁着羊的头，右手手起刀落，刀子不偏不倚，正好从羊的下颌捅过，一股鲜红的血便蹿了出来，羊无力地蹬了几下腿，惨叫声戛然而止。

老母羊被拴在院子里的木桩上。它一直不敢正视杀羊的整个过程，它惨叫着，拼命地拽着缰绳，脖子都被绳子勒出了血，连它的叫声里仿佛都渗透着斑斑血迹。

阿爸把一根木柴棒子拖进屋，对正在烧水的额吉说：那只老母羊哭了，淌眼泪呢……

额吉一听，眼泪也流出来了。从第一只羊被抓住，额吉就没有出去。她不敢看到那一幕。

巴图叔叔对额吉说，一只羊被宰杀了，会有另外一只羊生下来，它们的生命循环往复，永无休止。被宰杀吃掉，只不过是羊的生命循环往复的一种方式。巴图叔叔说得非常轻松，羊生不为罪过，人生不为挨饿。世上的事，就是这样简单。

那只老母羊还是被拽了过来。它竭力向后挣扎着。巴图叔叔拿着刀子走了过来，刀子的锋芒刺伤了老母羊的眼睛。

老母羊用乞求的眼神望着执刀而来的巴图叔叔。原来还在抗拒、挣扎的身躯变得瑟瑟发抖。它知道无法抗拒死亡的命运。

但是，随着老母羊的腹腔在刀刃下逐渐划开，巴图叔叔手中的刀掉在地上……原来在老母羊的肚子里，静静地躺着三只快要出生的小羊。巴图叔叔恍然大悟，为什么老母羊要流泪？它是在求人留下自己的生命，以保全腹中小羊的生命啊！

额吉在山坡上挖了个坑，将那三只没出生的小羊掩埋了……

厨房里热气氤氲，孩子们兴高采烈，等待一场羊肉盛宴，额吉却蹲在灶膛前，默默地流着眼泪……

（林冬冬摘自《民族文学》 图/麦小片）

鸟谜

□赵丽宏

前几年，常往山里跑，每次进山，总会遇到一些有意思的事情。那次在雁荡山，就有一次小小的奇遇。

我和几位同伴挑一条少有人行走的野径游山，一路上常被一些藤藤蔓蔓挡住去路，得折腾一会儿才能继续朝前走。就在寻路的时候，同伴中的一位惊喜地喊起来："看，好漂亮的鸟蛋！"几个人围上前去一瞧，都不由得惊呆了：三颗滴溜滚圆的小鸟蛋，粲然夺目地躺在一堆枯草之中。鸟蛋的大小如同孩子们玩的玻璃弹子，颜色也奇特，天蓝色，隐隐约约有一些墨绿的斑点。如不是在深山枯草中发现它们，我们怎么也不会想到这是鸟蛋，谁说这些不是精巧别致的工艺品呢！三颗鸟蛋被一位同伴小心翼翼地装进了口袋，于是大家重新上路。

同伴中另一位，从小在山里长大，竟老是念念不忘这三颗鸟蛋："哎，我说，把这三个蛋放回原处去吧。"

"为什么？""等一会儿，雌鸟会来找我们的。"

"哪有这种事情？你想象力太丰富了。""真的，不骗你们，小时候听山里的老人们说，掏了荒山野草里的鸟蛋，鸟要找来报仇呢！"山里长大的同伴说得挺认真。可谁也不理会他的话，只觉得他可笑，年纪轻轻却满脑瓜子朽木疙瘩。

没走出二百米，怪事就来了。一只白胸脯的灰褐色小鸟，从后面追了过来，绕着我们的头顶兜圈子，嘴里发出一种急促不安的啼唤。不多久，又飞来了第二只鸟，两只鸟一高一低，不停地绕着我们飞。大家谁也没说一句话，都停住了脚步，呆呆地看着这一对奇怪的小鸟。它们越飞越低，有时甚至差点扑到脸上来。它们的叫声也越来越急促，似乎在愤愤地咒骂着什么。

山里长大的同伴突然喊起来："还愣什么，快把蛋还给它们呀！"拾蛋的同伴赶紧从口袋里掏出鸟蛋，慌里慌张地把它们搁到一块大石头上。然而所有人都傻了眼：三枚鸟蛋全碎了，透明的蛋清在石头缝里无声无息地流淌，天蓝色的蛋壳成了一些碎片片……

两只鸟敛起翅膀，停落在那块大石头上。我们都紧张地注视着它们，不知它们将如何动作。两只鸟绕着碎了的鸟蛋蹦跳着，嘴里停止了啼鸣，似乎是既无惊愕，也无悲哀。过了两三分钟，它们停止了蹦跳，盯着脚边的碎蛋，面对面呆呆地站定了。依然听不见啼号，仿佛是一种默哀。可惜不懂鸟的表情，否则，大概能从它们呆瞪着的眼睛里发现伤心和绝望的。

重新上路时，心头似乎负着沉沉的歉疚。只听见头顶响起一阵尖厉的鸟鸣，是那两只鸟，它们在我们的头顶盘旋了四五圈，便迅疾地飞去，消失在密密的丛林中。而它们的啼唤久久在我们耳畔萦绕回旋，这一声高一声低的啼唤，让人揪心，我们不禁面面相觑。

那个下午是索然无味的。我们在荒草和乱石中转了半天，竟迷失了方向，辨不清东西南北。一直到天黑下来，才找到一条出山的路。这时，几个人都是狼狈不堪了。我们坐在路边的一棵樟树下，突然，头顶响起了鸟叫，又尖厉又悲哀，和山里那两只鸟一模一样，只是这叫声中似乎多了一种嘲讽的味道。等我们抬头寻觅时，只看见树叶簌簌动了几下，两个小小的黑影在幽暗的天幕中闪了一闪，然后便什么也没有了。

"瞧，它们报复了我们，让我们在山里白转了半天。"山里长大的那位同伴已经沉默了半天，此刻总结似的吐出一句话来。

没有人赞同，也没有人反驳。也许，这只是一次巧合吧。我想，在大自然和生命之间，还有许多不为人类所知的奥秘，还有许多未解之谜，这大概是谁也不会否认的。

(林冬冬摘自《与象共舞》上海人民出版社　图/兜子)

涉江

□李娟

东方蒙蒙发白时，四峰骆驼打好包了。我们的家，全都收拢在这四峰骆驼背上了。骆驼一个连着一个，站在微明的天光里，冷冷清清。

启程了，一开始驼队行进得很慢很慢，羊群更慢。班班和怀特班前前后后地跑着，只有它俩是喜悦的。在北面山谷口开阔的空地上，驼队和羊群分开了。我、妈妈和斯马胡力随着驼队往北走，卡西一个人赶着羊群从东面绕过去。羊群可以过吊桥，但驼队只能涉水蹚过额尔齐斯河。

我们抵达了额尔齐斯河南岸，斯马胡力选了一处水流平缓的地方下水，策马奔向河中心，一路上马蹄踩破浮冰，溅起老高的水花。但他还没到河中心就折了回来，大声喊着："可以！这里就可以了！"

妈妈把骆驼之间连接的缰绳又整理了一遍，然后她牵着这串骆驼缓缓下水，跟在斯马胡力后面向对岸涉去。

斯马胡力在河水的轰鸣声中扭头冲我大喊："李娟，你自己一个人敢过来吗？"我赶紧连说了好几个"不"。他又大喊："那等着吧！"头也不回地去了。

这边的世界只剩我一人了。天完全亮了。

不，和我在一起留在岸这边的还有怀特班。

妈妈他们下水的时候，老狗班班毫不犹豫地也跳下冰层，跟在驼队后面，在浪花中缓慢游动，只冒出一个头来。而怀特班是一般的土狗，不是牧羊犬，从没经历过这种场面，况且还不到一岁。它吓坏了，悲惨地呜呜着，几次跳下激流，又吓得赶紧跃上岸，一个劲地冲水里的班班不停地吠叫呼喊。

但它一回头，看到我还停留在岸这边，赶紧靠拢过来，绕着我呜咽，似乎我成了它唯一的安慰、唯一的保护人似的。后来它也不叫了，卧在我旁边，紧紧守候着我，还以为虽然离开了大家，好歹守住了我。

班班还在河中央艰难地向前，努力稳住身形不让水冲走。但离妈妈他们越来越远了，我以为它力气用尽，渐渐被河水冲走了呢，心提到嗓子眼，忍不住大喊起来："班班！班班！"终于，它游到了河岸边的水浅处，一下子加快了速度，很快就蹿上了河岸，激动地向妈妈奔去。

这时斯马胡力骑着马下水返回，向我而来。斯马胡力牵着我回到岸上，他上了我的马，骑在我马鞍后面，抱着我似的继续前进，一手挽着我的缰绳，一手牵着自己的空马。这下我安心多了。

只是我还在担心怀特班，回头看时，它绝望地在岸边来回走动，几次伸出爪子试探着想下水，都退了回去。没有希望了。直到我们真的走远了，我又大喊了一声它的名字。它这才猛地冲进水里，拼命向我们游来，我努力地扭头往后看，可惜的是，没游多远，这只笨狗又一次打了退堂鼓，连滚带爬地回到岸上。

可能不是它笨，是它了解自己的极限。它和班班是不一样的体质，逞强只会让它丧命。这可怕的寒冷的大水啊！它不愿意死去，又不愿意离开我们。没有希望了。

我胡思乱想着，不知不觉已经快要涉向河心了。河中央的风更猛于两岸，更凉于其他地方。我两条腿抬得高高的放在马背上，但裤子还是湿了一大片。

过了河，斯马胡力又检查了一遍驼队，妈妈还在冲着对岸呼唤着怀特班，一遍又一遍，喊了许久。我们再次整装启程后，沿着河岸向西走了许久。在河的对岸，怀特班也在往西跑，不时停下来隔河遥遥相望、吠叫。它还以为它仍然是和我们在一起的。直到我们在岔路口拐弯向北，才永远地分离。我不敢回头看了。这时候，风又猛烈起来，冰冷的太阳高高升起。

（林冬冬摘自《这世间所有的白》重庆出版社 图/hhym）

马语

□ 金宇澄

世上没别的动物，像马那样高大而温良——这句话不知是谁说的。

这种四脚动物都是夜神仙，双目同狼眼那样发绿，在槽旁闪耀，整夜需要进食，啃槽板，与邻不睦，便溲、排尿的动静，如大号龙头放水。可怜马夫每夜数遍起身添草，空气腺浊不堪，只嗅到一点豆秸、三菱草那种切碎

了的秋天野花的气味。

难以理解马的睡眠，它一生就这样日夜站立，没有完整的睡眠，一闭眼算一觉。把它拴在邮局门口或者一棵白桦上，有时它低下头，闭上眼睛，下唇逐渐垂耷，这是它深度睡眠的标志。

草原上的乌云，永远追逐白云，马驹永远紧跟母马，如果母亲被役使九十里，马驹便跟随九十里。一路它不时撒欢，追逐小鸟和蝴蝶，离开母亲玩出很远很远，然后箭一样回来跟随着车队。雪暴寒天，马驹已能从僵硬复杂的挽索中，熟练寻觅到母亲的乳头，母子披挂白霜，如冻凝成一块。在无月之夜，马驹之眼和母亲的双目一样放射出绿光，特别明亮温和，它同样能跟住车队跑得飞快。

正因有这样的优秀视力，马眼容易损伤变瞎，这是它和其他动物不同的地方。

如果鞭伤，情绪波动、内分泌失调，或者急火攻心，马眼就瞎了，这是马的刚烈所在。曾见三名车夫将一马打到皮开肉绽，打断了皮鞭和镐柄，它做错了事，股腿流血，当夜它就失明了。医生说是它内心不平，心火上攻的缘故。

在马群聚居的地方，你经常可以看到瞎马的存在，它们终年在暗无天日的矿洞里，或是在酷暑严寒的原野上拉车和拖碾，仍然被人深度重复利用，一直到死。

马的敏捷高贵、羞怯多动的品行，使主人爱恨交织，在它们身上的期望值也就更高，更为复杂。可以说，它是人世间最昂贵最卑贱的活财产。

无论良驹还是杂毛，通常是在两岁上下区分所有者范围，在左股烙火印，然后阉割，钉掌，戴口嚼，直至接受鞍辔。处于三岁的发情期公马，有"害群之马"之说，相互踢打，啃掉人的手指，如果嗅着十里外有发情母马，即使它拖拉几吨石块砖瓦的车辆，也将四蹄生风去相亲，力拔山兮气盖世，连身带车，乌云压顶一样上去追逐爱情，酿成多少惨剧。

为了人类的安全，公马一般必须阉割。马厩通常在春天雇三四名蛮夫，缚倒马匹，不麻醉，切出睾丸。马的第一反应是疼痛难当，伏地颤抖，但必须强制它起来，伤口触到泥地，就会感染而死，必须追使它立刻行走。

这一走，就是走一个整月，不分昼夜，不避风雨，除了吃草，必须让它日夜跋涉，不得停留。

在晚春，你可以看到十匹或十数匹经过这样手术的太监马在行走，两名马夫日夜换班督驾，每一匹马，身压百余斤重的沙袋。据说去势手术之后，马的脊背极容易上拱，容易报废。

一旦马们死掉，只是解下笼头、缰绳，发动一部推土机，把尸身四脚朝天推到马厩附近一个大坑里了事。

只等数天，骄阳的热量，坑内的污水，野兽的啃咬，可将日趋腐败膨胀的马腹引爆，当地大批怀孕的动物，早就在此守候徘徊多时，正处于最需要营养荤腥的时期，相当饥饿贪婪，懂得探于马腹中补充动物蛋白。

"皮可制革，肉可食用，骨可制胶"，马永远在奉献。

(月亮狗摘自《视野》2020年第8期 图/熊LALA)

大雪飘飘

□ 王族

他没有想到，在这个大雪天会与那头熊相遇。入冬以来，阿尔泰的天像疯了似的一场又一场地下着大雪，没有要停住的意思。他记得现在的这场雪是十天前开始下的，在这十天里，满天飘飞的雪刀子似的刺向牧场，已经有几十头牛和三百多只羊被冻死了。今天早晨，他从梦中疼醒了。睁开眼睛的一瞬，他发现窗户的缝隙里透进来一丝光，照在自己的眼睛上。他感到左眼眶很疼，用手揉揉，感到像刚才在梦中被那把剑刺了一样疼。

他的左眼是空的，只有一只右眼。

穿好衣服，他慢腾腾地走出屋子。雪已经停了，阴了一两个月的天终于晴了。在雪中走走吧。他这么想着，就返回屋，背上猎枪，向牧场后面的山坡走去。然而，当跑进树林时他惊呆了。一头身躯庞大的熊居高临下地站在一块石头上，正怒睁双目盯着自己。由于先前他没有发现它，在他停住的时候几乎已经撞到它的两只前爪上。他退后几步，见熊仍无动静，便又后退几步，依着一棵大树站住。他知道自己不能再退了，再退的话可能就会激怒熊，它要是一跃而起追过来，自己又怎能跑过它呢？

平静了一会儿，他开始与熊对视。忽然，他的呼吸变得粗重起来，右眼像是要喷出火，愤怒地睁圆了。他认出眼前的这个家伙就是挖了自己左眼的熊，这是他今生痛恨至极的仇敌。他紧盯着熊，握枪的手指头已经在"啪啪"作响。

这时，熊忽然叫了一声。它的叫声很奇怪，一改往日嘶哑的声音，它此时的声音显得很温柔，像是在对他传递着某种友善，又像是对他手中的枪表示不屑。

熊很专注地看着他。树枝上的一团雪落下，刚好落在它的头上，因而它黑乎乎的脑袋变得像一个圣诞老人，显得有些可爱。

熊又温柔地叫了一声。他悄悄地钩住了枪的扳机。他想，如果熊忽然袭击，自己在举起枪的一瞬就可以开枪。这时，林子里传来一声马的嘶鸣。熊像是听到召唤从石头上慢慢走下，向马发出声音的地方走去。

他转过身，看见一匹小马正在用嘴啃树皮。大雪已淹没了所有的野草，这匹小马饿得只好啃树皮。但它显然还没有把树皮啃下的能力，一急之下，它便孩子似的又叫了起来。熊走到它跟前，仍用注视过他的复杂表情注视着小马。按说，熊和马在平时都是不能打照面的，但这会儿在相互注视下都变得平和起来。熊走到树跟前，小马为它让开了位置。熊举起前掌一下一下地把树皮扒拉下来，小马把嘴凑上去，开始咀嚼那些树皮。熊不时地看一眼小马，表情仍然很复杂。

他远远地看着这一幕，抓枪的手慢慢松开了。他这时才想起，这场雪灾几乎淹没了所有的草场，牧民们尽管准备了大量的冬草，但还是有那么多牛和羊被饿死了。眼前的这匹小马肯定是忍受不了饥饿才跑出来找吃的，但这白茫茫的雪地里哪里还有野草啊？

熊仍在用力地为小马撕扯着树皮。不一会儿，它便喘起了粗气，每抓一下都显得很吃力。终于，熊不行了，像一座大山一样轰然倒塌。小马嘶鸣一声甩嘴去碰熊的嘴，想让它爬起来。他惊叫一声扑过去，见熊口吐白沫，眼睛慢慢地闭上了。熊在这场大雪中可能从没有吃上东西，刚才又为小马抓树皮耗尽了最后的力气。熊累死了。他和小马站在熊的尸体旁，久久不知所措。

下午，大雪又下了起来。林子里传出一声枪响，然后就听见枪支被抛入雪地的声音。过了一会儿，他牵着那匹小马从林子里出来，向牧场走去。

（林冬冬摘自《神的后花园》 南方日报出版社 图/兜子）

当生活在别处时，那是梦，是艺术，是诗，而当别处一旦变为此处，崇高感随即便变为生活的另一面：残酷。——米兰·昆德拉

动物如何看待死亡

[日]阿部弘士 译/烨伊

动物们是怎样看待死亡的呢？大象似乎知道死亡是怎么一回事。有同伴倒下的时候，它们会用鼻子拱它，帮它站起来。如果还是不行，它们就知道那头象已经死了。之后就会待在死去的同伴身边，仿佛在凭吊，久久不肯离去。黑猩猩的孩子死后，就算孩子的身体已经干瘪得像木乃伊一样，妈妈还是会抱着不放。动物们多半是懂得死亡的吧？

"我快要不行了吧？"它们也许会这样感受到死亡的气息。动物的听觉和嗅觉比人类敏锐许多，有时候可以感受到我们察觉不到的异常。

我的一位朋友是兽医，同时是动物摄影家。他告诉过我这样的事情：染上传染病的斑马似乎会发出类似"快杀了我""把我吃掉吧"的讯息，狮子收到这种讯息，便将狩猎的目标选定在它身上。如果它在斑马群中散播传染病的病菌，整个斑马群都会灭亡。如果这匹染病的斑马不早点死，斑马群就会有麻烦。如果它死得早些，病毒就不至于蔓延到整个斑马群中。因此，狩猎动物吃掉患上传染病的那匹斑马，就能阻止病毒波及整个斑马群。

野生动物的世界里，大家都在尽职尽责地扮演自己应有的角色。

人们都说，野生动物活在一个弱肉强食的世界里。但真的是这样吗？那不过是人类观察到每个物种之间的关系后，随口发出的感叹罢了。"强壮的狩猎者狮子"和"柔弱的猎物斑马"，看上去的确符合弱肉强食的逻辑，其实并不尽然。狮子和斑马不过是构成了一条合情合理的生死关系链，这并不代表其中有一方强大，另一方弱小。所谓的"百兽之王"，不过是人们强加的印象。大自然中的狮子并没有那么威风凛凛，生了病会死，抓不到食物也会死。它们对生命同样专注和谦逊。我去过非洲的热带稀树草原，反而觉得成群结队的斑马比狮子更有风采。

大自然是建立在生态平衡上的。如果没有动物扮演狩猎者的角色，食草动物的数量一味增加，最终会把所有植物吃光，原本扮演猎物的一方就会灭绝。因此，负责保持平衡的狩猎者肩负着十分重要的任务。

北海道的狩猎者——狼，因人类的猎杀而灭绝，已经一匹都不剩了。于是，北海道的鹿群暴增，如今森林、草原、田野都被啃噬得一片荒芜，非常凄凉。

走遍世界，见过各个地方的野生动物后，我想，也许不被人类干涉的死亡都是正确的。无论是非洲的热带稀树草原，还是热带的亚马孙雨林，无论是严寒的西伯利亚，还是日本——一切自然界生物的生长和死亡，都应该顺应自然的规律，不受任何外在因素的打扰。

我们每个人都在一天一天地老去，我们的每一天，都是向死而生。人迟早会死，我希望我死的时候，能认为自己的一生是快乐的。今天的我在努力工作、努力吃饭、努力喝酒、努力玩乐、努力大便，也在努力绘画、努力创作。作为一名饲养员出身的绘本作家，我应该向世人传递的信息，不就是一幅幅充满生命力的图画吗？否则，如何对得起那些死去的动物和此时此刻活在世上的昆虫和蛇呢？

"你画的都是些什么东西嘛！"

"如果把我画下来，那我也算没有白死。"

它们大概会这么想吧？我用自己的画，来表达对动物的感恩。

(sky摘自《动物园的生死告白》 新星出版社 图/兜子)

令人敬畏的 生 命

□刘喜权

在我儿时的印象中,每当大雪皑皑的日子,二叔总是不畏严寒,顶风冒雪地奔赴田野,去下套子。他知道大雪天,野兔为了生存,依然会不辞劳苦地出来觅食。他来到田塍上,寻找雪地上兔子那梅花瓣似的脚印。根据这些脚印,他就能大体判断出这只兔子的活动范围,然后在这范围内下套子。

套子是铁夹子做的。二叔将铁夹子撑开,用绳索牢牢地固定在一棵树上;倘若没有树,他就会打一根坚固的木桩,将其固定在木桩上。只要兔子碰到铁夹子,它就会自动合上,威力巨大。人若误碰,手碰手被夹,脚碰脚被夹,非残即伤,而且伤的往往是骨头,惨烈而痛彻肺腑。

在平常的日子里,怕误伤了人,二叔很少下这种套子。可是下雪天情形就不一样了,田间地头冰雪覆盖,"千山鸟飞绝,万径人踪灭",二叔这才敢下套子,而且会插根长长的东西,如小棍、树枝一类在旁边,提醒着那些一旦光顾的人注意。

一次,我尾随着他,见他根据雪地上兔子的脚印,很是干净利索地完成了一系列下套子的动作。整个过程中,他都叫我站得远远的,怕我人小懵懂,误踩了"雷区"。这时的二叔,望着银白的田野,嘴角扬着笑,眼里闪着希望的光芒。

无瑕而晶莹的大雪世界,对于兔子这些小动物来说,却是美丽的背后隐藏着危机。猎捕它们的人会不失时机地下手,毫不手软。

回家的路上,我问二叔:"什么时候再来?"二叔说:

"明天早晨,而且得早早地来!万一夜里狡兔撞到夹子上,它会拼命地挣扎,会逃掉!""那可得带上我!"我迫不及待地说着。"行!"

第二天早晨,天刚清亮,二叔就来叫醒了我。我匆忙地穿戴好冬日里笨拙的行头,从头到脚包裹得严严实实的,这才和拿着一只空蛇皮袋的二叔一起,向着昨日下套子的野外走去。

我们出了村庄,不多久就接近了昨日下套子的田间地头,隔着一段距离,就发现有一只硕大的灰色兔子中套了!它被绳索牢牢地牵制住,不停地东奔西突,想挣脱逃跑。

我们惊喜地发出欢呼声,同时加快了脚步。

兔子似乎也发现了我们,感到危机正在一步步地逼近,它变得急躁而不安起来,加快了挣脱的力度与频率。在我们离它只有几步之遥的时候,它终于挣脱了,而且是凄惨地挣脱:它留下了一只血淋淋的腿在铁夹子上,这才一颠一簸地跑了,跑得极慢、极慢……是带着极度的痛楚吧?是带着强烈的求生欲望吧?

兔子一心想摆脱人类的束缚与威胁这一幕震撼了我,也刺痛了我一颗少年的心。可怜的兔子,一定在大雪纷飞的夜里经历了无数次受伤后的挣扎与煎熬,求生与向往田野的信念却一直在支撑着它面对苦难。

兔子,你这只血性、刚强的兔子,告诉我,是不是?

二叔没去追它,大概也动了恻隐之心吧?如果他去追这只落荒而逃且受了伤的兔子,那是很容易追到的。

我们默默地注视着,在我们昨天下套子的这片雪地上,留下了无数兔子带血的脚印,像朵朵红梅撒落在白雪地上,醒目、耀眼,令人对自然界的生物萌生出无限的敬畏。

二叔什么话也没说,解开铁夹子上的绳索,提起铁夹子,小心翼翼地拿下那只血肉模糊的兔腿,轻轻地放在雪褥上,像怕弄痛兔子似的,然后将带血的铁夹子装进了手中的蛇皮袋子,神情凝重地带着我回了家。

以后的日子里,一直没见二叔再用过他的铁夹子,也再没见他逮过一只兔子。

(梁衍军摘自《参花》
2019年第15期 图/小粒团)

象钩

□ 尤 今

很年轻的时候，到泰国旅行，骑大象是我最喜欢的活动。

木椅紧紧系在大象的背部，两人并排坐在上面，象夫就坐在最前面。大象颠颠簸簸地行经潺潺的溪水、穿越茂密的丛林；白云飘浮，鸟声啁啾，感觉刺激而又惬意。能够把强悍的大象训练得好似绵羊般温驯，我对驯象师佩服得五体投地。然而，对于训练的细节，我没有深加探究。此外，我也不曾想过，大象驮着三个人攀高爬低，会不会超越负荷。

很多年之后，我才知道，大象脊椎脆弱，最多只能承受150公斤的重量。长期驮着游客，导致它的脊柱变形了。游客一趟一趟地让大象驮着走，就等于是把一己的快乐建立在大象水深火热的痛苦上。

成家之后，我多次带孩子到清迈、普吉岛、芭提雅去旅行，孩子最感兴趣的，莫过于看大象表演了。

大象在受过训练之后，会打躬作揖、会双足站立、会闻乐起舞；而许多高难度的动作，如踢足球、投篮、蹬车，也难不倒它们。至于长长的象鼻，更是出神入化，它会把呼啦圈转得像风扇一样快；也会给人做舒服透顶的按摩。最不可思议的是，它居然还会绘画！在众目睽睽之下，大象以鼻代笔，在洁白的画纸上绘出了一头胖嘟嘟、笑眯眯的大象，画出了一棵魁梧的树、一朵娇艳的花……大象居然有潜在的绘画天分，大家都啧啧称奇。

记得当时我还把大象当作励志的对象，对孩子说道：

"瞧，大象经过训练后，能文能武。由此可见，只要努力，铁棒磨成针！"

说这话时，我并不知道，对于"沦落"于旅游界的大象来说，所谓的"训练"，是地狱式的残暴折磨；所谓的"努力"，是扭曲本性的残酷摧残！它在纸上画出了一头快乐的大象，但是，到了死去的那一天，"快乐"依然是它的"绝缘体"！

三年前，从一宗意外事件中，我才知道训练的部分真相。

2017年，在泰国芭提雅，一个旅游团的领队被大象践踏致死。根据新闻报道，当时大象驮着一个象夫和两名游客。大象走了十几米，便因疲惫而停住脚步，这时，象夫用象钩狠狠地戳了它的脑门一下，大象立马发狂了，它撞击树木、冲向人群，用鼻子把人卷起，抛进沟渠，继而把人踩死。

发生悲剧的导火线是象夫以象钩来戳大象的脑门。

象钩，可说是大象的"紧箍咒"，驯象师就是以这犀利的武器来给大象进行种种惨无人道的训练的。每回它不听话，驯象师便将尖利的象钩深深地戳进它最柔软、最敏感的耳朵里，让它痛不欲生。更令人发指的是，驯象师会刻意把钉子打进大象的脚里，钉子取出后，伤口极深，隐痛永在。以后，只要大象违逆意愿，驯象师便会把象钩猛猛地戳进它的旧伤里，让它痛得死去活来。

大象的一生，都摆脱不了象钩的威胁与伤害。试想想，把象钩戳进脑门那种贯彻骨髓的痛楚，怎不令大象发狂啊！

现在，到泰国去，我绝不骑大象，更不看表演，然而，想到还有3500头被人工驯养的大象依然在游客的掌声中熬受着地狱般的历练，我心如秤砣……

要让大象摆脱操纵它们一生那宛若魑魅魍魉的象钩，唯一的途径，就是游客的觉醒。

不骑大象，也不看大象表演。

（山高摘自《新民晚报》2020年4月21日　图/罗再武）

野鸟

□ 冯骥才

我书房中常有鸟，非我所养，乃是野鸟。

我书房外的连廊，是用木头搭建的。日子一久，檐角张开，便有些小鸟飞来筑巢。连廊上草木繁多，鸟儿们误以为是它们玩乐的地方，便从檐下的裂缝钻进房来，但这些误入房中的鸟儿很快就会惊慌失措，大声尖叫，失魂落魄地飞来飞去。如果是雏鸟，它们的叫声又尖又细，充满恐惧，它们的父母便会在外边着急地呼叫，可是这些鸟儿是很难从原来的入口飞出去的。

这样一来，就要我动手去捉，捉到之后开窗放去。屋中捉鸟是很难的，东西太杂，常常撞得东翻西倒。

这种事年年都有几次。我曾用棉布把檐下的裂缝堵住，可不久又被鸟儿们啄开。难道它们也喜欢我的书房？

我便不再去堵房檐的裂缝，它们想来就来，来了就任它们飞一阵，然后捉住，开窗，放去。

这样，我书房的野鸟日渐多了起来，有一天早晨听到书房里叽叽喳喳地叫，过去一看，居然有两只鸟儿，边叫边飞。我朝它们喊了一声："你们要翻天了！"

还有一天，我发现书桌的稿纸上竟有鸟屎。我笑了。这种野趣哪里去找？

可是，一天清扫房间时，我从一个大花盆的后边发现一只死鸟，大概死了多日，已经又干又硬。不知它哪天进来的，怎么没见它飞、没听它叫呢？多半是我出门在外时，一连几天，它没吃没喝，又渴又饿，走投无路，死去了，样子很可怜！于是我请来装修师傅把连廊的屋顶檐边好好修补一遍，所有裂缝全部严严实实堵好。

从此，屋里再无飞鸟。这样一来，我却又觉得发空，好像失去了什么。

（一二三摘自《收获》2020年第1期 图/曹黑黑）

狼

□ 李鲆

狼以前是怕人的。

我老奶掌家时，我爷爷负责放羊。曾经有匹狼趁他没注意，去啃了只半大羊就跑。如果是小羊，狼就会咬着羊脖子，把羊甩到自己背上，背着就跑。但那只羊有点大，狼背不动，就啃着羊脖子，用尾巴抽着羊屁股，赶着羊走。

我爷爷看到后，一声大喊，拔腿就追。狼舍不得快要到嘴的肉，拼命用尾巴赶羊，我爷爷紧追不舍，一口气撵出三四里地。狼终于给累垮了，然后松嘴放了那只羊，自己逃了。爷爷这时也累坏了，没再追，放它跑了。

我问父亲，爷爷当时手里拿有什么武器吗？父亲说，什么也没有，就一根赶羊鞭。

但是到了冬天，人烟稀少，狼们也开始胆大起来了，大白天就敢到处晃荡，见了人也不怕，甚至敢从大人手里夺小孩。母亲说，她表妹小枝，就在姑妈身边被一匹狼咬着胳膊要夺走，姑妈拉着她另一条胳膊死不撒手，旁边又有几个人捡了石头来打狼，那狼最后才无可奈何地松嘴跑了。小枝前几年去世，到死胳膊上都还留有狼牙印。

1949年以后，政府号召打狼。我父亲的表哥当民兵，手里有枪。他走夜路时有匹狼扑上来咬他，他"嘭"的一枪就把狼打死了。狼皮送到区政府，政府还奖了两斗小米。那匹狼被开膛后，从肚子里找出好几件银器——就是小孩子戴的银手镯、长命锁之类。可见这匹狼伤人不少。

狼吃东西是不嚼的，所谓"狼吞虎咽"，就是直接大口大口地吞。所以狼肚子里才会有银器。

我二爷，也就是父亲的二伯，家里有只羊被狼咬死了，还没来得及吃就被人发现，狼匆忙逃了。我二爷就用羊油裹了个土炸弹，埋到羊的肠肚里，想等狼来吃羊时，把狼给炸死。结果，狼的确来吃羊了，却把炸弹囫囵吞了下去，没有炸。这炸弹在狼肚子里没有被消化，又被拉了出来。

有一只麻尾鹊飞过来，对着狼粪啄了一口。"嘭"的一声，炸弹炸了，把麻尾鹊给炸死了。

（夕梦若林摘自《母亲的一九四二》清华大学出版社）

冬天打狗吃肉，是我们这里的男人最热衷的事情。真是可恶。

我妈常说："吃什么都行，就是千万别吃狗肉和马肉，那简直就是吃人肉——狗和马都是通人性的。"

我妈很喜欢狗，又极下精力地对它们进行了研究，简直比了解我还要了解狗。在她眼里，一条狗与另一条狗之间的区别就如同一个人与另一个人之间的区别那样显著。

狗 □李娟

假如有一条野狗向她凑过来，她就会这样向我介绍："这就是最喜欢吃新鲜白菜帮子的那条，天天守在垃圾堆边等我。还有一条也总在那里守着，但那条喜欢扒剩菜。"

然后她又说："它生气时，耳朵是这样的，往后面窝着——"她把狗的两只耳朵一起揪住往后面拧，又说："当然，要是迎着风跑得快了也会有这种效果。同时，它脸上所有的毛都往后面倒……"她双手箍住狗脑袋往后扒拉，害人家的圆眼成了吊梢眼。我们感觉得到那狗在极力地忍耐。等我妈的介绍终于告一段落，刚松手，它立刻一趟子跑掉，跑得远远的才停下来回头往这边看。

秋天牧业离开后，总会有闲下来的男人弄辆车，进山打狗。

听说有人围攻一条狗，两天都没能拿下来。那狗很聪明，就是不肯靠近。

"为什么不跑呢？"

"它媳妇给拴着呢！"

原来是一公一母两条。母的给逮着了，但公的性子猛烈凶狠，谁也无法靠近。于是他们就把母狗拴在车上，守株待兔。那条公狗整天在周围徘徊，始终不肯离去。晚上会悄悄过来和母狗卧在一起，被发现后被打断了一条腿。尽管如此它还是给跑掉了，而且变得更加凶悍，近身不得。

他们就开着车拖着母狗慢慢走，公狗在后面不远不近地跟着，跟了两天了，仍然打不着。

我们到时，那条大狗还在不远处的树林里往这边看。深色皮毛的母狗卧在吉普车旁边，头歪在前爪上，神情平静。

吃饭时他们也分给我一些食物，我一点也不想吃，就悄悄掰碎了，趁人不注意扔给那母狗。它照样趴着，也不起来，只是直起脖子，头一偏，就准确地用嘴接住了，一口吞下去。然后又懒懒地歪着脑袋趴回去。

我还想喂喂那条公狗，便小心地向它走去，它远远地盯着我，渐渐直起身子，塌下肩背，沉沉地低吼。我有些害怕，便停住，把手里的馍馍用力扔出去，然后转身快速离开。后来回头看时，它正走到馍馍旁边，低头去衔它。这条狗果然很大，有着灰色的皮毛。

结果这一举动给那群人看到了，立刻想出一个"好主意"来。他们也学着我的样子给它扔馍馍，想诱它过来。好在那狗聪明着呢，感到不对劲，根本就不搭理。

幸亏后来其中的一辆车有事要先离开，我就赶紧跟着走了。

过了两天，有人在我们屋后剥狗皮，架起大锅煮肉。又过了一天，我过去看时，野地上扔了一张灰色的狗皮和一只瞪着眼睛的狗头。他们到底还是得手了。

冬天最冷的日子来临之前，看到那张狗皮已经变得很旧很薄了，平平地嵌在大地上。

我从来也不曾做过什么——真是又安慰，又罪过。只好想道：那是死在愤怒中的事物，是有强烈的灵魂的。这灵魂附在植物上，植物便盛放花朵；附在河流中，河便改道，拐出美丽的河湾……自然总是公平的，总会平息一切突兀的情感。至于那些生来就对周遭万物进行着损害的，快乐而虚妄的灵魂，因为始终不能明白自己所做的事情有何不妥，也会坦然轻松地过完一生，又因为毫无遗憾而永远消失，让世界波澜不起，但愿如此。

（田龙华摘自《阿勒泰的角落》新星出版社 图/兜子）

"有趣的灵魂"属于人类？这些哺乳动物可不同意

□[英]约翰·亚瑟·汤姆森 译/张毅瑄

哺乳动物是这颗星球上进化程度最高的生物族群。从赤道到北极，从陆地、天空到海洋，它们走过亿万年的漫长旅程，足迹遍布全球。这些哺乳动物的社交江湖和处世哲学可比你想象的有趣得多。

"死了都要爱"的野兔

可以说，野兔是动物界最温和的"老实人"，所有人都想攻击它，它们却不与任何人为敌。它们的特质就是躲躲藏藏，天生拥有非凡的避险能力。上天赋予它们功能良好的感官与肌肉，还有许多本能花招，能让它们以机巧的方式击败敌人。

然而，这些优势的前提是野兔开启了"贤者模式"。当野兔处于繁殖期时，将自保本能抛到九霄云外。原本谨慎的野兔会变得鲁莽无惧，整天将自己暴露在开阔处。雄兔四处飞奔，寻找害羞的雌兔，双方一旦相遇就开始绕着圈你追我跑。若是遇上了情敌，那定是少不了一场厮杀，不论是前掌的拳头还是后腿的踢击，全朝着对方身上招呼过去，等双方都因整日奔跑打斗而精疲力竭时，它们就会坐在地上互瞪一阵子，然后其中一方会突然跳起来，朝草原方向疾奔而去，一点都没有平日放开步子慢跑的优雅自在，其飞跃之姿反而予人横冲直撞之感。它们对待爱情只有一个准则："抢就完了。"

热衷于"抢亲"的雄海狗

五月初，雄海狗陆续抵达群岛岸边，它们体积庞大，浑身肥油，体能正处于高峰，登陆后就各自在海滩上寻找一块数米见方的风水宝地，并随时准备为捍卫这块领地而战。此时处处战火密布，没有一只雄海狗敢暂离领土不加防守，因此数周下来，它们不吃不喝，甚至连睡觉都不敢！

雌海狗性情温驯，身材只有其配偶的五分之一左右，每只雄海狗都想多抢几个老婆，虽然它们的手段只有威逼利诱，不会动粗，但雄海狗彼此整天打来打去，让雌海狗也不得安宁。

哺乳动物的有趣之处不止如此。它们不仅会谈恋爱，还承担着父亲和母亲的角色。

比如雌海狗可以从数百只小海狗中准确地找出自己的小孩，其他小孩若想接近它，都会被它赶走。

夫妻大部分时间会各自活动，但如果有了小孩，就会经常见面，甚至带着孩子一起散步。（简直是动物界的吉祥三宝。）河狸成双成对地生活，奉行一夫一妻制。小河狸要花很长时间才能长大，在此期间它们似乎都过着快乐的家庭生活。

堪称"吃货"的哺乳动物

负鼠天生有着不挑食的好胃口，无论水果、植物根茎、坚果、嫩玉米、鸟蛋、雏鸟或幼兽，都是它们眼中的大餐。多样化的饮食习惯能让它们把自己养得胖胖的，而体表下储存着的脂肪也能帮助它安度严冬。

水獭最嗜吃鱼，鳗鱼、鳟鱼、鲑鱼、梭子鱼、比目鱼皆是它眼中的美味，但除此之外，它也能接受多样化的食物，这是它生存的一大助力。如果某种食物短缺，它只要寻找另一种即可。

大象是一个彻底的素食主义者，虽然有自己喜爱的植物种类，但青草、树叶，甚至嫩枝它们都照单全收。误入农园的大象会乱踩乱拔，造成极大损害，害得印度人必须时时看守稻田，不敢懈怠。

"吃"对于它们来说可是短短一生中一件重要的正经事儿，也正是因为有如此的好胃口，它们才有着较强的生存能力。

(sky摘自《比人更有趣的哺乳动物》北京联合出版有限公司 图/兜子)

鸟语

□ 梁 晴

我以前一直都不相信鸟会说话,因为以前家里买过一只鹦鹉,至死都一声不吭。有一次陪母亲去看眼疾,不期然发现医院对面新开辟了一个很大的花鸟市场。我走进一家卖鸟的店,向一大排的鹩哥发问:"你们谁会说话?"不料鸟笼未见有什么动静,却是上上下下都有"人"在踊跃答话:"我会说话!""我会说话!"

这真是太叫人惊喜了!我母亲当下决定买一只回去。可是没想到鹩哥的身价太高了,我们只能暂且抱憾离开。临走前我问:"你们谁愿意跟我回家?"鸟们世故地报以冷眼,只有最靠近我的一只鹩哥用它湿润的眼睛看着我,小声而清晰地强调:"我会说话。"

于是我知道,所有的鸟儿其实都是希望有一个自己的家的。

后来我弟弟专程去买了一只年幼的鹩哥回来,从头开始训练它说话。只见他每天把拌好的饲料搓成食指粗的"棍儿"塞进它的嘴里,它一仰脖子,不可思议地吞下如此庞大的一道"点心"。

以前听说训练鸟儿说话要搓弄它的舌头,其实未必。鸟儿发音用的并不是舌头,而是喉咙。我们这只鹩哥喉咙撑开以后,果然很积极地开始学舌,最早学会的是"你好",完全是我弟弟的男中音,绅士味十足。

这只鸟叫"爷爷"叫得最是千娇百媚。我父亲平生不爱宠物,现在他成天忙着和鸟儿应答——"爷爷!""哎,鹩鹩!""爷爷!""哎,乖乖!"

它说得最好的一句话竟然也是"我会说话",发出的声音像播音员一样字正腔圆。

这只鸟儿骨子里是有点儿调皮的,不知什么时候,它学会了我妹夫的一句南京腔普通话:"我要吃饭!""饭"字的发音为"放",于是经常听到它得意扬扬地大声宣告:"我要吃'放'!吃'放'!"

后来发现,可能儿时在花鸟市场耳濡目染所致,它对老南京方言很容易就无师自通。有一次我正低头为它加食,它注视我片刻,忽然老三老四地寒暄道:"啊,吃过啦?"

这只鸟无疑是我们全家的宝贝,更是我母亲的心肝。有一次保姆喂完食忘了关鸟笼,鹩鹩不辞而别,我母亲站在阳台上望眼欲穿,午睡时间也不肯回屋。这时候对面那幢楼的楼道门开了,一位女士出来遛狗,只见她的两条大狗出得门来一头扎进了路边的灌木丛,尾巴拼命地摇,然后其中一只叼了个黑东西蹿出来。

我母亲失声大叫:"那是我的鸟!那是我的鸟!"

鹩鹩奇迹般地失而复得之后,很快就由惊恐不安恢复到了原先的衣冠楚楚和滔滔不绝。每天很夸张地要求吃饭,很高贵地声明它会说话,很殷勤地向一切从阳台走过的路人问好,很敏锐地捕捉它喜欢的南京方言。

母亲后来由糖尿病导致了肾衰和眼底病变,每逢需要下楼走动,我父亲就负责推轮椅,我负责提着鹩鹩的鸟笼。我们刚在小区花园里散完步找处长椅坐下,鹩鹩就立刻大声地、不厌其烦地开始了它的"语言秀"。这时候小区里的大人孩子越围越多,大家不停地惊奇、不停地大笑,导致鹩鹩骨子里的"人来疯"发挥到了极致,母亲的开心当然也是毋庸置疑的,她笑得眼泪都出来啦!

不料随着我母亲的去世,鹩鹩变得寡言起来,后来难得发出声音,吃得也越来越少,终于有

伟大的作品,没有必要像宠物一样遍地打滚赢得准贵族的欢心,也没有必要像鬣狗一样结群吠叫。它应该是鲸鱼,在深海里,孤独地遨游着,响亮而沉重地呼吸着。——莫言

受伤的树

□ 青弋

小区里的行道树是香樟。它们的动人之处在于一年四季常青，推开窗户见到它们绿意盎然的叶子，这一天看什么都会觉得眉清目秀。起初我误以为常青的香樟树是不换叶子的，它们就像塑料花一样永恒开放。后来仔细观察才知香樟树比较特立独行，是在春天开花、结籽、换新装的。换叶时，老的还没掉落，新叶已长出，所以，不用心的话肉眼几乎看不出它们之间的岁月更替。其实春天的香樟树叶子清新黄绿，冬天则是老气横秋的墨绿。

去年初夏妈妈来沪小住，指着窗前的一棵香樟对我说，这棵树要死了，不信你看着，它活不了多久的，叶子都已经枯黄。我一看，果然，它的叶子色泽比别的树要浅好几个色度。因为之前小区为了增加停车位，缓解日益紧张的停车难矛盾，遂把地面道路拓宽，牺牲了部分绿化带，把所有的行道树切掉一半的根茎修成路，这棵树可能根部受伤太深了。我忙问妈妈，有什么办法救活吗？妈妈说了一件陈年往事。以前，我外公家院子里有一棵大的板栗树，年年结满树的栗子，自家吃不完就送人。结果，惹得邻居禾木子大叔心生妒忌，在两家的一次争吵后，禾木子大叔就在某天夜里偷偷烧了一大壶开水，直接浇在板栗树根部。可怜的树，被烫得再疼也不会像人一样大哭大叫，只是慢慢枯萎死去。外公自然心疼不已，竭力抢救，就隔些日子煮一锅肉汤（外公家条件不错），把肉吃掉，拿肉汤去浇板栗树。结果，奇迹还真的发生了，一年后，板栗树复活了，后来，又开始一年一年地结板栗。我当然记得在那棵板栗树下，童年的我没少捡开着口、似刺猬般的板栗剥着吃，但我从没想到它丰饶的一生还有过这样的劫难。

于是，我也想拯救这棵垂死的香樟树。给它喝点什么才有营养呢？煮肉汤太麻烦，不如给它喝牛奶吧。记得水养的铜钱草，曾经被我忘记加水而枯死了，然后，经朋友点拨，让我把自己喝过的鲜牛奶盒用清水荡一荡浇在铜钱草上。过了一两个月吧，它们又开始冒出新生的圆叶子，葳蕤自生光，一副营养充足的样子。那天我是在阳台上看书晒太阳，突然间发现它们活过来的，真是"漫卷诗书喜欲狂"！如今这盆铜钱草已被我分装成三个花瓶，每一个都是一道迷人的风景。

就这样，我开始每晚把牛奶盒的剩余牛奶加水稀释后再装进矿泉水瓶子里，积到满满一瓶时，就跑到香樟树下喂它。一直坚持到今天，快一年了。从一开始，它的叶子比别的树淡几个色度，到现在只是有一点点色系差别，我在想，到底是我喂牛奶的功劳，还是它自己挺过来了呢？无从知晓。我也不想知道答案，只要它活着就好。

受伤的树不会说话，然而，妈妈听见了它的呐喊。而我，在这个安静而特别的春天里，与一棵受伤的树结下生死情谊。

（谁与争锋摘自《江海晚报》 图/木木）

它们不会"圈地自萌"

□杨 杰

Honey（甜心）死后，孤零零地漂在一个废弃水族馆的脏水池中。这只"世界上最孤独的海豚"终于重获自由——在去世之后。

日本千叶县犬吠埼海洋公园是它生前的"家"。这家海洋公园历史悠久，命途多舛，"3·11日本大地震"后，这里面临着观光衰退、建筑物老旧等问题。两年前公园倒闭，留下46只企鹅、几百条鱼和唯一一只海豚Honey。2017年，Honey最后的海豚同伴就去世了，它独自在混凝土池子里游弋了3年，孤独和囚禁折磨、消耗着它的生命，上个月，因阻塞性肠炎，Honey停止了呼吸。

有人测算过，参照野生海豚在大海里一天的活动范围，海豚在水族馆的空间就像把人整日关在浴缸里。

海豚是对声音极为敏感的动物，它能听到你的声音，听到你的骨骼，听到你是否怀孕，它通过声音感知事物，每一声都会在瞬间完成三维细节描述，在视觉无法穿过的地方，声音却可以，回声定位就像双手在黑暗中抚过爱人脸颊。

可想而知，水族馆里终日不休的过滤器声和观众一阵阵的呼喊声，对它们来讲是多大的噪声。很多鲸豚都变得抑郁，重复做些无意义的动作，因为压力大，大部分海豚都有胃溃疡。奥斯卡最佳纪录片《海豚湾》里说，海豚的微笑是大自然最高明的伪装，让你误以为它们一直很快乐。

理查德·奥巴瑞是美国著名的海豚驯养员，制作过火爆的电视节目《海豚的故事》。在每年换一部保时捷的日子，他没意识到驯养海豚有什么问题，直到一只海豚在他怀里自杀。

"我用10年时间建立海豚事业，再用之后的35年摧毁它。"他后来成为最坚定的海豚保护者，和纪录片导演路易·西霍尤斯揭开围猎海豚的真相。

在偷拍的镜头里，渔民把一根长棍深入海中，敲打棍子，几条船围在一起，利用海豚对声音的敏感，形成一道声墙，海豚受到惊吓，被赶到岸边圈起。渔民回家，留下海豚们在"池子"里不安地翻腾。第二天，驯养师排着队前来寻找中意的海豚，Honey很可能就是这样被带走的。

这里是全球海洋公园最大的供应商，每条海豚售价可达15万美元。那些没被带走的，只有死亡一条出路。驯养师离开后，渔民拿着长杆向水中猛刺，海豚跳出水面做最后的挣扎，很快，这片风景优美的平静海湾被染成极浓的血红色，没有一条能幸存。

圈养起来的动物不知道会不会有真正的快乐，斑马面壁，长颈鹿舔墙，被囚禁的生活滋味如何，问一问被隔离的人类就知道了。目前，已经有15个国家和地区立法淘汰了鲸豚圈养。在一些国家，动物表演进化为动物行为展示，展示的是它们的自然习性，例如猛禽高空飞扑，海狮的游泳技能。还有出海观鲸豚，对于海豚来说，我们只是路人。这样的"观看"也能增进对动物的了解，而不是把动物作为取乐的工具。

在囚禁海豚这件事上，被责备的也许不该是饲养员。宽吻海豚很聪明，会从饲养员那里骗鱼吃，饲养员要和它小心周旋。因为售价昂贵，海豚若是病恹恹的，会拿饲养员问罪。一位饲养员说，在海洋馆里，"海豚比饲养员大"。

看来，在圈起来的土地上，无论是动物还是人，都难获自由。

（洛奇狮摘自《中国青年报》2020年5月13日 图/兜子）

企鹅派克

□ 方 园

自从苏伊士运河关闭以后，许多油轮绕道南部非洲航行。1960年4月，一艘油轮在非洲南端海面触礁沉没，溢出了一万五千吨原油，海面上到处漂浮着黑色的黏液，许多动物因此遭殃。

企鹅们身上沾上了油，不能游也不能潜水，死了一批又一批。这时，许多拯救动物的志愿者纷纷前来抢救企鹅。那些幸存

下来的企鹅，只要一恢复元气，就被重新放回海上的小岛。

那年冬天的一个早晨，一只年幼的企鹅被带到开普敦郊区。很明显，它是石油污染的牺牲品，只见它目光呆滞，瘦骨伶仃。好心的恩斯特夫妇收留了它，他们曾收留过许多同样的企鹅。他们为这只小企鹅洗刷，耐心地喂各种可口的东西给它吃，并给它取了个名字叫"派克"。不久，企鹅派克适应了新的环境，迈动一双短腿，在恩斯特夫妇凌乱的园子里摇摇摆摆到处乱跑。

两个月后，企鹅派克变了样，长得又肥又胖，谁见了都说它已经完全康复，可以重返大自然了。于是，企鹅派克脚上被缚上一枚"640"号的标签，跟其他企鹅一起重新被放回大海。一下船，许多企鹅毫不迟疑，纷纷冲向海浪游开了。企鹅派克回头望了一下站在甲板上的恩斯特夫妇。它在海面上转了一圈，终于也跟随着其他企鹅游向远方。

但是，十天以后，布里岛的一位妇女打电话通知恩斯特，说她在海滩发现一只企鹅，脚上号码是640。

恩斯特夫妇听了又高兴又担心：小企鹅居然朝他们居住的方向游来，会不会是它的身体还没完全复原呢？他们马上赶去，给企鹅派克仔细检查一遍：一切正常，它该重返大自然。

于是，派克又被送回大海。但是，一星期以后，布里岛上的居民再次通知恩斯特夫妇，640号企鹅又回来了。负责遣放企鹅的工作人员最后决定专门把企鹅派克送到更远的海域去，那里的海岛离布里岛有十多里远，这样，调皮的派克就不会那么容易游回来了。

但是，仅仅四天以后，恩斯特先生就接到了电话，布里岛上的玛莱太太说："我的两只卷毛狗今天有了一位同样是毛茸茸的胖朋友——你的企鹅从海里钻出来，越过海滩和草地，跑到我家，跟小狗一起玩耍起来了。"

恩斯特马上开车，把企鹅派克接了回来。在恩斯特家，派克早已熟门熟路了。只要一有客人，它就会像溜冰一样，飞快地滑过大理石走廊，然后"啪"地一个急刹车，站在房子中间好奇地盯着别人看。其他企鹅都一批又一批地回到大海，只有企鹅派克去了又回到陆地上，似乎眷恋着恩斯特夫妇。到了又一年的11月底，派克长得更胖了，走起来摇摇晃晃，身上的羽毛变得稀稀拉拉，它在换羽毛，说明已从"青年期"进入"壮年期"。恩斯特夫妇有些担心，如果派克再不回到企鹅群里去，它会变成一只真正的"旱鸭子"，到时候，它再也不能适应海洋生活了。

12月底，新来了一只年轻的母企鹅。派克对它特别友好，它们常常一起在花园里溜达。一个温暖、静谧的夜晚，恩斯特被一阵嬉闹声吵醒，他起床一看，月光下的草地上，企鹅派克正和新朋友在甜蜜地尖叫，用翅膀互相拥抱，互相擦着嘴巴，如果没有听上去有点嘶哑的叫声，这场面真可以说十分温柔。从此以后，这对情侣形影不离。

不久，恩斯特决定把它们带到更远的丹森岛，很多企鹅在那儿栖息繁殖，它们一定会在那儿居住下来。但是，不到半个月，这对企鹅又出现在恩斯特家里。

"这一定又是企鹅派克的主意。"恩斯特夫妇都这么认为。它是害怕那石油污染重新席卷海面，还是对收留它的主人有了深厚的眷恋之情？这成了不解之谜。

(若子摘自《世界动物故事100篇》
江苏少年儿童出版社 图/兜子)

作为一个词语，"活着"在语言里充满了力量，它的力量不是来自喊叫，也不是来自进攻，而是忍受，去忍受生命赋予我们的责任，去忍受现实给予我们的幸福和苦难、无聊和平庸。——余华

轮椅上的雄鹰

□张昕宇

在阿富汗，我们遇到了一位独腿老人，老人自我介绍，他叫阿里，是一名阿富汗老兵，现在负责着一个叫作"协助残疾人就业中心"的组织。

"这是一个什么样的组织？"我好奇地问。

阿里从抽屉里拿出一个小本子，他翻开，上面密密麻麻地写着很多小字。阿里说："他们都是残疾人，在战争中身体受到伤害，心灵也饱受摧残。我这些年就一直在搜寻这些残疾人，告诉他们可以来我这里工作。"

老人的一番话，让人备受触动。眼前这位独腿老人，形象一下子高大起来，伟岸了许多，俨然一位隐于市井的伟人。

一路走来，我们总会遇到这些让人肃然起敬的平凡人。索马里的武大留学生、在爆炸中失去双腿的少年、巴基斯坦的中国陵园守墓人……生活于他们并不公平，给了他们更艰难的路、更灰暗的色彩，他们却用自己的方式，踏出了另一番天地，描绘了另一抹缤纷。

"你的腿……"收回思绪万千，梁红眼眶泛红地问道。

老人说："我以前是一名军官，手下带着一支25人的部队，在喀布尔和赫拉特两座城市执行任务。有一次，我们奉命拦截一辆向伊朗运输毒品的卡车，我们部署了一次伏击，但是我不慎踩到了地雷……非常突然，我依然记得当时我有多么痛苦。有的时候我甚至在想那一切只是一场梦，我的腿还在。直到现在我也无法相信这是真的。"

我想开口安慰老人，张嘴却说不出话来。我们可以用很多词汇、很多镜头来记录战争的残酷与无情，而眼前这位老兵空荡荡的裤腿和他的故事带来的冲击，依然震撼无比。

见我们集体沉默，阿里反倒爽朗一笑，说："重要的是我们没有放弃生活的希望，我们依然能在工作中找到活着的动力和尊严。我带你们去看看我的同事们吧。"

阿里拄起拐杖走在前面，我们跟着他，下了几十级楼梯，进到地下室。不到30平方米的空间里，有10个工人正在全神贯注地工作着：有的坐在缝纫机前缝制，有的就蹲坐在地上作业。而且每个人都很明显地身有残疾，有的没有手，有的没有脚，还有一位半个身体都是残缺的。

阿里说，这就是他们的工厂，他们制造书包来卖，自力更生。

泪眼婆娑的我已经不忍再听下去。上班路上、自己家中……种种莫名人祸，毁掉了他们健全的身体、完整的生活，就此剥夺了他们或许平凡普通但是美好的生活，将他们推入深渊，陷入身体和心理的双重创伤之中，让人生走入一条本不该是这样的路。

眼前的小作坊劳作，或许于他们而言，已经习惯或者满足了。他们还可以工作，每天通过高强度的劳动，来维持生计。可是，可是他们本不该是这样，他们本该拥有更多，拥有另外一种人生。

我拿起一个书包，上面绣着一个标志：一只坐在轮椅上的雄鹰。

阿里老人说："我们曾经是雄鹰，我们曾经是安全部队的成员，但是后来我们成了残疾人，某种程度上，成了没有用的废人，但永远不要认为我们是没有用的。轮椅上的士兵，仍然是自由的雄鹰。"

（林冬冬摘自《侣行3：爱到极致，行到极端》江苏凤凰文艺出版社

图/兜子）

幸福讲义

养一只宠物

□蔡 澜

如果一定要养宠物的话,就养乌龟。乌龟比人长命。

倪匡从前在金鱼档里买了一对巴西乌龟,像两个铜板,以为巴西种不会长大,养了几十年,竟成手掌般大小,而且尾部长了长长的绿毛。

移民之前,倪匡把家里所有东西打包,货运寄出,看见这两只乌龟,不知怎么办才好。"照道理,把它们放在手提行李箱,坐十几个小时飞机,也不会死的。"他说,"但是移民局查到麻烦。而且万一乌龟有个三长两短,心里也不好过。"

我们打趣道:"不如用淮山杞子把它们炖了,最好加几根冬虫草。"倪匡走进房间找一把武士刀要来斩人。我们笑着避开。

最后决定,由儿子倪震收留。"每天要用鲜虾喂它们。"倪匡叮咛。

"冷冻的行不行?"倪震问。"你这衰仔(粤语词汇,常用来骂自家孩子),几两虾又有多少钱?它们又吃得了多少?"倪匡说完,又回房找武士刀。

倪震落荒而逃。

(林冬冬摘自《我喜欢人生快活的样子》湖南文艺出版社)

每个河南人心中，都有一碗胡辣汤

□周丝离

豫剧的腔，河南的汤。

一座城市一种味道，早晨，你的城市是什么味道？对于大多数郑州土著来说，这座城市的味道就是一碗胡辣汤的味道。郑州人的味蕾，大多都是被清晨的一碗胡辣汤唤醒的。

没有胡辣汤的早晨，不足以谈人生。什么口红自由，包包自由，都不如实现这样一份完美早餐的自由更妥帖。

一碗汤稠料足、热辣过瘾的胡辣汤，一盘外脆里香的水煎包，或者是一碗鲜香四溢的浆面条，无疑是清晨早餐的最正确打开方式。

资深吃货都懂得，最好的味道在街头小巷，在苍蝇摊档。吃胡辣汤，老郑州人最不在意的就是环境。似乎越是简陋，越接地气。小到犄角旮旯里的老街小铺，大到鳞次栉比的星级酒店，处处都有胡辣汤的身影。除了味道，郑州土著们更在意的是人间烟火。小餐馆带来的雀跃，永远比高堂雅舍来得更猛烈，如果是在高档大酒楼吃胡辣汤，反而吃不出沸腾的爽快感和惬意感。

寒意逼人的冬天，一碗香鲜酸辣的胡辣汤下肚，人便活了过来，香味直往人的鼻子里钻，配上几片烙馍或是油条、小笼包，就是一顿丰盛的早餐。

有汤有肉有菜，所有的疲惫不堪尽数消解，心尖儿都是满满幸福感，没有什么比得上一碗热乎乎的胡辣汤更治愈。

对于地道的河南人，一碗胡辣汤，足以慰风尘；一碗胡辣汤就是人间烟火气，最抚凡人心。

没有吃过胡辣汤的人生，是不完整的人生。人类花几亿年进化到食物链的顶端，对食物的要求有自己的标尺。吃完一抹嘴角，拍拍浑圆肚皮，打上一个清脆的饱嗝，才是完美一餐。

陈晓卿说，南来北往，至味只在人与人之间。每个郑州人心中，都有自己最喜爱的一碗胡辣汤。

胡辣汤无疑是城市的灵魂，是人间的实感，更是生活的重量。成就一碗地道胡辣汤的精髓所在，一碗地道匠心胡辣汤的诞生，胡椒必须有姓名。

河南胡辣汤的辣，来自胡椒，胡椒自唐代进入中国，味道浓烈，性子炽烈不羁，不会像辣椒那般辛辣，呼噜呼噜几口下肚，那叫一个舒爽，感觉全身毛孔都打开了。

回味唇齿间胡椒的麻辣味，会在喝完汤后还能留存很久，越浓烈越让人着迷。

胡辣汤的灵魂除了胡椒，绝对少不了来自牛羊肉秘制的浓汤。正宗讲究的店家在汤底中加入数十种草药，生姜、花椒、胡椒、茴香等20余种作料，以及牛骨和羊骨，精心熬制成很浓的高汤，招式随处见，秘籍暗中藏，各家都有秘传的香料配方。

多种配菜更是点睛之笔，牛肉块、木耳、香菇、干湿面筋、花生、肉丁、千张、粉条……花生碎和香菇的出现让人很惊喜。

面筋都是用淡盐水揉面成团，再加水洗面，逐步洗出。面筋拉薄后，或余或炸成型，用于和胡辣汤搭配。

要想做出一碗不平凡的胡辣汤，牛肉的大小，香菇的薄厚，面筋的软硬程度，牛油的味道能否吊得很足，黄花菜木耳是否被煮得软烂，面筋是否吸饱了汤汁……这些都得仔细把控。从挑香料、煮面筋、放小菜，到最后平稳收汤，每一步都绝不能含糊,满满都是厨师的匠心。

"蓼茸蒿笋试春盘,人间至味是清欢。"一碗胡辣汤,吃的是烟火气味,品的是人间清欢。

在河南,物美价廉的胡辣汤也有很多种,最著名的要数西华逍遥镇、北舞渡、方中山这三个分支了。

逍遥镇胡辣汤,乃三大派别胡辣汤中,味道最霸道的一大派别。逍遥派善用青色大铝锅盛汤,中药味和辣味较强,肉以牛肉片为主,汤里的料很足,味道也很浓。

北舞派胡辣汤来自漯河北舞渡镇,胡辣汤用的是羊肉和羊油,用黄色大铜锅盛汤,汤味较绵润,肉以羊肉块为主,肉香浓厚。

方中山是胡辣汤界的一匹黑马,用料讲究,更加重口,牛油味浓厚,且一改河南版不用辣椒的传统,辣椒和白胡椒双辣,成就了方中山胡辣汤蛮横霸道的独特口感。

肠胃最知乡愁。从河南走出去的孩子,离乡后,没有一个不怀念胡辣汤的。我有一个定居澳大利亚的朋友,时常在微信上跟我聊天时,泪眼婆娑地怀念起旧时旧事。

几十年前,几乎所有的河南城市和小镇都会有一个排档似的胡辣汤馆,一大早天蒙蒙亮,店家就燃起幽黄小灯,忙碌着熬煮一大锅汤。尤其是在冬天,哈气成冰,每条不起眼的小街,都有几家卖胡辣汤的小铺子。

每个学校门口,都有一家这样的店铺。成群结队早起上学的孩子,闹嚷嚷地疯跑进店,一碗胡辣汤必不可少,配着油条豆腐脑水煎包,油炸菜角小油条,各种粥配小肉包,呼呼吃下去,一股暖意从头蔓延至脚,甭提多舒服。

胡辣汤和豆腐脑拌在一起,美其名曰两掺,豆腐的嫩滑配上胡辣汤的辛辣,口感爽滑味道却酣畅淋漓,如果店家实在,肯放一小撮虾皮进去,鲜得舌头都要掉了。

在郑州吃胡辣汤,你几乎不用纠结哪家好吃,因为根本找不到不好吃的胡辣汤。

每一个河南人心里,都有一碗胡辣汤的位置。一碗敬过去,一碗敬未来。胡辣汤不仅凝聚了河南人的味蕾回忆,也成为在外漂泊游子的一种情怀。

人生百味汇成一碗汤,五味杂陈、苦辣酸甜的胡辣汤里,熬着一部千年河南史,最是人间烟火色,得有味处是清欢。

这世间,上言加餐饭,下言长相忆,最让我感动的无外乎这三句话:给你带好吃的,请你吃好吃的,我们去吃好吃的吧!

作为饮食男女,我很忙,但是永远对吃有空。

(梁衍军摘自微信公众号"三联美食" 图/吴敏)

对于苦难的另一种看法

□ [英] 威廉·萨默塞特·毛姆 译/陈德志 陈星

我目睹过无数人受苦受难,自己也没少受苦难。当我还在学医的时候,我在圣托马斯医院的病房里见过病痛对各类病人的影响。大战中我也有过相同的经历,而且我还见过心灵上的折磨对人的影响。我从没见到过痛苦能加强人的性格修养。"痛苦能使人完美、使人高尚",这纯属杜撰。

痛苦对人的第一个影响是使他变得狭隘。他们变得以自己为中心,他们的身体、他们的周围环境,在他们眼中都变得无比重要,在外人眼里这不可理解。他们变得暴躁易怒、满腹牢骚,成天在鸡毛蒜皮的事上纠缠。我遭受过贫困的折磨,也曾情场失意、希望破灭、理想幻灭、怀才不遇、缺乏自由,这些折磨都让我痛苦不已,而我知道它们让我变得善妒、无情、暴躁、自私、不公。反之,富足、成功,以及快乐则让我趋善向良、变得更好。

苦难有时的确能教人学会忍耐,而忍耐的确陶冶情操。但忍耐不是一种美德,它只是一种达到目的的手段,仅此而已。忍耐对那些想做大事的人来说是必要的,但在琐事中忍耐,也就同那琐事一样,不那么值得尊敬。如滑铁卢大桥,它本身没什么了不起,不过是连通泰晤士河两岸的一条通道而已,是桥两端伸展开的伦敦城才让它变得重要。

(摘自《作家笔记》上海译文出版社)

你只想小小地纵容一下天性中属于虚无的那一部分,只想以无尽的妄念降下三千瑞雪,用以辨识生命的复杂,和灵魂中的另一个你。——舒丹丹《大雪纷纷》

舌尖上的美味

□史新会

黑油摊鸡蛋，是我童年最爱的美味。

每年开春，母亲都要买些毛茸茸的小鸡儿。那年，我家正值青春的芦花鸡下的蛋哪儿也找不到，母亲动用所有"警力"四处搜索，仍然无果。不想，后来它领出来一群小鸡崽，原来它在"罩窝"。鸡崽一天天长大，满院撒欢，随地大便，家人都没个下脚的地方。最可气的是它们扎屋子，围着饭桌转，恨不得与人争食。我边轰边骂："一群脏东西！"母亲不高兴："怎么吃摊鸡蛋的时候不说脏？"

那时，摊鸡蛋可不容易吃上。拾回的鸡蛋，母亲放在坛子里，她心里有数，糊弄不得。她早就盘算着：谁家媳妇坐月子了，谁家老人输液呢，这些都要送礼；亲戚朋友来家，得预备着炒盘鸡蛋；油盐酱醋快没了，得拿鸡蛋换钱去买……没是没非的，小孩子家想吃，没门。除非你有个头疼脑热。

母亲摊鸡蛋从不用大锅，粘锅燎灶的费油费柴。她用个铁勺子，比盛饭的勺子大一号，柄也长，黑黢黢、油脂麻花的。也不点灶，只在灶口前支上两块砖，架着铁勺子，撕把麦根儿一燎，勺子就热了，便倒油。油既非花生油、瓜子油，更不是色拉油，而是黑油，自家棉花籽儿榨的，黑乎乎，品相很差，但绝对绿色环保没污染。油烧到冒烟，打鸡蛋进去，"刺啦"一响，撒上些盐，用筷子一搅，再翻个个儿就成了。油汪汪、黄灿灿的黑油摊鸡蛋，用新烙的面饼一卷，一咬两嘴角流油，能香你一溜跟头。

在家里，数我吃黑油摊鸡蛋最多。我是老小，又是唯一的男孩儿——宝贝疙瘩，母亲自然要娇惯些。馋了我就耍赖，不吃饭不去上学。母亲数落着："又馋又懒，大了连个媳妇都寻不上。"说归说，母亲还是拿上大铁勺子，转身走向鸡蛋坛子。我眯缝着两眼，看着母亲的背影，偷偷地乐了。耍赖最容易成功的是在春天，那个时候鸡们下蛋勤，一天一个蛋。

惊蛰之后，大地解冻，百虫复苏，正是刨喇叭虫的好时候。喇叭虫有两种：一种是"黑老婆儿"，另一种是"大金豆子"。喇叭虫是鸡的美食，我把捉到的喇叭虫放在瓶子里。憋闷一夜，喇叭虫高度缺氧，头昏脑涨，倒在院子里，未及清醒就已成为鸡们的早餐。看着鸡们大快朵颐，我腰板也挺得笔直，仿佛立了大功一般，理直气壮地高喊："娘，给我摊个鸡蛋！"

黑油摊鸡蛋，真是让人回味无穷，至今想起，依然口舌生津。一次，我忍不住与对门同事马老师说起。马老师说："想吃吗？跟我回家，让你嫂子摊。家里长年备有黑油，专为摊鸡蛋。还有，黑油摊鸡蛋压咳嗽，是俺家的偏方。"黑油摊鸡蛋压咳嗽，这么多年真不知道它竟有这等功效。马老师狡黠一笑，娓娓道来："那时还年轻，在村里教学，晚饭稀汤寡水的两碗白粥，上完夜校已是大半夜，肚子早空了，饿得咕噜叫。这时，想起了早年的黑油摊鸡蛋，但家里孩子不少，妻子怎么舍得？可那馋虫就像弹簧，越压越往上爬。我计上心头，进门就不住声地咳嗽。妻子急问：'怎么了？吃点什么压压？''黑油摊鸡蛋压咳嗽，我家家传秘方，我从小就这毛病。'我边说边咳。'这好办。'妻子出溜儿下炕，不一会儿，黑油摊鸡蛋就摆在面前。吃了一个还是压不住，她又摊一个……直到现在，我一咳嗽，就能吃上黑油摊鸡蛋。"说完，他哈哈大笑。我没有笑，良久，竟莫名其妙地冒出一句："你就幸福去吧！"

原来，这舌尖上的美味，也是一剂调制幸福的良方啊！

(一二三摘自《燕赵都市报》2019年11月11日 图/麦小片)

只有吃，才能让我冷静

□ 王小柔

很多书都说具有"治愈系"功能，深入人的心灵，看完特管事儿，多糟烂的情绪沾两页就跟把泡腾片扔水里似的，噼里啪啦一堆泡冒上来，心病能好。其实呢，"治愈系"就是那些泡，除了虚张声势，啥用没有。后来我想明白了，想管用必须得真材实料，古人有"何以解忧，唯有杜康"，抛开广告嫌疑，就是要告诉后人，吃吃喝喝才能让自己心情愉悦。

前几天，出了档事儿，弄得我心烦意乱，为了让自己冷静，我开始了食疗。

中午，陈完美推荐了麻辣小龙虾。虽然这东西普及率已经到了臭遍街的程度，但她执意说，那是她吃到的最美味的小龙虾。我问她一顿吃几只，她把斜挎的包往后一甩："我自己就能吃一盆！"在那样一种情形下，我却很动容。一个成天穿得跟民国丫鬟似的中国古典文化代言人能这么形容自己，那是何等情怀。我当即决定，咱俩必须点两盆！

我的心情，是看见小龙虾那一刻豁然开朗的。量太大了，一个钢种盆，红辣椒似的小龙虾个个罗锅，弯腰谦卑地扎在花椒粒里。我刚要感慨，又上来一钢种盆，半盆油荡漾了一会儿才平静，据说这盆不辣。你以为这两盆就结束了吗？错！这才刚刚开始。陈完美又点了一盆酱排骨，一大碗土豆泥，以及一盆蘸酱吃的乱七八糟的青菜。食材太扎实了，这饭馆怎么就不能买点盘子呢？

服务员给了塑料手套，那意思是你就别自己把手下油锅了。可是陈完美一把挡住了我要去拿手套的手："别用那个，影响动作。"桌上摆的到底是假肢还是手套？在此之前，我是没吃过这东西的，嫌麻烦。可是，今天不是为了吃，是为了让自己安静！也不用推杯换盏了，她直接把一盆辣的端到我眼前，再把不辣的一盆拽到自己那儿，两人跟要洗脸似的，先把手伸进盆里搅和。实在太多了，还没吃，我就有点含糊。陈完美已经娴熟地掰脑袋了，还同时安慰我："别看多，就跟嗑瓜子一样，一会儿就都剩皮了，你一边吃一边冷静吧。"

我看着她，需要学一个吃进嘴的全过程。很快就看明白了，掰脑袋，咔吧一声，溅出的汁呈点状糊住了我的眼镜片。我刚要拿餐巾纸，陈完美再次制止我："吃这个必须戴眼镜，你知道这辣汁要跟眼药似的被溅进眼睛里多难受吗？"我使劲眨巴着眼睛，表示我的赞同。拿指甲抠住小龙虾的身体，一使劲，咔吧，皮上溅出的汁滋了我一脖子。当然了，因为我脖子短，胸口上也是红色油点儿，跟T恤衫上起了一层痱子似的。

服务员跑过来递上两个空盆，让我们放皮用，时间恰到好处。真跟嗑瓜子似的，彼此无言，全是咔吧、咔吧的声音。我确实越来越冷静了，尽管心里火烧火燎，尽管眼镜基本变成了毛玻璃，尽管T恤衫由痱子变成出疹子，一想到已经这样了，干脆好好吃一顿吧，内心可敞亮了！

当我把两盆皮和其他吃得差不多的容器拍了张照片发朋友圈后，很快就有人问："这是两个女人的饭量吗？"我刚要骄傲地回复"是"，陈完美噌地站起来，一边拿着塑料袋审视能给家里的狗带点什么一边说："你回复这是四个女的吃的！"我按着手机，听她抱怨："也不说给金毛留点，就剩黄瓜了。"

食疗的效果是强大的，我都没心思想别的了。分手的时候，我心满意足地跟陈完美说："只有吃，才能让自己冷静。"

（海城楼摘自《每日新报》2019年12月22日 图/小粒团）

真想不到当初我们也讨厌吃苦瓜

□ 惠子

苦瓜是不少人童年的黑暗菜品，大人们总是放一两块到小孩碗里，重复着苦瓜的种种好处，半哄半劝地说再多吃几口。

苦瓜确实好处良多。《本草纲目》介绍苦瓜，说它气味"苦寒""除邪热，解劳乏，清心明目"，清代王孟英的《随息居饮食谱》也说："苦瓜清则苦寒；涤热，明目，清心。可酱可腌。"

由于苦瓜热量很低，同时可以降血糖，去水肿，其含有的纤维素能有效阻止脂肪吸收，故被誉为"脂肪杀手"，随着近年来瘦身潮和养生潮的风靡，苦瓜被越来越多的年轻人请上餐桌，变换出种种吃法，苦瓜走向年轻，年轻人也在变老。

苦瓜用淡盐水浸泡，洗净沥水，对半切开，剜去瓤和籽，斜刀切薄片，状如月牙；开水中点一些橄榄油，快速地焯一下水，再捞出放入冰水中，一热一冷的激荡能够拔除大部分的苦味，同时保留脆爽的口感。因有橄榄油固色，焯过水的苦瓜依旧鲜翠欲滴，绿得通透诱人。沥干水分后，加一把蒜末，几圈生抽、红醋和少许糖，点缀几颗小米辣，最后淋一圈芝麻香油，不必用热油泼，即可焕发出最干净原始的香味。拌匀之后用保鲜膜封好，放在冷藏室里冰镇着，过一个钟头拿出来，清脆如藕节，爽利如白笋，细微的苦涩被蒜香和醋味轻巧地盖了过去，味蕾尚未来得及抵触，就被苦瓜特有的"寒凉"盈满口腔，滑过食道之后便唤起夏日里沉睡的食欲，一筷筷下去，顿觉口角生津，回甘绵延。

另有更简单便捷的吃法，只消将苦瓜切成薄片，焯去苦味断生，经冰水渍过，配一小碟桂花蜂蜜，再不用任何调味料，便是不少女生节食控碳的佳品。白瓷盘盛着冰浴过的苦瓜，裹上清甜剔透的蜂蜜，苦瓜的苦与蜂蜜的甜，苦瓜的爽脆与蜂蜜的缠绵，极端对撞的口感包裹在桂花特有的馥郁之间，满足那些追求层次感的舌头。又或者更直白一些，撒一把白砂糖代替蜂蜜，有分明的颗粒在齿间融化，甜后回甘的滋味堪称绝妙。

有人说苦瓜宛如一位先婚再爱的伴侣，从被长辈夹进碗里，到主动将它端上餐桌，其温厚的滋味随着年龄增长而体悟渐深。

苦瓜传入中国，普遍被认为是郑和下西洋之功。因与他物一同烹调时并不会将苦味散播出去，故又名"君子菜"。屈大均在《广东新语》中记载道:"苦瓜,一名菩荙,一名君子菜。其味甚苦,然杂他物煮之,他物弗苦,自苦而不以苦人,有君子之德焉。又诸蔬性寒者多不克化,而苦瓜其性属火,以寒为体,以热为用,其皮其子皆益人,又有君子之功,故今北人亦嗜之。"

苦瓜确实可以算是百搭的菜品,苦瓜酿肉是北方餐桌上的家常菜,去掉苦瓜尖尖的头尾,切成手指粗的小节,刀尖一旋,剔除瓤和籽,如常焯水之后,用调好的肉馅将空心满满地填实,裹上一层干淀粉防其松散,再用生抽、蚝油、白糖加土豆淀粉调成一碗酱汁(深谙其道的厨师往往选择用高汤调制),热油滑锅之后再沥出热油,把苦瓜用小火慢慢地煎熟,苦瓜的清香混合着肉香飘出之时,再将调好的酱汁浇上去,收汁装盘即可。苦瓜的香气中和了肉糜的油脂,游荡在口腔中的清苦与爽脆仿佛一阵凉风,将油腻感一扫而空,多吃几块也无妨。

在李安的电影《饮食男女》中,老朱给匆忙去上学的姗姗送去午餐便当,引来班里一众小朋友的羡慕,便当简单精致,无锡排骨、蟹肉菜心、青豆虾仁、五柳鸡丝,还有一道苦瓜排骨盅,并说这是姗姗"最爱喝的"。苦瓜排骨盅是潮汕一带夏日解暑的汤饮,须用炖盅蒸成,在排骨差不多蒸好的时候加入苦瓜,一来防止瓜易散碎,二来能保持清香。汤汁入口清淡,温润回甜,消暑、明目、强身。老朱到底是大厨,说是"时间不够,只给你预备几个小菜",但看得出每道菜都是用心之作,荤素搭配,营养均衡,家常的味道饱含呵护之心,可谓润物无声。

苦瓜又称"半生瓜",这一名字更为出名。"今天先记得听过人说这叫半生瓜,那意味着它的美年轻不会洞察吗",陈奕迅的《苦瓜》唱出世情百态,以"睿智""淡雅"来咏唱苦瓜的美好,却也承认,这份美好必得经历一些什么,最终方能品尝出来,是一种"大悟大彻",又夹杂些许轻愁与感慨。"真想不到当初我们也讨厌吃苦瓜",少年不识愁滋味,青春快餐,挥霍年华,自然无心品尝苦瓜的味道,等有朝一日体察到苦瓜的好,那一天或许也是成熟与苍老的开始。

夏日酷热漫长,而孩童何惧,依旧可以在骄阳下放肆玩闹、奔跑;而成年人各怀心事,聚散匆匆,总有些许惦念、些许烦忧,尝到苦涩滋味,又经岁月沉淀,方有大悟大彻之感,那些曾经纠葛纷扰的往事,"此际回头看,原来并没有事",回首向来萧瑟处,也无风雨也无晴。好像就是在某一天,忽然发现苦瓜不苦了,这一天平淡如常,与往日并无不同,是人生中再寻常不过的一天。

愿你永远冀夏,也愿你爱吃苦瓜。

(梁衍军摘自微信公众号"三联美食" 图/木木)

独自前行

□ [美]加布瑞埃拉·泽文 译/孙仲旭 李玉瑶

因为从心底害怕自己不值得被爱,我们独来独往,然而就是因为独来独往,才让我们以为自己不值得被爱。有一天,你不知道是什么时候,你会驱车上路。有一天,你不知道是什么时候,你会遇到他(她)。你会被爱,因为你今生第一次经历几乎每个人都要经历的一个时期,内心惶恐而又不知归处。当我们独自前行,历经黑暗,但终究我们会走出迷雾,重拾迷失的自己与那一丝温暖。

(摘自《岛上书店》江苏凤凰文艺出版社)

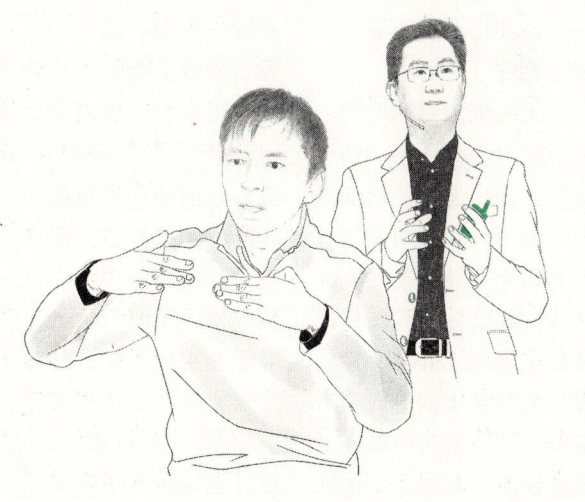

那年夏天

□虽 然

马拉着小山似的一车西瓜来到十字街,不待吆喝,人们闻风而至,聚到马车前。许多只手在圆滚滚的瓜上摸来摸去,其实再掂再拍也不过是冒充内行,像我父亲,左挑右选,挑了七八个大瓜,装在蛇皮袋子里拉回家,打开个瓜,熟,就吹嘘看瓜准;生呢,咳一声,凑合着吧,就当吃菜瓜黄瓜,什么瓜不是吃。

他挑的瓜绝对周正,歪瓜入不了他的眼。他得意地抄起刀,捺住瓜,稳稳地切下蒂部那一块皮,再松开手,用这块皮擦刀,擦了这一面擦那一面,两面全擦遍,免得刀的锈气渗入瓜内,影响口感。我们坐着枣木小凳,透过切口朝里看,猜这瓜的内部,像赌石的人透过开窗猜翡翠。切口若发阴,便是经了雨,水不唧唧的格外难吃。若发白,就是不熟。若是深粉,我们便放下了心。

擦罢刀,父亲把刀对准瓜的正中,务必切成对称的两半,切偏了他就叹气,表示遗憾。我那时很不明白,他为什么对切瓜这么讲究,怎么切不是切,怎么吃不是吃呢?后来发现,不仅切瓜,他干别的也是追求好看,只要经他的手,他就朝美的方向努力。饼要擀圆,饺子要包得端庄漂亮,他最痛恨潦草和邋遢。他对我们的饭桌礼仪十分讲究,他最恨我们吃饭沉不住气,见饭就急被他深深鄙视。

父亲讲过一个故事,说有三个帮工给人家干活,中午吃饭,主家端上4张大饼。其中一个二话不说,先抄了一张,卷起就吃。另两人见他不知谦让,一对眼神,心领神会,拿起一张,一分为二,每人半张吃起来,很快吃完,又拿起余下的两张,每人一张,来了个后发制人。父亲讲这个故事是让我们知道谦让,饭再少,人再多,尽尽让让吃不清。每当我们四个子女对着桌上的最后一角饼互相谦让,他就念叨这一句,随后指定一人,把那角饼干掉。

吃罢西瓜收拾桌子,瓜皮扔进猪圈,扫起的瓜子也扔进去。瓜皮被猪嚼得嚓嚓脆响,瓜子被它踩进粪泥。粪起出后,搁置几天,粪堆上会长出瓜秧,这些秧出来得太早,随着粪撒入地里,也化作肥料。倒是出来晚的有福,它们藏在地里偷偷长大。此时的棉花已打过三遍杈,专心地花开花落,结出一个又一个黑绿的棉桃。玉米有一人高,密密的叶子交织成青绿的纱帐,纱帐里点缀着深红的玉米缨子。此时人们轻易不去地里,于是瓜蔓缠绕,匍匐着开了花又结瓜,瓜还长大了。

每到地里,我们就穿梭着找这种瓜,找到是意外之喜。自家地里没有,就去别人家地里找。还真在邻家棉花地里找到过,很大一棵,灰绿的蔓子绵绵地串了两个畦,结着五六个大小不齐的瓜。我们把大的砸开,每人啃了几口,又把小的踹开,踢个粉碎。我们干了这件歹事兴高采烈地往回走,换回一顿暴晒。父亲让我们按大小个儿排着,站在地头晒太阳,晒得全身冒油。我妈边浇地边抽泣,每朝我们望一眼,抽泣就剧烈一分。父亲则蹲在阴凉里,怒气不息地看着腕上的手表数时间。

那年我9岁,晒了十几分钟,突然福至心灵,离开队伍,走到父亲跟前忏悔:"爸爸,我们错了。全怪我,没起个好头。让我一个人晒着吧,他们那么小,再晒就晒坏了,饶了他们吧。"这几句忏悔深深打动了父亲,他眼中含泪,背着手大步走进玉米地,丢下一句:"都回来吧!"我们都躲起来了。后来他对人讲:"我都没想到她会说出那样的话来,谁教的她?"

没人教。本能告诉我,忏悔或可赢得宽恕。我不过是以此逃避惩罚,现在想来,实在狡诈。

(月亮狗摘自《文艺报》2020年8月17日 图/果酱的酱)

有时，美味无法复制

□ 淡淡淡蓝

到达呼伦贝尔莫道嘎小镇的时候，已经是晚上7点。9月的北方，仿佛已是江南的冬天。瓢泼大雨气势汹汹。

此时方便面已经不能安慰我们空虚又清冷的胃，想吃炖得咕噜咕噜翻腾着热气的铁锅炖，我们组团出去觅食。

8位团友，来自天南地北，凑成一桌，点了一个鱼锅。老板在超大的铁锅中，依次放好土豆、茄子、白菜和粉条，再摆放好五六条刚刚宰杀的鱼，倒上准备好的一盆通红的调料，铁锅底下生起柴火，开炖。

饥寒交迫的几个人都眼巴巴地紧紧盯着大铁锅，每次老板过来掀盖子，每个人都眼里冒光，急急地问："炖好了吗？可以吃了吗？"老板笃定地摇头："不要急，要炖入味了才好吃。"

过了一会儿，老板又来掀盖子，只见他在炖得汩汩冒泡的锅子里又摆放了一层肋排和豆腐。我们再次气馁地缩回期待的脖子。直到老板拿着蒸架过来，在上面扔了十来个花卷，说："再等8分钟，就可以吃了！"8分钟后，掀开盖子，8双筷子齐刷刷伸向铁锅。

花卷放在汤汁里蘸一蘸，仰起脸、张大嘴呈45度角大大地咬上一口，鱼肉鲜嫩，土豆绵软，排骨筋道，还有白菜豆腐粉条，全部饱满地吸收了汤汁的味道，最爱吃的是锅底的茄子，炖得熟烂，味道浓郁。那一刻，味蕾带来的满足感超越了一切。

旅行回来之后，仍然对这个味道念念不忘。和朋友一起找了本地一家也叫"东北铁锅炖"的小餐馆，兴冲冲满怀期待而去，却失望而归。一样的锅子，一样的食材，一样的做法，却怎么也品尝不到那一晚令人神魂颠倒的味道。直至后来去广州旅行，我突然明白了原因。

在广州，我吃过一家"银记肠粉"，是广州朋友竭力推荐我品尝的一家特色肠粉店。这是一家小小的、旧旧的老店，肠粉的品种却繁多，花生酱肠粉、肉蛋肠粉、虾仁肠粉……完全不像我们当地的小吃店，就只有一款"肠粉"。

最后我们分别点了三丝肠粉和虾仁肠粉。肠粉端上来，浇一勺色如琥珀、清香透亮的酱油，试探地咬一口，晶莹剔透的肠衣细腻柔滑Q弹筋道，蘸了酱油的虾仁滋味浓郁，妙不可言。我食指大动，大呼"好吃好吃"，因为它完全颠覆了我记忆中的肠粉味道。

后来看到一篇关于广东肠粉的文章。说肠粉对广东人而言，并不只是一种小吃那么简单，它是一种家乡的印记。制作肠粉的米浆，是用传统的工艺石磨磨出来的。而餐桌上的那一瓶酱油，更是肠粉的灵魂，是用花生油、生抽、水和冰糖，再添加虾米、香菇和香葱等熬制而成。每一家肠粉店的配方各不相同，酱汁的味道也各有千秋。

为什么我们热爱旅行？除了让平凡庸常的自己从日常琐事中短暂脱离，去世界的某一个角落尽情释放自己，还有不可否认的一点，就是探寻舌尖上的美食。尽管现在想吃什么都能网购和复刻，但网购和复刻出来的食物味道，总是不尽如人意。白先勇在小说《花桥荣记》里写过：出了桂林城，米粉味道就不一样了。

美食的做法可以复制，但美食自带的家乡属性、地域特征，以及旅行时的际遇氛围和心情，是一种可遇而不可求的人生体验。

（彼岸花开摘自《扬子晚报》2019年12月25日　图／孙小片）

今年夏天见到小寻，她穿着短衣短裤，露出的膝盖上晕着一片紫色。"哈哈，前天玩滑板又摔了，涂了点紫药水。"见我盯着她的腿看，小寻笑着解释了两句。我还不知道，原来小寻也玩滑板啊，如果不是见到她，我都快忘了，我是怎么会玩起滑板的。

小寻是个酷女孩，从内到外。她从小立志当女强人，凡事只靠自己不靠别人。中学时期学习勤奋刻苦，是个刷题狂魔，同时还是校女篮队长，大学之后爱上嘻哈文化，拿出刷题的劲头追自己喜欢的组合，巡演必站前排，直接去音乐节做了志愿者。好像小寻喜欢滑板是理所应当的，酷酷的女孩喜欢象征自由的滑板运动，一切都符合我们的刻板印象。

而我跟小寻不同，我从小就是个普通的听话的小孩，小学起每年拿三好学生，骑单车的时候会用两只手把住车把手，除了挑食不爱吃素菜这一点，我就是那个"别人家的小孩"。

我也不是没有爱好，翻翻闲书、看看电影，偶尔还弹弹琴，不咸不淡，岁月静好，因循着文艺青年的生活方式。我知道自己压根不是充满激情的人，只是偶尔也会羡慕别人有着全情投入的爱好。

直到高中的一个假日，我不知在哪儿看到了一段街头滑板的视频，看着滑板起落、滑止，看着视频里少年的专注神色，我感到我血液里的热情被唤醒，滑板触到了我的燃点。

我决定学滑板。那时候在小

滑板是一个自由的梦

□GA

镇上的大人眼里，玩滑板对应着的就是街头小混混，或者是不好好读书的不良少年。玩滑板也算是我一次清醒的叛逆，是我难得在激动之下做出的决定。瞒着家人托同学从网上买了块滑板后，我的滑板生涯就开始了。

我似乎天生平衡感就比较差，刚开始学着上板，手死死地把着栏杆也站不稳。从傍晚到天黑，我总算是找到了点"脚感"，能站上板子了。再就开始试着滑起来，找到脚感之后就容易些了，多试了几次就能把板子滑起来了，但悲剧也就发生了——

发现自己这么快就能把板子滑起来之后，我不禁有点飘飘然，一个猛加速，一下子失了重心把自己摔趴了。一时间屁股被震麻失去了知觉，半分钟后开始疼，几次尝试爬起来都因为太疼而不得不放弃。我索性在地上躺了七八分钟，尾椎骨直到第二天还隐隐作痛。

爬起来之后，由于太过急躁，我三番五次地在刚起步的时候就把板子翘翻。我好不容易静下心来，跟顿悟了似的，一下子就能够平稳地滑行了。我微微使力，在广场上慢慢滑过来、滑过去。然后我开始学着转弯，起初控制不住，身体总跟着脚板一起前后左右乱晃，弯没转过去倒先把自己晃晕了。但很快，我鼓起劲多试了几次就学会了转弯。

学滑板要入门真的不难，原本看着网络上大家的学滑板日记，似乎得摔上七八十次才能站上板子，但真正去试了才知道，只要静下心来别急躁，顺畅地滑起来并不难。

第一个晚上，一次不行再试一次，丧气了深呼吸重新振奋起来，只被摆倒了一次，我就学会了滑行带转弯。再往后我就成了小广场的常客，每天吃完晚饭就拎起我的粉色小板，急不可待地去广场上玩儿滑板。我常常需要跟广场舞阿姨们抢地方，也需时刻注意千万别碰到横冲直撞、神出鬼没的小朋友。

我对滑板没什么太大的追求，不想炫技，也没想把滑板玩成极限运动，只是想可以像第一次在视频里见到的那个滑板少年那样，猫着腰，微微晃动，调整着身体重心，轻松自在地在人流中穿过。我只是想学会刷街，然后让自己沉浸在刷街的

烦恼源自比较

□ [日] 樋野兴夫 译/程亮

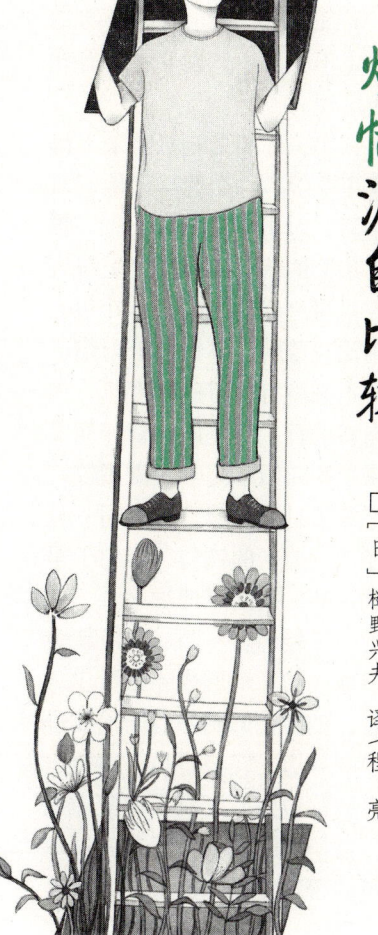

来癌症哲学门诊面谈的患者中,有人因为患病而在工作中被晾在一边,或是工作岗位被调换,于是失去了生活的目标。

我会对这些人说:"工作还是清闲一些为好。任何工作,任何职场,只要能满足衣食住不就挺好吗?能拿到生活所需的工资就行了。"结果所有人都说:"要是那样的话,我的存在还有什么意义?我想像以前一样工作。难道我已经变不回曾经的自己了吗?"

他们把现在的自己跟患病前的自己做比较,认为以前的自己是最好的。

一个人因为攀比而或喜或忧,是因为他还没找到人生的职责。只要找到自己的职责和使命,知道自己正在做"旁人难以替代"的事,就不会产生攀比的念头了。

我们生到这个世界上,长大成人,最后死去。如果只关注这个过程,就会跟别人攀比。

身为病理学家,我面对过大量的病人遗体,所以我能总结出与一般人稍有不同的见解。

从死亡的角度重新审视人生,就会发现攀比不值一提。比他有钱,比他有权,比他有名——这些事在死亡面前有何价值?面对遗体,我想到的是,"这个人究竟度过了怎样的人生?""他是否活出了自己的风采?""他是否完成了自己的职责?"其中压根没有攀比插足的余地。

我时常想,如果自己不是病理学家,恐怕就没有癌症哲学门诊了。

世间的烦恼皆源自攀比。只要能认识到自己本来的职责,就不会攀比,烦恼也会一下子少很多。

比起昔日精力充沛的自己,现在的自己是"最棒"的。

不要跟别人攀比。不要把现在的自己跟过去的自己做比较。烦恼大多源自比较。

(若子摘自《纵然明日离世,不碍今日浇花》江西人民出版社 图/小粒团)

简单快乐中。

当我站上小粉板滑起来,我就感觉烦恼同人群一起被甩在身后,只有迎面的风。风触到汗滴,汗滴蒸发带来凉意,清凉的感觉在不断地提醒我:我是自由的,我可以穿越一切,也可以甩掉一切。

起初我也抱有对滑板少年的些许偏见,总以为他们尽是些留着长发、穿着长短不一的衣服和破烂裤子的不良少年。或者是少言寡语,看起来冷酷高傲,似乎世界上无人可解他们的孤独。

但其实喜爱滑板的男孩女孩们都是很热情友善的,滑板也常常能成为一个团体的连接。小程就是我在小广场上认识的一个滑板女孩,据她说,她的"师父"也是她在广场上认识的。有一年假期我去成都玩,路过一个装潢时髦的滑板店,一个梳着脏辫的瘦高男生倚着门框,看起来一副生人勿近的样子。但当提起我也玩滑板,男生一下放松了许多,笑着和我聊起了滑板。

兴趣爱好不分好坏高低,街头与文艺也无甚界限。我以为,只要是你所热爱的,就尽力去抓住吧。于我而言,滑板是顺遂人生的小逆反,是平淡生活的另一面补充,是接收快乐的一个旋钮,是灰暗心情里绽放的小礼花,是一个自由的梦。

(鲁刚摘自《哲思·全彩版》 图/熊LALA)

"小菜"

□张苏华

上大学时,读到现代文学翻译家曹靖华先生写的一篇文章,题目叫《忆当年,穿着细事且莫等闲看》。言及他当年在上海求学时,曾到鲁迅处拜访。看门人见他那身打扮,一摆手说:"从后门走!"曹先生说自己"宛如一枚土豆,落入十里洋场"。还写到在上海无论白天生活怎样,到了晚上一条裤子是一定要折得整整齐齐压在枕头底下,压出裤缝来的。这篇文章让我对上海人有了最初的印象。

在上海久了,对上海人家生活的讲究有了更深一层的感受。一天和一位阿姨聊天,得知她家原是当地农户,她说,晚上回去要烧三样小菜,外加一汤。菜是一大荤、一小荤,一个蔬菜。汤必须要有的——"老头要吃酒",天天都是这样。她笑着对我说。

大荤、小荤,这是我到上海后才获得的新知。大荤指的是用纯鸡鸭鱼肉或者海鲜之类做的菜,譬如红烧肉、红烧鱼、白斩鸡等;小荤则指肉配菜模式,如肉丝茭白、青椒肉丝等。一顿饭,光有这些还不行,纯蔬菜是必有的。所谓清清爽爽,荤素搭配,这顿饭菜才吃得爽,"有劲"。因此,上海人家每天一大早,顶顶重要的一件事,是到菜场采购全家一天的"小菜"。说是"小菜",其实包括了大荤、小荤或肉或鱼或虾或蟹的各种食材。

记得有一年春节晚会,有个小品节目中一位演员操着上海口音,嘴里左一个"小菜"右一个"小菜",一副滑稽相,引起观众阵阵哄笑。笑声里有对上海人、对口口声声"小菜"的一种揶揄,以为"小菜"含有"小气""寒酸"之意。现在我明白,这是对"小菜"这个概念,对上海人生活方式的一种误读。"小菜"是与酒店餐馆的"大餐"相对而言的,是指居家生活的家常菜,绝非几根小葱、一把青菜的"便宜的菜"。上海人家的小菜,样式多,味道好,质量高,讲究时令、时鲜、稀罕、口味和营养。若是来了客人或没来得及买菜,也有补救办法:到熟食店去买"熟小菜":什么酱鸭、烧鹅、叉烧、爆鱼、鸭胗、酱牛肉、油爆虾、狮子头……真正是让人眼花缭乱。就连南京路、淮海路这样高端时尚的地段,走不了几步,也会不断有熟食店出现。

其实,你要是有机会来上海人家里吃饭,你会惊异于他们对于生活,对于吃饭,对于每一餐"小菜"的认真、郑重。上海人讲究食材之间的搭配。百叶包,是用比较薄的豆腐皮包上肉馅。豆腐本来就有种特殊的香味,加上肉料的香,真是好吃有营养而又不腻。我还跟婆婆学过做蛋饺。先把鸡蛋打成蛋液,然后用一只直径六七厘米的铁勺,在勺子里倒进蛋液,放到煤球炉火上,左手把勺子轻轻转一圈,蛋液就会薄薄地在勺子里形成一张蛋皮。接着,把事先调制好的肉馅放进蛋皮的一边,轻轻将另一边折压过去把馅包住,一只蛋饺就做成了。做汤的时候放上几只,鲜嫩黄色的蛋饺浮在汤面上,又激食欲又提味。第一次吃虎皮鸡蛋,是在复旦大学的教师食堂。为什么叫"虎皮鸡蛋"?原来是把煮熟的鸡蛋先在油里炸过,再加上若干调料后烧煮,鸡蛋表皮起了一层褐色的皱,叫法形象,吃起来更香。把一只普普通通的鸡蛋做成这样,颠覆了我的认知。

其实,不厌其烦,一丝不苟,追求把事情做好,做得精致,即使在做饭这样的日常上也不敷衍不苟且,是上海人的一种生活方式,是他们对待生活的态度。联想到我在上海的所见所闻,点点滴滴,感觉到,凡事讲究,是深入他们骨子里的一个行为准则。

(大浪淘沙摘自《新民晚报》2019年12月19日 图/麦小片)

我的动物"邻居"

□ 音乐水果

在美国弗拉格斯塔夫，我与各种动物比邻而居。

最常见的是松鼠，学名"亚利桑那州灰松鼠"。这种松鼠喜欢早起，每天早晨我起床刷牙时，都能听到它们从屋顶爬过去的"嗒嗒"声。刚去弗拉格斯塔夫时，我觉得很新鲜，时不时拿花生米去喂松鼠，看它们用两只前爪抱着花生米啃，别提有多可爱了。

只要一只松鼠知道我这里有花生米，周围所有松鼠就都知道了，它们会齐齐地从屋顶上跑过，在我家门口的大树上等着我。我一出门，松鼠们立刻齐声叫唤，仿佛在说："开饭吗？开饭吧！"如果我没有立刻拿出花生米，它们就在树和屋顶之间攀爬跳跃，甩动着毛茸茸的大尾巴，焦急地等我投喂。

有次出门遇见了房东，她当场制止了我投喂花生米的行为。房东说："松鼠特别爱啃电线，还会顺着房顶的漏洞跑到家里来，可能会危及你的安全。"于是，房东请了专业的公司来检查维修房顶的漏洞，师傅们顺带修剪了前后院树木的枝丫，让最低的枝丫也与屋顶保持至少2米的距离，这样，松鼠就不会通过枝丫、漏洞跑到屋子里啃电线，我也不会遇到"一出门就被松鼠们围观"的场面了。

比较常见的还有臭鼬，生活在弗拉格斯塔夫的臭鼬身上有两条白色条纹，这两条条纹从头颈部、背部两侧一直延伸到尾巴，所以它的学名叫"亚利桑那州条纹臭鼬"。我以为，臭鼬这种动物是"我不犯它，它不犯我"，现实却是，我不犯它，它跑得太快，一头撞在了我的车身上，误以为我要攻击它，给我放了个奇臭无比的"毒气弹"后就跑得没了影，剩下我在原地对着臭烘烘的车身郁闷。我只好开车去加油站，拿起水枪对着车身狂喷，加油站的一位工作人员捂着鼻子闻"味儿"而来，还安慰我："虽然洗车没有太大作用，但三周后臭味儿就没了，也没其他办法，你忍忍吧！"

除了松鼠和臭鼬，生活中还常常有不速之客。冬季天黑得早，那天开车回家，我开了远光灯慢慢走，就在我拐入住宅区时，突然，一个黑影从路边蹿了出来。我赶紧踩刹车，黑影的冲势却很猛，直直地撞上了我的车头，吓得我坐在车里不敢动弹：我是撞到了什么？

黑影却"顽强"地站了起来，我这才借着远光灯看清楚，那是一只鹿，想必是下山觅食，回山时跑得太快，这才撞了上来。它低着头，抖了抖蹄子，又小跑着消失在黑夜中。我这才敢下车，发现这只鹿的威力太大，我的车头都被它撞得变了形。我给房东打电话求救，房东帮我报了警，警察来后问询了情况，告诉我："没事，大家时不时地会撞到鹿，车子买保险了吧？自己去修吧。"

次日，我开着车去了修理厂，修理厂的师傅一见到我的车头就乐了："你也撞到鹿了？最近它们出没很频繁哪，我都修了好几辆因为撞到鹿车头变形的车了！"师傅告诉我，这种鹿是白尾鹿亚利桑那亚种，因奔跑时尾巴翘起、尾底显露白色而得名，在亚利桑那州内很常见。我想了想，的确，从亚利桑那州首府凤凰城到弗拉格斯塔夫约两个半小时的车程，路边的警示标志之一就是"小心撞到鹿"，我所乘坐的小巴车司机也说，经常能见到鹿横穿马路，这时，要让鹿先行。

看来，与动物当"邻居"，要互相礼让，才能和平共处啊！

（月亮狗摘自《扬子晚报》
2020年1月17日　图/吴敏）

这里的街边摊，才是真正的米其林传奇

□ 嘉 伟

泰国曼谷："试了无数次，我终于炒出属于自己的那碗面"

泰国，曼谷。

她叫素平亚，人称痣姐，是一家街边小吃的店主。她今年73岁，她的店已经开了40多年，占据了她大半的人生时间。

令人惊讶的是，她从开门第一天起就是全年无休。痣姐每天严格坚持作息，无论有多累都会下厨，用真材实料和感情，认真对待每一道菜。这40年，她硬生生把一家路边的破烂小店，做成了远近闻名的米其林一星餐厅。

痣姐的招牌菜，叫黄金蛋包蟹，是将日式蛋卷和泰国蛋卷的做法结合在一起。松软弹牙的蛋黄，包裹近半斤细嫩鲜香的蟹肉，反复用油一层一层地炸。

就是这道菜，让她连续两年获得米其林一星。之后，人们蜂拥而至地去排队吃痣姐的黄金蛋包蟹，并且称她为"蛋包夫人"。

尽管餐厅和食物名声在外，每天络绎不绝的食客前来品尝，但痣姐从不理会。

在她眼里，厨房才是她的一切。每当进到厨房，她便开始全神贯注，一心一意料理好自己的食物。其他事情，不管不问。

大多数人只看到痣姐今天的辉煌成就，她成长中感受到的无助几乎无人得知。

痣姐在菜市场的贫民窟长大。她靠缝衣服来补贴家用，负责一家人的温饱，这一做就是10年。

突如其来的一场大火，把她的家当全部烧光，一切努力化为灰烬。

回家帮忙卖面，但妈妈嫌她手脚慢，做的面也不好吃。

年轻的痣姐很较真，她知道自己能做到，试了无数次，终于炒出属于自己的那碗面。

这一次，妈妈让步了。

从此，痣姐开始踏上厨师这条路。40年里，无数的食物经她的手，有了非凡的滋味。只有在街头，你才会看见这种米其林传奇。

以上是Netflix原创纪录片《街头绝味》里痣姐的故事。和精致美食不同的是，它里面说了：最接地气的小吃，以及背后的摊主。

日本大阪："每位厨师，都会有一双魔术手吧"

说起日本美食，一定少不了大阪。大阪人，性格外向、洒脱、不羁，被称为"浪子一族"。

东洋居酒屋的摊主筑元丰次，就是十足的大阪男子模样。

为什么一家居酒屋的老板会叫摊主呢？当你看到他的店铺时，你才会明白为什么要叫他摊主。

因为他的居酒屋，并不像典型居酒屋。这家店，是由简易搭建起来的露天店铺、一个顽固的老头和他独创的美食料理方式组成的。开店至今，快有30年历史了。

作为使用火焰的高手，筑元丰次的招牌菜是赤烤金枪鱼下巴。

把金枪鱼下巴烤至半熟，外面是充满赤烤香味的表皮，里头还是嫩口的鱼肉。

烤好后，加一些紫苏叶和葱条，一份平凡料理就做好了。

客人来，除了因为喜欢这份赤烤金枪鱼下巴，还因为非常喜欢筑元丰次，说他是个非常有趣的老头，厨师中的魔术手。

在制作料理时，为了减少客人等待的时间，他把传统的火炭换成了火焰喷枪，还练成了赤手在火中给食物翻面的本领。

这种高温下的忍耐，在旁人看来，他就像生来就有一双不怕火的魔术手一样。

这份忍耐，也许来自筑元丰次从小就有个厨师梦。他家境不好，6岁的时候母亲去世，就连生活中的唯一支撑——父亲，也终日借酒消愁，一事无成。

所以，他宁愿在外流浪，也不想回去面对这个家。就这样，他被迫远离出生的小岛，来到大阪打童工。那时候，他就想着自己攒够1100万日元时，开一家自己的餐厅。十年后，快存够时，他的梦想破碎了：父亲的猝然离世，让他花掉了700万日元。剩下400万日元，远远不够开一家餐厅。

虽然梦想会迟到，但不会不来。他拿着仅剩的400万日元，开了这家东洋居酒屋。

因为钱不够，开店之初，所见之处皆是简陋，一块废弃钢板就能当成料理台。即使店面简陋，只能站着享用美食，也没有妨碍食客络绎不绝。

他把员工当成自己的儿女，把简陋的居酒屋当成自己的家。他并不介意出丑，依然用诙谐的方式来解释他的人生。这就是筑元丰次的生活之道。

越南胡志明："那些食物，就像我对生活的期盼一样"

胡志明人爱吃螺肉，一般烤螺摊不大，多开在小巷之中。阿卓，就是胡志明烤螺摊里的佼佼者。

阿卓的营生工具很简单，只有一只便携式瓦斯炉、一架炭炉，外加一把蒲扇。因为什么螺，要怎么制作，师承父辈的她对此了如指掌。

她的招牌菜，是从父亲那里学来的爆炒泥海蜷。不少人就是为了这道爆炒泥海蜷专程来的。除了做泥海蜷，她研究了更多的烤螺。

没人知道，她开这个摊子的钱和家里日常支出，都是贷款来的。

努力地去学习，为的就是增加收入、改善家里的生活和偿还贷款。每当想到这，她觉得自己不累了，甚至可以一个人撑起这个家。

阿卓的大儿子刚考上大学，强忍小儿子夭折伤痛的她，开始觉得生活并不算完全黑暗。

为了大儿子上学的学费，每天清晨天还未亮，她就和丈夫去到很远的平田海鲜市场买刚上岸的螺，为下午出摊做好一切准备，因为她的生活不能被耽误。

她就这样日复一日，买螺、出摊、烤螺。除去生活中必需的开支，其余的就是大儿子的学费了。她相信在开学前，能给大儿子存够钱。

她对大儿子说："你必须努力学习，找份好工作，才能过上比爸妈更好的日子。"

像他们这样的人，每座城市之中还有很多很多。没有人告诉过他们，将来的生活会是什么样子。走上厨师这条道路前，他们大多数没有上过训练班。因为要生活，选择自学成才，日出而作，日落而息。

他们承受过大多数人未知的苦难，但看起来又像是不起眼的普通人。

在他们如小草逆风生长的经历中，最重要的，其实是他们对家人的感情。

街边小吃的灵魂，其实是一阵阵烟火背后的摊主。他们都是英雄，手上拿着的都是自己的制胜法宝。

也许，他们在料理食物时，是用感情来添加最重要的一味佐料。所以，当食物递到人们面前时，我们才会发现眼前尽是生活的烟火气。

看完这些摊主经历的故事，也许你我都会有共鸣，能像他们一样，能把生活的酸甜苦辣，变成自己的制胜法宝。

(洛奇狮摘自微信公众号"那一座城"

图/熊LALA)

73岁日本老人独居中国，却过出了满分人生

□是郡主也是匠匠

一位63岁的日本老人，一生未娶、膝下无子，不会说中文，孤身来到中国，一待就是10年。怎么看这都是一个悲伤故事，可现实，并非如此。

73岁的岛田孝治，现在生活在武汉，是一家叫"顶屋咖喱"店的老板，大家都叫他"岛爷爷"。

店里生意不错，是武汉吃咖喱必打卡的网红热店，这家街边不起眼的店面，不少年轻人慕名而来。

与其说是冲着咖喱而来，大家更像是冲着这个"怪"爷爷来的。

他是一个奇怪的老板。别人开店都是为了挣钱，他的想法却标新立异：只为做出这条街最美味的咖喱。

要做出正宗的咖喱，绝不是说说这么简单。高汤要用猪骨、牛骨或鸡架，熬煮24小时，汤里的泡沫全都要仔细捞出。就连简单的洋葱也十分讲究，白的不要，深紫的放弃，淡淡发紫的最好。洋葱要切成接近透明的薄薄一片，炒的时候，一定要变成琥珀色才能出锅。

所有制作流程，都要严格按照岛爷爷规定的步骤，绝对不能偷工减料。

别人都是用高压锅，煮30分钟就可以了，他们却要花上足足八小时，这样做足功夫的咖喱，怎能不叫人念念不忘？

正是因为这样一个"挑剔"的老板，可以让顶屋咖喱这个品牌，在店铺更换反反复复的街道上，一直留存长达10年之久。

同时，他也很"抠"，明明是咖喱店的老板，却"寒酸"得不行。给自己每个月的工资只有3000元，住在一个月只要700元的出租屋里。其他员工的工资基本都在四五千元，而店长的工资是他的三倍。

他总说，到了他这个年纪，对钱已经没有什么执念了。有烟有酒，生活不愁，就已经足够了。

他还开办了免费的日语课程，即使只有一个人来，他都一丝不苟、耐心教学。

1947年，岛田孝治出生在日本福冈的一个普通家庭。认真执拗、刻苦勤勉的他，从小就是一个学霸。大学毕业后，他在东京一家律师事务所工作。可谁都没想到，岛爷爷生性热爱自由，不喜欢条条框框的束缚。

在他看似本分的外表下，还有一个无比热忱的理想：那就是环游世界。为了有更多的时间，他不惜辞去东京的高薪工作，回到了家乡，在一家普通事务所工作，薪资变少了，却多了任自己支配的自由时间。

三十五岁开始旅游，他的脚步几乎踏遍了欧洲：意大利、法国、瑞士、丹麦、荷兰……

没有娶妻生子，没有按照一般活法走下去的他，却选择在晚年，将余生留给咖喱和中国。

他和武汉的缘分，早在2004年就开始了，当年他旅游到武汉，便被这里的生活节奏和气氛迷住了。

退休后，父母已经过世，没有兄弟姐妹、妻子儿女的他，便孤身，带着毕生积蓄，到了武汉。刚开始的时候，他每天都背着一个背包，伴着初升的太阳，按时到菜市场亲自选购食材。

如今，上了年纪的岛爷爷，有时候忍受不了武汉寒冷的冬天，就选择窝在家里，看书写作。可一到授课或者交流会的时候，他都风雨无阻，准时出现在顶屋。这位孤身在异乡的老爷爷，这一辈子都在"任性"。

他自始至终从心而活，活得自由通透，以自己的方式，温暖这座城市。

（梁衍军摘自微信公众号"匠心之城" 图/张翀）

没有什么烦恼,是养一只猫解决不了的。

昨天在知乎看到一个很可爱的提问:抱着猫看恐怖片是否会好一些?

人类对猫的幻想果真是无穷的,即使是一个胆小的人,只要怀里抱着一只猫,就连恐怖片也像加上了可爱的猫咪滤镜,更别说那奶声奶气的猫叫,完全抵挡住恐怖电影时不时爆发出来的诡异尖叫。

曾经问朋友为什么要养猫,她说,养猫之后,每天回家打开门,都会期待有一个毛茸茸的脑袋出现在门后,每当这个时候她就会想,我不是一个人生活在这座城市,至少还有一位家庭成员在等着自己。即使一个人居住,有了猫,更像是一个家。

德国哲学家艾伯特·史怀哲说,悲惨人生中的两个避难所,一是音乐,二是猫。

有一部电影讲述了另外一个残忍的假设,如果有一天你生命垂危,你可以通过一个办法多获得一天的生命,但代价是世界上所有猫都会消,你会答应吗?

这个听起来很匪夷所思的假设出自一部日本电影《假如猫从世界上消失了》。

故事发生在一个年轻的邮差身上,一直以来他都过着平静无波的生活,骑着自行车到处送信,下班回家喂喂猫看看电影,突然有一天,他被告知脑部长了恶性肿瘤,生命岌岌可危,绝望中他回到家,客厅里有一个长相与他一模一样的人等着他。

那个人说,只要一样东西在世界上消失,你就能得到一天的寿命。

第一次,电话消失了,那些和电话有关的记忆也全都抹掉了,曾经与他彻夜打电话谈天说地的恋人,再见到他时已经认不出他来。

第二次,世界上再也没有电影,因电影而结识的好友与他形同陌路,好友所经营的店铺从影碟租售店变成了一家书店。

最后一次是猫,当一样东西即将离开你的时候,你才会知道自己有多离不开它。

那天晚上,他半夜从梦中惊醒,突然发现猫不见了,他一下崩溃了,在家里大喊猫的名字,发疯似的跑到暴雨中寻找,遍寻无果后,他倒在下雨天的马路上痛哭,好像突然失去了整个世界。

猫对他来说,意味着家一样的温暖和陪伴,是它陪伴病危的母亲走过人生最后一程;是它缓和了自己与父亲的关系,让他看到沉默寡言的父亲背后藏着的细腻柔情;是它带来了那么多的欢乐,陪伴自己窝在家里看电影、打电话、静静发呆。

他害怕当他下班回到家的时候,他已经无法对着它说上一句"我回来了"。所幸,当他从暴雨中回到家,还能看见它站在雨后的台阶上等着自己。

这一次,他拒绝了魔鬼的交换,因为他知道生命中还有很多事物远比获得"一天的生命"更重要,这些"正是我存在过的证明,是我挣扎着,烦恼着,生活过的证明"。

全片最戳泪点的一句话,是主角的母亲在海边抱着猫对他说:"不是人在养猫,而是猫一直陪伴在人的身边。"是啊,有多少人早已把猫当成自己的家人。

"但凡有一线阳光洒向地板,猫都会找到并沐浴其中。"对于很多人来说,猫就是我们生活中的那一束阳光。

作家海明威说:"猫具有真正的情感忠诚,人类往往出于某种原因隐藏自己的感情,猫却不会。"

(大浪淘沙摘自微信公众号"新周刊" 图/吴敏)

一只会说话的狗

□张筱筱

我在加拿大纽芬兰读研的时候，意外从朋友那里得了一只狗。不清楚它是什么品种，只知道出身并不高贵，因为性格很温驯，换了几个主人都适应得很快，估计是那种有奶就是娘的杂种。朋友因为要去多伦多找工作所以把狗送给我，我想着反正平时我是一个人憋在家里写论文，不如养只狗打发寂寞。

日子久了，我发现这只狗其实很聪明，我写论文的时候它就很安静地趴在我脚边睡觉，我开始打电话和家人倾诉对毕业的焦虑忐忑时，它就朝我一通乱吼，然后跑到屋外自己躲清静去了。我一开始以为它只是喜欢安静，后来发现它对我聊天的话题是很挑剔的。但凡我聊的是愉悦乐观的话题，它就会像往常一样趴着睡觉；如果听到我说一些悲观疑惑的想法时，它就会非常烦躁不安。

快毕业那段时间，我的确很彷徨，不知毕业后是该去工作还是继续读博。后来我心想既然早晚都要面临找工作这一天，干吗不早点面对？于是我每天早上眼一睁就从床上跳起来，迅速收拾完，抓着两片吐司就出门找工作去了。这只狗无奈地看着我出门，好像知道一天下来我会一无所获。晚上回来，它没有任何欢迎我的举动，只是趴在那里睡觉，把我当成空气。那时候我天天出门，天天空手而归。

后来我索性不找工作了，天天盘在床上，从早睡到晚。奇怪的是，这只狗一看我睡觉，它反倒不睡了，蹦到床上咬着被角拖走被子。我暴跳起来朝它吼，它却反过来朝我叫。看来它并没有那么温驯。

这只狗有个性我是早已发现了的，但是真正让我认识到这不是一只一般的狗，是那天早晨在我收拾求职材料的时候。我发现简历不见了，到处找都找不到，最后竟然在它屁股底下发现了。它一副幸福满足的样子，趴在我的简历上呼呼大睡。我想把简历从它身下扯出来，没想到竟然让它一口咬住，死死不放。我气急败坏，朝它大吼："你咬着也没用，我还可以再打印一份。"就在我准备放弃和它撕扯的时候，它竟然开口"说话"了。

"你这个没用的东西！"它在骂我。第一次被骂无用，还是被一只狗骂，这着实让我作为一名自认为有价值有前途的知识分子非常恼火。

我立马就怼了回去："你是狗，你当然不用去找工作！不用考虑自己的未来！只需要在家睡觉就可以！说我没用，你不是比我更没用？"我说这话的时候心是很虚的。这只狗瞥了我一眼，我以为凭它的脾气一定会扑到我脸上把我抓毁容，但是它没有，只是说了句："我没用，最起码我快乐。而你，既没用，也不快乐。"就放开我的简历跑出去了。

打那以后，我就再也没看到它了。它好像彻底抛弃了我，抛弃了和我一起生活了这么久的小出租屋，追求它的快乐去了。

后来我果断放弃了找工作，选择读文学博士，因为那样至少能保证我当下的快乐。这么说来，我得感谢那只狗。要不是它和我吵了一架，我可能真就为了糊口去超市收银了。我一直想找

李纨的鱼与娄氏的渔

□曹春梅

《红楼梦》第九回金荣大闹学堂，与贾宝玉起了冲突，有人从后面扔砚台偷袭宝玉，却不料落在了侄子贾兰和贾菌的桌子

上。贾兰忙按住砚台，极口劝贾菌："好兄弟，不与咱们相干。"贾菌打抱不平，抱起书匣子来抢，又跳出来，要揪打那一个飞砚的。

贾兰文弱吗？不。他演习骑射，把两只小鹿追得箭也似的逃。贾兰地位低吗？也不。他与宝玉都是贾府名正言顺的继承人。为什么贾兰、贾菌对至亲的态度一个极冷，一个极热？原因很多，其中之一是母亲对儿子的影响不同。

李纨守寡后，"居家处膏粱锦绣之中，竟如槁木死灰一般，一概无闻无见"。一般说来，个体与整体息息相关：别人受到爱护，自己也会感到温暖；别人被冷遇，自己也心里冰凉。这就是联结感。很明显李纨的生活状态与整个贾府缺少联结感。与联结感相反的是隔绝感。隔绝感容易导致自私冷漠。贾兰对宝玉的冷漠就是李纨对贾府隔绝感的延伸。冷漠的表现形式不止一种。第二十二回，过元宵节，大家都在贾母膝下承欢，人群里独独不见贾兰。原来贾兰嫌爷爷没叫他，所以不肯来。于是贾政忙遣儿子去叫，对此李纨一直笑，并没有意识到贾兰对族人的自我隔绝有什么不妥。

第五十三回又是元宵节，贾母在花厅摆家宴款待族人。众族人有懒于热闹不愿来的，有出门不便不能来的，有妒富愧贫不肯来的，有憎畏凤姐之为人而赌气不来的，有羞口羞脚不惯见人不敢来的，林林总总，女客只有贾菌之母娄氏带了贾菌来。多么有勇气，简直值得每个人为娄氏鼓掌！她一个年轻的寡妇，摒除了种种负面情绪，屏蔽了各种闲言碎语，独自带着儿子勇敢地到本家贾府社交，用现代教育理论来说，娄氏是在帮助儿子与贾家整个家族建立联结感。

《红楼梦》故事里，李纨一直很用心地帮贾兰攒银子，以备将来不时之需。娄氏很用心地帮贾菌拓人脉、提情商。前者授子以鱼，后者授子以渔。这是两种境界，教育出来的儿子必然呈现出两种不同的温度。

(池塘柳摘自《青岛晚报》2020年4月4日 图/罗再武)

在澳大利亚，有种幸福，叫BBQ

□ 喜 喜

"周日下午来我家BBQ吧！"

这样的邀约，基本上我每周都能收到。在澳大利亚，尤其是在夏天，大家都非常喜欢"烧烤"，理由也是各种各样：朋友没事儿聚聚，生日到了，结婚纪念，升职加薪……总之，一切都可以成为烧烤的理由。足可见，澳大利亚人对烧烤真是发自内心地热爱。

其实在各国料理中，基本都少不了烧烤。这种烹饪方式，最早起源于中美洲：西班牙入侵者发现本地人用木头搭起架子，把捕捉到的鱼类和各种野味儿放到架子上烤制而成，这种经烤制而成的食物，被他们称为"Barbacoa"。

随着时代的发展，这种大型烤肉活动逐渐和政治运动联系在一起。周末，美国一些政客会在公园或者市政厅等地方准备一些烧烤食物和酒水饮料，主要是为了讨好选民，而可选择的种类也不多，基本上由肉、面包、啤酒、红酒和雪茄组成。

随后的"澳式烧烤"毫无疑问是由英国殖民者带来的。1920年，悉尼的一家报纸上第一次出现了一则关于烧烤的广告，鼓励人们打造属于自己的烧烤炉。但由于经济实力的限制，又过了几十年，人们才把烧烤这种休闲活动从公共场合转移到了私人领域，而烧烤方式也从豪爽地直接烤上一整头动物，转变成了"优雅"地切割成小块再烤制。直到1950年，烧烤才最终发展成为一种老少皆宜的"全民美食运动"。

事实也是如此，我在澳大利亚居住了两年，发现烧烤真是无处不在。

去年环澳的时候，我用"沙发冲浪"的方式多次住进本地人的家里，发现由于澳大利亚地广人稀，人均居住面积巨大，所以每家的后院一定会有为烧烤准备的一席之地：在仓库里堆着的木炭，在角落里放着的全能烤炉，为烹饪准备的专业工具。可以说，澳大利亚人民在烧烤上精益求精的劲头儿，完全不输别国人民。

随便走进一家大型连锁超市或者户外用品店，都可以看到为烧烤打造的各种工具。很多商品设计的周全、贴心，常常让我大吃一惊：煎鸡蛋的模子，这样保证煎出来的鸡蛋百分百是圆的，为的是完美放入三明治中；多达18件的不锈钢烧烤用具，刷子、叉子、刀、钎子，一应俱全；烧烤器具，从家庭式的立式烤炉，到只为烤串设计的长形烤架，再到小型便携式烤炉……真是全方位满足各类消费者的不同需求。

对于一些住在公寓的人们或者短暂的旅行者来说，由于条件限制无法在后院烧烤，澳大利亚政府特意体贴地在公园内、沙滩上建造了许多免费的烧烤炉。

这些看似不起眼的烧烤炉主要都以管道煤气为能源，98%为免费使用，有的需要投入2澳币就可启用，而且它设有不同的温度区，可以说非常人性化。

七年前的烧烤经历一直令我印象深刻：第一次来澳大利亚旅行，在某网站发现有人组织墨尔本的海滩烧烤，于是便兴冲冲地报了名。当天，来自世界各地的背包客带着食物和饮料，到达集合地点。我们随便找了个烧烤炉，就开始烤了起来。没一会儿，诱人的香气就飘了出来，还能听到吱吱作响的声音。

等食物烤得差不多了，大家

拿着盘子聚拢过来，我也领到了属于我的那一份儿，迫不及待用叉子放入口中：油脂丰富、肥润馥郁。不用配面包，也不要搭配什么薯条，就这么一口肉一口冰啤酒，慢慢享受属于夏天的味道。

在澳大利亚长居后，我发现户外烧烤是展现澳大利亚多元文化最好的方式。

有一次和朋友在公园烧烤，我好奇地瞥了一眼邻居的烤炉，就被裹着头巾的女邻居招呼过去："对于土耳其人来说，烧烤可是一件很隆重的事情，我们可以从中午一直吃到晚上。"

他们先在草地上铺上华丽繁复的毯子，再像变戏法一样，从包里拿出还热乎的大饼、新鲜的奶酪和飘着香味的小扁豆汤。"配角"已经够丰富了，"主角"自然更是绝不含糊，邻居的儿子手脚麻利地打开开关，把由羊肉和混合切碎的洋葱及香料做成的丸子放在上面，再用铲子压平弄成肉饼状。直到两面都煎至油亮香酥，外脆里嫩，配上大饼、洋葱和酸奶，一口吞下，这是属于土耳其式的乡愁。

那边，咖啡的香气悄无声息地飘了过来。原来几个埃塞俄比亚姑娘正在用她们的"国饮"消食。一个女孩拉住我，硬要我品尝一杯由"咖啡仪式"做出来的咖啡：提前在家把豆子烘好，再放在臼里用手捣碎，最后倒入陶壶，用自己带来的小酒精炉加热直至沸腾。

喝的时候，根据不同口味和个人喜好，可以选择加入糖、盐或者黄油。入口浓香、滑润，还伴有明亮的花香和水果气息。

但要说到澳式BBQ，一定要亲自参加一次由澳大利亚本地人组织的烧烤聚会，才能领会其精髓。

澳大利亚人对待BBQ的态度分外严肃，尤其是在注重舒适性方面。别人烧烤顶多带个帐篷，澳大利亚人恨不得把家都搬出来：他们很多人会开着露营时才用的房车，载着太阳能板，带着便携式冰箱，冰箱里除了堆满冰啤酒外，还会有新鲜的香肠、腌好的鸡腿和肥瘦相间的牛羊排，有时候还会出现澳大利亚独有的袋鼠和鸸鹋——因为这两种动物脂肪含量低、多为瘦肉，而广受澳大利亚人民的喜爱。

到了地方，他们也不急着开烤，先得把自己的地盘布置舒适——拿出户外椅，打开遮阳伞，每人再来一瓶冰啤酒"润润嗓"。

终于开始烤了，左手才把香肠、牛排等紧实的大肉甩到烤炉上，右手就已经把第三瓶啤酒送入口中，同时再见缝插针地炒上一些切得极碎的洋葱丝，为的是一会儿要加入面包中，做成香肠/牛排/鸡胸三明治；搭配的酱料也很简单，或是番茄酱或是芥末酱，要么索性就是烧烤酱——有了主食、肉类和酒精，对于澳大利亚人来说，就是完美的一餐了。

在烟雾缭绕中，不得不感慨，这种简单、粗犷和随意，真是澳大利亚人民性格的真实写照啊！🌿

（一二三摘自微信公众号"喜喜见闻"

图/豆薇）

命运与人力

□[日] 幸田露伴 译/商倩

在同一条河流的两岸有两个相同的村庄。左岸和右岸的农村都在地里种豆子。然而秋天河水泛滥，左岸的堤坝决堤，右岸却免遭此难。这时，左岸的农夫感叹天不助我，右岸的农夫因为自己的努力耕耘结出粒粒辛苦的硕果而感到喜悦。不能否认天命和人力都是存在的。只是左岸的农夫忽视人力只言天命，而右岸的农夫忽视命运只言人力而已，显然人力和命运并没有因为河流两岸的位置而出现偏好。

左岸农夫辛勤播种却一无所获，如果他没有怨天尤人，而是问责于自己，深刻反省自己智慧不足、考虑不周到，第二年重新在高地种豆子，在洼地种玉米，如果他能像这样默默地忍受巨大损失所带来的痛苦，而且对第二年的计划进行改善的话，那么好运不一定不会降临。翻阅所有古往今来英雄豪杰的传记就会发现，他们一定不会怨天尤人，而是经常责问和反省自己。同时，如果对经常惹事的人的履历进行调查的话，就会发现他们反省自己的意识十分薄弱，只是一味怨天尤人，抱怨心很强。招致厄运的人就是这样经常抱怨别人而不去反省自己。

这两种不同的选择，显而易见关乎命运与人力关系的好坏，是其关键所在。因而，一个人此生将为自己带来这两种命运中的哪一种，确实值得认真思考。

（四铭摘自《足够努力，才能刚好幸运》

江苏凤凰文艺出版社）

这世界上还有不喜欢干炸丸子的人吗

热闹的干炸丸子

世上没有比"干炸丸子"再动听的菜名了。四个字,完美切中了人类对美食的全部向往:油炸、肉。

一碟圆圆的小肉丸子吃起来,没有一大盘炸酥肉那么"硬",夹起一颗,轻蘸一蘸花椒盐,送进嘴里,一口咬开脆香的外壳,雪白细嫩的肉馅,有着油脂不可替代的香。

一颗接一颗,美拉德反应的躁动,不断被推向极致的临界点。

吃干炸丸子,可以不分四时节庆。肚里酒虫一动,约上三五好友,来几个惠而不费的下酒菜,必有干炸丸子。

小孩儿馋了,想吃点炸货,过过嘴瘾,爸妈又怕大鱼大肉难消化,来碟干炸丸子。

早年红白喜事,要摆酒席,档次最低的"炒菜面"——打卤炸酱面加炒菜,起码得有个干炸丸子,才对得起客人吧?干炸丸子对北京人而言,可以代表一种体面:对自己的口舌、对宾朋的厚爱,一碟丸子,就算尽了礼。

同样,吃干炸丸子,也可以不分场合高低。

老北京的大酒楼、二荤铺,随处可见它的身影。百年老店"东兴楼"可以靠它扬名,始于计划经济年代的刀削面馆"杏园餐厅",也能以它为招牌菜,至今仍是网红。

像茶馆里下棋赌输赢,以一碟干炸丸子为赌注,更是稀松平常——它不值什么钱,但是值得一赌。于是久而久之,大家都拿干炸丸子不当回事了。

论食材,它太普通,猪肉加鸡蛋,放点儿葱姜水,实在卖不上价。

论格调,它也不太高级。当它的口味不分阶层,就成了原罪,会被自动划入"低级"的圈子里。

吃干炸丸子,开始被人瞧不起。评书《兴唐传》里,穷得卖耙子的程咬金,进酒楼大吃大喝,开口点菜:"给我要个拆骨肉多加葱丝!再给我要个炸丸子,汁儿单拿着!要杓里拍、锅里扁,为的是炸得透,热乎点儿,要老虎酱、花椒盐,另外带汁儿!这就叫炸丸子三吃!"

说了这么一通,不可谓不会吃吧。然而,伙计直接怼了老程一句:"就您点的这些菜,还是请到外边条桌上吧!"

吃不起干炸丸子,在小康之家看来,更是十分可怜:

梁实秋先生回忆儿时,小弟弟问:"妈,小炸丸子要多少钱一碟?"母亲一阵心酸,立刻派用人去胡同口饭馆买一小碟,让孩子们敞开了吃。

数十年后,内地餐饮业发达,粤菜川味席卷京华,奢华豪富非止一端。跟它们一比,口感不错、但肉料不多的干炸丸子,成了廉价的"穷人乐"。

王希富先生说,那时朋友聚餐,没人愿点干炸丸子,怕被人当成土包子进城!

然而,谁也没有资格瞧不起它。干炸丸子,可是有皇家血统的!

干炸丸子,北京最后的遗老遗少

当干炸丸子在北京城降生时,这儿的主人,是一群热爱猪肉的满族人。他们有句老话:"亲不过姑舅,香不过猪肉。"姑奶奶与娘家长辈,在满族家庭地位很高,能以之作比,可见猪肉的地位和人气有多高。

满族人对猪肉的最高礼遇,自然是拜神祭祖的祭典。

清朝皇帝过年,总要吃一块不加盐的白煮猪肉——煮猪祭神,胙肉分而食之,是满族人每

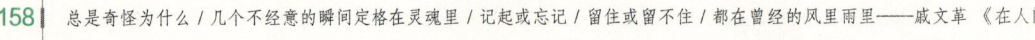

次祭祀必须要做的。皇家要煮肉，生活在京师的王公大臣、八旗子弟也要煮，于是，"白煮肉"流入市井，成了又一道名菜。

白煮肉悄然出宫时，还拐跑了另一道高贵的菜式：烧碟。

满族的"烧"，指的就是炸。"烧碟"则是油炸猪身上的各种部位，最早出现的有八种：炸排骨、炸里脊、炸腰花、炸脂油卷、炸肝尖、炸肥肠、烧脂盖、烧脸子。

到后来，随着宴席排场越来越大，烧碟原本的八种，就开始二八一十六，四八三十二、八八六十四，不断发展，据说顶配有一百二十八种，自然也包括干炸丸子。

老舍先生没写完的《正红旗下》，大姐那位游手好闲、举债度日的公公，一来串门，母亲暗示留他吃饭，他张口就来：

"亲家太太，我还真有点饿了呢！千万别麻烦，到天泰轩叫一个干炸小丸子、一卖木樨肉、一中碗酸辣汤，多加胡椒面和香菜，就行啦！就这么办吧！"

这位没心没肺的享乐艺术家，每招待他一回，"我母亲的眼圈儿就分外湿润那么一两天"。

"他们在蛐蛐罐子、鸽铃、干炸丸子……上提高了文化，可是对天下大事一无所知"——这种穷极无聊，又妙趣横生的艺术，被八旗子弟爱之如生命。

干炸丸子是高贵的，干炸丸子的蘸料，更要讲究：

黄酱、蒜汁加酱油一拌，就叫"老虎酱"，是满族人的专利。

除了老虎酱，还有木耳、黄花，加高汤勾芡打成的木樨卤，不带蒜味儿，也更适合当时的女性吃。

至于最传统的花椒盐，自然是人人共嗜，百无禁忌了。

凭着这份玩心，干炸丸子一直活到今天。哪怕遗老遗少没了，一样有人爱它：把吃当作一门艺术、一种玩乐的食客，更能领略干炸丸子的美。

做丸子，最重要的就是开心

干炸丸子在厨师眼里，算基本功，可要炸好，并不容易。

有一个故事，说炸丸子到底有多难：

从前，饭馆里有个小学徒，想跟师傅学炸丸子，师傅回答："三年"。那年头学徒苦，小伙子等不及了："三天要是学不会，我拜狗为师！"他偷看偷学了三天，一切工序分毫不差，可自己不管怎么炸，就是难吃。三天后，师傅牵好了狗等着他："来，跟它学吧！"

后来，小学徒成了老厨师，把这事当笑话讲给了王希富先生。

当食物成为艺术，就不再有速成法门。每一个关键步骤的精确，只能靠经验把握。

先是选肉。最合适的，一定是猪前腿"夹心肉"，肉老筋多，最好的归宿就是剁馅做丸子。有肥有瘦有筋，一炸之后，肉筋形成网丝状结构，丸子才能"支棱起来"，不然炸出来不酥脆。

肉的切法也有讲究，要"快刀粗斩，钝刀细砸"，不能把筋丝斩断了，更不能直接上绞肉机；切好的肉料不能搅，要摔打，但不能上劲，否则炸出来还是硬块。

下锅炸第一遍，要边炸、边颠、边晾，然后二次回油，炸好的丸子在高温油里过一遍，快速捞起，炸干丸子里含油，才算成功。

王希富先生说："这些细节稍有疏忽，便可使操作失败，反复难找原因。"翻译一下，意思就是：胜败在毫厘之间。

然而过了这一关，爱玩的"吃主儿"们，还有更高的要求。

于是，干炸丸子又衍生出了种种变体：想要内芯也变得香脆，索性一刀两半再炸，多出两面的脆，这叫改刀丸子；嫌"改刀"不好听，半圆不好看，就炸出小一倍的丸子，状若樱桃，就叫樱桃丸子；丸子里裹大油丁，炸好了油也化了，双倍的油炸了更香，一咬开，空心丸子。

有人问，这是吃丸子吗？这不是拿厨师寻开心吗？可寻开心，是天下一等一的大事。厨师在无数日夜的烟熏火燎中苦熬，炸出一碟绝妙的丸子，开心。

食客在杯盘狼藉的凡尘里，吃到一颗巧思绝技炸出的丸子，开心。

创作者与欣赏者两厢欢喜，多见于艺术。一碟丸子炸到这份上，也是艺术。

世上为何要有这种艺术？因为人总得有点儿奔头，总得活下去吧。那是一切灾害疫病都阻挡不了的。

这门心思，在中国人心里特简单：今天，一定好好吃饭，为的是明天还有好酒好菜。

靠这个，我们每一次都能笑到最后，笑了整整五千年。

（池塘柳摘自微信公众号"福桃九分饱"

图/月儿）

白天吃是为了身体，半夜吃是为了灵魂

□张佳玮

世上有些东西很神奇：

如果没有，你也不会太难受。

但你一旦知道房间里某处有，就会情不自禁觉得，没了此物就不行。

越是夜深，越是如此。百爪挠心，蠢蠢欲动，在邪恶的欲望边缘来回试探。

比如，一碗泡面。

以前在无锡，经常如此：深夜了，在房间看书。我妈忽然敲门，伸头进来：

"饿不饿？"

我心领神会："有点儿。"

我妈点头："那好……加个蛋？"

我："好！"

须臾，厨房浮来浓郁的香气。我和我爸坐上餐桌。又一刻，我妈端了三碗面来，撒了葱花，各摊一个蛋，还数落我们：

"就知道你们爷俩半夜要饿肚子……我也只好陪你们吃点……"

久而久之，我也忍不住回我妈一句：

"妈，是你自己想吃吧？"

我妈赧颜，道："我也不是饿，我就是，嘴里淡……"

——这是我在无锡时，家里常见的场景。

小时候，寒暑假的午饭，我时不常就吃泡面了。当然我家的泡面，都是煮的：一来煮了好吃，二来我妈不知从哪儿听来的，说油炸面饼多煮煮，便不那么油。对我而言，也没啥差别：煮一煮，比较入味点。江南人吃面，比起筋道，相对会更在意味道。

烧水煮面，切一些火腿肠——火腿肠须是斜切，如此薄而入味——再加一坨冷饭。

因为面汤醇浓，把面煮软了的同时，也能把饭泡入味。我轻易不打鸡蛋——单是打鸡蛋下去，面汤里会有蛋花，总觉得差点味儿——但是要搁点儿青菜。都煮得了，一大碗。

连筷带勺，吃得稀里哗啦。

——面里裹饭这种吃法，我本以为是自己独有的爱好，后来发现，日本也有人吃拉面饭，一口拉面一口饭，可见吃货们的思维，那都是殊途同归：

面汤泡饭，那多香啊！

日剧《大川端侦探社》里有一集，某老大老了之后，要吃碗馄饨汤。请了无数名厨，精工细作，他吃着没味，最后请来一位师傅，用味精给他做了碗最粗粝的，老大吃顺嘴了，稀里呼噜，爽快得很。

我每次在夜深时，"嘴里觉得淡"，想吃口泡面时，都会想起那位老大——那稀里呼噜几下子，一定是人生至乐吧？

我一度觉得，为了避免"夜深了嘴里觉得淡"，那晚饭吃饱一点，吃好一点，大概就行了吧？

——也不行。

晚饭吃了咸辣的，吃饱了；到得半夜，就会想吃口甜的：汤圆也好，水果也好，总之，来点儿……

晚饭吃了甜酸的，吃饱了；到得半夜，就想吃口咸香的：泡面也好，炒饭也好，总之，来点儿……

晚饭如果吃得清汤寡水呢？那当然觉得淡；晚饭如果吃得五味杂陈甚至撑着了，又想有点汤水……

一百年前，平津地区许多人在大酒缸喝酒、吃卤味，吃饱了打嗝，还不够，要喝碗加辣加芫荽加虾皮紫菜的馄饨汤下去，溜溜缝。

陈荫荣先生评书里的程咬金也很懂，吃饱了牛肉烙饼，一定

得喝碗牛肉汤，溜溜缝。

四川担担面，据说是以前伺候太太们吃夜宵用的。看老掌故，典型的是一头儿煤球炉子、铜锅、肉臊子、面和汤分门别类摆着，一头儿碗筷和水桶。太太姨娘们打麻将饿了倦了，又不十分大胃口，就叫碗面吃吃。于是煮汤下面，上好肉臊子，一小碗面递进去。

好像人类晚上吃东西，贪图的不是吃饱，而是个味道。

用我妈的说法，还真是白天饿，晚上馋，夜半嘴里淡。

为啥呢？

有人研究了人和动物，发现到了没光线时，人和动物都倾向于吃东西。

动物为啥要这么做呢？难道它们也馋夜宵？——好像某些动物，会将长夜与寒冬挂钩；白天捕猎晚上吃，储存体能，以便熬冬。

宾夕法尼亚大学的凯利·阿里森说，人类也有这属性：白天吃的东西转化的能量，会更多释放掉；晚上吃的东西转化的能量，会更多储存起来。

所以晚间吃东西，大概算人类的动物本能：为了安心度过漫长黑夜，多吃点吧……

这么一想，就很可以理解了：我们晚上明明不太饿，却想吃东西，是我们的本能在督促我们，储存能量，熬过冬天。吃过了，满足了，才能安心地睡。

所以晚上，您想吃点有味道却不太扎实的东西，也是在告诉自己的身体：我在摄入食物呢！——但其实并没摄入多少。

把身体哄顺溜了，就行了。

黑泽明导演还是谁，曾经说过：白天吃，喂饱身体；晚上吃，满足灵魂。道理很对。

大概夜晚的馋，许多时候不是饥饿，而是我们作为人类的本能，需要确认有食物在被摄入呢。

这也可以解释，我们晚上为啥并不太想吃白馒头或清汤面，而想吃泡面、麻辣烫、鸡汤粥、炒饭、炒河粉、担担面、干酪、螺蛳粉这些未必填得饱肚子，但油香满溢的吃食：

都是为了这些确实的味道，让我们身体里的危机本能安歇下去，才能好好睡着啊！

所以咯，晚上吃点有味道的东西时，千万、千万、千万别有犯罪感。

那是我们人类本能的召唤，在希望世间的味道，抚慰我们自己的灵魂呀！

（心香一瓣摘自微信公众号"张佳玮写字的地方" 图/月儿）

阅读——生命的突围

□ [意大利] 伊塔洛·卡尔维诺 译/萧天佑

循着你的目光，你挤进那家书店，走过厚厚一堆你没有读过的书，它们都皱着眉头从柜台和书架上向你投来威吓的目光。但是你知道，绝不能害怕它们，因为它们之中有许多你可以不看的书，有许多并非为了让人阅读的书，还有许多尚未打开就已经读过的书，因为它们属于还没写出来就被读过的范畴，这些书绵延数英亩。你跨越城墙的外围，然后遭遇一队步兵的攻击，这就是如果你有不止一条命，你一定会读的书。你快速运动，绕过它们，进入别的方阵：这里有你想看但首先要看过别的书后才能看的书；有价格昂贵必须等到书价打折时，或者必须等到出平装袖珍本时你才买的书；有你可以向人借到的书；有大家都读过因此你也似乎读过的书。

击退这些书的进攻之后，最后你来到其他军队坚守的城堡的塔楼下，这里有：你早已计划要看的书；你多年来求之不得的书；与你现在的工作有关的书；你希望放在手边随时查阅的书；你现在虽不需要也许今年夏天要看的书；你需要放在书架上与其他书籍一起陈列的书；你莫名其妙令人费解地突然感到很好奇的书。你终于把一个无限的数量缩减为一个有限的数量，心中感到一定程度的轻松。当然，你在攻克这个堡垒时还会遇到另外一些埋伏，例如你早已看过现在需要重看的书，你一直谎称读过现在需要下决心一读的书……你左躲右闪，终于进入这个碉堡的核心——你自己。

（sky摘自《如果在冬夜，一个旅人》译林出版社 图/乔巴）

每天都要吸收猫能量

□蔡 澜

猫的可爱处最多

弟弟蔡萱，爱猫之人也。

养猫来自他太太的主意，先重金购入一只雌的波斯猫，后来说不如再买只公猫，也是纯种的话，就可以繁殖后代，卖了赚钱。

人算不如天算，那只公猫似乎有同性恋倾向，对雌猫兴趣不大，只喜随着野猫兄弟游荡，猫老婆唯有外遇，生下杂种。生殖力实在太厉害，杂了又杂，后来变成五六代同堂，家中之猫有的已叫不出名字来。

但越看越可爱，已忘记原来之目的，多多益善。

友人之中，有几个非常怕猫。一位是女导演，有一天要拍几只猫的戏，她叫副导演给她搬了一架梯子，自己爬到了最高处才敢工作。另一个是麻将搭子，一次打到一半，猫儿偷溜入房，在他脚旁擦过，此君立刻吓得大力弹起，把麻将桌椅全部推倒，被其他三人大骂一场。

弟弟说："他们不喜欢猫的程度，和我爱猫的程度相同。他们不明白我为何爱猫，我也不了解他们为何不喜欢猫。"

家中猫儿活动范围有三处：一、在弟弟的卧室，是贵族。二、在客厅，是平民。三、在屋外的花园，是流浪者。弟弟对人从不分阶级，对猫儿亦然，认为它们物以类聚罢了。住卧室的猫，有一次将弟媳的手提包抓破了，被她赶出去，由贵族降为平民。

"猫的可爱处最多了，"弟弟说，"只要看它们睡觉的姿势，已经大乐。有的四脚朝天倒头，有的缩成一个西瓜，有的伸长四肢做伸懒腰状，有的揽着毛线球当抱枕，你说怎能不爱？"我开始有点了解他的心态，但自己不会养，只能隔墙观赏。

不管什么猫，小时候总是美丽的

弟弟家里三十多只猫，每一只都能叫出名字来，这不奇怪，天天看嘛！我家没养猫，但也能看猫相，盖一辈子皆爱观察猫也。

猫的可爱与否，皆看其头，头大者，必让人喜欢；头小者，多讨人厌。又，猫晚上比白天好看，因其瞳孔放大，白昼则成尖，有如怪眼，令人生畏。眼睛为灵魂之窗，与人相同。猫瞪大了眼看你，好像知道你在想些什么，但我们绝对不知猫在想些什么，这也是可爱相。

胖猫又比瘦猫好看。前者贪吃，致发胖；后者多劳碌命，多吃不饱，或患厌食症。猫肥了因懒惰，懒洋洋的猫虽迟钝，但也有福相；瘦猫较为灵活，但爱猫者非为其好动而喜之，否则养猴可也。

惹人爱的猫也因个性，有些肯亲近人，有些你养它一辈子也不理你。并非家猫才驯服，野猫与你有缘起来，你走到哪里它跟

到哪里，不因食。

猫有种种表情，喜怒哀乐，皆可察之。喜时嘴角往上翘，怒了瞪起三角眼。哀子之猫，仰天长啸；欢乐的猫，追自己的尾巴。

猫最可爱时，是当它眯上眼睛时，眯与闭不同，眯时眼睛成一条线。

要令猫眯眼，很容易，将它下颌逆毛而搔，必眯眼。不然整只抱起来翻背，让它露出肚皮，再轻轻抚摸肚上之毛，这时它舒服得四脚朝天，动也不动，任君摆布。

不管是恶猫还是善猫，小的时候总是美丽的，那是因为它的眼睛大得可怜，令人爱不释手。也许这是生存之道，否则一生数胎，一定被人拿去送掉。要看可爱的猫，必守黄金教条，那就是它为主人，否则任何猫，皆不可爱。

每天都要吸收猫能量

日本当代名猫，代表性的有两只，一是和歌山贵志驿的站长"阿玉样"，另一只是网上最多人追捧的"小八（Hatchan）"。两只皆为日本土种截尾猫，阿玉是黑白间着一些褐毛，而小八只是黑和白，最大特征是右耳缺了一个口，那是在神户的公园中和其他野猫打架打出来的。

要认阿玉更容易，当今已挂着一个胸牌，戴着一顶车站站长的小帽子。出生在车站附近的野猫，和妈妈一起抱来养大，从小学习车站职员的任务，正式就职站长三年，被地方政府封为"样（Sama）"，在和歌山那个县，受政府勋爵的人才可以叫"样"，大家与它见了面，都要"Tama""Sama"那么称呼，实在是大人物一个。

车站有只当值的猫，引起群众注意，纷纷拍照，一下子出了名，无数的电视台也争着来报道，就连外国的摄影队也杀到。法国更以阿玉样当主角，拍了一部关于猫的电影，2010年夏天上映。

观光客带来的收入，一年有11亿日元。车站大售阿玉样的纪念品，最近的有碗碗碟碟，皆画上猫，又有阿玉样的足印，以示正货。

外国的爱猫人士一听到有位猫站长，也特地跑去看，中国香港的友人也和阿玉样拍了照片回来。今年它已经八岁了，虽然没有医学证明，只是大约猜测：猫一岁，等于人八岁。

那么一算，阿玉样已有六十四岁，有时也会疲倦，不上班了。专程去的人看不到阿玉样，好生失望。

车站的工作人员想出一个好办法，弄个大黑板当大字报，让人发言，或纷纷写上祝福的话展示在黑板上，希望阿玉样翌日上班时看得到。

"小八"，也有八岁。七年前被一位叫八二一（Hani Hajime）的摄影家从公园接回家养，从野猫变为家猫，生活虽然舒适，但命相当苦。

小八不必像阿玉样那样上班，但得当模特儿，每天给主人拍照片，刊登在网志的部落客（即博客）上，叫"小八日记"。也是一红通天，每日大量网民浏览。小八实在可爱，从头到耳朵两边漆黑，额头和鼻子是白的，两只绿色的大眼睛瞪着你，令人心动。

网志是免费的，主人当然知道财路，即刻出书，有关小八的图书已经出到第十七本了，其他有日历和DVD等商品，八二一先生赚个满钵。

猫奴也不好做，八二一每天要替小八拍照，星期天也不间断。每天要想一些题材，最近的有小八的烦恼、小八坐在椅子上、小八向你打招呼、躲在纸皮盒中的小八等。

其实，世上的猫，小时候都是非常好看的，因为它们瘦小，眼睛就显得特别大，又有一点可怜状，让人不得不想把它抱在怀中。

一长大就开始有分别，猫的体型比其他动物，包括人类，都要小得多，所以它们的警戒性特别高，眼睛也充满猜疑，看起来很凶。跟种类也有关系，加拿大的无毛猫（Sphynx）最丑，英国长毛猫额头上有几道花纹，看起来像永远皱着眉头，令人讨厌。

凡是大头的猫，都较讨好。姿态和眼神最为重要，小八最近的一张照片是坐在沙发上，一只爪子搭在椅背上，因上了年纪，眼神已经温和，加上那缺块耳朵的不完美，更是一只让人觉得花钱买图书也值得的猫猫。

（洛奇狮摘自微信公众号"看赏"

图／麦小片）

人间最好吃的，都在地摊上

□张佳玮

说到摆摊，想到两段往事。

其一。

我家以前去菜场的路上，有片花圃，左五金店右报刊亭，面对着派出所，种四棵芭蕉，落影森长，夏天很凉快。常有个老阿婆，午后出来，坐在芭蕉影里，卖自己包的生馄饨，还带一个盆（装馅，有柄木勺拌馅用）、一个匾（装皮子和包好的馄饨），边卖边包，边听半导体收音机。

老阿婆卖的是自家裹的菜肉大馄饨，菜肉拌得停当，用蒜水、姜末、蛋液和好了，皮子也和得好、折得妥当，有角有边的，很好看。生馄饨拿回去一煮，滑软香浓，很好吃。

老阿婆经常两三点出来，四点半馄饨就卖完了。我们那一带，家里的孩子再不会做家务，也懂得拿几元钱，接个盆，被爸妈吩咐句：

"去，去买阿婆馄饨！"

连其他馄饨店老板，有时都提个锅子出门来买她的——如前所述，菜肉馄饨跟肉馅馄饨、汤包各成一家，不馁行。老板们也用一副行内人的口吻，赞赏她的馄饨料细，下得了心。

我妈去闲聊过，老阿婆家里儿子、媳妇都不错，就是上班忙。老人自己在家里，边听收音机边包馄饨，然后带出来卖，晒晒太阳，看看小孩儿，以解寂寞。到后来，简直不只是卖馄饨，还兼带看小孩儿了。老人特别爱孩子，看小孩儿围着她转，就满心欢喜。

我家后来搬了，见这阿婆见得少了，倒是我爸的麻将搭子都还在原地，偶尔回去打牌，就在牌桌上听了这茬儿：

原来五金店老板有段时间生意不好，看啥都不顺眼，觉得天上飞鸟地上走狗都惹他了；总嫌小孩儿围着阿婆馄饨铺，在他门口簇拥，心头不耐。于是他趁某天午饭休息时，放下柜台生意，溜去五金店对面的派出所报案。

到门口一看，四位值班民警都在桌前坐着呢，五金店老板就进去了，指天画地，唾沫四溅，说阿婆卖馄饨没有招牌、没有店铺，没有执照，占地经营，纯属违法，应该管一管⋯⋯

说得起劲时，忽然发现四位民警眼神古怪，直勾勾地看着他。

再一看，桌上有一碟麻油一碟醋，而四位民警人手一个搪瓷盆一把瓷勺，四把勺里有三把擎着咬了一口、菜绿肉香的阿婆馄饨⋯⋯

其二。

臭豆腐阿婆不只卖臭豆腐，还卖年糕。乍听起来有些不对：臭豆腐臭而油黄，年糕香而白糯，香臭有别，聚一摊子卖，太奇怪了。但我们那一条街的人吃惯了，也见怪不怪，甚至成习惯了：觉着这两样非得搭着吃才对。

导致街上其他面饭店，到冬天有卖稀饭煮年糕的，有人吃着，就会问："好，有臭豆腐没？——没有？"就皱眉，觉得太淡了，吃着少了点什么，不香。

臭豆腐阿婆就在那弄堂里摆摊，许多年了。臭豆腐本来很臭，但她躲在弄堂里，不会熏得大马路上的人难受。

这条街都吃她的臭豆腐和年糕：水果店老板、超市收银员、刚忙完在门口抽烟的烧烤摊摊主。黄昏时分，下了课的小学生嗡嗡地杀将过来，看见臭豆腐阿婆那辆小车子——上面摆着煤气炉、油锅和三个小盒子——犹如见了亲外婆。

臭豆腐阿婆小车子上，有三个盒子。

一盒装臭豆腐，你要吃，她就给你炸；你看着臭豆腐在油锅里翻腾变黄，听见刺啦声，闻见臭味；炸好了，起锅，急着咬一口，立刻就能感觉到豆腐外皮酥脆，内里筋道柔糯，这就是视觉听觉嗅觉触觉味觉的全面享受，让人心里格外充实。

一盒装煮好的年糕，你要吃，她就放在炉火旁急速烤一烤，外层略黑、焦脆热乎了，给你吃。

最后一盒，是臭豆腐阿婆的独门商业机密——她的自制甜辣酱。

我开始住在那里时，一份臭豆腐卖五毛钱。价廉物美，人见人爱。阿婆闲坐等生意的时候，愿意跟人聊，说臭豆腐是她自己做的，年糕是她自己打的，甜辣酱是"死老头子"调的。

阿婆愤愤不平地说都是她在忙，"死老头子"是一点儿都不插手，除了调调甜辣酱。也不晓得关心她。"啊呀，真个是命苦啊！"

入冬了，感冒流行。阿婆袖着手，背靠墙在弄堂里做生意，看见生意来了就起身，揭开油锅，热腾腾的，边张罗着炸臭豆腐，边一愣神，转个身避着人："阿嚏！"一边赶忙说"对不起"，一边把豆腐包好。大家都关心，让阿婆多注意身体。面饭店的小姑娘给阿婆送来热水袋，修手机的老板给阿婆带来件军大衣。阿婆裹上军大衣坐着，一动不动如座雕塑，只露出俩眼睛在转，等顾客。顾客来了，她从裹着的层层衣服里伸出手，很灵便地操作、递东西。

阿婆终于还是没抵住病魔。有两天，我去买臭豆腐，看见个老爷爷坐在那里，听小收音机——越剧《红楼梦》，"天上掉下个林妹妹，似一朵轻云刚出岫；只道他腹内草莽人轻浮，却原来骨格清奇非俗流；娴静犹如花照水，行动好比风扶柳……"

老爷爷脾气很好，见人就笑，满脸皱纹随开随散。

"老阿叔啊，阿婆呢？"

"她在家，她在家。这两天病了，起不动。我来做生意。"

老爷爷坐镇那几天，收摊比以往晚。倒不是生意差——还是黄昏前后收完了事——只是大家都很好奇，乐意跟老爷爷多说说话。他呢，手脚又慢一点，年糕一定要放饭盒里，扎上竹签，外面裹好了——"不然冷得快"；炸豆腐一定要沥一沥油起锅——"太油了不好，还烫"。

出太阳那几天，阿婆回来了。多戴了顶帽子，多围了条围巾，严严实实，更像雕塑了。她一边看着油炸臭豆腐在锅里转，刺啦啦地变酥脆，一边摇头：

"死老头子很烦的，还说我要多养养，就是不让我出来做生意啊！"

"烦是烦的，要我戴这个围巾，怎么做生意啊！"

"……来，这个是你的……还跟我说啊，要早点出来，早点收摊回去，不然天快黑了冷，我倒要你教的，都没有做过生意！"

"……来，这个是你的……你们说是不是啊？我窝里这个，真真是个笨死老头子啊！"

这篇莫名其妙地，还被收进了考卷：

第一个故事，出在20世纪末21世纪初。第二个故事，距今也有十多年了。

我离开无锡，后来离开上海。再过几年回去看时，这些都不在了。

我是有些庆幸的，毕竟看老人摆摊也累，回去享清福，也好。

然后，近来，听说，又开始鼓励摆摊了。

嗯，挺好的。

（梁衍军摘自微信公众号"张佳玮写字的地方" 图/麦小片）

非要吃上那一口

□ 吕迎旭

这是我在中东地区断断续续工作的第六个年头了。回忆起来，每逢春节，心中惦念的，除了家人，就是那一桌丰盛的年夜饭了。一个朋友问我如果能回国过年最想吃什么。我一口气说了一大串：火锅、烤鸭、烤鱼、羊肉泡馍、包子、豆腐脑……确实，在中东地区工作，中国味是个奢侈品，有时"非要吃上那一口"得颇费苦心。

想起有一次过年请朋友到家里吃自制火锅。在巴以地区，想吃火锅也不是那么容易。

首先买不到羊肉片，要自己动手切。一般头天买来羊肉，卷起来用保鲜膜包好放进冰箱冷冻，等冻好了再切。没有切片机，只能用当地切奶酪的机器。没有专用火锅，就用汤锅。虽然不能坐拥火锅，但大家围站在一起，边吃边踱步边聊，气氛倒也热烈。

那时吃火锅最缺的就是腐乳了。一个中国朋友带来半瓶腐乳，又带走了。欲开口想让她留下，实在没好意思。

有一次，决定去中餐馆打牙祭解馋。打探了一番，耶路撒冷的中餐馆有三四家，最有名的一家在市中心，是中国游客经常光顾的地方，猜测应该地道。一个菲律宾大姐接待了我，她说："我们这里有两套菜单，一套是中文的，中国人点餐用，中国厨师掌勺；另一套是英文的，专供以色列和外国顾客，以色列厨师做。但现在中国厨师不在，你只能吃以色列式中餐。"参观了一下游客刚刚吃剩下的残羹冷炙，我瞬间决定还是回去炒俩菜吧，怎么也比那想象出的中餐强。

后来又偶遇耶路撒冷一家华人面馆，大喜过望，心想总算能吃到家乡口味了。可面店门上的中英文价目表最终让我望而却步：一份西红柿炒蛋60谢克尔（约合120元人民币），还得加17%的税。

由于以色列物价较高，在这里工作的外国人，很多都是巴以"跨境贸易"一族。目前以色列和巴勒斯坦仅一墙（隔离墙）之隔，但两地物价相差悬殊。比如在以色列买10个大饼大概需要20元人民币，而在巴勒斯坦只要5元；在以色列吃土耳其烤肉卷需要80元人民币，在巴勒斯坦40元就够了。因此，对于很多常驻这一地区的外国人来说，穿过检查站去巴勒斯坦购物成了省钱妙招。除了外国人，这几年也有越来越多的以色列人到巴勒斯坦购物、消费。

提起"跨境贸易"，我不禁想起多年前在埃及工作时跨越北非多国"千里送白菜"的经历。

当时整个埃及首都开罗能买到白菜的菜店屈指可数。一旦发现菜店来了白菜，大家就赶紧打电话互相通知："白菜来了，快来买！"拿到白菜后，每片叶子都是珍贵的：外层的叶子可用来炒菜、炖鸡汤，里边的嫩心用来腌制糖醋白菜。

每年同事们云集开罗开地区会议的时候，离开时行李箱里往往会多出几棵白菜。有次帮一个常驻叙利亚的同事打包，看他边细心清点白菜边自言自语，这棵大的给某某。

后来和两个同事到摩洛哥和阿尔及利亚出差，给常驻两地的同事带的礼物，就是两大纸箱白菜。抵达摩洛哥后，那里的同事看到白菜喜出望外，直夸我们贴心。几天后前往阿尔及利亚，那位同事在机场总念叨，希望机场把白菜扣下来，这样他就又多得了一箱。

因为这些经历，我对白菜产生了一种特殊的感情。每次回国，在菜市场看到那绿油油的大白菜，都有一种莫名的喜悦，入手两棵之后，往往还要拍照留念。

（月亮狗摘自《环球》2020年第7期 图/点点）

成长真理

幸福生活

□ [法]多米尼克·洛罗 译/张之简

幸福生活离不开微小事物，要做到自由、谦卑、善解人意和融入社会。

幸福是身体和精神上每时每刻的操练，是不停歇的战斗。

要懂得如何保护自己免遭任何事物的侵害，让生活成为自己的庇护所。

要懂得这个道理：能够生活下去的地方，就能够生活得幸福。

(摘自《简单的艺术》电子工业出版社)

寒夜雁阵

□王昊军

少年时期，我们家住在中牟县谢庄镇一个名叫西场的小村子里，那是我的乡下老家。

每当放学后或假期，我总是要跟着父亲去田野里干一些力所能及的农活。这就是教育。是的，父亲当初教我的本事，现在已经没有什么大用了。比如，父亲教我把不肯就范的马套在马车上，父亲教我挤羊奶、锄草、耕耘土地，父亲教我在风很大的日子站在庄稼地里撒肥料等。父亲教我的耩麦子、种玉米、栽红薯、种芝麻这些本事，还有在关键时刻应付母牛的生产，如今也没有什么用了。

其实，父亲不是只教我怎样去劳动。每年到了春天的时候，父亲还会认真地告诉我回到我们家乡来的鸟叫什么名字。原野里许多花草的名字，花草的药用功效，也是父亲认真教给我的。父亲说的鸟和花草的名字，和我日后在教科书里读到的并不完全一样。父亲说的花草的药用功效往往是乡间流传了许多年的验方，很传统，也有点古老。但是，父亲让我学会了观察，懂得了每一个脚步下面都会有着无穷无尽的变化。

最重要的是，父亲使我感受到了世间万物的神奇奥妙。

在十一月一个寒冷的夜晚，寒意凛冽，四周的灯已经全熄了，大家也都已经上床睡觉，四周一片沉寂，只有寒冷的夜风在"呼呼"地吹拂着。

突然，和我们住在一个屋的父亲跳下了床，他很快穿好了衣服，然后，他急速地冲到了我和哥哥的床前，开口叫我们起床："你们俩先别睡了，快起床！"

哥哥翻了一下身，问道："这么晚了，干吗去？"

我也揉了揉惺忪的睡眼，嘟囔着说："我已经快睡着了。"

"走，跟我到外面去！"父亲用十分认真的口气对我和哥哥说，"对了，你们俩不用穿衣服了，披着被子就行了。快一点！"

见父亲一副不容争辩的样子，我和哥哥只好起身，披着被子跟着父亲出去了。

外面真冷啊！一出门，一股凛冽的寒意扑面而来，院子里是一片白茫茫的寒霜，我忍不住打了个寒战，我看到哥哥的身子也抖动了一下，我知道，这样的寒夜，刚刚从温暖的被窝里出来，置身在这寒意袭人的院子里，无论是谁都会感到寒冷。

我漫不经心地抬头朝夜空望去，只见一轮朦胧的月亮挂在天上，照得到处都在亮晶晶地闪烁着光芒。

"你们仔细听！"父亲小声对我和哥哥说。他的声音虽然不大，我却听出了一份抑制不住的兴奋和喜悦。

我尽量让自己忍住，不让嘴里的牙齿因为寒冷而发出打战的声音。按照父亲的吩咐，我侧耳倾听，并且抬起头朝着父亲望的方向凝神望去。

不错，我很清晰地听到了。随后，我也很清楚地看到了，只见一行雁阵正在头顶，它们排成了好看的人字形，因为组成雁阵的大雁太多，它们的身影遮住了天上的月亮，翩翩高飞而过。

"总有几百只大雁呢！"父亲提高了声音对我和哥哥说。

我入迷地看着美丽的雁阵，竟然忘记了寒冷。

雁阵很快就飞过去了。

我依然怔怔地站在那里，沉浸在一份难以言说的美妙情境里，直到哥哥喊了我一声，我才回过神来。

父亲带着我和哥哥回屋上床，继续睡觉。

父亲躺在了床上，对我和哥哥又说了一句："我想，能够看到这夜晚月下的雁阵，咱们受一点寒冷也是很值得的。"

说起来，这样的事情让我觉得很是遗憾。如今，世上有时间有心思做这样父亲的人真的是太少了。说起来同样很是遗憾，一年一年的时光过去了，好像我再也没有体会过当年那样的乐趣了。

（夕梦若林摘自《视野》2019年第24期 图/月儿）

匠心

□ 张亚凌

很奇怪，每每听到"匠心"这个词儿，就不由得想起故去四十多年的太祖奶奶，想起她说的陈芝麻烂谷子的事儿。风马牛不相及，可世上的事或许就这般奇怪，种豆的收了瓜，撒草籽的捧了花，高大上的"匠心"俩字黏上了我的太祖奶奶。

太祖奶奶是爷爷的奶奶，那么大的岁数，八成都老糊涂了，说的话我向来不信。可奶奶拍着我的小脑袋说："你太祖奶奶都一百零二岁了，吹过多少风，淋过多少雨，老成精喽。你呀，耳朵里多听她两句，脚底下就少走多少弯路。"我才不想听她唠叨。瞧她，因牙齿掉光而凹陷下去又皱在一起的嘴唇，说起话来就像老巫婆在念咒语。

每晚睡觉前，娘、奶奶、太奶奶，都会坐上太祖奶奶的大炕。娘多是纳鞋底或缝补衣物，奶奶在炕头"嗡嗡"地纺棉花穗子，太奶奶跟太祖奶奶拉家常。

五六岁的我是被娘拉上大炕的，就很无聊地在她们之间穿梭。赵村王姓泥瓦匠的事，就是那时听太祖奶奶说的。

王姓泥瓦匠虽说是他那笨手笨脚的爹带出来的，可心极灵手特巧，竟然还会在砖瓦上刻纹雕花。做的活计要多花哨就有多花哨，要多瓷实就有多瓷实，好看又耐用。太祖奶奶说，就是随手砌个灶台，风利火旺，也是别的泥瓦匠比不上的。方圆几十里的人家，说起自己的活计是王泥瓦匠做的时，那得意劲就张扬在脸上了。

是艺高脾气大，还是原本心眼小？王泥瓦匠的活计是越做越好，人却越来越难说话了。动辄给主家摆脸看，说话也直戳戳地不留余地。即便这样，找他做活的还得排队。大家伙心里跟明镜一样：忍受坏脾气是一时的，活计却是长远的。

后来，已经休息了好多年的王泥瓦匠的爹，突然又要跟着儿子做活了。王泥瓦匠是很不情愿带爹出门的：爹老了，手脚也不利索了，这还是其次。最重要的是，有爹在，自己说话也就不好使着性子没边没沿了。可爹像吃了秤砣铁了心，就是要跟着他，他只好随了爹。

太祖奶奶卖起了关子，问：老爷子吃喝不愁的，咋突然闹腾着要跟着儿子干活？见没人接茬，太祖奶奶就自个揭开了谜底：怕儿子因为心眼小，整出事儿。

太祖奶奶后面的话……我是不大相信的，却听着有点害怕。

她说，在房顶上弄点事往往很灵验的：一个泥人儿举着草箭指向院子中间，是让主家绝户的恶毒诅咒；在哪个犄角处塞个草人儿，是主家辈辈出草包的诅咒；在旮旯里塞个女人的花手帕，注定主家娶进门的女人都风流出墙……

临了，她还说了件蹊跷的事：

有户人家的新房屋在住了几年后，突然漏了，还是正中间。一滴，一滴，不急不缓。好像不大碍事，却滴得人心发慌。找别的泥瓦匠把房上的瓦揭开了几次，索性瓦也换了几次，还是下雨就滴。好几年了，竟然没一点变化，还是一滴，只是一滴，不急不缓，可就是那一滴一滴，能把主家的眼睫毛绊断。没办法，后来就硬着头皮找到原来做活时有所怠慢的泥瓦匠，说尽了软话，人家上去转了一圈，啥事都没了。

太祖奶奶又问，知道原因不？

就是泥瓦匠心里不美气，在处理屋脊时夹了根绳子，上去后把绳子头处理了一下。

谁信啊？任太祖奶奶说得多玄乎，我是不信的。

王泥瓦匠也是在他爹快走前，才知道自己前面使坏爹后面处理。送走他爹后，王泥瓦匠再也没有摸过瓦刀泥页。

后记：不知怎的，一听到"匠心"这个词儿，就想到太祖奶奶，自然就想起王泥瓦匠。做个好"匠"不难，难在不丢"心"。

（潘光贤摘自《作文周刊》2019年12月24日 图/点点）

少年和牛

□李汉荣

大约六岁的时候,父亲让我去放牛。记得那头牛是黑色的,性子慢,身体较瘦,却很高,大家叫它"老黑"。

父亲把牛牵出来,把牛缰绳递到我手中,又给我一节青竹条,指了指远处的山,说:"就到那里去放牛吧。"

我望了望牛,又望了望远处的山,那可是我从未去过的山呀!我有些害怕,说:"我怎么认得路呢?"

父亲说:"跟着老黑走吧,老黑经常到山里去吃草,它认得路。"父亲又说,太阳离西边的山还剩一竹竿高的时候,就跟着牛下山回家。

现在想起来仍觉得有些害怕,把一个六岁的小孩交给一头牛,交给荒蛮的野山,父亲竟那样放心。

我跟着老黑向远处的山走去。上山的时候,我人小爬得慢,远远地落在老黑后面,我怕追不上它迷路,很着急,汗很快就湿透了衣服。

我看见老黑在山路转弯的地方把头转向后面,见我离它很远,就停下来等我。这时候我发现老黑对我这个小孩是体贴的。我有点喜欢和信任它了。我的小脑袋就想:大概牛也知道大小,它大概觉得我就是一个还没有学会用四蹄走路的小牛儿,需要大牛的照顾,它会可怜我这个小牛儿吧。

在上陡坡的时候,我试着抓住牛尾巴,借助牛的力气爬坡,牛没有拒绝我,我看得出它多用了些力气。它显然是在帮助我,拉着我爬坡。

很快地,我与老黑就熟了,有了感情。牛去的地方,总是草色鲜美,即使在一片荒凉中,牛也能找到隐藏在岩石和土包后面的草丛。牛很会走路,很会选择路。在陡的地方,牛一步就能踩到最合适、最安全的路;在几条路的交叉口,牛选择的那条路,一定是到达目的地最近的。我心里暗暗佩服牛的本领。

有一次,我不小心在一个梁上摔了一跤,膝盖流血,很痛。我趴在地上,看着快要落山的夕阳,哭出了声。这时候,牛走过来,站在我面前,低下头用鼻子嗅了嗅我,然后走下土坎,后腿弯曲下来,牛背刚刚够着我,我明白了:牛要背我回家。

写到这里,我禁不住在心里又喊了一声:我的老黑,我童年的老伙伴!

我骑在老黑背上,看夕阳缓缓落山,看月亮慢慢出来,慢慢走向我。整个天空都在牛背上起伏,星星越来越稠密。牛驮着我行走在山的波浪里,又像飘浮在高高的星空。

牛把我驮回家,天已经黑了。母亲看见牛背上的我,不住地流泪。当晚,母亲给老黑特意喂了一些麸皮,表示对它的感激。

秋天,我上了小学。两个月的放牛娃生活结束了。老黑又交给了别的人家。

半年后,老黑死了,据说是在山上摔死的。它已经瘦得不能拉犁,人们就让它拉磨,它走得很慢,人们都不喜欢它。有一个夜晚,它从牛棚里偷偷溜出来,独自上了山。第二天,有人在山下看见了它,已经摔死了。

当晚,我忍不住号啕大哭起来。人们都觉得好笑,他们不理解一个小孩和一头牛的感情。前年初夏,我回到家乡,专门到我童年放牛的山上走了一趟,在一个叫"梯子崖"的陡坡上,我找到了我第一次拉着牛尾巴爬坡的那个大石阶。它已比当年平了许多,石阶上有两处深深凹下去,是两只牛蹄的形状,那是无数头牛无数次地踩踏而成的。肯定,当年老黑也是踩着这两个凹处一次次领着我上坡下坡的。

我忽然明白,我放过牛,其实是牛放了我呀!我放了两个月的牛,那头牛却放了我几十年。也许,我这一辈子,都被一头牛隐隐约约牵在手里。有时,它驮着我,行走在夜的群山中,飘游在稠密的星光里……

(尹吉摘自《万物有情》北京联合出版公司 图/孙小片)

王维：成熟，始于享受孤独

□ 与你相约

他是盛唐诗人中的诗佛，文人画里的南山之宗；他少年成名壮年及第，是人人称羡的王公贵族座上客；他身陷繁华却心在幽山，隐匿于世只因享受孤独。

对于唐朝诗人，人们都说"李白是天才，杜甫是地才，王维是人才"。但李白驰名中外，杜甫之名也是天下知，比较之下，诗佛王维，显得并没有那么出名。而实际上，哪怕是在那个名人辈出的大唐，王维在一众天才之中，也是一颗夺目耀眼的星辰，丝毫不输他人光彩。

正如《新唐书》本传所记载，王维"名盛于开元、天宝间，豪英贵人虚左以迎，宁、薛诸王待若师友"。

细数王维一生，身居高位，虽历经"安史之乱"，但有惊无险，实现了绝大多数读书人的毕生所愿。

就是这样人人称羡的王维，却在《赠从弟司库员外璆》说"少年识事浅，强学干名利"。他说自己虽年少有成，在最好的年华里状元及第，但身处繁华乡，深陷热闹场的他，在这喧哗热闹的世界里，像一名来自远方的异客，努力地尝试与这个嘈杂的世界融合。

这场盛大的狂欢，却让他品尝到了孤单。

随着盛唐的衰落，"安史之乱"爆发，虽然最后得以保全性命，他却开始审视自己。"独坐幽篁里，弹琴复长啸。深林人不知，明月来相照。"独自闲坐在幽静竹林，一边弹琴一边高歌长啸。深深的山林中无人知晓？这不是还有一轮明月为伴吗？

这个时期的他，开始享受独处，世界安静下来后，感受到的美更为震撼，也能听到自己内心的声音。从此以后，他就爱上了孤独的滋味，一发而不可收。于是，他变成了后来人们口中的"诗佛"。

其实，我们这个时代，何尝不需要这样独处的能力，以及享受孤独的狂欢？

信息时代的高速发展，无论是跨海还是隔山，一个视频电话就能看到彼此。无论远隔天涯，还是相离海角，我们都不会感到遥不可及。

但与之相反，人与人之间的联系越是方便，我们就越需要陪伴。正如弗洛姆在《爱的艺术》里说："人是孤独的，但又无法忍受孤独。"

而《思想录》的作者，法国哲学家帕斯尔卡说："几乎我们所有的痛苦，都是来自我们不善于在房间里独处。"

我们独处的时机越来越少，但我们越来越孤单。我们越是孤单，就越怕独处，然后就喜欢热闹，随之就越孤单。但是，正如饱满的稻谷，更能装满口袋空间一样。人，想要成熟，也需要独处空间，享受孤单。

孤独，不是把自己关在房间里，一个人感受寂寞的侵蚀。孤独，是心平气和地和自己对话。看清了生命的本质后，更加热爱和享受生命。

《道德经》中讲的"为学日增，为道日减"，也就是德国著名思想家歌德说的："人可以在社会中学习，然而，灵感只有在孤独的时候，才会涌现。"

只有学会享受孤独，才能趋于成熟。

他没能像李白一样生在开元盛世，浪漫不起来；也没像杜甫一样尝尽人间疾苦后，长出一身荆棘苦草；历经繁华的他，却是在繁华中，慢慢地学会享受孤独，身处人烟之地，心在幽幽深山。

王维，就是你我一样的普通人，但正是他学会享受孤独，才有面对自己、解读自己、剖析生命本真的能力。最终才有"行到水穷处"，还能"坐看云起时"的超脱世俗。

（尹吉摘自新浪网 图/孙小片）

谁更痛苦

□武志红

前两天我去深圳一家公司讲课，课后，一位女士说她爸爸痴迷于彩票，问我该怎么办。她的意思是有没有办法可以消除老人家痴迷于彩票这个痛苦。我先问她有没有办法做到这一点，她说试了种种办法，都没效果。因为我课上讲了"接受"的办法，所以她说，她和家人也试着"接受"他痴迷于彩票的事实，但还是没有效果。

这显然不是"接受"，因为她说的"接受"中还是藏着一个逻辑：既然他们表现出接受了，爸爸就应该不那么痴迷于彩票了。

我问她："到底你爸爸痴迷于彩票这件事带给你们多少痛苦呢？"她说其实没有多少痛苦，因为爸爸只是痴迷于研究，但只花很少的钱买彩票。他们只是觉得这件事不合理而已，同时担心他太投入这件事，会影响他的身体，因为很少运动；也会影响他的生活，因为都没时间交朋友了。

我继续问："假若他不玩彩票了，他就会运动，就会交朋友了吗？"

她愣了一会儿，说："那倒也不会，因为他本来的个性就内向且孤僻。"

"这就是了，"我继续说，"照这样看来，痴迷于彩票是内向且孤僻的他消磨时间的一个办法，也是一种乐趣，你们却想剥夺他的这种乐趣，真的有必要吗？"

最后，我再反问："到底是你爸爸买彩票这件事本身的痛苦多呢，还是你们想消除他这个行为的努力带来的痛苦多呢？"

她想了想说，显然后者多得多。

类似这样的事情很常见。一次，我在广州一个小区讲课，课后一位年轻的妈妈问我，她该怎样让女儿不再痴迷于打电话。

原来，她正读中学的女儿在两年前迷上了网络聊天，管理着一个QQ群，每天都会花一定的时间。她认为这会影响女儿的学习，没有必要做，所以用种种办法让女儿不要玩QQ。女儿玩QQ这件事因此结束了，但紧接着，女儿喜欢上了打电话聊天，每天晚上都会和朋友们聊不短的时间。她越干涉女儿这件事，女儿聊天的时间就越长，先是聊到晚上10点11点，后来聊到凌晨1点2点，甚至更晚。

相应地，她对女儿聊天的事情越来越敏感，她经常会在女儿房间门口偷听女儿有没有打电话聊天。如果有，她就会冲进女儿的房间，对女儿大喊大叫，严重时会一边喊一边哭泣，女儿有时也会一边喊一边哭。这时，她先生和她的公公婆婆都会从床上爬起来，一起冲到小女孩的房间里，一边安抚她一边训斥女儿。

对这位妈妈，我也问了同样的问题："到底是女儿打电话这件事严重呢，还是你的努力导致的后果更严重呢？"

这两个故事，尤其是后一个故事，很像是一个经典的洋葱生长过程。一层皮长出来，又一层皮长出来……最后，一层又一层的皮围绕在最初的痛苦外，而且它们的体积和重量远远甚于最开始的痛苦，根本不成比例。

（余娟摘自《感谢自己的不完美》中国华侨出版社 图/罗再武）

吴 叔

□陆庆屹

吴叔要带我去看他给自己修的墓，在城东的山里。吴叔十七岁入伍，在黑龙江当工程兵，退伍后，因为力气大，被分配到铁路上铺轨。父亲亡故后，他想要照顾老母，申请回乡工作。

十年前，吴叔的母亲过世，他伤心欲绝，每天下班后步行到坟山，跟亡母说说话，坐到天黑再回家。他经常看到不远处的一座大墓，主碑有一人多高，和两侧斜开的附碑架起屋盖飞檐，檐下可供两人避雨，还有龙凤柱，包坟的石圈刻有二十四孝图。他再回头看母亲的小坟包，不由得心酸落泪。去跟石碑匠打听圈坟的价格，要两万多，当时他的工资才八百，买不起，他一狠心，干脆自己来吧。石头的弄不起，正好在水泥厂工作，就弄水泥的吧。

为了拉水泥，他先学会了驾驶，又花两千块钱买了一辆快报废的面包车，每天下班就带着饭和水泥赶往母亲坟地，先砌台阶，从山脚直通母亲墓前，每天干到十一二点才回家。平时到处留心各种与孝相关的图案，记在心里，回去试着画出来，熟练后，再在坟包上刻成水泥图。

一年后，吴叔将自己所有的知识和艺术想象力都献给了母亲，一座令人瞩目的七彩大墓拔地而起，台阶两侧两条大龙盘曲而上，在对山就能远远看到。他说："我妈养我不容易，一辈子凄苦，我不对她好点不成人嘛，死了也要让她好好热闹热闹。"完工后，吴叔不甘心，每有新的想法，就去加工。终于有一天，他觉得自己的创造力枯竭了，既满足又失落。此时的吴叔，内心滚滚的创作欲望已无法遏制，于是他琢磨给自己也修一座墓，死后也让女儿省点事。他在城东去往长坡的山路边，觅得一块荒地。

找好的地方，在路弯处，坐北朝南，正对着两山之间，可远眺数里外的火焰山。吴叔很喜欢这个位置，但没有合适的平地。他就开始学风水，测地理，拉线量地。先打好一口井以便取水，再开石挖土，生生把一面陡坡挖进去，现出一块进深五六米，宽十余米的平地。

吴叔喜欢琢磨，给自己设计了三米多高的活墓，有一道小门，打开把棺材推进去，再立一块碑挡住就行。再在墓东侧砌了一座吊脚凉亭，拾级而上可平视墓顶。完工后他嫌不过瘾，又在西边也搞了一座。他嫌亭脚柱空，本想画点画上去，后来觉得还是对联雅致，就买了笔墨纸砚在家练字。

这时他已年过六旬，退休了，可以整天泡在山里。起先路过的村民把他当疯子看，后来也跟他搭话递烟，熟悉起来。这时他的风水知识与日俱增，有村民遇到丧事，请他去办法事。几次之后，他已经是有名的风水先生了。

五百多天后，这座巨型墓和两座吊脚亭也都修好了，到处包裹着琳琅满目的图案。有直接贴上的瓷画；有电钻刻在瓷板上的线描，还勾了色；有直接刻在水泥上的浮雕。这里一幅八骏图，那里一幅青莲图；那边是八仙过海，这边是五蝠捧寿。在墓门和水井之间，用五彩瓷片在水泥地上嵌出一只巨大的蝴蝶……花样百出，数不过来。

这座墓完成后，他又空虚了。盯着路对面的一小块地发了痴，索性再弄一座大圆亭。修到一半，那辆面包车经不起如此折腾，彻底报废了，他就把它扔在坟边，背上工具走回了家。攒够钱买了一辆又再来。七个月又过去，他建起一座四米多高的亭子，名曰：宝山。还在亭基脚下修了一座菩萨房，开出了一大片水泥地"观景台"。

我站在观景台上，风从山坳吹过来，凉飕飕的。吴叔给我介绍他每一处的用心，我问他这些都是花自己钱弄的吗，他说是啊，经常没钱买材料了，只好停工，等有了点钱，就赶紧买水泥过来。在我看来，吴叔像个神人一般，活得潇洒又有劲头。

(予夕摘自《四个春天》南海出版公司

图/张翀)

"长大后想做什么?"

这个永恒的提问几乎是每一个小孩成长路上绕不开的必答题。

科学家、发明家、作家、教师、律师。

明明是最天马行空的年纪,在描绘未来图景时,我们的答案却来来回回跑不出那份名单。

21世纪的第二个十年,当我们再把这道古老的问题递向新生代捣蛋鬼时,他们显然已不想再与"前辈"为伍。

"00后"活得很明白
□库珀

成为视频博主,当代小孩的头号梦想

宇航员,向来是孩子们梦想职业榜单中骄傲的冠军。

2019年,乐高集团为了纪念登月50周年启动了一项全球计划,并面向3000名8至12岁的孩子,进行了一次线上调查。

这个"以激发下一代太空探索者"为初衷的调查,出来的结果却意外有点翻车。在"长大之后想当什么"这个问题上,"宇航员"的选项,凄惨地排在了最后。

得了第一名的,是"视频博主"。这个职业选项以3倍的票数优势,把"宇航员"甩在了角落。

"我再也没有听过我儿子引用过他老师的话了。"社交媒体专家摩尔有点无奈地说道。

以前我们当小孩,回家顶嘴时最爱叫嚣"老师说""老师说"。和我们互动的是老师同学,教我们新知的是教师和课本。但今天,掌握影响力权杖的,无疑是社交网络、虚拟游戏和缤纷的短视频。

谷歌一项研究发现,70%的青少年视频订阅者认为,比起传统意义上的名人,他们在情感上更能和视频博主红人产生联系和共鸣。

当大人们还在努力跟上数字内容进化的脚步时,Z世代已经开始用它来铺设人生道路。关于未来,他们的目光不是放在办公室的某个角落里,而是社交平台的粉丝增长趋势页面上。

当博主很赚钱?看到这一点的或许只有成年人

你若去考问成年人的内心,也许他们也会真情剖白"其实我也想当网红博主"。急聚的人气和财富,是"博主何以成为头号梦想"心照不宣的谜面。

然而孩子那些天真的梦想,有时会被那些看中先机的家长提前兑付。在《福布斯》公布的2019YouTube创作者收入排行榜单中,最赚钱的视频创作者是一个8岁的小孩。

Ryan Kaji,3岁开始发布玩具开箱视频,随后走红,如今坐拥2300万粉丝。2019年,Ryan以2500万美元的年收入问鼎榜首。

Ryan并不是第一个做玩具测评的博主,最开始拍视频只是自娱自乐。一个小男孩打开新玩具,一脸傻乎乎的开心,仅此而已。

断断续续拍了四个月,也没有激起什么水花。直到有一天,Ryan上传了一条同时测评了100多个玩具的视频之后,惊人的裂变就出现了,曝光率、粉丝、美元纷至沓来。

成名后的Ryan,视频里测评的玩具越来越多,但脸上的兴奋和当初只有一两个玩具时的他相比,多少有些失真。

儿童的走红,往往出于纯粹的天真搞怪。然而过度营销的痕迹一旦泄露,观众离场只需瞬间。

论职业规划，你可能还没有人家小孩务实

比起父母们的"野心"，孩子们对于"做博主"的这个梦想并没有想象中那么狂热。

"有七年到八年的时间里，我都把自己看作一个全职的Vlogger。"00后网红博主Annie Le Blanc，个人频道拥有370万粉丝。一个月发布9条视频，就可以轻松入账至少8万美元。

3岁的时候，她的家人把她的体操训练视频传到网上，随后收获大批粉丝。到了6岁，Le Blanc开始拍摄自己的vlog。她至今已在视频领域活跃了12年。

2019年，Le Blanc在接受采访时透露离开的意愿，她想专注在音乐上。"我必须从全职视频制作中退一步，这样我才能在不同领域得到磨炼。"

实际上，孩子们的职业规划意外地务实。他们的确是想当博主，但并不想只当博主。

"我当然还需要一份好的工作"，9岁的Oliver表示他将来不会只专注于拍视频。

"如果以后我真的做了视频博主，那我同时还会再做一个副业。因为你永远不会知道什么时候你会被赶下场"，"你得确保你有另一个出路，能从其他地方赚到钱"，10岁的Roxanne这样解释自己的规划。

思路之清晰，让热衷裸辞的当代上班族听了都自惭形秽。

供职于伦敦公立学院，有33年职业顾问经验的Andy Gardner认为，虽然孩子们总是在念叨"网红""视频"，但其实他们远没有想象中浮躁。

而事实上，大众想当然的"金钱"因素，也根本不是他们想成为博主的最大驱动力。它甚至排不到前三名。据Mediakix整理，人们做视频博主最主要是为了"创造力"，其次是"名声"和"自我表达"。而"金钱"只占9.8%，排名第四。他们当然也想赚钱，但他们的出发点并不在此。对他们而言，想做博主更多只为满足兴趣、让自己开心。或者说，只是为了让自己显得很酷罢了。

现在的小孩活得，比大人们还明白

不仅是在职业选择上，在其他人生观念方面，年青一代都展现出更开阔的一面。

2018年，杭州某小学"我有一个梦想"的主题比赛上，一个男孩拿着麦克风，不紧不慢地展开他的演讲。

"梦想，顾名思义，做梦都想。我的梦想，就是发财"，话头刚开，学生家长笑作一片。

男孩说说停停，一点一点地继续解释。"上学时每天学习都差不多，真的进入社会了要上班，事情就更一样了。早出晚归不一定得到多少回报，就像是生活在一座囚笼里。"

"有了钱自然就不一样，生活中有空闲时间了，自己有闲钱了，自然就可以干些自己想干的事情。人生就那么几十年，循环地度过和自由地度过，绝对是两种感觉。"

听到后面，大人们倒都安静下来。

"我的梦想"，一个共用了好几代人的固定命题，无数范文早就给我们设定好了得分样式。即使是再爱捣蛋的小魔王也知道在答题时收起自己叛逆的小九九。怎料到有一天，竟然有人会在比赛上慢条斯理地坦白。

那一次，网络上的"评委"们齐刷刷地给他打了满分。他们敲击键盘，语句里尽是艳羡："真是提前活明白了。"

《少林足球》里，阿星望着铁头功问："做人如果没有梦想，和一条咸鱼有什么分别？"

而现在，做咸鱼成为最质朴的梦想。没有什么壮志，能比这更让人心动，更叫人共鸣。

孩子们并不是创造性地抢先发现了这个"人生真谛"，他们只是更愿意放到台面上说罢了。这种对于财富的追求，对于人生意义的诘问，他们不怕直接暴露。

从科学家，到网红博主，到咸鱼——几十年间，人们的志愿真的发生了什么翻天覆地的变化吗？可能有一点吧，也可能根本没有。但有一点是可以肯定的，他们的确更懂得回归自身，也更注重关心自己。

1月12日，上海青春在线青少年公共服务中心公布《上海市00后画像报告》，里面有一项是关于人生价值重要性的排序。

面对"最care什么"这个问题，00后把健康放在了第一位。其次是智慧、感情和财富，魅力、权力、名气排在最后。

而在被问到"将来想成为什么样的人"时，除了大富翁和美食家，他们表示，最想要成为的，是普通人。

（池塘柳摘自微信公众号"新周刊"）

图/李倩莹

这么丑地活了一辈子

□阎连科

母亲八十岁时我给她搓过一次澡。

先前这种搓澡、洗脚、剪指甲的事,都是姐姐、嫂子、哥哥们完成的。可在几年前,母亲来北京过年时,年前家里人人要大洗一次肉身之习俗,在我们家里如同律法一样规范着。于是,农历腊月三十夜,北京因为禁放鞭炮而显得过度冷清和寂寥,因此我们把家里所有的吊灯、射灯和墙壁灯一律打开,让大屋小间和角落,都一如白天明亮与透彻,以此制造出一些过年的热闹和虚幻。在这热闹、虚幻里,轮到母亲洗澡了,妻子去卫生间把所有的沐浴灯和热水打开来,待淋浴房里暖热后,母亲让妻子出来了。

出来后妻子对我笑着说了一句很温馨的话:"咱妈脱衣服还不让我看哪!"然后我和儿子及儿媳,都围着电视笑起来。那源自一家天伦的笑,像一盆冬火把北京过年的冷清暖出了一屋子的热。我们都在客厅吃着瓜子、花生、小糖和巧克力,看看电视,也听着卫生间里流水哗哗的洗澡声。过一会儿妻子去推开卫生间的门,问母亲该不该给她搓澡搓背了,母亲对她说了不该不用的话。于是又过一会儿,儿媳过去推开一条门缝儿,问要不要帮助奶奶搓背,得到的回答也是不该不用啥儿的。如此儿媳也笑着,从卫生间门口退将回来了。这样又过几分钟,儿子也过去隔着卫生间的木门问,用不用他给奶奶搓澡,而母亲,依然用她热暖水淋的声音回答说,不用谁搓澡,她自己能解决这些烦琐的事。

然而不知为什么,我们全家人就是觉得应该给母亲搓搓澡。于是就都坐在客厅沙发上,看着挂钟和电视,觉得母亲淋浴洗澡已过了半小时,再不搓搓澡,良机会如风一样飘走,便都多少隐隐有些急慌着,最后都把目光搁在我身上。

我便把一岁的孙女从怀里放在沙发上,像妻子儿媳一样穿过客厅走到卫生间,将门推开一条缝儿说:"搓搓吧,搓搓身上干净不痒啊!"

母亲从玻璃房里扭过头:"那你进来搓搓吧。"

我被批准进去了。

头顶炙热明亮的四个浴灯下,卫生间里的水珠、蒸汽和水蒙蒙的雾,像雨天后的虹或云,有着蒸腾的彩色和明媚。在这明媚雾罩的水亮里,我看见母亲的衣服旧的堆在洗池上,新的挂在墙钩上,而她坐在玻璃浴房里,像老年的菩萨坐在虹和水间一样。那一刻,我没有觉得母亲是女人或女性,只是觉得她是我的母亲。而她也没有觉得我是男人和男性,只是觉得是她的儿子。我们就那样彼此看了一眼后,我拉开淋浴房的门,她递给我她手里的搓澡巾,我开始异常自然地给她搓背、搓肩、搓脖子,并让她转过身子面对着我,去搓她的胳膊、手腕和手背。

这时我清晰地看见母亲八十岁的裸体了,像信徒看见了圣母的淋浴裸体样。她除了单穿着一条全湿贴身的裤衩外,其余的身体都裸着,都亮在我的眼前和灯光下,胸、背、吊乳和有些赘肉的肚(好丑哦),还有她这儿一个、那儿一个的青色脂肪瘤。

羡慕另一只鸟

□查一路

一只鸟模仿另一只鸟的样子，站在鳄鱼锋利的牙齿上跳跃、舞蹈。鳄鱼没有片刻的犹豫，上下牙轻微一合，这只鸟就成了鳄鱼送上门的美餐。这只鸟至死也不明白，为什么另一只鸟可以在鳄鱼嘴里钻进钻出？同样为鸟，差距怎么就这么大呢？

另一只鸟，名叫鳄鸟。死去的鸟儿有所不知，鳄鸟是鳄鱼的"牙签"。鳄鱼是水域中凶猛的动物，然而它与鳄鸟是一对好朋友。牙齿是鳄鱼的冷兵器，而鳄鸟给予鳄鱼的承诺正好在于"我们的目标是——没有蛀牙"。

鳄鱼一顿饱餐之后，便躺在水畔闭目养神。鳄鸟见状，就成群飞来，啄食鳄鱼口腔内的肉屑残渣。它们犹如进入下水道的清洁工，在散发着异味的环境里，幽暗地鼓捣。鳄鸟帮鳄鱼清洁了口腔，鳄鸟自己则获得了鳄鱼牙缝中的肉渣。

双赢的交易，在隐蔽中进行。死去的鸟没有意识到，如果不做鳄鱼的"牙签"，就应该离鳄鱼锋利的牙齿远点；"火山"是不可以用来做"靠山"的。羡慕鳄鸟能够在锋利的齿间跳上跳下，羡慕的只能是表象，表象之下的生存之道，才是真正的"冰封的火焰"。

人与人之间，也常常陷入"一只鸟羡慕另一只鸟"的状况。羡慕另一个人的权势，不知道这权势的背后，牺牲了多少做人的尊严，放弃了多少健康的生活。

不去羡慕另一只鸟的最好方式，是让另一只鸟羡慕自己。虽不能挟鳄鱼的威猛以自重，但可以拥有一份自由和自在；虽不能觅得鳄鱼牙缝中的几根肉丝，却获得了天空的宽广与蔚蓝。

（大浪淘沙摘自《纸上月光》煤炭工业出版社 图/木木）

原来我的母亲已经成了这样子！

矮胖、丑陋和不堪，白发缕缕，下巴双重，垂吊的乳房如同麻袋的岁月和女人生命史的沉沉暮暮都在她的身上一样。而我从她肩背、胳膊上，搓下来的泥垢卷、白灰灰如从历史的躯体上搓下的多余无用的记忆一样。我就那样一下一下地搓。她就孩子样一下一下任我搓。当前后上下都搓完了，余下的部位她自己可以手至搓洗了，我才把洗澡巾从我手里还给她："搓搓清爽吧。"

母亲笑了笑："真丑呀——人老就没人样了。"

"这有什么呢？"我也望着母亲笑着道，"谁老了不都一样嘛！"

然后我和母亲又对望一下出来了。关了门，擦着汗，出来我们全家都扭头望着我，脸上都是红亮羡慕的笑，像我得到了一种奖励而他们都没有。又像他们和我这时候，都吃了比利时最好的甜心巧克力。

北京的年夜和深秋前的冷夜一样，而我们家，这年除夕的年夜里，和仲春正到的午后一样。我们围坐着，等待着，直到卫生间门吱地一下响开来，妻子和儿媳过去扶着她们的婆婆和奶奶，我和儿子站在客厅等着母亲走过来。就那么几步路、几秒钟的时间里，母亲便如圣母或老年菩萨一样过来了。儿子这时望着奶奶问："怎么样，洗了舒服吧？"而我不等母亲回话儿，就笑着对我儿子说："你奶奶白得很，身上和奶汁一样儿。"母亲也便红着脸，笑着对大家精辟地总结了一句女性的人生和岁月："丑死了——这么丑地活了一辈子！"

天呀，好深邃的一句话。

（秋水长天摘自《她们》河南文艺出版社 图/吴敏）

终于，我又可以勇敢地面对死亡

□纪慈恩

这件事曾经残酷地摧毁了我

到目前为止，我的生命被分成两个部分：20岁之前和20岁之后。

19岁那年，我最好的朋友得了肝癌。那是我第一次如此真实地感受到死亡的存在。当时，她在荷兰留学。在荷兰，安乐死是一种合法的行为。因为已到肝癌晚期，病魔无时无刻不在折磨着她，疼得实在受不了，她甚至会咬自己的胳膊。所以，我去看她的时候，她求我为她签署安乐死同意书。

我那个时候太年轻，根本不知道自己是否能够承担起对另外一个生命的责任。在万般无奈下，我狠心为她签署了一份安乐死同意书。

这个决定，由此改变了我的后半生。

在她的追悼会上，当人们得知是我为她签署了安乐死同意书时，可怕的一幕出现了，我至今都无法忘怀。他们说，是我杀了她；他们说，我一定会得到报应。开始是一个人、两个人，到最后，几乎所有人都对我进行谴责。

在此之前，我每天都因为好友的去世而哭泣，用医生的话来说，这是一个人遇到这种事情时的正常反应；而自从追悼会后，我没有再对此说过一句话，我感觉自己已经无力面对这个世界。自我封闭，成了我保护自己的唯一方式。我每天都躲在屋子里，拉上窗帘，不和任何人打交道，也不和父母说话，只是每天坐在地上，问老天为什么对我这么不公平。那一年，我被确诊为"创伤后应激心理障碍"，是一种很严重的心理疾病。

经过一年半炼狱般的治疗，精神鉴定中心为我开具了一份已经康复的鉴定书，但实际上，我知道我并没有康复，因为我对死亡仍然有着非常深的恐惧。

死亡，它曾经这样无情而残酷地摧毁了我，我一定要认清楚它的真面目，我要看看它为什么会让我变成那个样子。所以，后来我做了一个决定，要去离死亡最近的地方——临终关怀医院，去了解死亡的真相。

因此，我在21岁的时候，成了一名临终关怀志愿者。

要清醒地活在当下

至今，作为一名临终关怀志愿者，我已经送走了几十位临终者。

我曾经以为，我是去与死亡对抗的，但没想到，最后我和它握手言和。

在临终关怀医院里，我看到了各种各样的死亡。有的人很平静地面对死亡这件事，有的人很挣扎、很折腾，也有的人活得很精彩。他们都以自己不同的方式，走向死亡。

在我服务的对象中，我印象最深的是一位姓林的奶奶。她是一位很有智慧的老太太，她常常对我说："生命自有它的定数，我们要承认，生命就到这里了，我们就允许它到这里。"有很多次，她在深夜拉着我的手说："如果有一天，在我生命的最后阶段，我意识不清楚了，我糊涂了，千万千万不要给我治疗，我不想看着我的血一点点变成黑色，我想有尊严地离开这个世界。"

但是，我发现有一个普遍的现象，那就是中国的大多数子女在父母病危或临终时都不愿意放

手。后来,林奶奶的癌细胞扩散了,她的女儿一定要让她去做化疗,林奶奶不愿意,就用自残来抵抗。最后,她女儿看她这么坚决,才含泪不再逼林奶奶去做化疗。

在临终关怀医院,我听到很多家属说过这样一句话:"如果我今天不给他治疗,我将来会后悔的。"在很多中国人看来,我们不能允许生命就这样轻易地终结,我们希望生命永无止境地继续下去。可是事实上,生命终将会终结,这是一件自然而然的事情。

我渐渐明白,死亡有很多种维度,它并不是我们想象的,是非黑即白的,一定是绝望的、悲伤的。

我常常会被问到一个问题:你天天和一群将要离开这个世界的人生活在一起,你是如何调节自己的悲伤情绪的?我一直不知道该怎么回答这个问题。后来我就想:为什么我和他们生活在一起,就一定要有悲伤的情绪呢?因为在大多数人的眼中,死亡是一件绝望而悲伤的事情。但是,对于现在的我来说,死亡不再是让人恐惧的。

就像那位林奶奶,她之所以能够这样镇定而从容地面对死亡,是因为她已经深深领悟了生与死的意义。在临终关怀医院志愿服务的过程中,我发现,一个人对待死亡的态度,其实取决于他活着的时候。死亡并不重要,重要的是活着。你可以好好地活,才能够好好地死,你只有清醒地活在当下,才能够勇敢地告别这个世界。

生命只有一次,但是我们曾经无数次地在影视作品中体验和直面死亡。对死亡的感知与体验,是为了让我们更好地活着。

我非常不赞成这个观点——好死不如赖活着。任何时候,无论是健康还是疾病,我都不会选择苟且地活着。

我认为我活着的意义就是,风风光光地来到这个世界,坦坦荡荡地活着。然后在我告别这个世界的时候,可以有尊严地、安详地离开,不枉我曾经来过。

(大浪淘沙摘自《解放日报》2020年4月3日 图/果酱的酱)

贫"厌"和富"恋"

□ 陆春祥

倪文节公曾说:"贫贱人一无所有,临终脱去一厌字。富贵人无所不有,临终带去一恋字。"

脱掉厌字,如释重负,拔去病根。带一恋字,如套枷锁,更留下恶种。

贫虽贫,结局却算不错,总算解脱了!富虽富,结局却远不如贫,人都没了,还留恋什么呢?只会死不瞑目。这样说,虽有些绝对,却也不无道理。

贫能伤人,富亦累人,但无论贫富,结局都一样,生不带来,死不带去,耐得住贫,未必是一件坏事。

《陆叟沈万三》中有这样一个故事:

元末,吴地有姓陆的老头,富甲江南,沈万三就在他门下做总管家。有一天,陆老头说:我老了,积了这么多的财富,一定有害处。于是,他将全部财富都送给了沈万三,自己在湖边造了所简单的房子,养老去了。沈万三由是成为大富。这老人,真是将祸移嫁于沈万三呀!

沈万三致富,是别人的财富赠予,显然有

些夸大,但最终因为财富,而被朱元璋找个借口给弄死,是历史事实。

钱不是万能的,没有钱也是万万不能的。合理使用、慈善为怀、不被左右,无论贫富,那厌字和恋字,都不会带走。

(六月的雨摘自《太平里的广记》中国民主法制出版社 图/木木)

从小做家务的孩子长大以后怎么样了

□常爸-黄任

哈佛大学的学者公布了一项长达75年的研究项目的成果,其中几个结论相当让人震惊:

做家务,让孩子的职业生涯更成功

他们发现:从小干家务的孩子比不干家务的孩子,成年之后的就业率更高,犯罪率更低,总体而言,变成独立优秀的成年人的概率要高得多。

对此哈佛的解释是,做家务可以培养孩子的很多能力:

比如铺床或扫地,能让孩子很有成就感,更自信,自我效能感很强。

比如做家务能让孩子感觉是家里的一员,要为家庭负责任,从而更愿意做个好公民。

比如和别人分工合作完成一项家务,还能锻炼领导与合作能力。

再比如洗衣服或刷盘子,能促进大脑发育,提升精细动作技能,让孩子更聪明。

这些干巴巴的理论,估计有人会觉得没啥说服力,所以你知道我又要举例子了。的确,在美国,有一个妈妈就出色地验证了以上的结论:

大儿子毕业于耶鲁大学,创办的公司以9.7亿美元卖给了亚马逊;二儿子创办的公司,以超过10亿美元的现金和股票卖给了通用;即便是最"没出息"的三儿子,也是个非常出色的软件工程师。

一门三将才,两个亿万富翁。

孩子们这么优秀,靠的可不是什么"祖坟冒了青烟",而是非常简单的"做家务"!

他们的妈妈,出生在马来西亚一个贫困的家庭里。17岁时,她来到美国,没有学历,也没有钱。

因为家里太穷了,妈妈必须要出去工作。但她不是让孩子在家里待着,而是让他们成为自己的小帮手。

比如,妈妈做房产经纪人时,就让孩子们修理破家具、粉刷墙壁、打扫房间,或者是做一些基础的数据录入工作。

家里的家务活,妈妈会列出一张清单,让孩子们自己想办法一起完成。

"我们都觉得这样很不公平,但重要的是做家务确实教会了我们很多东西。它让我们从'只考虑自己'变成了'了解我们的责任',也让我们意识到自己是一个团队。"

儿子们把自己的成功归于做家务。

做家务的意义,其实远不止于此。

做家务,让孩子的生活与婚姻更幸福

"爱干家务的孩子,将来离婚率低,心理疾病患病率也低。"这是哈佛大学的另一项发现。

为啥?

因为从小就干家务活的孩子,更能体会别人的辛苦,会更有同理心。

他们考虑问题会更全面,站在对方立场上理解他人、关爱他人。

这不就是婚姻里,夫妻双方最需要的吗?

而美国的一项调查也证明了这一点:"懂得彼此分担家务的

夫妻，婚姻生活更美满长久。"

这并不是哈佛大学自说自话，美国明尼苏达大学在30年前的一项研究也得出了类似的结果。

专攻家庭教育研究的教授Marty Rossmann在20年的时间里，跟踪了84个孩子，了解他们在3~4岁、9~10岁、15~16岁参与家务的情况，并在他们20多岁时做了电话采访。

2002年，Rossmann公布了研究结果：成年人成功的最佳预测因素是基于他们是否在三四岁时就开始做家务。

他还表示，如果一个孩子在十五六岁才开始做家务，往往会适得其反，因为孩子会觉得这是一种强迫，完全达不到早早就开始的效果。

这么一想，先不提为家里做的贡献，不早点让孩子做家务，那就是剥夺了孩子提升能力、获得幸福的最好机会，是在拖他们后腿啊！

看到这里，可能很多人要问了：孩子几岁可以开始做家务呢？

"18个月大，也就是孩子刚刚学会走路的时候。"

如果你仔细观察，会发现这时候的孩子会时不时想要给你"搭把手"。

去超市，想帮你拿东西；做饭的时候，在一旁跃跃欲试。

当孩子有了"帮助他人"的动机时，这就是让孩子参与家务的最好时机。

当然了，这时候孩子大多都是照猫画虎，别指望他们能真的做好家务。

等孩子大一些，2~3岁时就可以开始正式参与家务活了！

如果孩子就是不喜欢做家务怎么办？

关于这个问题，网上有不少回复帖，方法也很多样。

比如制定奖励机制，给孩子做家务的动力；比如用游戏的方式，让做家务变得有趣起来；比如和孩子一起制订家务计划，孩子会更容易接受……

这些想法当然很好，对孩子也有激励的作用。

但我想说，比让孩子学会做家务更重要的事是，让孩子真正领会到做家务的意义。

家务，是家里的日常事务，关乎每一个家人。做家务，是家里人表达爱、相互照顾的行为。

曾经看过一个视频，是一个台湾妈妈在教训不想做家务的女儿，让我印象格外深刻。

妈妈只问了女儿一个问题："你要做'家人'还是'客人'？"

"家人就是互相帮忙，也要做好自己的事儿，而不是只顾着在一边休息。"

而客人就是"吃完东西，玩一玩就走了"的人！

这么一个简单的问题，让女儿不仅知道了自己的错误，还承诺说以后要收拾自己的玩具。

我只给小小常放过一次这个视频，之后再叫他帮忙而他以各种理由推托时，只要我说"你想做家人还是客人"，他就马上笑嘻嘻地起身了，屡试不爽！

其实不仅是孩子，爱做甩手掌柜，把家务都抛给别人的爸爸或妈妈，也都是家里的"客人"！

（池塘柳摘自知乎网 图/熊LALA）

成长真理

自我

□ [英]弗吉尼亚·伍尔夫
译/瞿世镜

她能够恢复她的自我，不为他人所左右了。正是在现在这样的时刻，她经常感到需要——思索；嗯，甚至还不是思索，是寂静；是孤独。所有那些向外扩展、闪闪发光、音响杂然的存在和活动，都已烟消云散。现在，带着一种严肃的感觉，她退缩返回她的自我——一个楔形的黑暗的内核，某种他人所看不见的东西。虽然她正襟危坐，继续编织，正是在这种状态中，她感到了她的自我；而这个摆脱了羁绊的自我，是自由自在的，可以经历最奇特的冒险。当生命沉淀到心灵深处的瞬间，经验的领域似乎是广袤无垠的。她猜想，对每个人来说，总是存在着这种无限丰富的内心感觉；人人都是如此，她自己、莉丽、奥古斯都、卡迈克尔，都必定会感觉到：我们的幻影，这个你们借以认识我们的外表，简直是幼稚可笑的。在这外表之下，是一片黑暗，它蔓延伸展，深不可测。但是，我们经常升浮到表面，正是通过那外表，你们看到了我们。她内心的领域似乎是广阔无边的。有许多她从未见识过的地方，其中有印度的平原。她觉得她正在掀开罗马一所教堂厚厚的皮革门帘。这个黑暗的内核可以到任何地方去，她非常高兴地想，因为它无影无踪，没人看得见它，谁也阻挡不了它。

（摘自《到灯塔去》上海译文出版社）

你现在所看到的星星，是它一亿年以前的样子。就好像，我在银河一侧，对着星空说一句："我爱你"，当你听到时，我已爱上你无数年。
——宁城《星夜集》

珍惜那个跟你去啃羊蝎子的人吧

□ 饱弟

在所有的可约饭的食物里,羊蝎子是一种特殊的存在。

它像小龙虾一样束缚你的双手,你只能戴着手套撕它掰它吮吸它,让你无法摆弄手机,只能眼巴巴地看着对面的人,听他讲话。它还吃相狰狞,若是想把一块羊蝎子吃到极致,只能张牙舞爪,不顾形象。

所以不是所有人都能跟你一起吃羊蝎子,你也不愿跟所有人一起吃羊蝎子。

羊蝎子,只能留给最珍贵的人。

Part1.吃羊蝎子的快乐,只有最亲密的人知道

凡是一起吃羊蝎子的,之前都结下过深厚的战斗友谊——一起为工作抓耳挠腮过,一起在活动路上风里雨里过,愿意为对方上九天揽月,下五洋捉鳖。

只有这样的朋友,才能同桌大嚼羊蝎子。因为羊蝎子这东西,真的太微妙了:它看起来,真的不够高大上,不像是请客下馆子该吃的东西。

首先,以下脚料为食材,就难登大雅之堂。"羊蝎子",不过是起了一个好听的名字:羊脊骨和连接脊骨的几根肋排,恰似一只蝎子,但从不是羊身上最珍贵的部位。

生羊蝎子的均价一般在20元一斤上下浮动,比去骨羊后腿足足便宜一半。吃肉的快乐,因此格外简单易得。

一个人吃,一锅未免嫌多;两个人小锅正好;三五人吃,大锅煮肉,热热闹闹。吃羊蝎子的人,哪怕再社恐,也愿意享受这份三五成群的热闹。因为十多块一斤的东西,没什么档次可言,也只有不对你要求档次的人,才能一起吃。

你的社恐,可能为所有人存在,但这个人一定除外。

羊蝎子成为对抗世界的结界,不仅因为它的平民化、私密性,还有那副毫不优雅、毛骨悚然的吃相。那吃相,要不是挚爱亲朋,真没眼看。

夹起一块,羊脊骨肉质软烂,羊肋排汤汁欲滴,二话不说,咬!好像慢了一秒,软熟的肉从骨头上掉下来,脱离了肉汁与热气,就要消失一样。

从这一刻,贪食者的纵欲开始了。你必须与冷空气和地心引力搏斗,在肉汁流尽、冷风入骨之前,左一口,右一口,中间一口,争分夺秒。

面对烂熟飘香、汁水淋漓的肉骨头,没有人能拒绝食肉天性的召唤。

舌尖一舔,肉落入口,边嚼边吸;再咬一满口,骨头上的肉全撕咬下来;掰开再啃,敲骨吸髓,直到肉筋剥光,汁水吸干,当啷一声,白骨落碗而后已。活像匹狼。

在这里,用筷子可能会被嘲

笑，一切都要靠双手，外加一副一次性手套来创造。

尤其是啃羊脊骨的时候：掰开一节，用手指小心翼翼地分开缕缕相连的肉筋，凑到嘴边，先一口把成条的骨髓吸尽，绕着圈咬起，用牙齿剔光边角的肉丝，再把纤维分明的肉筋一丝丝咬下，啃完再三检视，仪式结束，才反应过来——

此时，你已在最瑟缩的寒冬里，完成了一次手、眼、口并用，舒筋活血、胸胆开张的剧烈运动。同时，你也在对面人的眼睛里，看到了自己披头散发、张牙舞爪的模样。

你大脑一片空白，热血冷下来，才想起一条不成文的吃羊蝎子铁律：如果你爱ta，请带ta来吃羊蝎子；如果你喜欢ta，千万、千万不要跟ta一起吃羊蝎子。

此刻你的状态，在初识的人眼里，不免如猛虎搏羊、不成人形，毫无优雅可言。但在爱你的人眼里，你吃羊蝎子的样子，真的太好看了。看你吃得开心，他就开心了。

Part2.只有吃不到一起的朋友，没有不好吃的羊蝎子

羊蝎子是最不挑馆子的食物。跟朋友哪家都好吃，就算是自家楼下那破馆子，跟传说中全城最好吃那家，也没多大区别。

唯一的分野，在于如何让它变得好吃。

烤羊蝎子，是"羊蝎子之父"苏东坡发现的元祖吃法，先将羊蝎子煮熟，以黄酒腌渍之后，再加以烤制。"先煮后烤"的吃法沿用至今，只是各家在汤料、腌料与烤料，以及工序细节上，各有独门秘诀罢了。

两人吃烤羊蝎子，各自抓起一块便咬，要不是坐在店里，活像是俩猴儿吃桃。只有你们俩才知道，那是焦香汹涌的无上美味。

而20世纪90年代，北京羊蝎子馆兴起之际，最早流行的，是白汤羊蝎子。当年名扬北京的"羯子李"，至今仍以白汤为招牌。

这也是常见的家庭吃法，放葱姜大料，热热地炖一锅，也可把白萝卜切大块，下锅同煮，温补暖身。看似粗糙的羊骨里，其实是中国人细致的养生心态，一种对骨骼的崇拜——人们坚信药食同源，也深信以形补形，将大骨里的精华炖出来，吃肉喝汤，有利于骨骼的强健，加上冬日的萝卜，活血之外，更可顺气。

如果有人拖着你去吃白汤羊蝎子，一定是你的憔悴与疲累被他看在了眼里，记在了心上。但心病还需心药医，喝汤能补身，吃辣才开心。

红汤羊蝎子，下豆瓣酱、辣椒、葱姜、香料煸炒，羊蝎子已提前煮好，先把煮肉的原汤倒入，再将肉下锅，咕嘟冒泡，泛起香辣的气息，啃到满嘴流油，大汗淋漓。

在山东，卤羊蝎子被称为"大梁骨"，老汤里煮好了，捞起沥干装盘，即可大嚼。大梁骨配冰啤酒，再加两个闲人，足够消磨一个凉夜了。

无论是做熟即食，还是吃时加热，都足以大饱口福了。

但很多人心中的巅峰，还是羊蝎子火锅——21世纪最伟大的吃肉发明。

吃羊蝎子火锅，没有一口不爽快，没有一个环节不值得享受。

面前一口大锅煮肉，身心寒气一扫而空，热气腾腾迷人眼，隔一层雾，对面的人更好看了——嗨，这会儿谁还看人哪，光盯着锅里的肉了。

肉随煮随吃，一口比一口软烂入味，顷刻之间，一锅肉就剩一把骨头啦。

随后的涮菜，则是魔法的又一重演绎：汤。

大白菜叶煮完，外头裹着油，里面透着汤；炸腐竹煮完，筋道里渗着肉汤的香；嫩豆腐煮完，卤香气活像是豆腐本来就有的，咬一口从里往外冒……

北方冬天的炖菜，总有一种做法：好肉汤炖久了，煮什么不香啊？

这也是食物与食物相处，人与人相处最简单、最诱人的法则。

滋补、美味与实惠，构成了我们吃羊蝎子的最大理由，独特的吃法，则是最亲密的人之间不足为外人道的美妙。最亲密的人，才最在乎、最了解你的欲望——不体面，吃相差，都无所谓，你快乐比什么都重要。

吃个几顿，我们才明白：最值得珍惜的并不是羊蝎子，是陪你一起吃羊蝎子的人啊！

（鲁刚摘自微信公众号"福桃九分饱"
图/果酱的酱）

人类永远是客人

□张昕宇

一位巴拿马主教在发现加拉帕戈斯群岛的时候，发出了如此感慨："我们来到了一座神秘的岛屿，这里的土地和生物像是来自地狱。当我们挖成一口井时，却发现井里的水居然比海水还咸。这一定是一个被诅咒的地方。"

厄瓜多尔人却说，这里是他们国家最美的地方，甚至是全世界最美的地方。

1835年，26岁的达尔文到达这里。这里独特的生态环境，为他的"适者生存"的进化论提供了坚实的事实依据。

加拉帕戈斯群岛由13个主岛和19个岩礁组成。这里汇聚了世界上最多的珍稀动植物物种，被世界遗产委员会列入《世界遗产名录》，被人们称作"独特的活的生物进化博物馆和陈列馆"。这里是真正的人间天堂。

两只海豚在为"北京"号导航，带着我们靠近加拉帕戈斯群岛的圣克鲁斯岛。离岛还有几海里的时候，岛上的工作人员就驾着小艇迎上来了，例行检查工作，接着为我们领航，带领"北京"号到达一个指定的地点抛锚，并告诉我们，未经允许，船不能随意开动。

原来，加拉帕戈斯群岛没有码头，因为修建码头会破坏岛屿的生态环境。为了避免伤害岛架和近海动物，船只需要的油和水也全是从陆地运到岛上的，而大型船只不能靠近岛屿。看来厄瓜多尔人对我们这些外来的游客的态度很矛盾，他们希望世界上更多的人来了解这里，但是又害怕游客破坏这里的环境或者给这里带来病菌。

摆渡船载着我们登岛，一只海豹挡在浮桥上。工作人员示意我们绕行，不要打扰它睡觉。但拦路的海豹还是醒了，冲着我们吼叫，似乎是对我们惊扰它的好梦表示不满。

在加拉帕戈斯群岛，人类永远是客人，这些动植物才是主人。

放眼望去，岛上看不到一点垃圾，甚至空气里都没有灰尘，一切都是大自然最原始的面貌。一群海鸟从岛上展翅起飞，然后又一齐急停，瞬间集体扎进海里，激起水花一片。一些珍稀的野生鸟，悠闲地在浅海处漫步、觅食。滩头、水里，憨态可掬的海豹们在悠然自得地仰泳、翻滚、晒太阳、互相挠痒痒。

远处的山头云雾缭绕，稀薄的水汽飘过山腰。而怪树虬曲，不像是真实生长在那里的，仿佛艺术家精心雕刻的一件件艺术品。甚至可以说，再伟大的艺术家，也无法雕刻出如此形状。

坐在海岸边的石头上，几只海鬣蜥从海里爬了上来。它们怪异的外形会让胆小的人害怕——脊背上全都是角质尖刺，五彩缤纷的鳞片，眼睛凸出……一副上古怪兽的模样，完全就是科幻片里的变异大蜥蜴哥斯拉的原型。海鬣蜥是史前动物，虽然长得奇怪，却不像哥斯拉那样好斗，它们只是安静地爬过我们的身边，找了一处平坦的岩石，趴在上面发呆。过一阵子，它们又爬回海边，跃进海里，潜下去寻找海藻等食物。陆地上没有海鬣蜥的食物，而在四大洋流交汇的加拉帕戈斯群岛，风浪和低水温对于冷血动物海鬣蜥来说，实在太危险。它们每次潜海捕食不能超过10分钟，否则就会因为体温流失，最终肌肉爆裂而死。所以海鬣蜥的每一次进食，都是在和时间赛跑，匆匆找到食物，很快便要迎着风浪，艰难地爬上岸休息、晒太阳、等待下一次的觅食。生命的顽强和力量，在海鬣蜥身上体现得淋漓尽致。

就在海鬣蜥晒太阳、打喷嚏、排出海水中的盐分的时候，石缝里钻出许多遍体通红的细纹螃蟹。它们爬到海鬣蜥的身边，去吃它的死皮，海鬣蜥则是一动不动，看来千万年来，它们的关系处得还不错。

加拉帕戈斯群岛的沿海周边，属于海豹、海鸟和海鬣蜥；岛上的陆地则属于巨型陆龟，也叫象龟。岛上的人把巨型陆龟当作图腾和吉祥物，衣服上、帽子上、茶杯上、车上，到处都是它们的形象。

巨型陆龟是加拉帕戈斯群岛最早的主人，它们比海鬣蜥生活在加拉帕戈斯群岛上的时间更长。当年的伙伴恐龙早已灭绝，陆龟们却依然坚强地活着。直到海盗们到达这里，他们发现陆龟能吃之后，就开始疯狂地捕猎它们，临走时还带走了大量陆龟，养在船上，边走边吃。海盗们的行径，给陆龟带来了毁灭性的灾难。

在我们寻找陆龟的途中，一群山羊横穿马路，狂奔而去。当地人说："这些野生山羊曾经给陆龟带来很大的麻烦。当初岛上是没有山羊这个物种的，它们是后来被居民带过来的，并迅速繁殖，数量日益庞大。"

同样吃树叶的陆龟，觅食的速度是拼不过山羊的，导致许多陆龟被饿死。最后为了处理这桩动物界的纠纷，厄瓜多尔政府派来了狙击手，猎杀山羊，严控它们的数量。毕竟，陆龟的数量已经非常少了，而且它们才是岛屿真正的主人。

离开岛上居民的生活区，我们终于在路上遇到了缓慢爬行的陆龟。它们每一只都有两三百斤重，见到我们，还会把脖子和四肢缩回壳里。陆龟与海鬣蜥、海豹等不害怕人类的动物不一样，它们在这里曾经遭受过人类残忍的猎杀。一位自然保护区的负责人告诫我们："拍照、拍摄都可以，但是尽量不要靠近陆龟，不要吓到它们。"

这位负责人还教我们怎么分辨陆龟的性别和年龄。它们的背甲像树的年轮一样，可以判断年龄，我们试着数了数遇到的几只陆龟，最老的300多岁。它们出生的时候，中国正处在清朝。

看着缓慢行动的乌龟，它们古老的龟壳、粗糙的皮肤、陈旧的颜色，总给人以历史的厚重感。一只陆龟安静地趴在石头上，伸出脑袋望向天空，仿佛在守望着时空。亿万年过去了，它们见证了这个地球最漫长的岁月。

（林冬冬摘自《侣行2，中国新格调：爱到极致，行到极端》江苏凤凰文艺出版社　图/兜子）

□[加拿大] 扬·马特尔　译/姚媛

恐惧

我必须说说恐惧。这是生命唯一真正的对手。只有恐惧能够打败生命。它是个聪明又奸诈的对手，这一点我太了解了。它没有尊严，既不遵守法律也不尊重传统，冷酷无情。它直击你的最弱点，它可以毫不费力地准确地发现你的最弱点在哪里。它总是先攻击你的大脑。刚才你还感觉平静、沉着、快乐。紧接着，恐惧装扮成轻微的怀疑，像个间谍一样溜进你的大脑。接着恐惧开始全面进攻你的身体，你的身体已经意识到有一件很不对劲的事正在发生。你的肺叶已经像小鸟一样飞走了，你的内脏已经像蛇一样滑走了。现在你的舌头像一只负鼠一样倒下去死了，而你的下巴立刻飞跑而去。你的耳朵聋了。你的肌肉开始像得了疟疾一样颤抖，你的膝盖开始像跳舞一样抖动。你的心脏太紧张，你的括约肌却太放松。你身体的其他部分也一样。你的每一部分都以与它最匹配的方式崩溃了。只有眼睛还在工作。它们总是给恐惧以适当的注意力。

你很快做出了草率的决定。你打发走了最后的同盟：希望和信任。瞧，你打败了自己。恐惧只是一种印象，却战胜了你。

这件事很难用语言表达。因为恐惧，真正的恐惧，从根本上是你动摇的恐惧，当你面对死亡时所感觉到的恐惧，像坏疽一样在你的记忆中筑了巢：它要让一切都腐烂，甚至包括谈论它的语言。因此你必须非常努力地把它表达出来。你必须非常努力地让语言的光辉照耀它。因为如果你不这么做，如果你的恐惧成了你逃避的，也许甚至想方设法忘记的无语的黑暗，那么你就使自己容易受到恐惧的进一步打击，因为你从不曾真正与打败你的对手交战。

（摘自《少年Pi的奇幻漂流》译林出版社　图/曹黑黑）

我和小宝的二三事

□冯仑

我们家养了八只猫。去年,其中一只叫"阿宝"的猫死掉了。阿宝去世以后,我的心情一直很不好。之后就想买一只同样品种的雄性的小美短,让它替代我心目中的阿宝的角色。没想到,买回来的这只小猫特别活跃,上蹿下跳跑个不停。

因为猫多,添猫砂、给猫铲屎就成了一件辛苦事。虽然它们吃东西、大小便都会去固定的地方,但它们时常会吐,这让人很头痛。它们可能在任何时候突然就吐一下,从来不会通知你。因为猫会舔毛,这些毛就会进入它的胃里,它需要通过呕吐把胃里的毛排出来。

于是,地上、沙发上,甚至写字台上都会经常留下它们的呕吐物,黏黏糊糊的,看上去像粑粑一样,让人觉得不舒服。这就得及时去打理。我也要做这个工作,偶尔也铲铲屎、擦擦地,给这些宠物做后勤,料理它们的生活。

在这个过程中,我开始更多地关注代替阿宝的这只小猫。因为它是新加入的,我就很关注它怎么跟既有的这七只猫打交道,又怎么跟我打交道。我好奇它会怎么样成长。

因为它是代替阿宝的,我们给它取了个名字,叫"小宝"。我希望它长大以后,就是另一个阿宝。

一开始,虽然它跟原有的这七只美短看似一样,但是我总觉得它的毛色、眼神,还是有所不同。我越看越觉得不一样,于是就怀疑是不是买错了。

首先,它的毛色比较重,背上有很粗的一条黑油油的条纹。而其他七只背上就没有。而且,它的肚子很大,坐着的时候,是梨形的。另外,它的眼神非常机灵,瞪得溜圆,附近有任何动静,它都会有强烈的反应。

我就开始好奇,到底它的来路是什么呢?后来一个朋友来,看了以后拿手机一检索,说:"它一定是美短和狸猫的串儿。"也就是说,它是美短和狸猫的混血。之后,朋友又说,小宝的上一辈,美短和狸猫,应该都是很好的品种,所以小宝的品种也是很好的。

听朋友这么一说,小宝在我眼中,似乎立马就"高贵"了起来。其实人也是这样,一个人看似很普通,但是要说他爷爷是哪个大人物,大家可能会立马高看他一眼。如果他爷爷特别牛,有些人见到他时,可能不仅高看,甚至想给他下跪。

当得知小宝可能出身名门之后,不光是我,家人也都对小宝高看一眼,每天会花更多的时间跟小宝玩,甚至在想要跟猫咪们玩的时候,都愿意多抱一抱小宝,对其他七只猫的关注和陪伴反而减少了。我突然觉得好奇怪,一开始,因为它看起来像个串儿,我们是有些嫌弃它的;只是由于一个人对它的身世做了另一种解释,似乎有了一个名门的背景,它便得到了我们更多的关注和宠爱。这和人类社会、人世间的故事何其相似。

因为整天宅在家里,时间多了,我终于有时间和兴趣观察猫的习性。

以前，家里的那些猫，它们到底是何时开始由活泼顽皮变成现在这样的从容淡定，当初它们又是如何与我们建立远近亲疏各不相同的关系的，我其实已经有些淡忘了。最近我有时间天天陪小宝，才终于有机会慢慢了解到它跟我们、跟其他七只猫建立联系的方式和过程。

小宝来家的时候刚满四个月。作为一个彻头彻尾的外来者，它跟其他七只猫相处时非常警惕，总是将小巧的身体藏在犄角旮旯里，出来溜达的时候基本用"蹿"的方式。但它毕竟年纪小，而且生性顽劣，常常会用它的前爪冷不丁撩拨一下其他的猫，如果得到愤怒的回应，它就会迅速闪避开去。但是它并不畏惧，还是会锲而不舍地去招惹其他的猫，去尝试跟它们建立联系，和它们一起玩。

七只猫对小宝的态度起初是完全嫌弃和排斥的。渐渐地，一只叫作"木兰"的猫开始接纳它。大约两个月后，它已经可以和所有的猫咪自在地相处了，虽然它的顽皮时常会招致老猫们生气并发出类似恫吓的声音。

这便是小宝在"猫界"取得认可的过程和方式。

它跟人建立关系的过程也是这样，刚开始非常警惕。我们摸它时，它会很迅速地伸出爪子，一副要攻击的架势。经过一段时间以后，它确认我们对它是善意的，于是便开始接近我们了。突然有一天，当我唤着它的名字走近时，它竟放下所有的警惕、恐惧和排斥，嗖地蹿到我面前，在我脚上左磨右蹭，接着竟四仰八叉躺到地上，扭动着开始变得胖嘟嘟的身子翻过来滚过去，任由我在它软软的肚皮上揉搓。

于是我就想，原来这就是宠物。动物为什么会变成宠物呢？为什么它从一开始的警惕，到慢慢开始认主，最后表现为依赖、撒娇、献媚，而且百分之百地信任主人，同时想办法让主人百分之百地信任它、喜欢它、宠它？

这个转变的过程非常有趣。我想来想去，只有一个理由，那就是我管它吃喝！假如说，它不能从我这里每天得到足够的猫粮，而是像野猫一样有"衣食之忧"，每天要到处找吃的，它还能有心情对我依赖和献媚吗？它可能早就跑掉了，因为它要找东西吃。

所以，从一只野兽，或者野生的动物，变成一只家兽，或者说宠物，最直接的一个条件就是有人饲养，而且是定时定点地饲养。这样它就失去了为生存而努力的动力，它所有的精力都会用来表达它对主人的感谢。

怎么来表达它的感谢呢？那就是认主、依赖、撒娇、献媚。它每天要做的就这四件事，因为主人管了它吃喝，通过管吃喝剥夺了它为生存而奋斗的勇气、能力、机智和勇敢。

人也一样，一个人在社会群体中，如果有人能够管他吃喝，让他衣食无忧，他也会感恩，甚至是认主，表达出依赖感。当双方都需要的时候，也会撒娇、献媚，取悦对方。所以，宠物是这样养成的，人类中类似的关系也是这样出现的。

这两三个月里，小宝每天陪伴着我，起初我以为它在家里所有的猫中是最勇敢的一个。遗憾的是，有一天我出门，等电梯的时候，家人试图让它送我一下，抱着它走近电梯，没想到它听到电梯上行的声音，竟然不顾一切地拼力挣脱身子，兔子一般飞速逃进家门。

慢慢地，小宝长大了，从一只小奶猫长到比其他猫都要壮硕。每天早上醒来，看见它窝在我的书桌上呼呼大睡，我就忍不住想要抱一下它。

每当把它抱进怀里，感觉它就像一个婴儿一样，表现出各种天真、好奇、无邪。它会用小爪在我脸上抚摸，让我感觉到，我对它的那份爱，似乎终于有了着落。

当小宝成为宠物的时候，我们也成了有十足满足感的主人。当在给它提供衣食无忧的生活时，我们就变成了它的主人，变成了它的主宰者，变成了它生命的依靠。从此它负责献媚，我负责满足。

这就是我和小宝的关系。通过给它铲屎，偶尔处理它的呕吐物，我终于明白人世间的故事，原来在猫的世界里同样存在。

（海城楼摘自微信公众号"冯仑风马牛"

图/果酱的酱）

齐老太太

□ 冯骥才

齐老太太有滋有味地住在西城一个小院里。老头死了后，就一个念想——家别散了。

她有三个孩子，两个儿子一个闺女。闺女老三没出嫁，两儿子老大老二虽然都成了家，还全住在家里，守着老娘。两儿子各住在东西两边的厢房。正房三间，右边一间住着闺女，左边一间老太太自己用。中间堂屋空着，这里是一家人共用的地方。

老娘心里一幅幅画。一家人在这院子里春天栽花种草，夏天纳凉说话，秋天举竿打枣，冬天扫雪堆人。平时全家围着摆在堂屋正中一张方桌，一日三餐，虽无山珍海味，却有荤有素，有饭同吃，有福同享。闲时老太太叫来老三和两房儿媳妇陪她打打牌。孙男娣女们在院里玩耍。齐家人全都本分平和，彼此没斗过气，拌过嘴，红过脸。老太太说自己活在天堂里。可等到将来哪一天自己上了西天，想这个家，怎么办呢？说到这儿就掉眼泪了。

打牌是老太太平生一大爱好。可是她七十岁后，打多了便要歇一会儿。几个孩子便在堂屋一角，给她支了一张软榻，她累了，就倚在榻上伸伸胳膊腿儿，有了精神招呼闺女媳妇接着再来。反正全家人对老太太一呼百应，只顺不呛，每天最后一把牌都要叫老太太和。

齐老太太的两房媳妇人都不错。平时，丈夫出去干活，她们都在家中料理杂事，哄孩子玩，一人一天轮流做全家的饭菜，还一起伺候婆婆，陪着玩牌。

玩牌对谁都是乐事，一边玩，一边说闲话，吃零嘴，喝茶。玩牌不玩钱没劲，可这家人的钱都不多，赢输也不过三五个铜子儿，大半都"输"给了老太太。玩牌时，老太太爱在身边放一把痒痒挠子，她只要等牌和，后背就痒；闺女老三有个小圆镜，时不时照一下自己。大儿媳爱放一盒洋烟，烟瘾上来憋急了，抽几口。二儿媳特别，总把手上一个金戒箍摘下来，放在一块手帕上，她怕洗牌时总磨这戒指。她是穷人家的闺女，这金戒指是她当年最金贵的陪嫁。虽然只是一个圆箍，没做工，但够粗，颜色很正。

天天打牌，这戒指天天放在她右手一边。可是一天，她抽空去灌暖瓶回来，忽然"哟"一声，戒指没了。

她找，别人帮她找，桌上地下找，一遍遍找，居然就找不着了。老太太说："甭急，自己家还会丢东西？细找找。"

二儿媳就这一件宝贝，丢了自然心急，还有火，忍不住冒出一句："就出去灌水这一眨眼的工夫，光天化日怎么会没？除非闹鬼了。"

丢东西的事一出来，本来就叫在场的人心里发毛。大儿媳有点沉不住气，说："二妹，我挨着你，你说闹鬼，可别是说我拿的。"

二儿媳说："你干吗往你身

上揽，我只能怪自己不该把这么值钱的东西撂在桌上。"

其实这都是些着急的话，可现在你一句我一句，就都是往火上浇油了。

齐家从来没出过这种事，最坐不住的是老太太。她脸色像张纸，忽然双手把桌子一推，这么大年纪，居然把桌子推出半尺远。她大声说："现在谁也别出屋，给我翻箱倒柜地找，相互别客气，搜身！我不信找不出来。我不信我齐家——关着大门会丢东西！"

老太太头一遭发火！

大伙乖乖地按照老太太的话做。把屋里从明面到暗处，再到犄角旮旯，每一寸地界全都细细找过，连老太太歇身的软榻也拉出来，翻一个儿。姑嫂相互之间，头一次上上下下里里外外搜身。

那一瞬，齐老太太把双眼闭上，好像死了一样。她心里觉得这个家该是好到头了，要毁了。无论这戒指在谁身上，一翻出来，全是给这家捅上一刀。可是奇怪的是，戒指还是没影儿。连条案上的花瓶全扣过来，还能跑到哪去？真还是应了二儿媳那句话——除非闹鬼了！

闹不闹鬼不知道，反正一股阴气从此罩住了齐家。先前那股子劲没了。人人各有心事，相互之间没话。若是说话，也是没话找话；若是笑笑，全是作假。谁知谁怎么想的？虽然吃饭还是同桌，像在大车店里各吃各的。

老太太的牌局还摆，却打不起劲儿来。一天老太太忽然哗啦一声把牌全推倒了，阴沉着脸说："我气力不济了，打不下去了。"就此停了牌局。牌局一停，齐家冷清了一大半。

老太太心里那些画儿，也就一幅幅扯下来。谁也不知该怎么把这局面掰回来，反正那金戒指找不回来，事情就过不去。

一天，老三对她大哥说："二嫂那金戒指会不会叫猫叼去了？"

老大说："你倒真能琢磨，还没听说猫叼金子呢，又不能吃。再说，叼到哪儿你知道吗？找得回来吗？"

这事肯定死在这儿了，永远没人知道。可是一天晚饭后，老太太趁着全家都没离开饭桌，忽然对大家说："我要跟你们说一件事。你们听好了！二媳妇那戒指的事你们别再瞎猜，戒指是我拿的！我有急用。你们也甭问我拿去干什么用了。回头我会想办法把这事圆上。"

老太太这话像晴天打雷，全家脸对脸看着，不敢相信。可是，老太太一辈子没说过半句谎，她的话从来不会掺一点假。不论她说什么，大家全信。

再说老太太的话也有道理，丢戒指那天，人人都搜了身，没搜身的只有老太太本人。当时谁也不会去搜她呀。如果不是她拿的，好好一个金戒指跑哪儿去了？如果是她拿了，怎么拿的？拿去干吗用了？

老太太不说，没人敢问，也没人敢议论。可是从此，不知不觉对老太太的感觉就变了，她怎么能偷自己儿媳妇的东西呢？想都不敢想。素来对老太太的敬意，自然少了几分。这一切，老太太嘴里不说，心里有数。虽然她把事情的真相撂开，彼此的猜疑和别扭没了，可是从此她在这家里老老少少眼中，脸上没光，说话差劲，身子矮了半截。齐老太太人就一下子老下去许多，往后很少出屋了，吃饭都是叫老三把饭菜端到里屋，不愿别人看到她。她是不是没脸见人？

一年多后，老太太过世。

齐家办过丧事，整理正房。当拆掉堂屋一角的软榻清扫地面时，老三忽然发现地砖缝里有个东西亮闪闪，她有点奇怪，蹲下来，从头上拔下簪子把这东西拨出来一看，大声叫喊兄嫂，大家过来一瞧，全都大吃一惊！原来就是那只丢失的金戒指，原来它一直好好地待在这儿！

在丢戒指那天，这地方也都找过，只是因为那时是下晌，屋里没有阳光，自然看不到。现在是响午，一道阳光射进来，正好照在这砖缝之间，金戒指便灿然夺目地重回齐家。真相大白。

老三流着泪对着这戒指说："你干吗躲在这儿了？你要了我娘的命啊！"

这家人想到这位大仁大义的老太太，为了全家人的和和气气，抱团不散，有难独当，忍辱负重，郁闷至死，不知不觉全都淌下泪来。🌿

（彼岸花开摘自《俗世奇人全本》
人民文学出版社　图/罗再武）

叫阿青的男孩

□ 遐依

阿青从五岁开始，头发就不再短过肩头。

对于女孩子，这并不是什么问题，但阿青是个男孩。

他自己并不想蓄发。妈妈说，就只是留着头发，不是什么大不了的事，听话。阿青问过原因，妈妈不告诉他，但态度很坚决，别处的长短都可以由着他，剪掉那一束是绝对不允许的。

阿青好看，留长头发的阿青更好看了。柔软的发，柔软的肌肤，被春天亲吻过的唇和酿着葡萄酒的眼睛。他的美在他自己那里很轻，不会重过早餐的包子和幼儿园的塑料剑齿龙。可是他的美在别人眼里都很重，重得没有人敢去把它掀起来找到他，一脸惊喜又得意地对他说："阿青，你在这里呀！"

"阿青，"幼儿园的老师在花坛边找到他问，"怎么不去一起荡秋千呢？"

阿青不知道怎么回答。他长长的黑发趴在肩上，侧边的两绺蹭着他白皙的脸颊。男孩子们从来都不喜欢和他一起玩，他坐上秋千，就只能坐在上面，没有人来推他。女孩子们倒是很喜欢他，但是他自己心里有些别扭。妈妈不止一次问过他，怎么没有男孩子来家里玩？阿青便渐渐不愿带女孩去家里了。

老师牵着他回到孩子们中间。女孩子们跑过来拍他的肩，拉他的手。阿青顿了顿，把自己的手拽回来，转身慢慢向教室走去。男孩们冲不明所以的女孩们做鬼脸。

阿青从前也调皮，他揪女孩子的辫子，往她们笔盒里放蝉或者蚱蜢，故意伸出腿绊倒她们，她们回头看到是他，脸上不仅有委屈和愤怒，还有难以置信，这让阿青有些摸不着头脑。他没有收获男孩儿们恶作剧成功后的笑声，反而有些悻悻。老师知道是谁捉弄了女孩子，家长们知道了是谁欺负了他们的明珠之后，反应也出奇一致——

"阿青吗？真的是阿青？"

在一段时间十分大度的包容之后，大人们的目光就变得越来越令人胆战心惊。失望不解，恨铁不成钢……这样漂亮的孩子，看上去乖乖巧巧的，怎么会？

阿青害怕了。他不再做那些恶作剧，变得像那些目光期待的模样：乖巧，安静，懂礼貌。甚至超越了目光们的期待，一举一动，都容易让人软了心肠。

阿青的长发留到了初中。

父亲明令禁止他早恋，母亲并没有多言，每天早晨在他上学出门前，默默给他扎头发。明明是一如既往的简洁发型，妈妈却花去了越来越多的时间，长久地观察他，像是在看自己最出色的作品；又像个即将拍卖画作的画家，因知道再不会有机会赎回而患得患失。

也许她看得出，阿青喜欢上了班里的一个女孩子。

女孩儿因为和阿青的亲近受到艳羡。阿青是香炉里飘出的青烟，是景区里围着篱笆的绿树。她唯一能证明自己比其他女孩子在他心里更重一点儿的方法，好像就是惹起他不常见的怒容。她时不时同阿青吵架：课间太吵，阿青没有听见她在教室对面的喊话；她找阿青借水性笔，但笔刚刚借给了另一个同学；还有阿青不等她一起放学，可是他们的家并不在一条路上。

太受欢迎竟和遭人唾弃有着极其相似的境遇。他想亲近的人都胆怯地望着他，或因他的温文尔雅而壮起胆子，挖空心思比一比谁更善于惹得他叫一声痛。

女孩儿曾摸过阿青的辫子。她笑着说："男生留辫子好奇怪啊！"

阿青一愣，心被揪住，又缓缓放开，喉头像塞入了一团棉花，说不出话。

晚上，阿青锁上房间的门，拿着妈妈做针线活儿的大剪刀，揪住耳边的发，咔嚓一下。接着又是一下。剪刀一下接一下地响，声音清脆，实际上却很钝，将阿青的发啃得长短不一，参差不齐。乌黑的发一束一束落在地上，没有声音。

长发铺了一地，剪刀的吟唱接近尾声，房门却笃笃笃响起来。

母亲闯进来夺下那把剪刀时，阿青的长发恰只剩脑后正中间那一缕，孤零零地，伏在两片蝴蝶骨形成的山谷间。

"我的小祖宗啊！你何苦跟自己的命过不去！"母亲又急又恼，望着地上的发，眼中更含忧惧，无措地摇晃他，"你五岁的时候得过一场大病，有人说，留着头发就好了！留着不是一直挺好看的吗？为什么要剪掉？"

阿青说："是你觉得好看！"

阿青病了。剪刀划伤了他，伤口感染，引起炎症，继而高烧。

"妈妈，让我剪吧。"阿青躺在病床上，恳求母亲。

阿青的消瘦让所有来看望他的人叹息，然而愈是如此，母亲的态度便愈加强硬："不行。还剪，你要不要命了？"

阿青无可奈何。

来探病的亲戚在他床前坐了又走，声音从门缝间游进来："这么漂亮的孩子……"

那一缕长发被妈妈用青色的绳子束成发辫。阿青不信，但看着自己的辫子，只觉得难过。妈妈给他请了假。没去上学的第五天，几个同学来看他，那个女孩儿也在其中。

他们说，希望他快点好起来，没有他，班里的平均颜值都掉了一档。走的时候，女孩子留到最后，吞吞吐吐："可能你已经忘记了……但是我还是想说，对不起啊，你的辫子其实很好看，比我的还好看。你为什么剪掉了？"

阿青觉得奇怪，他不再对她站在自己面前感到紧张和欣喜了。他从脑袋后面抽出那一小束头发，虚弱而宽容地笑道："还在呢。"

他的脸色一天天红润起来，也不再纠结于剪掉辫子。探病的亲友又纷纷到来，这次是为了庆贺。见了他的人都说，阿青有些不一样了。

"更好看了。"他们思索片刻，笑眯眯地下了结论。

回到学校的阿青更爱笑了。他勾着唇，弯着眼，请同学们帮忙讲解落下的课程时笑一笑，帮班委收发作业时笑一笑，半路碰见认识的朋友，还隔着老远，就微笑起来。他比从前热情，也更开朗，不再扭头回避大家对他的赞美，而是回一句"谢谢"。

阿青以优异的成绩从初中毕业，进入高中，之后交上了新朋友，大家喜欢他谦逊宽容、乐于助人、进退得宜，还有他好看的笑容。他脑后那一束细细的发辫一直趴在背上，却没有闲言碎语，成了鲜明的个性。

阿青接纳了自己的美，包括他的发辫。美为他带来了诸多便利，也带来诸多烦扰，由轻变重，又由重变轻。一个人的外表是厚幕，也是轻纱，别人不愿掀开去找他的时候，他到底是学会了自己走出来。

（晓晓竹摘自《中学生博览》2020年第5期　图/张翀）

生而为人

□ [意] 卡洛·罗韦利　译/杨 光

生而为人，我们依靠情感与思想而活。当我们在同一时间、相会于同一地点时，会彼此交谈，会凝望对方的眼睛，轻触彼此的皮肤，如此交流情感与思想。我们在这种相遇与交流中得到滋养。但实际上，我们并不需要在同一时间地点才能进行交流。在我们之间创造情感纽带的思想与情感，会毫无阻碍地穿越海洋与数十年甚至数百年时间，记录在纤薄的纸面上，或在电脑的芯片间舞蹈。我们是网络的一部分，超越生命的寥寥数日，超越脚踩的几寸土地。

（摘自《时间的秩序》湖南科学技术出版社）

流浪猫领养记

□周冉

COCO是我养的第一只小动物。我不想称她为宠物,也不习惯在动物医院被称为COCO主人或COCO家长。该如何定义我和COCO的关系,我认真地思考了一番。我从她那如星空般绚烂的大眼睛中看得出,她那小小身体里面的灵魂可能跟我一样,对这个世界充满了很多疑惑和不安。所以,至少我们在灵魂上是平等的。平等的灵魂在一起,应该就是同伴的关系吧!

COCO出身田野。从人类的角度来说,领养流浪猫可能是一个善举,但从猫的角度来说,那大概相当于一次野蛮的劫掠。当我和朋友带着罐头去漆黑的楼道里找寻她的时候,COCO与她不谙世事冲出来猛吃罐头的哥哥不同。COCO逆行逃跑,消失在黑暗中。

当芸芸众猫中的一只即将与你发生联系,你会认定她必然是与众不同的。罐头都诱惑不了的流浪猫,心性多么高傲。但朋友说,很明显还是这只亲人的公猫更适合被领养。不,我抱定心思要养一只母猫的。朋友组织了三人抓猫小组,视察了楼道的各个出口,制订了严密的捕捉计划。终于,COCO哀嚎着被塞进纸箱,被迫接受了命运的改变。

COCO不相信人类,刚到家的几天完全隐身。我生气的是,这个家到底还有什么我不知道的角落。COCO在白天完全是消失的状态,晚上能听到她窸窸窣窣在客厅活动的声音。每天早上起来后,碗里的水和粮都会少一些,猫砂盆里多出了便便。显然,她的确和我共处一室,只是我在明她在暗,想到这,我多少有点悚然。于是,养猫的生活于我而言,就像增加了个上夜班的神秘室友。我消耗白天,她享用黑夜。

五六天之后,开始可以偶尔看到她那团白色身影。COCO会若无其事地从远处晃过,她并不看我,好像避免和我眼神接触就可以当我不存在。好在,无情的时间终有它积极的一面,不记得是从哪一天开始,COCO已经可以安然地躺在我的怀里……这是跨物种的信任,有点让人想哭。

COCO逐渐在家里肆无忌惮起来。她开始撕书,尤其喜欢硬精装,比较好磨牙;开始抓沙发,比起布艺沙发,更喜欢按摩椅的皮质;开始啃咬植物,我不再买花,减少绿植;开始在夜深嚎叫;开始到处乱尿……春天来了,绝育的日子不远了。

那些去医院的早晨,我总是很紧张,因为COCO是断然不会温驯地爬进猫箱的。于是每个去医院的早晨都会上演先威逼再利诱的戏码,最终都会在COCO的死命哀嚎和人的气喘吁吁中结束。

自从经历了就医的痛苦,COCO对我的情感就变得特别复杂,对我的警惕性又回来了,但也残存依恋。她疑惑的是,为什么有些美食的背后,总是冰冷的医院操作台?人大概是最擅长设置陷阱的物种吧?我要是猫,也早恨透了人类。

COCO终于做上了绝育手术,从手术室中被推出来的时候麻醉作用还在。她微睁的眼睛露着眼睑,像变色龙的眼睛,看起来有点可怕,四肢不断地抽搐。我的眼泪一下子涌了出来。这个冷漠又淘气的COCO,不过做了我两三个月的室友,凭什么获得了我如家人般的情感?动物到底是用什么打动了人的心呢?

想起有位朋友,她在去年深秋养了一只柑橘凤蝶(取名小凤),织蛹后冷藏在冰箱,竟然在春天成功羽化。她发朋友圈说:"今天晴暖。放飞小凤于园中一棵李子树,繁花流动如月光,小凤一触碰到李花的娇柔花瓣,即一下子抱住,弹开卷曲的口器,疯狂地享用它短暂生命里的美味大餐。"生命展开的一瞬,真是让人感动。我想,这也是COCO带给我的启示。

(海城楼摘自微信公众号"三联生活周刊" 图/蝈菓猫)

恋爱秘籍

与他约在凉爽的地点

□[日]内藤谊人 译/金 美

不知道大家有没有留意到，男性比女性更容易感觉到热。在冬天，对女生来说十分寒冷的环境，还能够不停地嚷嚷着"真热"的就是男生了。因此，与男生共处时，最好是选择那些自己稍感寒冷，温度较低的室内环境。特别是夏天，如果把空调冷气调到最大，男生们可是会很享受的。

或许你还不知道，在凉爽的环境中，你在男性眼里会变得更富有魅力。

举个例子，在溜冰场、滑雪场里遇到的女生，大多比平时更令人觉得眼前一亮，富有吸引力。当然，这也不单是我个人的想法，绝大多数男性的想法和我一样。要想吸引对方，就不得不做出让步。在温度较高的环境约会，不仅使你的魅力在他的心目中大打折扣，还会使他变得脾气暴躁。大家都知道，闷热的环境使人变得比平常更容易焦躁。尤其是男性，因为他们比女性更容易感觉到热，高温环境里他们更可能会因为一点小事而发火。所以，如果是夏天里的约会，尽可能把约会地点选在清凉的地方。

(清荷夕梦摘自《恋爱小心思，幸福一辈子》古吴轩出版社 图/木木)

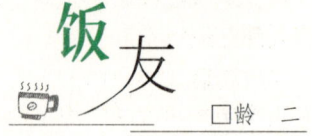

□ 龄 二

（一）

你有没有听说过断舍离？我的饭友阿菲是个把断舍离学过了头的人，她说自己什么都舍得扔，除了食物。

阿菲跟她男朋友阿俊本来住在我楼上，属于那种见了面眼熟却不会打招呼的邻居。我常常在一家生意非常冷清的饭馆遇到她。饭馆老板是个扑克脸，态度很跩，菜给得也小气。但是我喜欢那里每天都有不同花样的单人套餐。后来终于干不下去了，要关门大吉。最后一天营业，客人只剩下我跟阿菲，我不知道该吃什么，阿菲点了一份单人海鲜锅。上菜时，老板的扑克脸上有了哀伤的表情，说感谢她常常来帮衬，所以平时是小锅，那天却是一大盆。

阿菲第一次跟我说了话："我一个人吃不完。不如一起吃吧？海鲜打包就不新鲜了。我不喜欢浪费。"于是那天我们面对面一起吃完了大份海鲜锅，一顿饭下来很安静，却一点也不尴尬。

后来阿菲要了我的电话，对我说，不知道下次当她想吃海鲜锅的时候可不可以叫上我。

就这样阿菲成了我的饭友。我们常常搭伙吃饭，吃遍了这个城市的各种餐馆，点了菜各自安静地埋头吃，吃完AA付账。我很喜欢跟阿菲一起吃饭，因为她点菜很有分寸，常常是两个女生吃刚刚好，也不热络，从来不说多余的话，最重要的是，她从来不会在上菜之后说等等先拍个照发朋友圈。

我也不问她为什么不跟阿俊一起吃饭。我猜她也一定讨厌别人过分好奇自己的生活。

（二）

有一天阿菲给我打电话，终于不是说一起吃饭的事情。她说自己要搬家了，想请我帮忙收拾打包。她在电话那头的声音有点沙哑，她说，阿俊不在，她实在是找不到别人了。

我上了楼。她给我开了门，看上去好像哭过，表情却很冷静。屋子非常小，却非常有格调也很温馨，东西很少却显然精挑细选过。阿菲收拾东西时大刀阔斧的，屋里一半的东西她都要扔，衣服跟书也几乎是全都打包寄去贫困山区。

后来阿菲为了答谢我，给我做了一顿晚饭。我在旁边看着她下厨，阿菲做的是简易版的海鲜锅，动作很麻利，一把蛤蜊吐净沙，两只螃蟹扒开壳去鳃后对半切，小瓦锅里放油爆香姜蒜，下蛤蜊螃蟹还有四只虾，加入料酒翻炒片刻后加入适量开水，放入白菜煮软，调味，撒葱花，非常好吃。

阿菲没有像平时一样闷头吃。她问我："你是不是觉得我扔东西很舍得？"

我说："对啊，其实像那张折叠塑料凳还很好，那个篮子也很可爱，可以挎着去买菜。"

阿菲说："那张塑料凳很鸡肋，平时并没有怎么用，你要吗？我可以送你。至于那个篮子，买菜还是塑料袋方便，放水果又太大了，占地方。多余的东西不扔掉，堆起来屋子会变成杂物房的。我住过一段时间杂物房，不想再住了。有一次半夜有只蟑螂爬到我脸上，从那次开始我就决定逃离杂物房。"

"不会吧，那么恐怖，可是你为什么要住杂物房啊？"我问。"家里穷，我父母有些重男轻女，我大概是有些多余，所以被放到了杂物间。"阿菲开始啃手里的那只蟹。

我不知道该怎么接话，第一次觉得挺尴尬的，于是沉默了，开始吃东西。一锅海鲜很快见了底，最后连葱花都没剩下。我帮忙收拾了碗筷，跟阿菲一块洗碗。洗着洗着，阿菲突然跟我说："我甩了阿俊。"

我问她："你还好吗？"

她说："还好，扔东西扔习惯了，我只会舍不得食物。"

(三)

阿菲搬走之后，我曾有一次在下楼扔垃圾的时候遇到了正在徘徊的阿俊，阿俊也见到了我。我转身准备走，阿俊叫住了我。真是的，这对情侣真的很爱叫住别人。

然后阿俊说有点事情想请我帮忙，请我去了附近的咖啡厅。

阿俊说："你大概是阿菲在这个城市里唯一的朋友。她很潇洒也很薄情，常常转身就走，真是风一样的女子。"

我说："其实我们只算饭友而已，我并不是很了解阿菲。"

阿俊跟阿菲不一样，是个话痨，说起话来没完没了。阿俊说："她的身边冷清得除了我，没有多少人。她大概没有舍不得

这个概念，说分就分。其实也怪我，因为工作的关系，需要出国两年，她知道这个消息时，笑着问我怎么办，我错就错在沉默了，没有给出答案，其实如果我说等我，她一定会等的。结果那次开始她就慢慢疏离我，常常不吭一声就自己出去吃饭，吃完了买菜重新给我做一顿。结果现在我快走了，她直接就跟我说分手，说已经没有感情了。我知道她是怕我什么时候不要她了，就先甩了我。

"我跟她是小学跟高中同学。她小时候是个跟屁虫，经常跟在另外三个其实并不怎么愿意带她一起玩的女生后面。有一次放学，我看到她一个人在找些什么，后来坐在楼梯上发呆。我过去跟她打招呼，才知道是在捉迷藏，却什么人都没找到。最后才知道人都已经回家了。

"阿菲后来跟她们绝交了。所有小学同学都没有再联系，一切聚会都不参加，我后来跟她高中同班，才认出她来。我们在一起后，她说这叫断舍离，要把身边多余的人和东西都扔掉，这样就不会有负担了。

"我常常在想，她捉迷藏被扔下的那一次，我如果能请她吃个冰淇淋就好了。

"所以我想请你多陪她吃几顿饭，她是个吃货，吃一顿就不会感到孤独了。"

(四)

其实那张塑料凳和篮子我真的拿走了。那张塑料凳用来坐着洗脚还挺好用的，但篮子就真的很鸡肋，我给扔了。

阿菲后来买了机票，说要去找阿俊。然后又回来了，我也不知道他们到底有没有重新在一起，阿菲并没有说。

我还是会常常跟阿菲一起吃饭，因为要遇到一个能吃到一块去的人真的很难。阿菲还是话不多，我猜她之所以喜欢去那家倒闭了的饭馆，也许部分原因是老板扑克脸的表情其实跟她有点像。

后来我们又吃过一次别家的海鲜锅。那时我问阿菲，其实我们算得上是朋友吗？阿菲吮着蛤蜊的壳，含糊不清地说："算吧。"

(阿莞摘自豆瓣网 图/小粒团)

爱情

□ [美] 约翰·威廉斯
译/杨向荣

斯通纳还非常年轻的时候，认为爱情就是一种绝对的存在状态，在这种状态下，如果一个人挺幸运的话，可能会找到入口的路径。成熟后，他又认为爱情是一种虚幻宗教的天堂，人们应该怀着有趣的怀疑态度凝视它，带着一种温柔、熟悉的轻蔑，一种难为情的怀旧感。

如今，到了中年，他开始知道，爱情既不是一种优美状态，也非虚幻。他把爱情视为转化的人类行为，一种一个瞬间接一个瞬间，一天接一天，被意志、才智和心灵发现、修改的状态。

(摘自《斯通纳》上海人民出版社)

我的乡愁和我的爱情，我的一切幸福和不幸，在你奇异的黑眼睛里，像无言之歌一样辉映。我的乡愁和我的爱情，从世界和尘嚣中逃脱，在你黑眼睛里为自己建了一座秘密的王座。——赫尔曼·黑塞《黑眼睛》

当年她为爱而丑，我要为*爱*而*美*

□ 六神磊磊

一

多年以后，明教波斯总坛，每逢阳光明媚的时刻，小昭总会想到那个上午。

那天，她刚逃出光明顶的密道，阳光也是这般照在脸上，那个人赞叹说："小昭，你好看得很啊！"

因为他夸了，从此之后，她就再也没有故意扮丑过。

当年她的妈妈紫衫龙王曾经对一个人讲过："我的美貌，是你的私藏。"而女儿小昭反过来了。

我的美貌，再不私藏。

二

小昭和紫衫龙王，这对母女身上好像有着一种缠绕的宿命。

紫衫龙王黛绮丝传给了小昭惊人的美貌，但也把一种宿命传给了女儿：

艳倾天下，遇人不值。

不值的也许是时机，也许是她们所遇之人，也许只是世俗的标准。在她们自己看来，大概并没有什么值不值。

黛绮丝是波斯明教的圣女，武林第一美人。很少有人见到黛绮丝之美色而不动心。

当年她刚一进光明顶大厅时，满堂生辉，人人震动。

碧水寒潭上，紫衫如花，长剑胜雪，不知倾倒了多少英雄豪杰。

但她是圣女，又有当总教主的志向，因而对任何男子都是冷若冰霜。不论谁对她稍露情意，都被她痛斥一顿，令那人羞愧得无地自容。

英俊潇洒的范遥也被弄得心灰意冷，毁容去做了苦头陀，一辈子天天过光棍节。

如果在当时有人问她：有朝一日，你会为了一个人去逃亡，藏起绝世的容貌，后半生只能做一个丑婆婆。你信吗？

黛绮丝肯定会说信你个鬼。

然而，一如既往的谨慎，也挡不住一见钟情。碧水寒潭生死决，黛绮丝爱上了无名小辈韩千叶，从此叛教，远走灵蛇岛。

故主追杀她，故旧质疑她，她的余生只有逃亡。

她隐藏起了容貌，变成了"鼻低唇厚、四方脸蛋、耳大招风"的金花婆婆。

自今以后，她绝世的美丽，变成别人的私藏了。

三

一年年过去，"紫衫龙王"几乎已被江湖遗忘。

而在无人注意的角落，女儿小昭悄然长大。

小昭既聪慧勇敢，又伶俐狡黠。她不但承袭了母亲的美貌，还戴上了母亲的七彩宝石指环。

这个指环是有象征意义的：我是罪人，你来救赎。我陷溺情海了，你来继承我的功业。

可黛绮丝始料不及的是，宿命像一根冥冥中的丝线，又缠绕在了女儿身上，并且会在日后以一种完全相反的方式表现出来。

从小，小昭就一直目睹着母亲扮丑。作为一个小女孩，她不太明白。

她回忆说："我年幼之时，便见妈妈日夜不安，心惊胆战，遮掩住好好的容貌，化装成一个好丑的老太婆。"

同为女人，小昭多半是有疑问的：

为了一份感情，值不值得用半生的时间去"日夜不安，心惊胆战"？

很多年以后，待到她和张无忌一起出海，在那个风雨倾舟之夜，少女说自己明白了母亲。

"这时候我才明白，她为什么甘冒大险，要和我爹爹成婚。"

她才明白，其实没有什么值得和不值得。母亲愿意，就是值得。

四

在光明顶上，小昭遇见了张无忌。

他们相遇的场景十分普通，远没有母亲的碧水寒潭之战那么诗意，不过就是在那么一间卧室里，一个好心男子救了一个小丫头。

但小昭还是立刻情系张无忌，一面此人，一生此人了。

当时她正在光明顶做密探，为了掩人耳目，总是装成又丑又跛的模样。

背脊驼成弓形，右目小，左目大，鼻子和嘴角也都扭曲，形状极是怕人。

也许，扮丑也是她们家的绝学吧。

然而在光明顶的密道里，两人暗中相伴时，她放松了警惕，露出本来面目，原来是双目湛湛有神，颊边微现梨涡，秀美无伦。

等出了地道，到了阳光之下，在昆仑山冰雪的映衬中，但见她肤色晶莹，柔美如玉，目光中隐隐有一片蔚蓝。张无忌冲口说了那句话：

"小昭，你好看得很啊！""你别装怪样子，现下这样子才好看。"

小昭喜道："你叫我不装，我就不装。小姐便是杀我，我也不装。"

从那之后，她再也没有装过丑样子了。

两个人同路的所有时间里，从昆仑山到绿柳庄，再到灵蛇岛，她都是美丽的。

直到分别的海上，东西永隔如参商的时刻，到张无忌看她最后一眼时，她也是美丽的。

五

小昭和母亲，是正好相反的。

一个是为了爱情，把美丽打包了、折叠了，深藏如海。另外一个是为了一见钟情，把丑怪收拾起来，将绝代的美丽全部绽放。

她们两个人的感情各有收获，也各有深深的遗憾。

黛绮丝和相貌武功都很平常的韩千叶厮守了，似乎美满了，可韩千叶死得太早，美好的时光很短。

小昭则知道张无忌另有所爱，不勉强，也不抱怨，远走波斯当了教主，把满腔的柔情珍藏，活成了他心口的朱砂痣。

有人说，黛绮丝母女是一见钟情误终身。其实，有情相伴的终身又岂能说误呢？就算是碧海青天夜夜心，不也强过相看两厌吗？

一见钟情是什么？就是遇到自己的宿命。

而宠爱自己最浪漫的方式，就是善待自己的一见钟情。

(月亮狗摘自微信公众号"六神磊磊读金庸" 图/吴敏)

你不是谁的另一半，你是完整的自己

□ 三 毛

婚前，我们常常在荷西家前面的泥巴地广场打棒球，也常常去逛马德里的旧货市场，再不然冬夜里搬张街上的长椅子放在地下车的通风口上吹热风，下雪天打打雪仗，就这样把春花秋月都一个一个地送掉了。

一般情侣们的海誓山盟、轻怜蜜爱，我们一样都没经过就结了婚，回想起来竟然也不怎么遗憾。

前几天我对荷西说："华副主编蔡先生要你临时客串一下，写一篇《我的另一半》，只此一次，下不为例。"当时他头也不抬地说："什么另一半？"

"你的另一半就是我啊！"我提醒他。"我是一整片的。"他如此肯定地回答我，倒令我仔细地看了看说话的人。

"其实，我也没有另一半，我是完整的。"

(林冬冬摘自《哭泣的骆驼》哈尔滨出版社)

五岁时，妈妈告诉我，人生的关键在于快乐。上学后，人们问我长大了要做什么，我写下"快乐"。他们告诉我，我理解错了题目，我告诉他们，他们理解错了人生。——约翰·列侬

便是千般细烹又如何

□老 猫

崇祯十五年（公元1642年），农历十月，明朝一位陈大将军花了一大笔钱，给19岁的董小宛赎了身，这才促使她嫁给了冒辟疆。当时的境况是，董冒二人互相倾慕，交往多年，按照姑娘的想法，早就该跟冒辟疆回家了。可冒辟疆一再推托，拒绝了董小宛二三十次，每次都把人家搞得痛哭流涕。

这一次冒辟疆终于考中了，往家赶路，董小宛再不肯放弃他，一路尾随，被冒辟疆"冷面铁心"，严词拒绝，让她回家。之后呢，就到了润州，和哥们在船上喝酒，席间，有个从人说："刚看见后面的董小宛了，还穿着纱衣呢。"当场朋友就对冒辟疆说："这样的女人你都不要？你想让她冻死啊？"说着，陈将军就拍了钱，说，"赶紧把她接过来。"

结果还是晚了，那天赶上部队哗变，兵荒马乱，谁找谁都找不到了。最后还是大才子钱谦益跑到董小宛家，把她救到船上，又把她送到冒辟疆家。老冒这才正式申请为董小宛落籍，但后来又"固辞"了她一回。在董小宛的坚持下，没有辞成。

那应该是董小宛最高兴的事情吧？第二年中秋，大家一起吃饭，在座的有顾眉、李宛君和她们的男朋友。董小宛"轰饮巨叵罗"，把大家都给喝崩溃了。那应该是高兴得忘情。因为冒辟疆不喜欢喝酒，那一次，是董小宛一生中唯一的狂欢。

董小宛进了冒家，上有公婆和冒辟疆的大老婆，真的十分乖巧，除了和冒辟疆吟风弄月搞情调以外，还承担起了做饭的重任。比如冒辟疆喜欢吃甜食和腊味，董小宛就在这上面费尽了心思。

董小宛传下来的美食有两种，一种叫"董糖"，是她制作出来的一种酥糖。在冒辟疆娶她之前，屡次拒绝她的时候，她除了流泪，就是制作出一包又一包的酥糖，托人给冒辟疆带去。后来嫁到冒家，仍然常年制作这种酥糖，成为冒家的送礼之物，被商家仿造，董糖的名声大了起来。至今董糖还是江南一带的特产。

另外一种好吃的，叫"董肉"，又叫"虎皮肉"，是董小宛烧制出来的一种红烧肉，事先要把肉烤一烤，去毛，再用刀划出虎皮纹，再下锅烹煨，烧好后味道从虎纹处进去，非常好吃。现在在网上，就可以查到它的做法。董肉和东坡肉，成了少见的用人姓名命名的红烧肉。

虽然心灵手巧，但这些吃的董小宛只是做，自己很少吃。她的伙食，是茶水泡米饭，再加几粒豆

爱情的时光隧道

□ 张小娴

有人说,爱情是保持青春的不二法门。那得要看看是在哪个阶段。

爱情刚刚开始,互相猜测、患得患失的那段日子,的确让人变得年轻。所有在这个阶段的男女,都是春心荡漾、容光焕发的,人也变得漂亮。人漂亮了,看上去自然也年轻些。

过了头三个月和头一年,不再那么患得患失了,想要年轻,需要的是甜蜜。甜蜜的情人和甜蜜的日子,总会让人变得比真实年龄年轻一些,那是因为幸福。

到了第三年,想保持青春,靠的是斗志。大部分人过了第三年便会松懈,反正大家都已经见过对方最糟糕的样子了,仍然肯花时间和心思打扮,希望自己看起来比去年,甚至几年前更年轻,没有斗志怎么行?有斗志的人恋爱时会变得年轻些。

十年后,或是二十年后,对同一个人,想要保持青春,靠的已经不是爱情了,而是个人的气质和修养,这时候,要想突然年轻五岁,只有换一个恋爱对象。

爱情是否让人变得青春,还得要看看是什么样的爱情。有些爱情是会使人年老的。

我们身边不都有这些人吗?他们谈着一段拖拖拉拉又不快乐的爱情,日子久了,看上去又憔悴又苍老。光阴岂会了无痕迹?苦恋的光阴更是飞快,一年好比三年。

爱情这玩意,总是会让人既年轻也苍老,仿佛在时光隧道的两头颠簸。最糟糕的是,年轻或年老,就像一个人的年纪,不是由你选择的。

(大浪淘沙摘自《谢谢你离开我》
湖南文艺出版社 图/木木)

豉,或者一点咸菜,就打发过去了。

要揽住男人的心,先揽住男人的胃。董小宛尽心尽力,在厨房中抒发着自己对冒辟疆的热爱。可惜这些,冒辟疆并不领情。清兵南下,举家逃难,冒辟疆几次都想把董小宛留下来看门护院,而董小宛逆来顺受,什么过分的要求都平静地答应。最后还是冒辟疆母亲看不过眼,要求带上董小宛,她这才跟着一家人逃走。

在路上,冒辟疆背痛发作,不能平躺,所以每天晚上,董小宛只能坐着,让冒辟疆趴在自己腿上。她竟然就这么坐了一百多个晚上。

董小宛终于死了,一种说法是在逃难路上病累而死;另外一种说法,是逃难中遇到清兵伏击,董小宛为了让冒辟疆先逃,坚持要他丢下自己。最后,冒辟疆逃命,董小宛被清兵所掳,受辱而死。人们多倾向于后一种说法,因为冒辟疆一直对董小宛的死讳莫如深。

不管是哪种死法,董小宛都是为冒辟疆而死的。她死的时候,才28岁。

失去的才是最好的。过了好多年,冒辟疆写下《影梅庵忆语》,对董小宛极尽思念,他说,自己一辈子的福气,都在和董小宛一起的这九年里,用完了。

(心香一瓣摘自《历史就是请客吃饭》
北京理工大学出版社 图/麦小片)

1

在从米兰到罗马的高铁上，偶遇了一位英俊的意大利男生。

他拎着棕色的公文包，刚下班的样子，一脸掩不住的倦意，看起来心情却很不错。他见我们拎不动箱子便主动上前帮忙，坐定后大家索性闲聊起来。

他说自己是去见女朋友的，我们问："你女友在罗马吗？"他点点头，说对，更确切地说是在罗马郊区。

我问他住哪里，他说自己住在米兰郊区，是父母的旧房子。

也就是说，他如果想要去见女朋友，需要先坐那种很慢的区域小火车一个半小时到米兰中央火车站，坐三个小时高铁之后到达罗马总站，然后换乘小火车再坐一个半小时，才能到达女友的住处。前后需要六七个小时。几乎比我从北京回趟沈阳的时间还要久。

我们问他跟女友多久见一面。他有些害羞地笑起来，说他们相恋两年了，平均每周都要见一次。

这就让大家有些惊讶了，这么高的频率，又这么辛苦，可见是真爱无疑了。

同行的朋友不解："你们那么相爱，为什么不干脆某个人辞职，卖掉房子去找另外一个人呢？"

"不。"男生立刻正色道，"爱是你去付出得到的，而不是靠牺牲换取的。"

见我们有些茫然，他解释道，在他们看来，为了爱情，双方都愿意付出，这没问题。但如果某一方为了另外一方倾己所有，那他做不到，女朋友也不行。

"这样的爱情很危险。"他说，并且面露谨慎之色。

车子到站，我们目送他下车，大步流星地走远。

橘色的夕阳映在那张英俊的面庞上，蓝眼睛里带着期待而喜悦的笑意，他在迫不及待奔向深爱的人，他对她的感情那么明确而坚定。

然而他依然清晰地说："我爱她，但不会为她牺牲。"

2

某著名影视公司全国撒网，为一个新项目甄选新人。相中一个正在读大四的姑娘，条件好，气质佳，虽然未经专业训练，但自带灵气，被导演评为可造之才。公司当即决定签下，连戏约都已打印出来，只等双方签字。姑娘也非常高兴。

结果就在签约前夜，姑娘哭着打来电话，说男朋友联合了自己的父母施压，说娱乐圈太乱，不适合女孩子，绝对不能签约，更不能去北京，让她

爱可以付出，但不能牺牲

□ 辉姑娘

赶紧毕业就结婚。家里给姑娘在当地找了一份月薪 2000 元的工作，说比较稳定，最好结婚了就趁年轻生个孩子。

公司觉得不可思议，问姑娘要不要再考虑一下，毕竟拍这部戏是多少新人求之不得的机遇，只要签下来，酬劳丰厚不说，未来星途已经清晰可见。"你确定要放弃吗？你才 21 岁，这么年轻就要结婚生子？哪怕给自己一个机会呢，来北京试上一两年，如果实在不合适，再回去也不迟啊！"经纪人苦口婆心地劝说。

姑娘只是抽泣，说想要这个机会，只是真的很爱男朋友，怕失去他。

她说："姐姐你说我应该怎么办？你教教我。"

经纪人无奈："我们是局外人，只能做指路的灯，不能做施力的手，做选择的是你自己。不过既然这么喜欢这份工作，不如大胆去争取一次，我们可以请导演和领导登门帮忙说服一下你男友。"

她嗫嚅半响："其……其实我也想通了，算了，为了一份真爱，也是值得牺牲的。"

经纪人只得一声叹息。

两年后，这个项目成功上映，最终选择的另外一位新人发展顺利，前途一片大好。而这个女孩子在她所在的城市结了婚，怀孕三个月的时候，丈夫因为酗酒打架被拘留，家里没钱赔偿，陷入困境。

女孩子给经纪人再度打来电话，带着一丝希冀地询问："姐姐，我后悔了，你说我生完孩子再跟你们签约，还来得及吗？"

经纪人委婉地拒绝了她。她表现得十分沮丧，愤愤地诅咒。

她犹豫了一会儿，仿佛自言自语般轻声道："我已经为他牺牲了这么多，还能怎么样呢？如果现在放弃，之前牺牲的那些不是都白费了吗？也许等孩子生了，他就会变好的，对吗？"

经纪人无言以对，只得默默挂断了电话。

后来我们常常聊起这个姑娘，忍不住感叹世事无常。此后的漫长岁月，她与老公不管如何相处，大概无法逃掉的永恒话题就是"当初我曾为你牺牲那么多"了吧。

女孩永远都会幻想，如果是自己拿到了那个角色，一举成名，会是怎样，然后就会埋怨老公："要不是你，我如何如何……再看看你，对得起我吗……"

说得多了，老公也会烦，两人的争吵无法避免，婚姻的稳定就更难说了。

其实当初她真的过来签约，结果也并不一定完美。

可能她试戏之后还是没能出演，可能演了也缺乏天分，可能压根不会走红，可能最后黯然回乡嫁人……

就算她的婚姻还不错，也会抑制不住地想："如果当时我签约了公司会怎样？"

就算她后来又成功签约了公司，还会想："如果我早签约，会不会早就红了？"

就算她最后红了，依然想："要是当初我拿到了那个角色，是不是会比现在更红？"

终其一生，谁能逃得开那句"如果"的折磨呢？——如果我没有为你牺牲。这仿佛一句永恒的魔咒。

最可惜的不是没有机会，而是机会给到的时候，我为了你，牺牲了所有。然后，我们永远没办法证实，这个牺牲是否值得。人生本就这样，无论选择了哪一条路，都会不可遏制地幻想：如果选了另一条路会不会更好？白玫瑰越美，越觉得手边的红玫瑰像蚊子血一样反胃。红玫瑰越盛，越觉得心口的白玫瑰如同鸡肋。

所有的抱怨和不甘，都是期待对方能给予更多补偿来抚慰你失落的心，把自己的满足感寄托在别人身上，却大多只能换来一句"谁逼着你牺牲了"。

然后，波澜再生，怨怼难平。"牺牲"本就意味着不平等。但凡从基础就不平等的，都成难解的心结。爱一个人，可以付出很多很多，但也只是有底线的付出而已。我不愿像圣母一样，为一个人赌上前程，赌上所有，自以为无比伟大，感动天下。向前一步是爱你，退后一步是自己。

在所有的情感战争里，从决定牺牲的那一刻起，便是一场愚蠢的难得善终。

（六月的雨摘自《无所谓，无所畏》
中信出版集团 图/吴敏）

钟南山的笑，李兰娟的伞：这些老爱情，你根本不懂

□ 刘 娜

1

"一想起你，我这张丑脸就泛起微笑。"这是王小波著名的情话。这话好得很，因为它道出了：好的爱情，会让人拥有孩童般的天真，仅仅想起心爱的人，上扬的嘴角已暴露灵魂的温馨。

这两天，国士无双的钟南山院士，当着一大拨儿外国人的面儿撒狗粮的事儿，让人看得惊喜又欢乐。4月15日，钟南山在广州出席一场专访活动。互动交流环节，一个非洲留学生问钟爷爷："如果去非洲，会给当地政府什么建议？"

令所有人没有想到的是，一直不苟言笑的钟南山，回答这个问题时，前所未有地满面笑容，流露出少年般单纯的神情。大家可以去看一下这条视频，看看我们的钟院士现场撒狗粮，是不是让人羡慕中又特别感动，亲切中又倍感美好。

因为，这不可多得的温馨一刻里，老院士提到了一个人——他的妻子。其实早在几天前，接受另一个采访时，钟南山提到自己这些年，之所以能一心扑到科研上，一个很重要的原因，就是家人为他解决了一切后顾之忧。他说的家人，很大意义上，就是指他的妻子李少芬。

3个月前，钟南山逆行奔赴武汉，当时，他在高铁上闭目养神的照片，传遍全网。他哽咽着说出"武汉本来就是一座很英雄的城市"，也激励了国人。

但有个人，看到这些照片和视频后，说的第一句话是："能不能让他多睡一会儿？"这个人，就是钟南山的妻子李少芬。

全国人民都把老院士当作英雄的时候，唯有老妻怀着深切的担忧和心疼。

这就是爱。

2

钟南山和李少芬的爱情，是典型的老爱情。这种老爱情里，又藏着年轻一代匮乏的柔韧和长情。钟南山和李少芬两家，都属于名门大家，可谓门当户对。

在关于钟南山的多部传记视频中，都曾这样介绍这对璧人的缘分：两家父辈早已相识，两个人走到一起，却源自"闺蜜的牵线"。

1955年，出身医学世家的钟南山，考上了北京医学院（现北大医学部），经常去探望一位姨婆，而李少芬也常去看望自己的姑婆，而他的姨婆与她的姑婆是闺蜜，就这样，两个人相识相爱。当然，闺蜜红娘，只负责牵线搭桥。灵魂红娘，才决定白首偕老。

真正促成这段姻缘的，是两个人志趣相投的爱好。

早在1950年，李少芬已是广州队女篮队员。钟南山到北京读书时，李少芬到国家女篮训练。钟南山是运动达人，年轻时在体育竞技上的成就，可以媲美今天在医学上的建树。

1959年的中国首届全运会上，医学生钟南山"像一匹所向披靡的骏马，在400米栏比赛中，以54.4秒的成绩打破了全国纪录"。

看，老爱情最大的魅力，不仅仅是足够老，而是从旧时光里走来的老人，曾用年轻的生命，书写过火热的传奇，历经时光打磨后，依然各自美丽。

3

父辈远远比我们想象的更懂爱。以为他们不懂爱，其实是我们太年轻。

钟南山和李少芬相爱后，因为李少芬要南征北战，比赛训

练，两人历经8年异地恋的聚少离多，最终才步入婚姻殿堂：异地恋的关键，从来不是异地，而是相恋的人。

他们认定了彼此，所以愿意等。他们又各有事业，所以不把爱情看得过重。他们在遥遥相望中，各自站成一棵树，拼搏的年代暂时分离，结伴的岁月又彼此相依。

结婚后，李少芬到广东女篮当教练，到广东省体育运动技术学院当副院长，到中国篮球协会任副主席，至今仍为篮球事业发挥余热。而钟南山院士历经下乡锻炼、出国进修、教学科研，并在17年前对抗SARS中，闻名全国，成为大家熟知的英雄。

从相恋到结婚，他们走过了一甲子，养育一双儿女。儿子钟帷德，继承父业，颇有建树，是广州第一人民医院教授、博士生导师，入选国家百千万人才工程，著名的泌尿科专家。

女儿钟帷月，传承母业，擅长游泳，在蝶泳方面打破过世界纪录，是一名优秀且低调的游泳运动员。

钟南山接受采访时，多次提到父亲母亲，尤其是父亲钟世藩对他的影响，关于做人、关于行医、关于家风。今天，他的孩子们提起他和妻子时，也像他讲述父辈那样，平和中透着深情，传承中满是敬重。

什么是最好的父母爱情？相爱的父母，活得厚重淳朴，被爱的孩子，沿着父辈的足迹，走向更远的路。

4

科学家和他们的故事，不仅让年轻一代看见知识和专业的力量，还重塑对爱情和信念的认知。

飞机落地，杭州下起了小雨，李兰娟院士下了飞机，发现了人群中撑着伞等她的丈夫——郑树森院士。"这次是分别时间比较长的一次。我每天都和她通电话，询问救治的情况，尤其是重症患者的救治。"

见面后，分别两个月的老夫老妻重逢，没有拥抱，没有热泪。有的只是头发微秃的老院士丈夫，在乍暖还寒的风雨里，为一脸疲倦的老院士妻子，高高地撑起一把伞。

两个月前的大年三十晚上，李兰娟即将出征武汉，郑树森院士亲自下厨做菜，给妻子送行。这一幕，被李兰娟院士拍下来，发到朋友圈里"撒狗粮"："今天我轻松了，可以不用烧年夜饭，由郑院士替代，手术刀改厨刀。"

院士夫妻，也如寻常人家，抛开身份和名望，生活的实相依然是柴米油盐和烟火升腾。

或者说，沾染了烟火气的院士夫妻，反而让普通人在照见自我的亲切中，觉得真实。

1970年，出身贫寒，在乡下当了数年"赤脚医生"的李兰娟，考上浙江医科大学。而郑树森，恰是她的同学。

相近的出身，相同的专业，相似的兴趣，共同的追求，让两个人大学一毕业就结了婚。

两人在同一家医院，但繁重的医护工作，剥夺了很多闲适浪漫的时光。

李兰娟说，两个人每天都是马不停蹄，唯有早餐能碰到一起。夫妻俩聚到一起说的话，也都是"我有个危重病人，今天要做器官移植""我有个学术报告，下午要飞北京"之类。

在年轻人看来，这样的老爱情，貌似有点呆板无味。

而在老院士看来，恰是这样的各自成长，才让他们势均力敌，又相互理解。

5

什么是懂得？真正的懂得，从来不来自表面的"我理解你"。而是，你打过的仗，我也打过；你爬过的山，我也爬过；你经过的难，我也经过；你得到的奖，我拎过它的重量……

所以你的疼痛和喜悦，我都懂得。李兰娟是中国人工肝技术的开拓者，发表过400多篇论文，编辑出版著作36部，当过卫生厅厅长，也任过博士生导师。而郑树森是中华医学会副会长，中国第二次肝移植浪潮的推动者和器官移植界的领军人物，比妻子还要早4年当选中国工程院院士。

他们都是医学狂人，都是事业为王，反而特别容易理解爱人的执着和上进，在给予对方足够支撑的同时，自己也用力向上攀登。

"我们从来没有时间吵架。"李兰娟院士谈到他们的婚姻时，这样说。长久以来，相濡以沫的影响，让宽容的彼此越来越像。

谨以此文，献给所有历经岁月的老爱情，和终将拥有老爱情的新爱情。

(山高摘自微信公众号"闲时花开"
图/李倩莹)

太迷恋东京的人往往感情不顺

□西岛

据我一点不深入的观察，旅行者们通常分为两派：一帮泰国派，偏好在寒冷的季节飞去热带的岛屿游泳。泰国派们无论男女，通常都拥有硕大的胸部，小麦色的皮肤，每个毛孔都喷射着旺盛的生命力，三五成群，在热带肆意狂欢，野蛮生长。

另外一帮则是日本派。他们偏好在寒冷的季节飞去东京看雪，披着大衣，裹着围巾，在陌生的异国街头行走，享受着热闹里的淡漠，繁华中的冷清。他们往往身形消瘦，面容苍白，看着弱不禁风。形单影只，轻轻地嘴里呵出一口白雾，在新年的钟声里留下一声叹息。

喜欢往泰国去的，与喜欢往日本去的，是截然不同的两种人——不仅仅是日本派要比泰国派稍稍有钱一些。

很多关于东京的词，最著名的，莫过于杨千嬅的《再见二丁目》。这首歌很惨，描述了一个人在东京的冷风中，等不到爱人，最后只能独自在街头自怨自艾，伴装佛系的模样。笔触细腻，一唱三叹，闻者动容，听者落泪。

关于东京的歌《如果东京不快乐》，也不是什么喜气洋洋的作品，听名字就很丧。

听着这种歌，就能在心里为日本派们画出一幅素描来：文艺，细腻，多愁善感，品位独到，比起跟一群人瞎折腾，更享受自己同自己玩儿的感觉。

2017年刘若英在东京开演唱会，唱到名曲《后来》，潸然泪下，几度哽咽，难免又被好事者翻出那点儿她在感情上的陈芝麻烂谷子往事——也不知炒了多少回了。

没办法，观众们就好这口。

说起来对方也是个无辜受害者。他不过在刘若英出道时，提携了她一把，从此以后两人就被死死绑在一块儿十多年，直到刘若英结婚生子后才消停。对方早已结婚生子，偏偏这位小他十多岁的女弟子，每每见了师父，眼角眉梢都带着爱意。

不仅写在脸上，还挂在嘴边，总喜欢给好事的媒体朋友们

提供点儿似有若无的线索——那大伙儿还不跟苍蝇见了腐肉似的，扑上去闹个痛快？

当然，单恋不犯法，单恋说出口也不犯法，哪怕说得天下皆知也不犯法——但常人遇上此类文青，难免会心生厌恶，绕着他们走。

所以这种人往往会感情不顺。

东京有一种莫名其妙的气场。众所周知，日本人是以隐忍和内敛出名的，哪怕心里刮起了狂风暴雨，面上还是一副波澜不惊的模样。就像夏目漱石写的那样，哪怕爱对方爱到死去活来，溜到嘴边的，不过一句"今晚的月色真美"，不能更多了。

以含蓄和留白著称的中国人，在这点上，也不能与日本人相比。

硕大的东京，聚集了1000多万这样的人，想想就觉得可怕。1000多万隐忍而沉默的都市人，挤在一个狭窄的都市中，每天摩肩接踵，彼此却一言不发。

毫无疑问，东京的这股气质，非常吸引文艺青年。每个人都小心翼翼地守着生活的边界，互不打扰，却同心协力吹出了一个世界级都市繁华的泡泡，热闹中处处洋溢着冷清。那些遮天蔽日的霓虹灯，喧嚣沸腾的欢声笑语，底下却是一片沙漠般的悲凉，正是我们古典文学里最高的审美境界：以喜写悲，更见其悲。

同为世界级大都市，东京的

气质,和纽约、伦敦、巴黎截然不同。纽约是座日夜沸腾的大熔炉,伦敦是位品茶看书的贵妇,巴黎则是个灯红酒绿的游乐场。东京的底子是悲的,像一场行将落幕的宴会,再怎么热闹,午夜十二点一到,这里好像就要化作一片荒山孤坟,像《聊斋志异》里写的鬼故事一样。

东京很有一股末世的氛围。近代以来,短短五六十年间,这里经历过关东大地震,经历过美军大空袭,经历过泡沫经济的崩溃,每一次都顽强地从废墟里生长出来,每一次又都被打得七零八落——这似乎是东京逃不过的一个魔咒,不论怎么风光,或早或晚,都会被毁灭。

所以他们追求当下的快乐和热烈。譬如朝露,去日苦多。

太过迷恋东京的人,从精神上来说,都异于常人。

东京总有这些或真或假的东西,能让矫情人儿从中获得快感与共鸣。比如最近很火的"煮饭仙人",淘米一百遍,再浸泡一百分钟,煮出来的米饭,似乎就由此升华——这就是精致的生活,顶级的享受,用来安慰心灵,很是受用。

然而再怎么神乎其神,这都只是一碗米饭罢了。米饭再怎么神乎其神,也不可能变成一碗燕窝鱼翅。就像你再怎么努力工作,早睡早起,瑜伽修仙,博览群书,本质上,过的都是伪高端人口的日子,随时都有被大城市淘汰的危险。

但在东京陌生的街头,你可以使劲儿地作,作天作地,没人在乎。

太过喜欢东京的人,身上总有一股别扭劲儿。他们不喜欢简朴,偏好热闹。他们有着某种独特的、淡漠的审美情趣,什么东西都是点到为止,恰如那些在街头匆匆走过的东京市民,内心惊涛骇浪,表面云淡风轻。

太过迷恋东京的人,感情生活不会很顺——大抵就是因为身上这股异于常人的别扭劲儿。

相比之下,那些喜欢往泰国去的人,就要直截了当得多。火热的天气,爽辣的美食,肆无忌惮地刺激着每个人的感官神经。他们很善于从世俗的幸福中获得快感。

东京就是一个适合顾影自怜的地方。就像梁静茹歌里唱的一样:在东京铁塔,一个人眺望。很悲伤,但望着望着就有快感了,总的说来,是一种类似自虐的快感。

(sky摘自豆瓣网 图/李倩莹)

幽默感在爱情中的重要性 □李银河

在美国上学时,有一次看到一个择偶标准的调查统计资料,美国人的择偶标准中把幽默感放在很靠前的位置。

当时我觉得相当意外,因为以往看到的择偶标准中一般能入选的大都是爱情、相貌、身材、教育程度、收入、家庭背景等,很少看到幽默感这个选项。

其实细想一下,幽默感在夫妻生活中确实是非常重要的。

有些夫妻,双方都是好人,也都相互忠诚,就是动不动要为鸡毛蒜皮的事情打架,经常打得不可开交、伤心动肝,原因就是缺一点幽默感。

如果双方,哪怕是一方,能够稍微有点幽默感,许多事情原可一笑了之,完全不值得大动干戈的。从这个意义上,我有点理解了为什么美国人把幽默感在择偶标准中放得那么靠前。

如果遇到真正的苦难,比如缺衣少食,比如生老病死,人们很难以幽默感应对之,只能含辛茹苦,疲于奔命,无法一笑置之。

此外,人在自己过于看重的事物上,也很难有幽默感。就像在虔敬的心绪中,无法对偶像开玩笑。比如一个恋爱中的人,对对象的一颦一笑、一举一动都牵肠挂肚,无法一笑置之。

(洛奇狮摘自微信公众号"李银河")

祖父曾是个家无恒产的羊倌儿。像他这样的人，在乡下人眼里，就是那种麻绳提豆腐——提不起来的人。无论兵火，无论争斗，都跟他擦肩而过，全因为他是个羊倌儿。

羊倌儿在人生竞技场上是个边缘人物，但这并不意味着他的生活就是无味的、枯寂的，相反，在隐忍中，他充盈而自足，感受到了常人所无从感受的美。

比如，他对羊的品位。

祖父喜欢一只羊，管它叫"二美"。问他为什么如此喜欢二美，他嘿嘿一笑，说："因为它最像羊。"

仔细看，二美与周围的羊并没什么区别。"我

二美和祖母
□ 凸 凹

知道你的心思。"祖父说，"为什么说它最像羊？你把它赶到羊群中去，不管多么混乱，一眼就能认出它。不信，你试试看。"

我当然不信，便把二美赶到羊群中去，且把羊们搅得一团糟。祖父点点头："你去找二美吧，你会一下子找到它的。"

奇迹出现了，羊刚刚平静下来，我居然一下子就认出混在羊群中的二美，虽然我才见了它一面。

我把它牵出羊群，对祖父说："就是它。"那种自信连我自己都感到吃惊。

祖父说："没错，就是它。"

我便坐在二美身边仔细地观察它。它真的跟别的羊没什么不同，但我的确又觉得它真的与众不同——嘴上虽无法形容，心里却真实地感受到了这一点。

到了不惑的年龄，我才恍然有所悟：这可能就是一种叫"神韵"的东西。正如在美人堆中的一个"她"，虽艳光迷乱，却只有她能一下子吸引住你。

虽然我体会得晚了些，但我毫不感到惭愧。因为深刻的东西，仅仅靠思考是得不出的，更主要的是靠阅历、靠天启。

祖父之所以得到了这种天启，既是上天悲悯，感于他旷日持久的孤独，赐予他的一份独特礼物，也是他不轻贱小日子，活得用心的缘故。我曾经问他："既然二美这么与众不同，这么好辨认，您干吗不让它做头羊呢？"

"让它做过的，可它就是不肯，就愿挤在羊堆里。"祖父答道。不知为什么，我突然想到了祖母，随口说道："我奶奶可是个好人，对您好得都叫人眼馋。"

"这倒是不假。"祖父说。

祖母知道祖父爱吃一些稀罕的小吃食，如黑枣、毛栗、树莓、仙人果之类，每有采集，怕被小儿们偷吃，便把它藏到高高的房脊上去。等到祖父想吃了，便竖起梯子爬上房去把藏品取下来。那梯子的横撑很窄，祖母只有一寸的小脚，却也上下灵动。每一忆及，祖父都甜蜜得像孩子一般。

"那年发大水，把你奶奶冲到咱们村，当时湿淋淋的，模样长得并不扎眼，可我一眼就看上了她。"祖父说。"您真是嘴不对心，奶奶长得还不扎眼？到老还清秀得像大户人家出来的。"

"你这样说，是因为她是你奶奶，在咱眼里，她就是不扎眼哩。"

我便故意逗弄他："那么多扎眼的姑娘您不选，没后悔过？"

"后悔个啥？"祖父瞟了我一眼，"那些个扎

根据第一次约会的食量看透她的心思

□[日]匠英一 译/郭 勇

男性邀请女性吃饭时,只要这个男性不是特别讨厌,女性一般不会拒绝。不过,吃多吃少就要看男性的魅力了。

男女一起进餐,不管是午餐还是晚餐,都具有增进彼此亲密感的效果。这叫作午餐技巧。所以,请自己喜欢的女性一同进餐,是追求她的第一步,这也是符合心理学原理的。

F君也明白这个道理。最近他喜欢上客户公司的一位女职员,于是邀请她共进晚餐,对方很爽快地答应了。为了这次约会,F君可谓煞费苦心,专门挑选了一家非常有情调,菜式又正宗的意大利餐厅。一起就餐时,那位小姐吃得非常开心,也吃了不少,而且两人聊得很投机。这让F君对接下来的发展胸有成竹。

可是一周后,当F君再次邀请那位小姐时,遭到了明确的拒绝。这让F君很是费解,本来上次约会时非常开心,为什么这次却拒绝我呢?怎么会发生这种事情呢?

前面例子中的那位小姐,恐怕她的动机只是单纯地"和他一起吃个饭",并没有其他想法。另外,那位小姐对F君确实也不讨厌,所以第一次约会的二人时光才会过得非常愉快。不过,对那位小姐来说,仅此而已。

根据心理学家普里纳和切昆的实验,女性在帅哥面前一般都倾向于吃得比较少。在有魅力的异性面前,也许是因为紧张,所以食欲会比较差。另外,在不帅的男性面前,女性的食量与平时无异,而在同性面前,则可能吃得比平时还多。这个实验结果告诉我们,当女性不把对方当作男性时,吃得会比较多。所以,F君应该不是那位小姐心中的帅哥,还是尽早放弃比较好。

(若子摘自《每天懂一点行为心理学》
湖南文艺出版社)

眼的大姑娘,人懒、心花、张狂、霸道,都不服自己的汉子管,只有你奶奶这样的,才一心一意跟男人过日子。"

"跟一个不扎眼的女人过了一辈子,您也不觉得乏味?"

"你说错了,你奶奶很女人哩。"

整天泡在驯顺的羊群里,祖父的性情也驯顺了。祖母本来就是个逃水灾的,不存有更多的期待,反而能嫁给一个好脾气的男人,岂止认命,岂止知足,简直是天降大福哩,祖母做得很女人便是一件很自然的事。

羊、男人、女人,他们是一种互相涵养着的关系。有很羊的二美、很女人的祖母,祖父这一辈子也别无期待,活得很称心。

(林冬冬摘自《人行羊迹》中国工人出版社 图/点点)

意林感动卷

告白狂

□刘华剑

余夏是个告白狂，第一次遇见沐雅的时候就被她迷住了。沐雅高高的个子像个模特儿，说话都是冷冰冰的，一副拒人于千里之外的样子。无奈余夏又是个爱闹腾的人，沐雅就觉得这个人不稳重，不怎么爱搭理他。

第一次告白的时候他还在上大学，余夏在沐雅的宿舍楼下用蜡烛摆了一个心形，自己拿着一捧玫瑰，然后要我们齐声喊沐雅的名字。

不一会儿沐雅也站在了阳台上，冷冷地看着楼下的余夏，没有丝毫表情。余夏涨红了脸，对楼上大声地喊着："沐雅，从我第一次见到你就为你着了迷，你的身影占据了我的心，虽然我没有什么钱，但是我有对你全心全意的热情……"

我对旁边的哥们儿说："看不出这人还有当诗人的潜质。"

余夏还在絮絮叨叨地念着，结果天公不作美，一阵狂风骤雨，余夏被淋成了落汤鸡，女生纷纷用东西砸他，他一边挡着一边继续念，就像古代英勇作战的将军，直到一条卫生巾砸到了他头上，他就像被施了定身法一样整个人都呆住了。

我们哄然大笑，余夏把东西一收拾，落荒而逃。

半夜的时候我们坐在烧烤摊边喝啤酒，余夏有点儿闷闷不乐，我安慰他说："没事儿，天涯何处无芳草。"

余夏说："好像少了点儿什么。"

我们都茫然地盯着他，他跳起来说："少了点儿气氛，对了，加点音乐就更好了。老刘，上次晚会用的音响你放哪了？"

我说："隔壁寝室啊，他们天天拿着那个放歌曲呢。"

余夏点点头就往学校跑去，大家看着他滑稽的背影笑了笑，干了一杯，我想起了什么，猛地一拍桌子："他还没付钱呢！"

后来余夏有事没事就给沐雅买零食，屁颠屁颠地到自习室送给她，沐雅说："我不要，你拿回去自己吃吧。"

余夏说："没事儿，这些都是低脂零食，吃了不会长胖的。"

沐雅说："余夏，咱俩不合适，你别这样了。"

余夏笑了笑说："我又没想怎么着，大家就算做不成情侣，还是可以做好朋友的嘛！"

沐雅的脸色缓和了点，接过零食说："下次别再买了，咱们都是学生，本来都没什么钱。"

余夏说："没事儿，我会赚外快。"

虽然余夏赚的钱是我们中最多的，但是他也是我们中最抠门的，早上经常看到他挤别人的牙膏刷得不亦乐乎，到了冬天连热水瓶都舍不得买，全是借用我们的。这让我们相信越有钱的人越小气，越小气的人越有钱这一哲理。但他给沐雅花钱从不含糊，

我爱着，什么也不说；我爱着，只我心里知觉；我珍惜我的秘密，我也珍惜我的忧伤；我曾宣誓，我爱着，不怀抱任何希望，但并不是没有幸福，只要能看到你，我就感到满足。——缪塞《雏菊》

什么贵买什么，每次去超市买东西，那狠劲，我们都替他心疼。

那天他们走着去吃饭，路过一个商场的时候余夏突然说："我去买个东西，你在这儿等我一下。"

说完他急匆匆地跑了进去，沐雅就四处看了看，突然旁边的人一阵欢呼，商场的大屏幕上出现了余夏的脸，余夏正对着镜头，慢慢说："沐雅，我又告白了，对不起。很多时候我都对自己说，不要再幻想着癞蛤蟆吃天鹅肉，但是我内心又接受不了，我总觉得，我努力一点，再努力一点，就能够打动你的心，向前一点，再向前一点，就能牵住你的手。你不止一次拒绝过我，但是我真的放弃不了，所以在这里我要恳求你，试着接受我一下，我可以为你的世界添上所有的色彩，让你的人生铺满所有的幸福。"

周围的人纷纷起哄，旁边的烟花适时地绽放。

沐雅的眼眶湿了，泪珠滚来滚去，这时候余夏捧着一大束玫瑰，朝她笔直地走过来，然后伸出手递给她。

小姑娘们纷纷拿出手机："接受他吧，多好的男生啊！"

沐雅接过鲜花，周围的掌声响成一片，掌声还没落下的时候沐雅却把鲜花还给了余夏，她低沉地说："对不起，我真的对你没感觉，你再去找个好女孩吧，应该会有很多人喜欢你的。"

余夏呆若木鸡，问："是不是我哪里不够好？你说我改。"

沐雅说："你挺好的，是我不好，抱歉。"

说完沐雅擦擦眼睛，扭头快步走开。

那天晚上余夏把我们请到外面的大餐馆，狠狠地吃了一顿，把他赚的钱全部花了，点着叫不出名字的洋酒，吃着不会吃的海鲜，大家都瘆得慌，对他说："余夏，你该不会想不开吧？"

余夏拿起杯子把酒一饮而尽，说："我至于吗？我只是想通了一个道理。"

我们问："什么道理？"

余夏又灌了一杯，呛得流眼泪，说："感情这玩意儿，真不是天道酬勤就能得到的。"

余夏再也不瞎折腾了，老老实实实习、写毕业论文，真的没有再纠缠沐雅，毕业后找了份不错的工作，父母赞助了点钱买了栋小房子，只是一直都没有女朋友。

国庆放长假的时候我们聚在一起唱歌，我出去买酒，这时候一个姑娘迎面走来撞了我一下，我一看，居然是沐雅，我说："来我这边吧，余夏也在里面，我觉得你应该见见他。"

沐雅的脸色僵了僵，还是点点头说："我跟朋友说一声就过来。"

余夏好像变成了一尊石像，只剩下眼角在微微抖动。沐雅倒是很大方地打了一转招呼，然后冲余夏笑笑说："好久不见啊！"

余夏缓过神来，说："是啊，你好像又漂亮了。"

沐雅说："你还是那么油腔滑调，你要是正经一点，当初说不定我就答应你了。"

余夏却耸耸肩，说："我要是正经一点，也就不会有那么大的胆子向你告白了，别提这个了，咱们喝一杯吧。"

沐雅大方地拿起杯子和他撞了一下，然后把啤酒一口喝完。

沐雅笑着问："我到现在都不明白，你喜欢我哪啊？"

余夏学着《大话西游》里菩提老祖的语气说："喜欢一个人，需要理由吗？"

两个人相视一笑，又喝了一大杯。

后来大家散场的时候余夏突然拿起话筒，唱了一首张学友的《情书》，唱完的时候尖叫一片，旁边包厢的小妹妹都被吸引过来，满眼爱心地看着余夏，余夏的眼中却只剩下沐雅一个人，他释然地笑笑说："这是我最后一次向你告白了。"

余夏把话筒丢在桌子上拉开门往外走，他的背影不再滑稽，成熟中带着几分落寞，他无悔地往前走去。

然而大家都想不到的是，沐雅冲过去紧紧地抱住了他，感动的眼泪全部流在他的衬衣上。余夏好像又变成了一尊雕塑，浑身僵着动都不敢动，没有鲜花，没有浪漫，没有多余的手法，余夏终于俘获了沐雅的心。

你害怕告白吗？

不，我从不害怕告白，我只害怕错过！

(秋水长天摘自《我是因为你，才爱上这个世界》中国华侨出版社 图/张翀)

想和你夏天吃冰，冬天滑雪

□ 林栀蓝

1

入学不久，有一次到了早自习要交语文作业的时候，沈青才发现自己忘了写。"怎么办？待会儿肯定要被班主任点名了。"

她没想到前桌的许皓会头也不回地递过一本厚厚的笔记。打开一看，全是昨天课上的重点。沈青来不及道谢，便投入了补作业的大军中。

她抢在第一节早课铃声响起前完成了战斗，感激地拍了拍许皓的后背："谢了！"许皓却出人意料地微笑着扭过头对她说："一次两块，画重点一次五块。"

沈青愣了一会儿，终于弄清楚他在说什么了。她潇洒地一挥手，把早餐钱甩在许皓面前说："预付，明天的。"许皓欣然接过，沈青忽然脱口而出："你的字写得真好看。"可下一句话涌到嘴边，她却没往下说。许皓的字，和她的真像。

这种奇妙的巧合，让她对他无端生出几分不一样的感觉。这时只听到许皓满意地说："有眼光，我下次给你打九折！"

后来，许皓笔记的价格涨涨跌跌，给沈青的折扣也从一开始的九折，到后来她死皮赖脸才得来的六八折。从语文发展到政史地，为表诚意与谢意，她索性把自己擅长的理科笔记无偿拿给他看。一来二去，他们不但建立了深厚的革命友谊，沈青的文科成绩也有了不小的涨幅。

有一天，沈青踩着上课铃进教室，远远看到隔壁组的白苏在许皓身边说着什么。白苏离开后，她戳了戳许皓的脊背问："你们刚才在干吗？"许皓在作业本最后一页写上字，递给她："白苏让我帮她记笔记。"

沈青快速回复："然后呢？"奇怪的是，许皓竟然答非所问："我觉得你现在越来越懒了，文科的课你几乎都不听。下次考试要怎么办？要不以后你还是自己注意听讲吧？"

许皓趁老师在黑板上写字的时间，迅速扭过头来，开玩笑地问："你不会是生气了吧？"

沈青倒吸一口凉气："反正，你以后就是不帮我了？"没想到，许皓一本正经地点了点头。

真的被许皓说中了。一周后，期中考的成绩下来，她理科全优，文科成绩全都马马虎虎。许皓拨开她的胳膊，抢过成绩单，嘴里振振有词："我说什么来着？真不该把你惯坏了。"

她听到"惯坏"两个字，耳根一热，激动得想把单子抢回来。许皓却猝不及防一本正经地看着她说："从今天开始，晚自习我给你补课吧？"

2

周一的升旗仪式，按学校规定所有人必须穿校服参加。但沈青不想背着笨重的校服来学校，为此，她已经让班里丢掉了好多荣誉分，班主任终于点名批评了她。

沈青小声嘟囔着："好烦啊，可是我真的不想穿校服。"声音虽小，却足够让坐在前面的许皓听见。很快，他扔过来一张字条："下周一，我帮你带。"

周一一早，即将记迟到时，许皓才风风火火地出现在教室门口。他放下书包的第一个动作就是从身上脱下一件校服，塞到沈青怀里。令沈青瞠目结舌的是，他脱下一件,身上还有一件!

许皓露出一个"怎么样,我厉害吧"的表情:"我表哥的,他转学了。"说完,他邀功地朝她眨眨眼。沈青赶紧双手合十,做崇拜状:"以后你每周一都帮我带校服吗?"许皓看看她,脸上仿佛写着"真拿你没办法",说道:"行了,升旗仪式结束之后你再还我。"

沈青试探着问:"你最近对我这么好,该不会是对我……"没等许皓反驳,沈青又大声笑起来:"我开玩笑的,我们是好朋友嘛!"许皓只好伸手敲她的头:"我是为你好!"

"什么为我好?"

"我晚上给你补课,"许皓掷地有声,"不然还有什么?"

3

以前上自习,沈青通常都是能写数学作业就绝对不看政史地,能研究物理竞赛题就绝不默写文言文、背英语。现在可好,欠了许皓一堆人情,她哪里还能拒绝恩人的帮助?

许皓认真地帮她在课本上画重点,她却走神地听着他的讲解。许皓忽然质疑地盯着她的眼睛:"你到底认真听了没?""听了,听了。"她嘴上应承着,手上的笔却在稿纸上来回地写写画画。

谁也没想到,年级主任会在这个时间突然出现,他大声念出了沈青的名字,而各科老师的得意门生许皓幸免于难。沈青有些尴尬地站起来,这时她看到许皓也站起来了。

许皓主动揽下所有的责任:"是我在给沈青讲题,我们有证据。"许皓说着指了指沈青手里的书本。

那天下了自习后,沈青默不作声地收拾东西离开教室,发现许皓就走在她的前面。如果是以前,她肯定凑上前去跟他打招呼,可发生了这样的事,她莫名地觉得尴尬。这时,她发现许皓在路灯下停了脚步,白苏几步追赶到他身边,然后两个人有说有笑地朝校门口走去。她胸口一阵难受。

4

高二文理分科,沈青选了理科,许皓也选的理科,但没能再分在同一个班。转眼进入高三,高考前夕课业繁忙,沈青给许皓写了一张卡片,犹豫再三,还是没能交到他手上。一直拖到高考结束,她跑去约他,说我们明天去野炊吧。许皓一口答应下来。

隔天清早,在学校门口碰面后,许皓惊讶地发现原来只有他们两个单独行动。"你没有约别人?我还以为有很多同学呢。"

沈青微笑,努力让自己的表情看起来自然一些:"以前的同学分班之后都联系得少了。对了,你打算报什么大学?"许皓随口说出两所院校的名字,都和她想去的城市相距甚远。她终于清楚地被提醒着:他们要分别了。

和他并肩爬到半山腰的位置,他们找了一块平地坐下。沈青把吃的从背包里一件一件地拿出来,小声说:"散伙饭,我请你。"说完,她本来是想哈哈大笑的,可看着许皓突然收敛笑意的面容,她眼眶一涩。"别瞎说。"许皓轻轻地推了她一下。

她偏着头,越过他的侧脸眺望远方,青山绿水间,她忽然大声说:"许皓,我怕上大学以后,再也不会有人帮我带校服了。"许皓"噗"的一声笑了:"你怎么还那么懒啊?"

一年后的夏天,沈青看到许皓的QQ空间更新了动态。他一口气上传了多张照片,没过几分钟,空间提示有新消息,是许皓在问她:"怎么样?你想来玩吧?"沈青一下子蒙了。

她一怔,眼泪掉在手背上。手机却在这时候突然响了,是未知号码。慌忙中她按下了接听键:"喂?"

许皓顿了顿说:"刚才我和同学玩真心话大冒险,我输了,任务是给最想念的人打一通电话。我才发现我们好久没见了。"

"你刚才说,最想念的人?"

不知是不是信号不好,通话意外中断。直到两分钟后,沈青收到他发来的短信:我还爱吃蛋炒饭,二十天去一次理发店,喜欢看电影和听歌,有很多话想跟你说。想夏天和你去吃冰,冬天带你去滑雪。大学四年很长,不过,我答应了你要经常去看你,我就一定会做到。

(许亚军摘自《爱慕》
北京联合出版公司 图/月儿)

比谈恋爱更重要的,是吃饭

□F小姐

一个人吃饭变得浪漫起来,还是近些年才刮起的风。孤独的美食家是现代的产物。古早时期单独吃饭的画风,大都只能用"单身壮汉"或"孤家寡人"形容。

无论是水浒还是金庸,视恋爱为尘土的大汉,吃来吃去都离不开大碗酒和二两牛肉的点菜范式,咕咚咚地喝光一铛,酒沿着胡须滴下来,这是铁汉式浪漫。

谈恋爱的人不这样,看《红楼梦》《金瓶梅》的饮食男女就知道了,一谈起恋爱来不仅相处要作,吃食也作些。

黛玉吃了几个蟹夹子肉,觉得胸口疼,宝玉便立刻命人拿来合欢花的烧酒,细细地啜了。古时人以为合欢花性味甘平,可解郁安神。

胡说一句,中华古董美食能精细到究极的地步,还得感谢男女如此之作。

不谈吃饭的恋爱都是假的。吃饭是让人心动的场景。许多动人的情愫从饭桌上升起。

现在年轻的鲜肉们有那么多热恋的黏乎戏,假装耳鬓厮磨,缱绻难分,男人往女人的耳边哈气。可观众们只能看见满屏的尴尬,女主这皱眉屏息的表情,该不是男人的口气所致吧?

反而看起来普普通通的爱情故事,字字句句更让人怦然心动。

漂亮姐姐请弟弟喝酒吃饭,点的是汤饭或烤肉,一点也不罗曼蒂克,再配几瓶国民烧酒,原本并没有恋爱的味道。但吃着吃着,就是恋爱了。

姐姐抱怨男人是不是都只爱漂亮女人?弟弟说是啊。姐姐翻了个小白眼,又拧眉干了一口酒。弟弟犹豫了下才说,姐姐你更漂亮。

姐姐呆了一两秒,不好意思地垂下头,手指拨了下头发丝,而弟弟说完这话,表情是自然的,脸却从耳根子红到天庭顶。

年轻人们的恋爱故事里,吃饭是最日常和庄重的一环。他们来来回回于周边街区的餐馆、咖啡厅、跟现实生活极相似的几十平方米的单身公寓,有着各种各样现实的烦恼。可突然有一个人出现了,他们想,今天能不能见到她/他呢?

镜头录下他经过烧酒屋时渐缓的步子,街灯打在他的脸上。我喜欢看男人歪头望向女人经常坐的窗边的位置,今天她没有来。他的肩膀都垂了,小脑袋上写着落寞。

《春夜》里的女人是什么时候喜欢上男人的呢?也许就是饭桌上她胡搅蛮缠的时候,男人总能轻巧地托住,温柔地还回来。又或许是她抬起头,他就站在窗外。

食物之中的恋爱家常太好了。像小时候看场景剧,发现最羡慕的是别人家的冰箱一样。

哪怕是港产剧里的"你饿不饿?我给你下碗面",亦是珠三角地区人民的终极浪漫。

当然,食物从来都不只用来吃,还是社交工具,又总是跟人的欲望连在一块。酒也是爱情故事里常常出现的。它像隐秘世界的通口。

港产片拍黑帮,老爱拍吃饭镜头。大快朵颐。

渔家女

□王苹

《阅微草堂笔记》中，纪晓岚记录了太湖地区一个渔家女，想来她从小就是跟随着父母风浪里来去，所以除了皮肤黝黑，稍显粗糙，个性上也是泼辣大胆，主动地诱惑岸上的男人。渔家女当然没有如此狂放，但是自从父母为其说定了人家那一天起，肯定心心念念的全是未来的那个夫君。日思夜想，辗转反侧，失眠发呆，将小儿女的痴情演绎到极致。平日里还能为父母分担劳累，那时便有些顾不上了，总是丢三落四，全然没有一个待嫁新娘的样子。所以大约她在娘家待嫁的时候，就招来了一些讥笑，有小媳妇们会在船头拿话高声地撩拨她、挑逗她，试图让她自己承认恨嫁的迫切。更有素日对她有意却终于无情的男人，得知她即将嫁人，便大了胆子，靠前来做最后的带着浓郁醋意的示好。渔家女当然视而不见，事实上，她的心早已飞抵那彼岸的男人家了，所以外人的冷言冷语，基本入不了她的双耳。她的一颗心，在幸福之中，更在追切的盼望之中。她恨不能化身为一尾鱼，让江对岸的那个男人将自己捕获，而后再也不逃出牢笼。

待到出嫁那天，渔家女想来早就看过了皇历，并在夜间暗自祈祷，希望没有风浪，船可以箭一般飞驰，用最快的速度抵达夫婿家中。起初，舟楫还能平稳行驶，渔家女透过被微风掀起的簇新的帘子，看着那荡漾的波光，还有其上闪烁的朝阳，心底的喜悦，如身上的锦绣，一寸一寸，全是华丽的柔软。可惜，行至波心的时候，那原本跟渔家女一条心的天气，忽然大变，风浪瞬间掀起，舟楫猛烈摇晃，不仅送亲的众人吓得失了颜色，就连掌舵的经验丰富的舵手也惊慌失措。眼看着那船的桅杆即将折断，一艘船倾斜着向那漩涡里滑去，所有人都失声尖叫，抱在一起，放声大哭。

就在这关键时刻，所有人都认为应该羞涩守住这最后的女人尊严的新娘，忽然破帘而出，从舵手身边一把拽过舵来，而后另外一只手紧紧抓住风帆的绳索。说也奇怪，那船虽然还是跌跌撞撞，却有如神助一般，一路驰骋，飞抵夫婿所在的岸边。众人都吃惊地看着那英雄一般站立在船头掌舵的新娘，说不出话来。

没有人知道渔家女在那一刻，究竟想一些什么，但从她风风火火的背影上，可以窥出她对于婚姻的热烈与痴心，而就是这样一股子热情，让她终于战胜了风浪，甚至当抵达男人家中时，还没有错过结婚的吉日良辰。这一事件，在洞庭湖一带成为传奇，也遭来关于渔家女恨嫁的流言。只是，她赶上了一生只有一次的婚礼，所以那些风浪一样打过来的蜚语，又怎能奈何得了拥有一股子傻劲蛮劲的她？

世间女子，若都能如渔家女，想来嫁人后的幸福婚姻，也不会离得太远。

（池塘柳摘自《今晚报》2020年8月4日 图/孙小片）

一定要吃得吧唧嘴，满嘴油光。吃火锅都得讲究次序、分量。毕竟大佬夹的不是肉，而是哪个场口和地头，夹的是权力和钱。好似吃饭不给劲的大佬，就成不了好大佬。电影里男女的情欲，也投射在吃食上。

还有更多的现实主义难题：谁做饭比较多，你碗洗得干净吗？你不知道我不爱吃这个吗？谁的口味比较优越？先去谁家吃年饭？当然，自动洗碗机拯救了不少当代家庭。

男女在吃饭问题上较劲，较的倒不一定是食物的劲儿。当然，对于我这种吃饭控来说，饭吃得好，问题可能会少很多。今晚也好好吃饭吧。

（梁衍军摘自微信公众号"新周刊" 图/吴敏）